Sabine Gruber
Stillbach oder Die Sehnsucht

Als ihre beste Freundin Ines in Rom plötzlich stirbt, reist Clara Burger aus Stillbach in Südtirol an, um Ines' Haushalt aufzulösen. Dabei entdeckt sie ein Romanmanuskript, das im Rom des Jahres 1978 spielt, dem Jahr der Entführung und Tötung Aldo Moros. Darin beschreibt Ines offenbar ihre eigene Ferienarbeit vor mehr als dreißig Jahren als Zimmermädchen im Hotel Manente, schreibt von Liebe, Verrat und Subversion, erzählt aber die Geschichte ihrer Chefin Emma Manente, die seit 1938 in Rom lebt und zum Leidwesen ihrer Südtiroler Familie einen Italiener geheiratet hat. War sie tatsächlich Johann aus Stillbach versprochen gewesen, der 1944 bei einem Partisanenanschlag in Rom getötet worden war? Und ist der Historiker Paul, den Clara in Rom kennenlernt, der Geliebte von Ines aus jenem Jahr? Wie wirken die Spannungen um Südtirol und seine Zugehörigkeit seit der NS-Zeit und dem Faschismus bis heute nach? In diesem großen, wunderschön geschriebenen Roman erzählt Sabine Gruber spannend und präzise von der Verflechtung persönlicher und historischer Ereignisse, von Stillbach und von Rom, von Verrat und Verbrechen, von Sehnsucht, Wahrheit und neuer Liebe.

Sabine Gruber lebt als freie Schriftstellerin in Wien. Für ihr Werk, Erzählungen, Gedichte, Hörspiele und Theaterstücke sowie ihre Romane «Aushäusige», «Die Zumutung» (C.H.Beck, 2003) «Über Nacht» (C.H.Beck, 2007), «Stillbach oder Die Sehnsucht» (C.H.Beck, 2011) und «Daldossi oder Das Leben des Augenblicks» (C.H.Beck, 2016) erhielt sie zahlreiche Preise und Stipendien, u. a. den *Förderungspreis zum österreichischen Staatspreis 2000*, den *Anton Wildgans-Preis 2007*, den *Veza Canetti-Preis der Stadt Wien 2015*, den *Österreichischen Kunstpreis für Literatur 2016* und den *Preis der Stadt Wien für Literatur 2019*. Sabine Gruber war mit «Über Nacht» für den Deutschen und mit «Daldossi oder Das Leben des Augenblicks» für den Österreichischen Buchpreis nominiert.

Sabine Gruber

Stillbach oder Die Sehnsucht

Roman

C. H. Beck

Dieses Buch erschien zuerst 2011 in gebundener Form
im Verlag C.H.Beck

1. Auflage im Taschenbuch 2023

© Verlag C.H.Beck oHG, München 2011
www.beck.de
Gesetzt aus der Quadraat und Univers bei Fotosatz Amann
Druck und Bindung: Druckerei C.H.Beck, Nördlingen
Umschlagabbildung: © plainpicture/Millennium/Goss and Stevens
Umschlaggestaltung: Leander Eisenmann, Zürich
Printed in Germany
ISBN 978 3 406 80865 4

Non gridate più

Cessate d'uccidere i morti,
Non gridate più, non gridate
Se li volete ancora udire,
Se sperate di non perire.

Hanno l'impercettibile sussurro,
Non fanno più rumore
Del crescere dell'erba,
Lieta dove non passa l'uomo.
Giuseppe Ungaretti

Schreit nicht mehr

Hört auf, die Toten zu töten,
Schreit nicht mehr, schreit nicht,
Wenn ihr sie noch hören wollt,
Wenn ihr hofft, nicht zu verderben.

Sie haben das unmerkbare Flüstern,
Sie machen nicht mehr Lärm
Als das Wachsen des Grases,
Froh, wo kein Mensch geht.
Übersetzung: Ingeborg Bachmann

für Leo, Lorenz und Luis

Wenn das Gefühl, am Leben zu sein, einmal abnimmt, haben wir noch immer den Himmel – einen Augenblick sah Clara ihr Gesicht im Fenster, weil der Zug in einem Tunnel verschwand. Sie erschrak über seine Nacktheit und Großflächigkeit, über seine Einsamkeit unter der spärlichen Beleuchtung des Abteils, dann kehrten die Wolkengesichter zurück, deren Oberflächen und Tiefen von dünnen, hohen Dunstfetzen umrahmt waren, die aussahen wie Haarlocken. In der Talsenke standen die gestutzten Apfelbäume in Reih und Glied, die Äste an Drähten festgebunden, und über ihnen erhob sich der von Buschwerk überzogene rötliche Porphyr.

Wenn ich einmal tot bin, hatte Ines geschrieben, *mache ich den Himmel lebendig. Dann werde ich weiß sein oder grau, dunkel, hell, rot oder orangegelb, einmal dick, einmal dünn, streifig, felsenähnlich, milchig-linsenförmig, geschichtet, schleierartig, zerfetzt oder gescheckt, gräten- oder strahlenförmig, ein wirres Bündel von Fäden – ja, dann kannst du mich neu verflechten! – oder ein durchgehendes Tuch – dann kannst du dich darin einwickeln! Ich werde eine Besenwolke sein. Eine Locken- oder Federwolke. Eine dicke Knolle. Deine Wolle. Dann werde ich* – Clara legte das Blatt zurück in die Mappe und sah hinaus in die Landschaft, die eine gemeinsame gewesen war, eine Herkunftslandschaft.

Holunderbüsche säumten die Bahnlinie, dahinter standen vereinzelt Nußbäume und mitten in einer Wiese fern jeder Häuseransammlung war ein Schild zu sehen, das Werbung für Schnaps machte. Allmählich verlor sich die dunkle Farbe des eisenhaltigen Gesteins, die Berge wurden heller über den mit grünen und grauen Netzen überzogenen Apfelplantagen.

Als Clara spätabends den Anruf erhalten hatte, war sie müde gewesen und über die Nachricht von Ines' Tod so erschrocken, daß sie zu keinem klaren Gedanken mehr fähig gewesen war.

Ines' Mutter hatte Clara gebeten, nach Rom zu fahren und sich um Ines' Angelegenheiten zu kümmern. Es sei ihr niemand anderer eingefallen, und sie selbst sei außerstande dazu. «Ihr wart doch jahrelang befreundet. Es ist bestimmt in ihrem Sinne.»

Als der Zug Richtung Klause rollte, schien es Clara, als steuere ein Schiff auf eine grüne Bucht zu, die von hellen, schroff aufsteigenden Bergen umschlossen war. Die Apfelbäume wurden spärlicher, die Häuser ärmlicher und leichter; die Geländer an den Balkonen bestanden nicht mehr aus enganeinandergereihten Holzlatten, sondern aus schmiedeeisernen Stäben, und immer öfter ersetzten verwitterte Rollos die lackierten Jalousien.

Wenn ich einmal tot bin – wie schwer wog jetzt, was sich einst so leicht hatte hinschreiben lassen.

An welchem Tag hatten sie einander das letzte Mal gesehen? War es am Ostersonntag oder am Ostermontag gewesen? Der Stillbacher Wirt hatte bereits die Lampen über der Theke ausgemacht, und sie beide waren noch immer auf der Eckbank in der Stube gesessen, weitab von dem breiten Tisch, auf dem trotz des allgemeinen Rauchverbots der Aschenbecher mit dem Stammtisch-Schildchen gestanden war.

Draußen zogen jetzt die ungestrichenen Leitplanken der Autobahn vorbei, rostrot wie Viehwaggons. Auch die ANAS-Straßenwärterhäuschen waren rostrot. Die Schienen. Manche Baumrinden. Der Witterung ausgesetzte Getränkedosen. Brückenpfeiler. Pfosten. Verriegelungen.

Clara schloß die Augen, streckte die Arme, tastete mit den Fingern nach dem Gepäckgitter, hielt sich daran fest. Sie ließ den Oberkörper durchhängen, genoß die kurze Entspannung in dem noch leeren Abteil, das sich spätestens ab Verona füllen würde.

Sie war mit Ines' Tante im Garten des Stillbacher Gasthauses gesessen. Einzelne Stellen an den Stühlen, deren Lackschicht abgeplatzt war, hatten ebenfalls rote Flecken aufgewiesen. Ines' Mutter war nicht zu dem Treffen gekommen. Schon am Telephon war Clara aufgefallen, daß die Frau lallte. Vermutlich war sie betrunken gewesen oder hatte zu viele Beruhigungsmittel geschluckt. «Furchtbar. Das überlebt sie nicht», hatte Ines' Tante gesagt.

Auf der linken Talseite waren die Hochhäuser von Trient zu sehen, diese ins Grüne gestellten, verloren wirkenden Türme. Da und dort hing Wäsche vor den Fenstern, manchmal auch an Drähten, die man an der Außenverkleidung der Balkone angebracht hatte. Die Leute stellen ihre intimsten Kleidungsstücke aus, verstecken sie nicht wie in Stillbach in Hinterhöfen und auf Dachböden, dachte Clara.

Sie hörte den Schaffner kommen, suchte nach ihrem Fahrschein, fand ihn erst, als der Mann vor ihr stand und zusah, wie sie Ines' Mappe durchblätterte. Der Schein war zwischen die Texte gerutscht, Prosaminiaturen, die aus den achtziger Jahren stammten, als Ines noch keinen Computer besessen hatte. Die Tante hatte Clara einen in Leder gebundenen Terminplaner, die Wohnungsschlüssel, die Mappe und Ines' Handy übergeben. «Ich weiß nicht, was diese Zettel wert sind», hatte die Tante gesagt, «Ines waren sie wichtig gewesen. Sie hat mich mehrmals gefragt, ob ich sie noch habe.»

Mit einem Mal setzte das Rauschen der Klimaanlage aus; die plötzlich eingetretene Stille schien den Zug zu verlangsamen; Clara hielt den Atem an, verschluckte sich am eigenen Speichel und hustete.

Die Hand der Tante hatte so gezittert, daß sie das Teeglas nur mit Mühe zum Mund hatte führen können. Beim Anblick dieser alten, zerbrechlichen Frauenhand war Clara eine andere Hand aus Marmor in den Sinn gekommen, die in der Sakristei der Dalmatinischen Schule in Venedig als Weihwasserbehälter dient.

Anstatt in Verona umzusteigen und den Zug nach Venezia S. Lucia zu nehmen, fahre ich jetzt nach Rom, dachte Clara. Wie oft war sie von Ines eingeladen worden, doch jede frei verfügbare Zeit hatte Clara ihrer Arbeit gewidmet. Sie wäre auch jetzt in die Lagunenstadt gefahren, wenn Ines' Tod nicht dazwischengekommen wäre, hatte mit ihrem Mann schon vereinbart gehabt, daß er sich in den nächsten zwei Wochen um Gesine kümmern sollte, damit Clara das D'Annunzio-Kapitel zu Ende schreiben konnte. Seit Monaten schob sie die Beschäftigung mit diesem Dichter vor sich her, hatte es vorgezogen, erst über Rilkes und Byrons Liebschaften in Venedig zu schreiben, als sich mit diesem Autor zu befassen, dessen Adelstick und politischer Opportunismus Clara ebenso unsympathisch waren wie seine Art, Frauen auszunützen und anschließend fallen zu lassen.

Clara erinnerte sich, daß er sogar einmal Liebesbriefe zurückzukaufen versucht hatte, nicht weil er sich für die Korrespondenz mit Elvira Fraternelli Leoni geschämt hätte, sondern weil er den Briefwechsel mit der römischen Geliebten als Grundlage für ein neues Buch benötigte.

D'Annunzio hatte Eleonora Duse schon in Rom angesprochen, nach der Aufführung der *Kameliendame*, doch die Diva war an diesem Rapagnetta, wie er tatsächlich geheißen hatte, nicht interessiert gewesen, weshalb er es in Venedig wieder versucht hatte.

Im Grunde ist dieser Dichter der Bedeutung seines echten Namens, *kleine Rübe*, nie entwachsen, dachte Clara, mag er noch so sehr die Pose eines Renaissancefürsten oder römischen Herrschers eingenommen haben.

Bei Ala rückten die Berge wieder näher zusammen, als versammelten sie sich an dieser Stelle noch einmal zu einem einzigen großen Staunen über die sich vor ihnen öffnende Ebene. In den kleinen Dörfern der Umgebung waren die Häuser eintönig grau und beige, als sei die Sonne hier schon stärker und brächte die kräftigen Farben zum Verschwinden.

Ala war für Clara immer schon der Ort des Atemholens gewesen, der Ort, an dem sich die Beklemmung gelegt hatte, an dem die zuschnürenden Gefühle wie mit einer Schere durchschnitten worden waren. Der Zug raste in den Tunnel, fuhr eine leichte Rechtskurve und kam am anderen Ende in der Ebene, im Hellen und Offenen, wieder heraus. Auf die vielen Apfelbäume folgten nun Pfirsichbäume, und entlang der Bahngeleise war jetzt, wie in den Vororten von Rom, Schilfrohr zu sehen.

Doch das Gefühl, die Berge zurückgelassen zu haben, war dieses Mal nicht befreiend. Clara empfand die Ebene zum ersten Mal als haltlos.

Und haltlos weinte sie plötzlich um Ines, als sie sich an den Geruch nach Mottenkugeln erinnerte, der dem schwarzen Kleid von Ines' Tante angehaftet hatte.

Vor ihren Körper schoben sich Dutzende andere, und die Haare waren einmal lang, einmal kurz, erst glatt, dann wellig, nicht zu vergessen die verschiedenen Farben und Tönungen, die er ihren Frisuren verpaßte. Paul schaffte es nicht, durch dieses imaginäre Perückenspiel herauszufinden, wie sie damals ausgesehen hatte.

Vor ein paar Tagen war er auf Ines' Wunsch in die Galleria Alberto Sordi gekommen. Sie habe die Telephonnummer von einem Bekannten erhalten und gehört, daß er wieder in Rom lebe und Führungen durch das faschistische und besetzte Rom anbiete. Ines hatte schon im Café gewartet, als Paul verschwitzt und mit einer zwanzigminütigen Verspätung in der Galerie angekommen war.

Er hatte überhaupt kein Bild zu ihrem Namen gehabt, und es fielen ihm noch immer keine Begebenheiten und Ereignisse von damals ein, obwohl sie schon am Telephon, vor dem gemeinsamen Treffen, gesagt hatte, daß sie sich 1978 im Hotel Manente begegnet und sogar nähergekommen seien. Im Laufe des Gesprächs hatte Paul diesen verwilderten Hotelgarten vor Augen gehabt, und als hätte Ines mit ihren genauen Beschreibungen eine Schneise in das Vergessensdickicht geschlagen, sah er nach und nach die Umrisse einer baufälligen kleinen Holzhütte vor sich, bei der sie sich angeblich an zwei oder drei Abenden getroffen hatten.

Von dem mittlerweile fast fünfzigjährigen Gesicht auf das der jungen Ines zu schließen, wollte ihm nicht gelingen, noch immer nicht, obwohl er die Erfahrung gemacht hatte, daß man manchen Erinnerungen nur etwas Zeit zum Wachsen lassen mußte. Er hatte letzte Nacht sogar seine Photokiste hervorgeholt, war aber nicht fündig geworden.

Paul schob die leere Kaffeetasse von sich weg und verließ die Bar Orologio hinter der Piazza del Popolo, überquerte die Straße und verschwand in den stinkenden Gängen der Metro. Eigentlich hätte diese Ines auch eine andere Frau sein können, denn all das, was er jetzt mit ihr verband, hätte Paul mit einer x-beliebigen Frau in Zusammenhang bringen können. Sein Gedächtnis war so schlecht, daß er kurz überlegte, ob sie sich diese gemeinsame Geschichte vielleicht nur ausgedacht hatte, doch die Einzelheiten, die Ines über den Garten und über Pauls Studentenzimmer, das sich in jenem Hotel befunden hatte, erzählen konnte, bezeugten, daß sie die Wahrheit sagte. Sie hatte sich an den Namen der Köchin und sogar an den Stoff, den er damals für die Prüfung vorbereitet hatte, erinnern können, während sich bei Paul die Gegenwartsbilder so vehement in den Vordergrund schoben, daß er nach kurzer Zeit kapitulierte.

Er hatte sich auf diese Begegnung gefreut, zumal er seit mehr als zwei Jahren ohne Beziehung lebte, doch ihre rauhe dunkle Stimme am Telephon, die er als aufregend empfunden hatte, war in dem gemeinsamen Gespräch nicht mehr zur Geltung gekommen. Ihr weißes T-Shirt war zwei Nummern zu groß gewesen, und der Kurzhaarschnitt hatte ausgesehen, als habe sich die Friseurin dafür nicht viel Zeit genommen. Ines erzählte mit wenigen Worten, daß sie sich mit Nachhilfestunden in Deutsch, mit gelegentlichen Übersetzungsarbeiten und kurzen Artikeln über Wasser halte, daß das Interesse an der deutschen Sprache jedoch abnehme und die Übersetzungen und Zeitungsartikel schlechter bezahlt würden als früher. Die freie Zeit nütze sie, um an einem mehrbändigen Werk zu arbeiten.

Sie hatte *mehrbändig* gesagt, dachte Paul und stieg an der vorletzten U-Bahn-Haltestelle aus, um den Bus Richtung Ex Forte Braschi zu nehmen. Der Name erinnerte Paul an den Palazzo Braschi in der Innenstadt, unweit der Piazza Navona, in dem er vor einigen Monaten eine Photoausstellung besichtigt hatte. Es waren Bilder Giuliana de Sios und Vittorio Gassmans aus den achtziger Jahren zu sehen gewesen, wunderschöne Gesichter, die in einem krassen Widerspruch zu den Assoziationen standen, die der Name *Braschi* in ihm geweckt hatte. Auch jetzt mußte Paul wieder an die *repubblichini* denken, an die Faschisten, die den Palast als Versammlungsort gewählt hatten. Schon im Innenhof – Paul hatte die Eintrittskarte noch gar nicht gekauft – war er den Gedanken nicht losgeworden, daß an diesem Ort der Kunst und Kultur gefoltert worden war. Von hier aus machten faschistische Schlägertrupps Jagd auf geflohene alliierte Kriegsgefangene, auf königstreue Carabinieri, Antifaschisten und Juden. Nichts in dem Gebäude erinnerte an die Vorfälle.

Statt dessen war jetzt ein Premier an der Macht, der die faschistische Diktatur als *gutartig* bezeichnete, der eine Tourismusministerin tolerierte, die unlängst bei einem Carabinieri-Fest die Hand zum faschistischen Gruß erhoben hatte. In Deutschland, dachte Paul, wäre diese Frau Brambilla ihres Amtes enthoben worden, hier hingegen konnte man sich der Unterstützung des Premiers sicher sein, auch wenn man als Fußballspieler die Tätowierung DUX für *Duce* am Oberarm trug und nach dem Spiel den rechten Arm für alle sichtbar in den Himmel reckte.

Paul versuchte während der Fahrt den Stadtplan zu öffnen, ließ es dann aber bleiben, weil er die Straße, nach der er suchte, nicht sofort fand. Er stieg aus. Der Plan, den er bei sich hatte, war ungenau, manche Straßenbezeichnungen waren aus Platzgründen nicht ausgeschrieben, und Paul verstand nicht immer, wo die eine Straße aufhörte und die andere begann. Von der Via Cardinal Garampi bog er in eine Seitenstraße ab, weil er in dieser Gegend noch andere Straßen vermutete, die nach Kardinälen benannt worden waren, so, wie es ganze Viertel gab, in denen die Straßen die Bezeichnungen der italienischen Städte, Provinzen oder Flüsse trugen. Die Frau im Tabakladen hatte noch nie von einer Via Cardinal Sanfelice gehört, sie war aber so freundlich, im Internet nachzusehen, und sagte ihm dann, daß er in das Zentrum von Boccea zurückfahren müsse; die Via Cardinal Sanfelice befände sich nicht weit vom Kaufhaus Upim.

Der Bus war überfüllt von Pensionisten, die mit Stöcken gingen und Taschen bei sich trugen. Eine Philippinerin half einer Frau in den Sessel. «Viel zu hoch, viel zu hoch», sagte die alte Dame und schüttelte den Kopf.

In den Wohnvierteln hier draußen gab es kaum Geschäfte, alle mußten zum Einkauf ins Zentrum von Boccea. Die Linie 49 fuhr den Pinienwald entlang, der sich über mehrere Kilometer auf einer leichten Anhöhe hinzog, so daß Paul zwischen den Baumstämmen den Himmel sah und einen Augenblick lang der Täuschung erlag, dort hinter dem Wald begänne das Meer. Das Licht war an diesem Tag so grell, daß sich hinter den Bäumen auch eine Sandwüste hätte auftun können. Da und dort streunten Hunde. Auf der anderen Straßenseite waren mehrstöckige Häuser zu sehen, umgeben von üppiger Vegetation.

Paul dachte noch immer an Ines, die bald aufgebrochen war, so als sei es ihr unangenehm gewesen, länger in Gesellschaft eines Mannes zu sein, mit dem sie ihre Erinnerungen nicht teilen konnte. Er hatte sich nicht getraut zu fragen, ob sie damals auch miteinander geschlafen hatten. Aus ihren Anspielungen vermutete er es.

In der Via di Boccea stand der Verkehr; zwei Romafrauen mit mehreren Kindern bettelten an der Bushaltestelle die aussteigenden Fahrgäste an, eine der Frauen bot ihren Dienst als Wahrsagerin an. «Ich bin sechzig, gesund und arbeite!» rief ein Mann und lief davon.

Nachdem Paul um mehrere Häuserblöcke herumgegangen war und vergeblich hinter dem Kaufhaus Upim nach der Via Cardinal Sanfelice Ausschau gehalten hatte, versuchte er es auf der anderen Straßenseite. Die Menschen, die er nach der Straße gefragt hatte, waren nicht einmal stehengeblieben, sondern kopfschüttelnd weitergegangen.

Wieder stand er vor einer Via Cardinal, wieder war es der falsche Kardinal. Was mache ich überhaupt hier, fragte sich Paul. Was interessiert mich das Leben dieses Sturmbannführers und seiner Gefolgsleute. Es hatte Paul überrascht, daß auch Ines nach ihm gefragt hatte, daß es überhaupt noch Menschen gab, für die der Sechsundneunzigjährige noch nicht tot war. Ines hatte sogar seinen Decknamen Otto Pape gekannt und gewußt, daß er mit einem Reisepaß des Roten Kreuzes über Südtirol und

Rom ins argentinische Bariloche ausgewandert war und dort bis 1995 unbehelligt leben konnte.

Wäre Ines etwas jünger und weniger burschikos gewesen, ich hätte sie zum Abendessen eingeladen, dachte Paul.

Er ging noch einmal um den Häuserblock und blieb plötzlich stehen: Die eine Via Cardinal löste die andere ab, deswegen hatte er die Via Cardinal Sanfelice nicht sofort gefunden. Die Straße mündete in einen Platz, der ebenfalls nach einem Kardinal benannt war. Paul fand, daß die geistlichen Straßenbezeichnungen zur Adresse des Alten paßten, denn schließlich hatte er sich wie die meisten seiner Sturmbannführerfreunde mit Hilfe kirchlicher Fluchthelfer ins Ausland abgesetzt.

Vor dem Wohnhaus, einem fünfstöckigen Kondominium, stand ein unbesetzter Streifenwagen. Paul entdeckte die Polizistin in der gegenüberliegenden Bar; sie lehnte an der Theke, war in ein Gespräch mit dem Barbesitzer vertieft und trank Orangensaft. Paul trat ein und stellte sich dazu.

An einem Tisch saß ein alter Mann und las die Gazzetta dello Sport. Nein, jener andere war es nicht, der hatte mindestens zwei Jahrzehnte mehr auf dem Buckel, war dünner und hatte weniger Haare auf dem Kopf. Die letzten Bilder, die Paul von ihm gesehen hatte, zeigten einen rüstigen Mittneunziger auf dem Rücksitz eines motorino; sein Freund und Anwalt Paolo Giachini hatte ihn eine Zeitlang in sein Innenstadtbüro mitgenommen, bis die Proteste gegen die Lockerung des Hausarrests so heftig geworden waren, daß das Militärgericht die Hafterleichterungen wieder zurücknehmen mußte. Der stadtbekannte Neofaschist, dessen Name Giachini an giaco, das Panzerhemd, erinnerte, hatte den Alten in seine Wohnung aufgenommen; er war in den Augen der Altnazis, die sich um die Freilassung des Verurteilten bemühten, ein bewundernswerter Schutzengel.

Paul setzte sich so hin, daß er das Haus im Auge behalten

konnte. Er wollte warten, bis die Polizistin nach draußen ging, und dann mit dem Barbesitzer plaudern. Aber was wollte er ihn eigentlich fragen?

Die Fenster im dritten Stock waren alle vergittert, die Jalousien heruntergezogen. Paul suchte auf dem Display seines Mobiltelephons nach Ines' Nummer; er überlegte, ihr eine kurze Nachricht zu schicken, daß er sich jetzt vor jenem Appartementhaus befand, in dem der ehemalige SS-Mann Erich Priebke unter Hausarrest stand. Während er die Buchstaben eintippte, flatterten diffuse Ines-Bilder in seinem Kopf herum, die so bewegt und unruhig waren, daß Paul vieles und gleichzeitig nichts in ihnen erkennen konnte. Am Ende löschte er die Nachricht und wunderte sich über seinen plötzlichen Mitteilungsdrang, der ihm lächerlich erschien.

Clara hatte ihr Taschentuch mit Speichel befeuchtet und das Mascara wegzuwischen versucht, bevor die vielen Menschen zustiegen, die auf dem Bahnsteig standen. Sie erinnerte sich, daß auf ihrer letzten Reise nach Venedig, im Frühling dieses Jahres, der Klatschmohn zwischen den Schienen geblüht hatte. Der schwarze Punkt in der Mitte der Blüte stehe für das Liebesleid, hatte Ines ihr als Mädchen erklärt. Als Clara einmal in ein Getreidefeld gelaufen war und einen Mohnblumenstrauß gepflückt hatte, war sie mit den bloßen Stengeln nach Hause gekommen; keine einzige Blüte hatte den Heimweg überlebt.

Seit Ines tot war, fielen Clara Begebenheiten aus Kinder- und Jugendtagen ein. Sie waren gemeinsam zur Schule gegangen, hatten voneinander abgeschrieben, einander die Rechenwege telephonisch durchgegeben. Sie waren über den Gartenzaun einer deutschen Ferienvilla gestiegen und hatten in dem Pool gebadet, wenn der Besitzer für ein paar Tage in seine Heimatstadt Dachau zurückgekehrt war. All dies konnte Clara nun nicht mehr mit Ines besprechen.

Das Abteil füllte sich bis auf einen Platz. Die Nähe von so vielen Menschen war Clara unangenehm. Sie sah zum Fenster hinaus, als könnte ihr Körper zusammen mit ihren Blicken den engen Raum verlassen.

Ines hatte sich manchmal versteckt, wenn sie Bekannte oder Freunde auf der Straße entdeckt hatte. Sie war in Hauseingänge verschwunden oder hatte Geschäfte betreten, nur um nichts sagen zu müssen, hatte es an manchen Tagen nicht ausgehalten, wenn sie angesprochen worden war, wenn jemand neben ihr telephoniert hatte.

«Warum hast du dir ausgerechnet Rom als Wohnort ausgesucht?» hatte Clara sie gefragt.

Aber es war nicht der Lärm gewesen, der Ines gestört hatte. Es war ihr unerträglich gewesen, wenn irgendwelche Leute in diese *Wolkensprache*, die ohne Rückzug nicht zu haben war, hineingeplatzt waren, wenn sie das, was in Ines' Kopf gewachsen war, mit ihren Reden zugedeckt hatten. Dann war sie auf Distanz gegangen, hatte nicht gezögert, Freunde und Bekannte vor den Kopf zu stoßen.

Clara mußte an einen Streit mit ihrem Mann denken, der sich öfters abfällig über Ines geäußert hatte. «Wie gut, daß sie kinderlos ist», hatte Claus gesagt, nachdem sich Clara – es war letzten Herbst gewesen – über die Unzuverlässigkeit ihrer Freundin beklagt hatte; Ines war wieder einmal nicht ans Telephon gegangen. Clara hatte daraufhin Claus den Unterschied zwischen authentischen Kindersätzen und Alltagsgerede zu erklären versucht, hatte Ines' Rückzugstendenzen verteidigt. «Niemand hat mehr an Ines gehangen als Gesine, als sie noch klein gewesen ist, erinnerst du dich? Sie hat gespürt, daß sie von Ines ernst genommen wurde. Während wir beide sie oft unterschätzt haben.»

Mit jedem Kilometer, den der Zug zurücklegte, fühlte Clara sich leerer. Sie fand keine Worte für ihren Zustand, sah immer wieder suchend zum Fenster hinaus. Etwas ist mit Ines' Tod aus mir herausgeschält worden, ein Teil des Gehäuses. Falsch, dachte Clara. Was für ein lächerliches Küchenbild. Ich habe Angst, daß diese jahrelange Freundschaft vergehen, daß sie sich in Anekdoten auflösen könnte. Blödsinn. Es ist doch alles schon zu Ende. Und unser Stillbach hat schon angefangen auszutrocknen, lange vor Ines' Tod.

Wo war die Stelle? Clara blätterte in der Mappe. Irgendwo hatte sie ein paar Bemerkungen über ihr Dorf gelesen – da:

In Stillbach war der Bach nie still. Selbst dort, wo man ihn unter die Erde verlegt hatte, weil in ihm schon mehrere Kinder ertrunken waren, hörte man dieses ununterbrochene Rauschen, dieses Gurgeln und Sprudeln, das nahezu an allen Ecken und Enden des kleinen Ortes einmal leiser, einmal lauter zu vernehmen war – je nach vorangegangener Witterung. War es lange trocken gewesen, floß das Wasser in Rinnsalen Richtung Tal.

In meinem Gedächtnis ist Sommer, dachte Clara. Was noch an Erinnerungen da ist, wird nach und nach versickern.

Sie sah in die Gesichter der Mitreisenden, zog den Terminplaner und Ines' Handy aus der Tasche. Ein Lastwagenfahrer aus Stillbach, der die Strecke Bozen–Rom–Bozen zweimal die Woche fuhr, hatte ein paar persönliche Dinge von Ines nach Stillbach gebracht. Ines' Wohnungsvermieterin hatte sie ihm übergeben. In den letzten Jahren war der Mann immer wieder mal als Botendienst eingesetzt worden, hatte Pakete und Kisten von da nach dort geliefert, war sogar ein paarmal mit Ines in Rom essen gegangen.

Geld habe er dieses Mal keines genommen, hatte die Tante erzählt. Sie, Clara, könne sich jederzeit an den Mann wenden, er habe versprochen, beim Transport von etwaigen Möbeln behilflich zu sein. «Er ist ein Freund der Familie, ein guter Mensch.»

Darüber, daß Clara den Umweg von Wien über Stillbach genommen hatte, um nach Rom zu fahren, war die Tante so dankbar gewesen, daß sie minutenlang Claras Unterarm gestreichelt hatte.

«Aber ich weiß so wenig über Ines.»

«Bestimmt mehr als ich», hatte die Tante gesagt. Sie habe Ines seit Jahren gebeten, nach Stillbach zurückzukommen. *Das Kind habe ihr schon längere Zeit nicht mehr gefallen.* «So dünn. – Ausgezehrt. – Und ich bin schuld. Ich habe sie angestiftet zu diesem Wanderleben. Ines' Mutter hat mir das nie verziehen.»

Aber Ines war doch seßhaft gewesen, dachte Clara, seßhafter als sie selbst. Vermutlich führten in den Augen der Tante all jene ein Wanderleben, die nicht mehr nach Stillbach oder in seine nähere Umgebung zurückgekehrt waren. Die Ansichtskarte von der Fontana di Trevi, welche Ines' Tante ihr dann gezeigt hatte, dieses abgegriffene, auf Karton aufgeklebte Schwarzweißbild, das sie immer mit sich herumzutragen schien, war aus dem Jahr 1978 gewesen. Clara hätte die Grußkarte auch ohne Poststempel datieren können, weil sie diese schnörkellose, zu expressiven Verschlaufungen neigende Handschrift unter tausenden wiedererkannt hätte.

Damals, in den letzten zwei Jahren am Gymnasium, hatte Ines' und Claras Schrift eine leichte Neigung nach links gehabt. Sie waren beide der Meinung gewesen, ihre politische Haltung müsse auch in der Handschrift ihren Ausdruck finden. Erst als sie in einem graphologischen Handbuch gelesen hatten, daß die Linksneigung negativ zu bewerten sei und für übertriebene Selbstbezogenheit stünde, hatten sie sich wieder für eine etwas schlampigere, schnell verbundene Schrift mit geradestehenden Buchstaben entschieden, die vor allem ihre Persönlichkeit hervorstreichen sollte. Clara entsann sich, daß sie beide mehrere Nachmittage damit verbracht hatten, die neue Handschrift einzuüben.

Überall in den Bahnhöfen, auch in den kleinen, in denen der Zug nicht stehenblieb, waren Travertin-Verschalungen zu sehen. Die Bänke auf den Bahnsteigen, die Trinkbrunnen und die dachtragenden Säulen bestanden aus dem vertrauten Stein, den Ines so gemocht hatte. Schon in den Bahnhöfen, hatte sie einmal gesagt, werde man an die hellen Prachtbauten, an die Kirchen und Basiliken, Stadien und Brunnen aus Kalktuff erinnert, die einen am Ziel der Reise erwarteten.

Verstohlen sah Clara die Fahrgäste an; sie hatte seit diesem Morgen nichts mehr zu sich genommen, spürte, wie es in ihrem Magen rumorte. Doch die Mitreisenden schienen dieses Knurren nicht bemerkt zu haben.

Clara steckte die einzelnen Blätter zurück in die Mappe und überlegte, in den Speisewagen vorzugehen, schlug dann aber den Terminplaner auf. Einige Verabredungen hatte die Tante abgesagt. Um die anderen, welche die Arbeit für das Übersetzungsbüro betrafen, hatte sich bereits eine Kollegin von Ines gekümmert. Clara sollte vor Ort die einzelnen Nachhilfeschüler von Ines' Tod benachrichtigen und jene Freunde anrufen, welche die Tante noch nicht erreicht hatte. Was, wenn sie den Zugangscode zu Ines' Computer nicht herausfand?

Beim Durchblättern des Terminkalenders, der zu Claras Erstaunen über deutsche, österreichische und schweizerische Service- und Notrufnummern verfügte und keinerlei Bezug auf das italienische Umfeld nahm, in dem Ines gelebt hatte, rief die Handschrift der Freundin eine quälende Nähe hervor. Clara versuchte sich zu beherrschen, sah in das Gesicht der Frau, die ihr gegenübersaß und konzentriert Sudokus löste, aber es half nichts.

Manche Ortsangaben, Namen und Uhrzeiten mußte die Freundin stehend und in großer Eile notiert haben; die Schnelligkeit beim Schreiben war zu Lasten der Genauigkeit gegangen;

vieles war kaum zu entziffern; am Ende wußte Clara nicht mehr, ob es an Ines' Schrift lag, daß sie das Geschriebene nicht lesen konnte oder an ihrem eigenen verschwommenen Blick.

Abrupt stand sie auf, entschuldigte sich beim älteren Herrn neben ihr, weil sie sein Knie berührt hatte, und stieg über die Beine der anderen Fahrgäste hinaus auf den Gang. Die Stirn ans Fenster gedrückt, blickte sie in die Landschaft: Kornfelder fügten sich an Kornfelder, ab und zu waren sie von Pappelalleen eingesäumt, und über den rechteckigen Getreideanbauflächen war dermaßen viel Himmel, daß Clara schwindelig wurde. Sie zwang sich, sehr tief und langsam zu atmen.

Vielleicht sollte sie endlich etwas essen. Sie drehte sich um und ging in den Speisewagen.

Nachdem sich Marianne für Beppe entschieden hatte, war Paul in Rom geblieben. Er hatte seine Wohnung in Wien vermietet und sich vorübergehend ein *monolocale* gesucht. Die Mieten waren in den letzten Jahren derart gestiegen, daß Paul die Suche nach einer geräumigeren Wohnung aufgegeben hatte. Solange es keine neue Frau in seinem Leben gab, sah er auch keinen Grund, aus der Einzimmerwohnung auszuziehen; das Appartement lag auf dem Viale Trastevere, ein paar Minuten von Nanni Morettis *Cinema Nuovo Sacher* entfernt. Zwar war die Wohnung etwas dunkel, weil die beiden Fenster auf den Hinterhof und nicht auf die breite Straße hinausgingen, doch mochte Paul die Nähe zur Porta Portese, wo er sich jeden Sonntag früh, während der Alte angeblich seine Runden im Park drehte, unter die Flohmarktbesucher mischte.

Die Polizistin, die Paul nach kurzem Zögern auf der Via Cardinal Sanfelice angesprochen hatte, war freundlich gewesen und hatte ihm erzählt, daß Signor Priebke zweimal in der Woche Ausgang habe, daß er sich guter Gesundheit erfreue und geistig fit sei. Wenn Paul ihn interviewen wolle, müsse er das Militärgericht um Erlaubnis fragen. Priebke sei Gesprächen nicht abgeneigt. Paul hatte sich beim Anblick der großgewachsenen und korpulenten Frau gefragt, ob sie mit all den Kilos am Leib imstande wäre, jemandem nachzulaufen, auch schien ihm die Beaufsichtigung des Häftlings äußerst lückenhaft, denn während die Polizistin mit dem Barbesitzer gesprochen hatte, war der Hauseingang unbeobachtet gewesen.

Ob sie hier sei, um Priebke zu bewachen, hatte Paul gefragt. «So viele Polizisten gibt es in Italien nicht, daß man alle, die unter Hausarrest stehen, im Auge behalten könnte. Hier leben viele Juden.» Die Polizistin hatte sich ins Auto gesetzt und die Tür offengelassen. «Deswegen sind wir hier.»

Im Dezember 1997, als man den Verhafteten nach Boccea gebracht hatte, waren noch zehn Carabinieri, zwei kleine Panzerfahrzeuge, mehrere Streifenwagen und Soldaten mit Maschinengewehren vor dem Haus gestanden. Die Anrainer hatten Spruchbänder über der Bar und an den Balkonen befestigt, *Buon Natale, assassino, Frohe Weihnachten, Mörder,* und *Priebke, vattene da casa nostra, Priebke, verschwinde aus unserem Haus.* Im selben Kondominium, in dem dieser Giachini den Häftling aufgenommen hatte, lebten zwei Cousins, die von den Nazis verschleppt worden waren, und ein alter Herr, der Buchenwald überlebt hatte. All die Proteste der Bewohner des Viertels, der jüdischen Gemeinde und der *Rifondazione Comunista* waren unerhört geblieben. Aus Krankheitsgründen war Priebke aus dem Gefängnis entlassen und in das hundertzwanzig Quadratmeter große, helle Appartement gebracht worden, dessen Fenstergitter Giachini irgendwann zum Schutz vor Dieben hatte anbringen lassen. Hinter den Jalousien trainierte der ehemalige SS-Offizier auf einem Standfahrrad.

Paul saß auf seinem Schreibtischsessel; er lehnte sich zurück und verschränkte die Arme hinter seinem Kopf. Vor ihm lagen verschiedene ausgedruckte Zeitungsartikel aus dem Archiv des *Corriere della Sera*.

Einen ganzen Vormittag hatte er damit verbracht, zum Wohnort des Alten zu fahren und sich das Haus und die Umgebung anzuschauen; was hatte er sich davon versprochen? Einen Blick auf den Mann werfen zu können? Er wußte doch, wie der aussah. Ohne das Wissen um dessen Geschichte würde er ihn sogar als attraktiv bezeichnen.

Solche Leute, hatte Marianne einmal gesagt, müßte man nach ihren eigenen Maßstäben bestrafen. Das hatte sie nur sagen können, weil sie die Maßstäbe jenes Herrn nicht kannte. Paul wußte von den speziellen Verhörmethoden des SS-Mannes, daß er in den ersten Tagen der deutschen Besatzung einschlägige Erfahrungen im Keller der Botschaftsvilla Wolkonsky gesammelt und diese dann im Gestapo-Hauptquartier angewendet hatte.

«Mattei ist schrecklich. Er ist schrecklich still», hatte Priebkes Vorgesetzter, SS-Obersturmbannführer Herbert Kappler, gesagt und Priebke holen lassen. Aus Angst, den physischen und chemischen Folterungen nicht standzuhalten und die Genossen zu verraten, hatte sich der Kommunist Gianfranco Mattei in seiner Zelle erhängt.

«*Spegni Via Tasso*, Mach die Via Tasso aus!» – andere, die überlebt hatten, konnten kein Licht mehr ertragen.

Paul stand auf und öffnete den Kühlschrank. Mit Ausnahme eines Stückes Parmesan, dreier Zwiebeln und mehrerer Cocktailtomaten, deren Haut nicht mehr frisch aussah, war er leer. Nicht einmal den Weißwein hatte Paul kühl gestellt. Er drückte ein paar Eiswürfel aus dem Plastikbehälter in ein Glas und öffnete eine Flasche Pinot Grigio. Als er zum Fenster trat, winkte die Nachbarin herüber; in der anderen Hand hielt sie die Gießkanne, mit der sie die Geranien goß. Brennende Liebe, dachte

Paul, aus der Familie der Storchschnabelgewächse. Er war einmal mit einer Botanikerin zusammengewesen, ein paar Wochen. Sie hatten einander nicht verstanden. Aber Paul wußte noch immer, daß es eine Kletterpflanze namens Clitoria gab, die ihrem Namen alle Ehre machte.

Nachdem er den Wein ausgetrunken hatte, ließ er sich aufs Bett fallen. Er zog den Reißverschluß seiner Hose auf und faßte sich an den Schwanz, massierte ihn kurz. Die üblichen Vorstellungen halfen nicht, daher setzte er sich wieder an seinen Laptop und schaute sich ein paar YouPorn-Filme an. Das Taschentuch warf er in den Papierkorb.

Er hatte keine Lust zu arbeiten. Ines hatte sich nicht mehr gemeldet, obwohl sie angekündigt hatte, daß sie ihn nochmals anrufen würde. Sie habe da noch ein paar Fragen zu 1978.

Was wollte sie denn wissen? Daß man trotz der geringen Reformbereitschaft der Christdemokraten ein paar Gesetze erlassen hatte? Daß man nutzlose Einrichtungen aus der Zeit des Faschismus, die nur der Unterbringung der eigenen Klientel dienten, aufgelöst und endlich auch den *equo canone*, ein Gesetz gegen den Mietwucher, durchgesetzt hatte? Daß der *movimento del '77*, diese militante Stadtindianerbewegung, die für Sabotageaktionen und Raubüberfälle auf Geschäfte und Firmen verantwortlich gewesen war, damals ihren Höhepunkt erreicht hatte? Daß Leute aus dieser *guerriglia diffusa* unliebsamen Journalisten, Politikern und Vertretern der Staatsgewalt in die Beine geschossen und traumatisierte Krüppel aus ihnen gemacht hatten?

Warum interessierte Ines ausgerechnet diese bleierne Zeit? Weil man damals die Menschenwürde der Irren wiederherzustellen vermeinte, indem man sie aus den psychiatrischen Kliniken in die unbeholfenen und überforderten Arme ihrer Familien entlassen hatte? Es war ja alles richtig und gutgemeint gewesen, dachte Paul, doch hatte er eine Studentin gekannt, deren Bruder von einem Tag auf den anderen wieder zu Hause gewesen war und alle mit seinem Verfolgungswahn terrorisiert hatte. Einmal war die junge Frau vier Stunden mit diesem Bruder in der Toilette eingesperrt gewesen, weil er den Schlüssel abgezogen und in die Kloschüssel geworfen hatte. Die geschlossene Anstalt war in die elterliche Wohnung verlegt worden. Es hatte keine das Gesetz begleitenden Maßnahmen gegeben, wie so oft in Italien.

Paul schenkte sich Wein nach. Er ging in seinem Zimmer auf und ab. Aus den Blumentöpfen der Nachbarin rann das überschüssige Wasser ab; es fiel in dicken Tropfen auf das Wellblech, das einen Teil des Innenhofs überdachte. Paul vernahm das schnell aufeinanderfolgende Klopfen, er hörte, daß die Intervalle immer größer wurden, bis das Geräusch verstummte. Unter dem Blechdach befand sich eine kleine Werkstatt für *motorini*, vor allem aber für alte Vespas und Lambrettas. Paul fragte sich, wie der junge Mechaniker davon leben konnte, denn mehr als um eine Liebhaberei konnte es sich bei dieser *officina* nicht handeln. Oft war die Werkstatt tagelang geschlossen, dann wieder hörte Paul Musik, und der Rauch von Cannabis stieg herauf.

1978 im Herbst hatte Paul eine gebrauchte Lambretta erworben und sie ein Jahr später weiterverkauft, weil er nach Wien zurückgekehrt war. Heute wäre der Roller einiges wert. Warum konnte er sich an die weiße Lambretta mit dem roten Cockpit und den beiden beigefarbenen hintereinander angebrachten Schwingsätteln erinnern, nicht aber an die damalige Ines?

Sie hatte in diesem Galerie-Café wissen wollen, ob Priebkes Aufenthaltsort 1978 bekannt gewesen sei. Was interessierte sie an dem alten Herrn?

Obwohl Paul über den Mann gut informiert war, hatte er nur mutmaßen können. Priebke war in der Silvesternacht 1946/47 zusammen mit drei anderen Unteroffizieren und einem Offizier aus dem britischen Kriegsgefangenenlager in Rimini-Bellaria entkommen und nach Südtirol geflohen; er hatte von Jänner 1947 bis Oktober 1948 mit seiner Familie in der Sterzinger Bahnhofstraße gewohnt. Vermutlich war ihm der dortige SS-Oberscharführer und Mitarbeiter des Gestapo-Kommandos in Bozen, Rudolf Stötter, behilflich gewesen, der auch noch anderen Herren übergangsweise ein Quartier in seiner Heimatstadt oder ein Versteck in den umliegenden Bergen hatte verschaffen können.

Getarnt als einer der vertriebenen lettischen Volksdeutschen, die staatenlos waren, suchte Priebke nach dem Krieg unter dem falschen Namen Otto Pape um einen Reisepaß an.

Ines hatte nicht glauben können, daß sich in dem Bozner Franziskanerkloster, dessen Gymnasium seit mehr als zwei Jahrhunderten als Eliteschmiede des Landes galt, eine wichtige Fluchthilfestelle für Naziverbrecher befunden hatte. Auch Adolf Eichmann war nach einem Zwischenstop in Sterzing längere Zeit im Bozner Kloster gewesen. Im Gegensatz zum SS-Lagerarzt Josef Mengele, dessen Familie eine florierende Firma für Landmaschinen besaß, konnte sich Eichmann keine teuren Südtiroler Hotels als Unterschlupf leisten. Ebensowenig Priebke, der von den Bozner Patres während seiner Fluchtvorbereitungen im alten Spital untergebracht worden war. Im Sommer 1948 beantragte Herr Pape, der im richtigen Moment ein wichtiges Empfehlungsschreiben von der Päpstlichen Hilfskommission in Rom erhalten hatte, einen Paß für seine Ausreise nach Argentinien.

Auf der *San Giorgio*, jenem Schiff, das Pape und seine Familie von Genua nach Buenos Aires gebracht hatte, war auch der Südtiroler Cornelio Dellai gewesen, jener Mann, der das Hotel Catedral in Bariloche verwalten sollte, in dem Pape Arbeit als Oberkellner fand. Ein Jahr nach seiner Ankunft in Südamerika war aus dem lettischen Pape schon wieder ein deutscher Priebke geworden, der bis zu seiner Entdeckung durch einen amerikanischen ABC-Journalisten im Jahr 1995 ein ungestörtes Leben in

Bariloche verbringen konnte. 1954 erhielt Priebke dort eine Festanstellung im Hotel Sauter; er war bekannt für seine Personalkontrollen, überprüfte regelmäßig die Fingernägel, die Schuhe und die Bügelfalten seiner Untergebenen; in der Küche soll er dann Details vom Massaker in den Höhlen erzählt haben. Anfang der sechziger Jahre erwarb er ein Wurstgeschäft in Bariloche. Er saß im Vorstand der Deutschen Schule, der – so berichtete ein entlassener Lehrer – dafür gesorgt haben soll, daß Hitlers *Mein Kampf* in der Bibliothek blieb und die Werke Heinrich Bölls nicht gelesen wurden.

Offiziell habe man in Deutschland und Italien nichts über Priebkes Verbleib gewußt, doch einschlägige Kreise müssen informiert gewesen sein, hatte Paul zu Ines gesagt. Priebke sei von Argentinien aus nach New York, Paris und Südtirol gefahren; 1978 und 1980 war er sogar in Rom gewesen, hatte sich mit einem früheren Kameraden getroffen, der für den Geheimdienst tätig gewesen war.

Im August 1980 hatte ihn eine Gymnasiallehrerin, die ihre Kindheit in der Via Rasella verbracht hatte, wiedererkannt und angesprochen. Priebke sei in der Mittagshitze, begleitet von einer blonden Frau, auf den Stufen eines Hauseingangs in der Via Rasella gesessen, ein Sommerhütchen auf dem Kopf –

«Möglicherweise sind wir diesem Mann damals irgendwo in der Stadt begegnet», hatte Ines gesagt.

Das könne ihr heute auch noch passieren. Sie müsse nur am Mittwoch oder Sonntag um neun Uhr im Park der Villa Doria Pamphili spazierengehen. Die Anlage mit den vielen schattenspendenden Pinien hoch über der Stadt sei aber auch ohne den Alten einen Spaziergang wert, hatte Paul gesagt.

Ines war auf die Bemerkung nicht eingegangen, ihre Stirnfalten hatten einen so finsteren Gesichtsausdruck bewirkt, daß Paul sich einen Augenblick gefragt hatte, wie sie wohl nach einer

Stirnstraffung aussehen mochte. Unlängst hatte er spät nachts in einem der Fernsehkanäle, die dem Premier gehörten, einen Bericht über Stirnlifting und die Korrektur von hängenden Augenbrauen gesehen. Der Chirurg hatte einen Streifen Haut aus der Gesäßfalte seiner Patientin entnommen und das zugeschnittene Implantat in die Lippe eingeführt. Ob der Premier auch Hautteile seines Hinterns im Gesicht trug?

Arschgesicht wird bald kein Schimpfwort mehr sein, dachte Paul. Er wollte sich noch etwas Wein einschenken, aber die Flasche war leer.

Kalte Luft blies Clara in den Nacken. Nachdem sie ein Sandwich gegessen hatte, bestellte sie sich ein zweites, und obwohl ihr der überteuerte Rotwein nicht geschmeckt hatte, bat sie den Kellner um eine weitere Piccoloflasche. Im Speisewagen saßen nur wenige Menschen; vielleicht lag es an der Klimaanlage.

Clara rief Claus an und fragte, ob zu Hause alles in Ordnung sei.

Gesine verbringe das kommende Wochenende bei einer Freundin, und er habe nichts Besonderes vor, sagte Claus. Dann schwieg er.

«Wie's mir geht, interessiert dich nicht?»

«Ich warte», sagte Claus.

«Du willst es gar nicht wissen.»

«Mach jetzt kein Theater, Clara.»

«Warum rufst du nie an?»

«Ich wollte dich heute abend –»

«Das sagst du immer.»

Nach dem Gespräch war Claras Trauer für eine Weile verflogen. Sie schrieb eine vorwurfsvolle SMS, schickte sie aber nicht ab. Claus war bis vor einer halben Stunde im Krankenhaus gewesen, er hatte Frühdienst gehabt, war bestimmt müde. Der änderte sich nicht mehr.

Die Wünsche suchen uns aus, nicht wir die Wünsche, dachte Clara. Und mit zunehmendem Alter werden sie nicht weniger.

War der Satz von Ines oder aus einem Buch?

Ich habe D'Annunzios Roman zu Hause vergessen, fiel ihr ein. Das italienische Original ließe sich eventuell in Rom auftreiben, aber das würde nichts nützen, da sie die Zitate auf deutsch brauchte. Vielleicht hatte Ines *Das Feuer* in ihrer Bibliothek? Unwahrscheinlich. Im Gegensatz zu Clara, die schon in Stillbach damit begonnen hatte, italienische Autoren in deutscher Übersetzung zu lesen, wäre dies Ines nie in den Sinn gekommen. Sie hätte nicht einmal die Bücher Italo Svevos auf deutsch gelesen, dessen Italienisch als schwierig galt.

In Florenz änderte der Zug die Fahrtrichtung, so daß Clara aufstand und sich einen anderen Platz suchte; sie sah jetzt in das zarte Gesicht eines Mitreisenden, der von hinten ausgesehen hatte, als trainiere er täglich mit Hanteln und Theraband, um die Schultermuskeln zu stärken.

Sie dachte an jenen anderen Kopf, von dem irgendwo bei Brecht steht, daß er *wie aus gelbem Wachs geformt* sei, an die *Rübe* dieses Windhundezüchters. Es blieb ihr nichts anderes übrig, als das vier Jahre andauernde Verhältnis zwischen D'Annunzio und der Duse in ihr Venedig-Buch aufzunehmen, wenngleich die Beziehung einseitig gewesen war. Auch mißfiel Clara die nahezu unverschlüsselte Darstellung des Künstler-Paares im Roman. Mußte Stelio ein exaltierter Dichterkomponist und Foscarina ausgerechnet eine devote, alte Schauspielerin sein, welche die Schwermut schon im Namen trug?

Als sich die beiden in Venedig getroffen hatten, war die Duse tatsächlich nicht mehr jung gewesen. Lieber als in einem der berühmten venezianischen Hotels hatte sie in einem kleinen Palazzo gewohnt, abgeschirmt von den neugierigen Gästen und Passanten. Sie hatte Hintereingänge benützt und auf dem Zimmer gegessen, um ungestört sein zu können, war das Gegenteil von ihrem nach Öffentlichkeit heischenden, sich zum Genie stilisierenden, Gott, Kunst und Vaterland besingenden *poeta* gewesen, der in ihr nur ein weiteres Weib für seine Kollektion gesehen hatte. Dabei war Eleonora Duses Renommee dem D'Annunzios mindestens ebenbürtig gewesen. Viele Zeitgenossen hatten ihn nur gekannt, weil er der Liebhaber der berühmten Schauspielerin gewesen war, weil die Klatschspalten der Zeitungen ausführlich über diese Liaison berichtet hatten.

Clara erinnerte sich vage an einen Duse-Brief, den sie vor ihrer Abreise aus Wien im Internet überflogen hatte; es war darin von den verschiedenen Arten der Liebe die Rede gewesen, von jener, die zum Guten führe, ebenso wie von jener anderen, welche die Willenskraft und die Bewegungen des Verstandes lähme. Letztere war der Duse als die wahrste, wenngleich auch als die verhängnisvollste erschienen. D'Annunzio, für den sie nichts als ein paar Stufen auf der Karriereleiter gewesen war, mußte sie betäubt haben. Anders war nicht zu erklären, warum sie ihm erlaubt hatte, zu ihr in den Palazzo Barbaro Wolkoff zu ziehen, warum sie ihn monatelang durchzufüttern gedachte. Für all seine mittelprächtigen bis peinlich-pathetischen Stücke hatte sie nach Aufführungsmöglichkeiten gesucht, hatte mit ihrem eigenen Kapital die Bühnenausstattung mitfinanziert und mit ihm sogar ein nationales Theater nach dem Vorbild von Wagners Bayreuth gründen wollen. Eine schwärmerische Närrin, für die er – wie für alle Frauen – nichts als Verachtung übrig gehabt hatte.

Ines hatte nie über ihre Verhältnisse gelebt. Wenn das Geld weniger geworden war, hatte sie sich mit *pasta in bianco* oder *risi e bisi* begnügt. Kleider hatte sie jahrelang auftragen können, bis sie in der Sonne glänzten.

Einmal hatte Clara der Freundin Geld angeboten, aber Ines

war auf das Angebot nicht eingegangen, aus Angst, die zweitausend Euro nicht zurückzahlen zu können. Schlimmer als das Geldangebot hatte Ines Claras Mitleid gefunden, das sie als *großzügige Geste der Arztgattin* bezeichnet hatte. «Du kannst nicht für mich Claus' Geld ausgeben», hatte Ines gesagt.

Ein Tunnel folgte auf den anderen, dazwischen tat sich jenes malerische Hügelland auf, das von Zypressen und Pinien durchsetzt war. Die weißen Punkte in der Ferne waren Schafe, die sich in der Gruppe fortbewegten.

Der Blick in diese Postkartenlandschaft stimmte Clara sentimental; sie haßte es, wenn Kitsch sie in Rührung versetzte, diese Abneigung hatte sie mit Ines geteilt.

Wie gut, daß sie D'Annunzios Roman zu Hause liegengelassen hatte. Nicht nur die einseitige Zeichnung der Foscarina vulgo Duse als schwärmerische und sich aufopfernde *Sklavin der Begierde* fand Clara widerwärtig, auch mit diesen melancholischen Untergangsstimmungen der spätherbstlichen Lagunenstadt – ein Windspiel verstand D'Annunzio sogleich in ein *seidenüberzogenes Nervenbündel* zu verwandeln – mochte sie sich gar nicht beschäftigen, obwohl Clara sich eingestehen mußte, daß der *poeta* ein Talent für die Beschreibung von Farben, Tönen und plastisch-fühlbaren Formen besessen hatte. Gleichzeitig konnte er aber nichts schreiben, was er nicht erlebt hatte, er schien das zwanghafte Bedürfnis zu haben, intime Details öffentlich zu machen. Um die Folgen scherte er sich nicht.

Clara öffnete Ines' Terminplaner. In den ersten Monaten des Jahres tauchte immer wieder der Name Francesco auf, manchmal stand da lediglich der Buchstabe F. – ein Kürzel für diesen Namen? Dunkel erinnerte sich Clara an ein Telephongespräch mit Ines, in dem die Freundin von dem Sohn jener Stillbacherin gesprochen hatte, die noch vor Ausbruch des Krieges aus Arbeitsgründen nach Rom gezogen und dort geblieben war. Emma war ihr Name. Hatte der Sohn Francesco geheißen? Clara war sich nicht sicher. Jedenfalls hatten sich die beiden über Monate jeden Mittwochabend getroffen, dann waren die entsprechenden Spalten im Kalender plötzlich leer geblieben. Hatte sich Ines wieder in ihrem Gehäuse eingerichtet, die Fenster abgedichtet, die Ohren zugestöpselt und nachts ein Kissen auf und eines unter ihren Kopf gelegt? *Der Small talk schnürt mir die Kehle zu, wie zu wenig oder schlechte Luft*, hatte sie Clara vor einem Jahr geschrieben, *sei mir nicht böse, wenn ich nicht zu Deiner Geburtstagsfeier komme.* War Ines mit diesem Francesco ausgegangen? War ihr seine Gesellschaft zuviel geworden? Oder die seiner Freunde? Dieses Rudelgebaren? «Hast du einen Freund, kriegst du hier zehn dazu», hatte Ines einmal lachend erzählt.

Das Privatleben schien die Freundin vor ihrer Familie geheimgehalten zu haben, denn Ines' Tante war ahnungslos gewesen. Dabei hatte Clara gehofft, in Stillbach einige hilfreiche Informationen zu bekommen. Das gleiche hatte sich die Tante wohl von Clara erwartet.

Vielleicht hat es gar kein Privatleben gegeben.

Clara blätterte im Planer vor und zurück, entdeckte an den Blatträndern immer wieder Palmetten und Rosetten, Mäanderbänder und Spiralen; sie erkannte ganze Muster wieder und glaubte auf einmal diese Geruchsmischung aus Körperausdünstungen, Kreidestaub und Pausenbroten in der Nase zu haben. In der Schule hatte Ines aus Langeweile die freien Buchseiten vollgekritzelt und in die Ornamente und Blumenmuster die Anfangsbuchstaben der Angehimmelten hineingeschrieben. Arno, Peter, Thomas – später hießen die jungen Herren mit dem Flaum über der Oberlippe Fritz und Rainer. Daß Clara sich daran noch erinnern konnte.

Klopfenden Herzens suchte sie jetzt die Seite mit Ines' Todesdatum. Wen hatte sie als letztes getroffen? An jenem Tag waren keine Eintragungen zu finden. Vier Tage zuvor hatte Ines eine Verabredung mit einem gewissen Paul Vogel in der Galleria Sordi gehabt; es war sogar seine Mobiltelephonnummer vermerkt. Den werde ich anrufen, sagte sich Clara.

Nahe der Bahnlinie verlief eine Zeitlang eine schmale Feldstraße, auf der Arbeiter den Straßenbelag erneuerten, dann fuhr der Zug wieder durch Wiesen und Felder. Halb wach, halb dösend sah Clara hinaus, als plötzlich ein halbnackter Mann hinter einem Busch hervorsprang. Er schien die Distanz zur Bahntrasse genau kalkuliert zu haben: Wäre er zu nahe an den Gleisen gestanden, hätten die im Zug Sitzenden seinen erigierten Penis nicht zu sehen bekommen, eine zu große Entfernung wiederum hätte dem Blick fürs Detail geschadet. Clara brach in Gelächter aus, war aber offenbar mit ihrer Beobachtung allein, denn die Leute im Speisewagen sahen irritiert zu ihr herüber anstatt in die Landschaft.

«Ein nackter Mann», sagte Clara und zeigte mit dem Daumen nach draußen.

Der Herr mit dem breiten Nacken drehte sich in Fahrtrichtung – viel zu spät, denn da war nichts mehr, kein Mensch weit und breit –, zog die Augenbrauen in die Höhe und vertiefte sich wieder in seine Zeitung.

Die anschließende Stille im Speisewagen ließ Clara daran zweifeln, was sie gesehen hatte. War sie kurz eingeschlafen und von einem Traum aufgeschreckt? Sie hätte den Mann nicht beschreiben können, nur sein rotes T-Shirt und den Schwanz, der eine beachtliche Größe gehabt hatte. Eine Attrappe? War der Mann alt oder jung, dunkelhaarig oder blond gewesen?

Sie hatte keine Ahnung. Es war alles ein Zufall.

Clara hatte hingesehen, die anderen nicht.

Ines war tot. Sie lebte.

Am Nachmittag war Paul mit einer Gruppe von österreichischen Archäologen auf dem Weg ins ehemalige Gestapo-Hauptquartier, in dem sich jetzt das *Museo Storico della Liberazione* befand. Die jungen Leute, die sich lieber Neros *Domus Aurea* angesehen hätten, waren enttäuscht, weil die Palastanlage geschlossen war. Immer wieder hatte es nach starken Regenfällen Wassereinbrüche gegeben. Paul war zuletzt mit Marianne im *Goldenen Haus* gewesen; fünf Jahre waren seither vergangen. Sie hatte ihm von den beweglichen Decken aus Elfenbein erzählt, durch die Blumen herabgeworfen und duftende Essenzen versprengt worden waren. Eine der Decken, die größte, die sich über dem oktogonalen Speisesaal befunden hatte, soll sich wie die Erde Tag und Nacht gedreht haben.

Paul versuchte sich von den Marianne-Erinnerungen abzulenken, doch allein das Vorhaben verstimmte ihn.

Das Museum in der Via Tasso war leer. Er spulte in weniger als dreißig Minuten sein Programm herunter, erläuterte in kurzen Zügen die historischen Zusammenhänge und beantwortete anschließend Fragen. Die meisten ranghohen Nazis seien damals in die Villa Napoleon, das Hauptquartier der Gesandtschaft am Vatikan, und in die Botschaftsvilla Wolkonsky eingezogen. Als erstes hätten sie den Pfauen im Garten die Hälse umgedreht, um sie dann über dem Lagerfeuer zu braten. «Die armen Tiere», hörte Paul die junge Frau sagen, die sich nach den *Wohnorten der Bonzen* erkundigt hatte.

Er überlegte kurz, von den italienischen Soldaten zu erzählen, die nach der Kapitulation ausgehungert durch die Straßen gezogen waren und um eine Unterkunft gebettelt hatten, schwieg aber und überließ die jungen Leute sich selbst. Sollten sie doch ihr Leben lang Knöchelchen und Tonscherben ausgraben, dokumentieren, konservieren und archivieren, dachte Paul.

Er verließ das Museum, das wie ein einfaches Wohnhaus aussah, und rauchte auf der Straße eine Zigarette; später kehrte er ins Gebäude zurück und folgte der jungen Frau, die sich nach den Unterkünften der Nazis erkundigt hatte und nun in einer der guterhaltenen Gefängniszellen stand. *«È facile saper vivere/grande saper morire»*, las sie halblaut von der Wand.

Vor einer Vitrine stehend, fragte sie dann Paul, was die Worte *coraggio, amore, baci* bedeuteten, und als er ihr erklärte, daß jemand aus der Familie des Inhaftierten die Worte Nur Mut, Liebling, Küsse auf die Socke gestickt habe, veränderte sich ihr Gesichtsausdruck. Sie blieb an Pauls Seite und ließ sich die Kritzeleien und Inschriften an den Wänden der Zellen übersetzen, erkundigte sich nach dem Schicksal der römischen Juden und nach den Toten in den Ardeatinischen Höhlen, so daß ihr Paul die Bemerkung über die Pfaue schon verziehen hatte, als sie ihn fragte, ob er am Abend etwas vorhabe. Sie würde gerne mit ihm essen gehen, und zwar allein, «ohne die nervige Gruppe». Bevor er noch antworten konnte, hatte sie ihm eine Visitenkarte zugesteckt und war aus dem Zimmer gegangen. Sie mochte Mitte Zwanzig sein, trug über den dünnen Leinenhosen eine Art Strandkleid, das den Hintern verdeckte, aber elegante Sandalen mit dazu passender Tasche. Einer der Männer, offenbar der Organisator der Reise, der Paul angerufen und sich mit ihm für die Führung verabredet hatte, verwickelte ihn in ein Gespräch über den Premier und die *Vergangenheitsbewältigung* – ein Wort, das es im Italienischen nicht gab. Das Böse sei doch nicht erst mit den Deutschen in die Stadt gekommen, sagte der Mann. Es käme ihm so vor, als versteckten die Italiener ihre faschistischen Verbrechen hinter denen der Deutschen und als stilisierten sie sich nachträglich zu Opfern der deutschen Invasion. Der Mann war nicht dumm, aber die Art, wie er dozierte – er schaute dabei in die Runde, als hoffte er auf weitere Zuhörer –, war Paul unsympathisch, und seine Äußerungen über den Premier gingen nicht über die langweiligen Schimpftiraden hinaus, die sich auf dessen apolitisches Weltbild bezogen. Immerhin konnte der Mann auch einige Fakten nennen, daß Italien nach den Parlamentswahlen im Jahr 1994 neofaschistische Minister in die Regierung genommen und damit als erstes europäisches Land ein Tabu gebrochen habe, daß es im Gegensatz zu Österreich, das sechs Jahre später, nach der Bildung der schwarz-blauen Koalition, politisch geächtet worden sei, keine Maßnahmen von seiten der EU habe befürchten müssen, daß –, daß –, daß –. Paul hörte mit halbem Ohr zu, er kannte all diese Argumente, hatte in Wien mit Marianne und gemeinsamen Freunden über die Regierungsbeteiligung der rechten Haider-Partei diskutiert, hatte an Demonstrationen gegen Rassismus und Fremdenfeindlichkeit teilgenommen, Artikel dagegen verfaßt. Paul nickte und hielt nach der jungen Archäologin Ausschau, die draußen auf dem Gang stand und in ihrem Baedeker las.

Von der Seite sah die Frau der Botanikerin ähnlich, an die er in letzter Zeit öfters dachte, vor allem an die gemeinsamen Spaziergänge im Pinienhain. Er war mit ihr an Orten gewesen, die ihn an nichts erinnert hatten, weder an geschichtliche noch an einschneidende private Ereignisse, und ihre Bewunderung für Schmetterlinge und wildwachsende Orchideen war ansteckend gewesen und hatte ihm gutgetan. Aber sie hatte sich im Bett bewegt, als befände sie sich bei einem Photoshooting; immer hatte sie geglaubt, sie sei nicht schön genug.

Die junge Frau schaute von ihrem Stadtführer hoch und lächelte ihn an. Mehr als zwei Jahrzehnte, schätzte Paul, trennen uns. Wenn er an sich herunterschaute und die fleckigen Arme betrachtete, kam er sich wie ein archäologisches Fundstück vor. Im Grunde wäre es töricht, mit ihr essen zu gehen.

Der Mann redete noch immer. Er sprach ein paar Brocken Italienisch, war in Kärnten an der Grenze aufgewachsen, erzählte jetzt von seiner Kindheit, daß er immer zur italienischen Fußballmannschaft gehalten habe. Als er von den Fähigkeiten des Torhüters Gianluigi Buffon zu schwärmen begann, konnte sich Paul nicht zurückhalten. Buffon, Cannavaro, De Rossi – das seien lauter Spieler mit einschlägigen politischen Sympathien. Buffon sei nicht nur in einem T-Shirt mit der faschistischen Aufschrift *Boia chi molla*, *Verdammt sei, wer zurückweicht* gesehen worden, er habe sogar einmal erwogen, mit der Rückennummer achtundachtzig zu spielen. Beim Fußball brauche man Eier, habe er sich herauszureden versucht und so getan, als bestünde die Achtundachtzig aus vier Eiern. «Daß die Zahl ein Code der Neonazis ist, brauche ich Ihnen nicht zu erklären?»

«Heil Hitler», sagte der Mann leise.

«Buffon ist nach dem Weltmeisterschaftssieg mit einer italienischen Fahne herumgelaufen, auf der das Keltenkreuz zu sehen gewesen ist, und Herr Cannavaro hat nach dem Sieg Real Madrids eine Trikolore in die Kamera gehalten, auf der das Liktorenbündel aufgedruckt war.»

Daß De Rossi mit der rechtsextremen Partei *Forza Nuova* sympathisiere, behielt Paul für sich, weil der Mann nun ohnehin schwieg und in diesem Moment Pauls iPhone in der Brusttasche zu vibrieren begann.

«Guten Tag. – Nein. – Ja, der bin ich. – Vor ein paar Tagen. Sie wollte sich noch einmal melden. – Das kann nicht sein. – Das tut mir aufrichtig leid.» Paul öffnete die Tür zum Stiegenhaus und trat hinaus. «Nein, nicht näher. Wir haben uns nur einmal getroffen. – Furchtbar. – Selbstverständlich, jederzeit. – Ja. – Ja. – So schnell? – Ja. – Sicher. – Alles Gute, Ihnen. – Auf Wiederhören.»

Er lehnte sich an die Wand, schaute auf das Display. In der Anrufliste stand eine österreichische Mobiltelephonnummer. Er speicherte sie unter *Clara Burger*, atmete durch, ging wieder zurück ins Museum und bat die Gruppe, in zehn Minuten zum Bus zu kommen. Bevor sich ihm jemand anschließen konnte, verschwand Paul nach draußen. Zwei Straßen weiter sah er Arbeitern zu, wie sie eine Einfahrt teerten; der schwarze Brei rauchte noch, als die Walze über den Belag fuhr.

Ines war tot. Frau Burger, die ihn angerufen hatte, war auf dem Weg nach Rom, weil Ines' Mutter sie gebeten hatte, den Haushalt aufzulösen. Ines' Leichnam werde heute von Rom nach Südtirol überführt, die Beerdigung sei für nächste Woche angesetzt.

Wie immer, wenn jemand in Pauls Freundes- oder Bekanntenkreis gestorben war, kam ihm die nähere Umgebung besonders laut und hektisch vor. Er hatte sich in jüngeren Jahren vorgestellt, es gäbe einen Zeitbeschleuniger, einen Gott, der nach jedem Todesfall die Lebenszeit, die der Tote nun verlor, zurückzugewinnen versuchte, indem er die Wahrnehmung der Trauernden manipulierte.

Paul setzte sich neben den Busfahrer und war froh, daß dieser nicht sprach.

Von der Via Tasso in die Via Ardeatina waren sie nun schon dreißig Minuten unterwegs; bei normalem Verkehr brauchte man für die knapp fünf Kilometer lange Strecke ungefähr zehn Minuten.

Paul würde Ines nicht vermissen, dazu war die Begegnung zu kurz gewesen, dennoch empfand er so etwas wie Trauer. Er hatte ihr mehr bedeutet als sie ihm, das hatte er an jenem Tag in der Galleria Sordi verstanden, und obwohl er sich nicht zu ihr hingezogen gefühlt hatte, war er doch geschmeichelt gewesen.

Sein Mund fühlte sich trocken an. Bei den Höhlen gab es keine Bar. Noch eine Stunde, dann war auch dieser Arbeitstag zu Ende. Er begann im stillen seinen Stoff zu wiederholen: *Das Denkmal besteht aus einer auf acht Rundstützen liegenden verputzten Steinplatte, die einen Meter von der Erde abgehoben ist, unter der die dreihundertsechsunddreißig Sarkophage – ein Steinsarg ist den Gefallenen des Befreiungskrieges gewidmet – in Reih und Glied –*

«Entschuldigung, darf ich Sie etwas fragen?» Die junge Archäologin, die sich hinter ihn gesetzt hatte, war nun aufgestanden und beugte sich über den Sitz zu Paul hinunter, so daß ihre Brustspitzen auf seiner Augenhöhe waren. Eine Filmsequenz aus dem letzten YouPorn-Film fiel ihm ein.

Ja, es gäbe dort Toiletten. Ja, danach sei die Rundfahrt zu Ende. Die Frau setzte sich wieder, die Filmfetzen verschwanden aus Pauls Kopf. Wenig später hielt der Bus vor dem Eingang, einem häßlichen Gitter aus bronzenen Dornenzweigen, das linker Hand von einer weithin sichtbaren Figurengruppe flankiert wird. Paul hatte nie verstanden, warum man ausgerechnet an diesem Ort einem Künstler den Auftrag für eine Skulptur erteilt hatte, der sich von seinem Hang zur faschistischen Rhetorik nicht hatte befreien können.

Die Archäologen und Archäologinnen versammelten sich auf dem Piazzale Martiri di Marzabotto. Der Name des Vorplatzes zu den Höhlen sollte an ein anderes Massaker erinnern, das im Herbst 1944 in der kleinen Apenningemeinde in der Nähe von Bologna von den Deutschen begangen worden war. Paul hielt seinen Vortrag und setzte sich dann auf das Mäuerchen. Während ein Teil der Gruppe in den Höhlen verschwand, besuchte ein anderer das schlichte Monument, das im Gegensatz zu den beredten Gefangenenskulpturen geformtes Schweigen war. Nur die junge Frau blieb unschlüssig auf dem mit Kieselsteinen belegten Vorplatz stehen, bis alle weg waren. Sie lächelte und bewegte sich langsam auf die Sandsteinhöhlen zu, entschied aber im letzten Moment, den Eingang zu den Toiletten zu nehmen. Paul steckte sich einen Kaugummi in den Mund, stand auf und folgte ihr.

Er zog die Tür hinter sich zu. «Reden wir Klartext. Kommst du heute zu mir?»

«Das – das geht mir zu schnell. So war das nicht gemeint.» Sie drehte sich zum Waschbecken, ließ Wasser über ihre Hände laufen. «Wie dann?» fragte er.

Einen Moment suchte sie seinen Blick im Spiegel, dann schaute sie Richtung Becken, zog die Achseln hoch und drehte das Wasser ab.

«Okay», sagte Paul, «da habe ich etwas mißverstanden.»

Er ging nach draußen, setzte sich wieder auf das Mäuerchen, betrachtete die margeritenartigen gelben und rosaroten Blumen in den Tontöpfen hinter sich und horchte auf, als in der Ferne ein Esel zu schreien anfing.

Sie hätte von der Stazione Termini direkt zur Wohnung fahren und sich das Geld für die Übernachtungen im Hotel sparen können, aber Clara sah sich dazu nicht imstande. Im Bett einer Toten schlafen? Morgens die Tasse vom Abtropfständer über dem Spülbecken nehmen, die Ines noch vor einigen Tagen selbst benutzt hatte?

Auch hier waren andere vor Clara dagewesen und hatten ihre Gerüche zurückgelassen, die kein Putzmittel zum Verschwinden bringen konnte; Liebende, Streitende, Schlaflose und Langschläfer – doch Clara kannte sie nicht.

Nachdem sie dreimal die Plastikkarte durch den Schlitz gezogen hatte, öffnete sich die Tür. Das Zimmer war nicht groß. Der Boden knarrte unter ihren Füßen. Sie stieß den Koffer mit der Fußspitze ein Stück weit vor sich her, nahm ihn dann hoch, weil ihr einfiel, daß die staubigen Trolleyrollen Spuren hinterlassen könnten. Manchmal steckten Steinchen in den Minifelgen, lösten sich aus den Hohlräumen und fielen auf die gebohnerten Böden, zerkratzten Parkett und Linoleum.

Ihr erster Weg war der zum Fenster. Die anderen mußten raus: ihre Schlafgerüche, ihre Essensausdünstungen, der kalte Rauch, welcher sich in den Vorhängen festgesetzt hatte, die Spuren süßlicher Shampoo- oder Rasierwasserdüfte. Sie mußten alle raus aus Claras Kopf: die Touristen mit den voreiligen Erwartungen, die frisch Verheirateten, die Pilger und auch jene, von denen sie nicht die mindeste Ahnung hatte, wer sie gewesen waren. Clara brauchte das Zimmer für sich. Sie brauchte Frischluft und keine Erinnerungen. Sie wollte an niemanden denken.

Den Koffer ließ sie mitten im Zimmer stehen, legte sich aufs Bett, Arme und Beine von sich gestreckt, nur das Mobiltelephon in Reichweite.

Der Lärm war unerträglich. Clara steckte sich die Zeigefinger in die Ohren, hörte eine Weile nur mehr sich selbst, ihren Puls und ihren Atem. Sie versuchte, sich auf sich zu konzentrieren, doch die Gedanken flossen weiter, verschlungene Bäche mündeten in den immergleichen Fluß, der den Namen Ines trug.

Niemand lebt in den Erinnerungen weiter, dachte Clara. Die Toten gehen in unseren Gedankenfluten unter. Da ist immer nur ein Detail von Ines, das an die Oberfläche gespült wird, ein konkreter Satz, eine bestimmte Geste – der Rest hat nichts mit ihr zu tun. Nichts mit ihrem Leben.

Kurz bevor Clara in Rom angekommen war, hatte sie diesen Paul angerufen, von dem sie nicht wußte, wer das war. Offenbar hatte sie den Mann bei der Arbeit gestört, denn er war kurz angebunden gewesen, hatte aber Hilfe angeboten.

Wenn ihr nur jemand einen Teil dieser Telephonate abnehmen könnte. Die ältere Dame, die Clara zuletzt am Apparat gehabt hatte, war einem Zusammenbruch nahe gewesen. Ines schien nicht nur deren Privatlehrerin gewesen zu sein, sondern eine Art Gesprächs- und Familientherapeutin. Einer anderen Frau hatte es die Sprache verschlagen, so daß Clara mehrmals nachgefragt hatte, ob sie noch da sei. Und einem Schüler war kein Wort des Beileids über die Lippen gekommen; er werde es den Eltern ausrichten, hatte er gesagt.

Es war schwül im Zimmer, die Klimaanlage funktionierte nicht. Clara stand auf, schlüpfte aus den Kleidern und duschte. Sie sehnte sich nach dem Wiener Hochquellwasser; was hier aus der Leitung kam, war lau und roch nach Chlor. Dennoch blieb sie eine Weile unter der Brause stehen, beinahe zu lange; der Abfluß war verstopft. Als sie an sich herabsah, reichte das Wasser bereits bis an den obersten Rand der Duschwanne.

Sie wickelte sich ins Handtuch, wußte nicht recht, was sie jetzt machen sollte, legte sich wieder hin und schloß die Augen. Immer wenn ich woanders bin, wird Claus bedeutungslos, dachte sie, wahrscheinlich liegt die einzige Bedeutung unserer Beziehung im Alltag. Nicht die Verliebtheit und große Leidenschaft vermißte sie, sondern die Neugierde, daß jemand aufmerksam zuhörte und nachfragte. Dieses *Ich bin untreu aus Liebe* hatte sie nie interessiert. Bei D'Annunzio war es Eitelkeit gewesen, Selbstbestätigung, eine künstlerische Notwendigkeit.

Gesine stand vor der Matura, und Clara fragte sich nicht das erste Mal, ob sie in die *geordneten Verhältnisse* zurückkehren oder lieber einen Neuanfang wagen sollte. *Neuanfang* – wie das klang in einem abgelebten Leben, das seine Spuren an Haut und Haar hinterlassen hatte. Ihr fiel ein, daß sie Ines' Wohnung übernehmen könnte.

Du wirst dich nie von Claus trennen, hörte sie die tote Freundin sagen. War es Feigheit? Mangel an Alternativen?

Clara hatte gehofft, daß dieses Hotel neutrales Gebiet sei, aber ein solcher Verlust ließ keine Neutralität zu, alles schien von der Trauer infiziert zu sein. Vielleicht hatte Ines deswegen keine Friedhöfe und Gräber besucht, weil man die Toten nie zu Hause antreffen konnte, sie waren überall und nirgends.

«Ich will keine Beerdigung», hatte ihr Ines einmal anvertraut, «sollte ich Mama und Tante Hilda überleben, wovon ich ausgehe, wirst du dafür sorgen, daß mein Körper mit mir sang- und klanglos verschwindet.» Diesen Wunsch konnte Clara nicht erfüllen. Die Tante und die Mutter wollten *das Kind* bei sich haben. Auf dem Stillbacher Gottesacker.

Clara zog den Laptop aus der Tasche, fuhr ihn hoch. Der Lektor ihres Verlages hatte geschrieben; den Rilke-Beitrag fände er gut, wünsche sich aber, daß Clara die Begegnung des Dichters mit D'Annunzio und der Duse näher ausführe. Es wäre interessant zu erfahren, welchen Eindruck die Diva auf Rilke gemacht habe. Das sei doch eine wunderbare Überleitung zu dem Beitrag, an dem sie gerade arbeite. Ob er schon bald damit rechnen könne?

Seitenblicke-Geschwätz, dachte Clara. Sollte sie etwa über Rilkes Ausflug mit der Duse und dieser Fürstin von Thurn und Taxis-Hohenlohe schreiben, darüber, daß die Diva von einem lauten Pfauenschrei einen Zusammenbruch erlitten hatte?

Die Passagen über die venezianische Dichterin Gaspara Stampa waren dem Lektor hingegen zu differenziert. Die Stellen über den Liebesschmerz der *poetessa*, über die unstandesgemäße Leidenschaft für den Grafen Collaltino di Collalto, die Tatsache, daß sie ihm 1548 bis ins Feldlager Heinrichs II. nach Frankreich gefolgt war und unter seinen Seitensprüngen gelitten hatte, paßten gut in den Kontext, aber Clara solle die vielen Textverweise streichen. Es sei unwichtig, daß die Gaspara zweihundertdrei Sonette verfaßt habe.

Reiß, Liebe, mich in Stücke und zerfetz mich, / nimm mir auch den, dem ich mich ganz / verschrieben ... Daß Rilke derlei Strophen nicht von der Verfasserin entkoppelt geliebt haben könnte, daß er möglicherweise in beide, in die Dichtung und die Dichterin vernarrt gewesen sein könnte, wenngleich nach über dreihundertfünfzig

Jahren nicht mehr viel von der Dichterin übrig gewesen sein mochte, schien den Lektor nicht zu überzeugen. Ohne Sex keine verwertbare Liebesgeschichte. Clara hätte die kluge Gaspara Stampa in eine Kurtisane verwandeln und aus der unglücklich verliebten Dichterin eine literarische Hure machen müssen, weil die gewöhnliche *cortigiana* nicht nur die Erfindungskraft der Tizians und Tintorettos, Ariosts und Aretinos beflügelt hatte, sondern vor allem die Phantasie der Leser anrege. Die Frau als Mythos? Als Sehenswürdigkeit? Lüstern? Hinein ins Buch. Als Lyrikerin? Lesenswürdig? Unglücklich? *Reiß mich in Stücke.*

Der Laptop strahlte so viel Wärme ab, daß Clara ihn von ihren Oberschenkeln nahm und neben sich auf die Bettdecke stellte; sie saß unbequem, überflog eilig die restliche Post, löschte Einladungen, Petitionen und Spams.

Gesine fragte in einer Mail, ob sie sich das kleine Schwarze ausborgen dürfe. Wußte Claus, daß bei der Freundin am Wochenende eine Party stieg?

Eine der letzten Nachrichten war von Francesco Manente. *Betreff: Ines.* Wie war er an Claras E-Mail-Adresse gekommen?

Sehr geehrte Frau Burger,

Ines' Tod hat mich sehr getroffen. Ich verdanke Ines sehr viel.

Es wäre für mich tröstend, Sie kennenzulernen. Ines hat viel von Ihnen erzählt. Meine Mutter stammt ursprünglich aus Stillbach, Ines hat sie manchmal im Altersheim besucht, das vergesse ich ihr nie.

Wenn Sie nach Rom kommen, melden Sie sich bitte bei mir.

Mein tiefempfundenes Beileid,

Francesco Manente

Warum hatte Ines die Besuche bei der alten Frau Manente nie erwähnt? Was war es, was dieser Francesco Ines verdankte? Clara tippte seinen Namen bei Google ein; sie fand keinerlei Übereinstimmungen, offenbar war er auch nicht bei Facebook.

Als sie den Namen der Stillbacherin eintippte, wurde sie mit der Homepage eines Hotels in der Via Nomentana verlinkt. *Questa pagina è in allestimento. Vi chiediamo un po' di pazienza. Diese Seite wird gerade aufgebaut. Wir bitten Sie um etwas Geduld.*

Obwohl Paul alle Fenster geöffnet hatte, wich die Hitze nicht aus dem Zimmer. Er stellte den Ventilator vor sich auf den kleinen weißlackierten Holztisch. Das raschelnde Papier beschwerte er mit dem Aschenbecher, ohne zu bemerken, daß er voller Kippen war.

Auf dem Weg nach Hause hatte er bei Lorenzo vorbeigeschaut und mehrere Gläser Weißwein getrunken, zum Essen war er dann doch nicht geblieben. Zuviel Familie.

Im Bus war es kalt gewesen wie in einer Kühlzelle, außerdem hatte der Fahrer kurzerhand die Route geändert. Paul hatte nicht mitbekommen, welches Staatsoberhaupt zur Zeit dem Premier oder dem Papst einen Besuch abstattete.

Der Hals schmerzte. Verdammtes Gebläse. Und die Flasche war auch schon wieder leer. Breitbeinig saß Paul auf dem Sofa und schaute die Tür an, als käme gleich eine Frau herein, stellte ihre Tasche neben der Garderobe ab und ginge auf ihn zu.

Er spürte wieder dieses Kribbeln, das sich anfühlte, als wohnte noch ein anderer in seinem Körper, als ginge jemand in ihm herum. «Es sind zu viele Tote in deinem Leben. Die kommen irgendwann zurück», hatte Marianne einmal gesagt.

Paul stand auf und legte The Kinks auf, er entkorkte eine neue Flasche. *You really got me. You really got me.* Beim Einschenken verschüttete er Wein; Reste von Zigarettenasche vermischten sich mit der Flüssigkeit. Er zog das T-Shirt aus, wischte damit alles auf und warf es Richtung Wohnzimmertür, traf aber die Wand daneben.

Im Hinterhof sang jemand zu Pauls CD; der junge Mechaniker

hatte Besuch von einer Frau; er wippte zur Musik, faßte seine Freundin um die Taille. «You really got me. You really got me.» Gelächter. Es roch süßlich.

Das Telephon klingelte; Paul drehte den Anrufbeantworter lauter. Es dauerte, bis das Band ansprang. Ein neuer Auftrag. Finanziell läuft es gut im Moment, dachte Paul. Er hatte eine Nische gefunden und mußte nicht wie Lorenzo mit Neckermann zum Kolosseum. Das verdankte er auch Marianne, die ihn in dieses Seminar des Wirtschaftsinstitutes geschickt hatte. *Wie erkennen Sie Marktnischen? Wir helfen Ihnen. Durch Spezialisierung und Individualisierung zum Wettbewerbsvorteil.* Hahaha. Nur in der Liebe war er ein Generalist geblieben. Ein Idiot. Da hatte er nun diese Visitenkarte der Archäologin in der Hosentasche, aber was nützte sie ihm?

Ines fiel ihm wieder ein. Wie viele Männer mochte sie gehabt haben? Marianne hätte ihn jetzt korrigiert. «Geliebt, nicht gehabt!» Frauen liebten immer, hatte sie behauptet. Und wenn sie nicht den Mann liebten, liebten sie seine Welt.

Meine Welt – dachte Paul –, Kriegsgreuel, Massaker, Folterknechte. Er zog die Visitenkarte heraus.

Die Sehnsucht wird mit jedem Tag dicker und fetter und geht nicht mehr durch, verstopft die Gefäße, dachte Paul. Was da in ihm herumwanderte und sich festsetzte, ließ sich auch nicht herausspülen. Wenn er nur mit Marianne sprechen könnte. «Bitte, Paul, laß mich in Ruhe.» Er war zwar in jener Nacht nicht mehr ganz nüchtern gewesen, hatte sich aber diesen Satz so oft vorgesagt, daß er gar nicht mehr anders konnte, als ihn zu befolgen.

Marianne ging es gesundheitlich schlecht, sie war an der Dialyse. Das hatte ihn nicht davon abgehalten, sie beim letzten gemeinsamen Gespräch, das nun schon einige Monate her war, um drei Uhr früh eine Stunde lang am Telephon festzuhalten. Er hatte sie immer wieder umzustimmen versucht, als könne man die Liebe mit Argumenten neu entfachen. Dieser Beppe tat ihr doch gut. Er war da. Kümmerte sich. Warum ließ Paul sie nicht in Ruhe?

Er war auch dagewesen, aber mit dem Kopf meistens woanders. «Irgendwann wirst du dich mit diesem Dekorationsmaler langweilen», hatte Paul zu Marianne gesagt.

«Irgendwann lebe ich nicht mehr», hatte sie geantwortet, «und bis dahin ist Langeweile das kleinste Problem.»

Paul zog sein iPhone aus dem Etui und rief die Mails ab. Vierundzwanzig Spam-Nachrichten und ein Veranstaltungshinweis. Keine SMS. The Kinks gingen ihm auf die Nerven. Er schaltete die Anlage aus.

Daß er die Archäologin so direkt angesprochen hatte, war ein Fehler gewesen. Er hätte wissen müssen, daß Frauen ihres Alters noch Wert auf dieses Balzgebaren legten. Was hatte sie erwartet? Daß er wie ein Pfau vor ihr ein Rad schlug und mit irisierenden Augen auf dem Federkleid die Konkurrenten in die Flucht schlug? Daß er sie umtanzte? Umgurrte? Sich verfärbte wie die Molche? In seinem Alter war dieses Theater lächerlich. Jeder sah, daß seine Haare weiß waren und die Haut aufgehört hatte zu glänzen; den Kampf um die besten Gene sollten andere führen, er mochte bei diesem Wettbewerb nicht mehr mitmachen.

Eine Weile lag Paul auf dem Sofa, die Beine auf dem Holztisch. «You really got me. You really got me», sang es in ihm. Alles geht immer weiter, dachte Paul, selbst wenn es einen Schalter gibt, den man betätigen kann. Die Verbindung stellte sich woanders von selbst wieder her. *Woanders* war sein eigener Kopf.

Irgendwo liebten sich zwei. Der Mechaniker und seine Freundin? Paul stand auf und schloß die Fenster. Früher hatten ihn solche Liebesgeräusche nichts anhaben können, sie waren sogar stimulierend gewesen. Was war los mit ihm? *Es gibt nichts, was einen Mann einsamer macht, als das leise Lachen am Ohr eines andern.* Wenn es nur ein leises Lachen wäre. Von wem war der Satz überhaupt? Marianne konnte er jetzt auch nicht fragen.

Er beschloß, noch einmal aus dem Haus zu gehen, streifte sich ein frisches T-Shirt über, putzte sich die Zähne. Diese Burger müßte doch eigentlich schon dasein; als sie ihn angerufen hatte, war sie noch im Zug gewesen. Sie wollte bis zur Beerdigung die Papiere sichten und Kontakt mit einer Räumungsfirma aufnehmen.

Als Paul die Treppen hinunterging, merkte er, daß er sich am Geländer festhielt. Er brauchte einen starken Kaffee. Und viel Mineralwasser.

Weil die Tram gerade vor der Tür hielt, sprang er hinein und fuhr bis zum Largo di Torre Argentina. Er hatte einmal gelesen, daß Anna Magnani in der Ausgrabungsstätte unterhalb des Straßenniveaus Katzen betreut hatte. Jedesmal, wenn er auf dem verkehrsreichen Platz ankam oder dort auf einen Bus wartete, mußte er an die Schauspielerin denken. Und jedes Mal zog diese Erinnerung weitere, erwartbare Assoziationen nach sich; er haßte sein Gedächtnis, das für so wenig Abwechslung sorgte. Und wenn er sich schließlich die Magnani vorstellte, die in seinen Augen schön gewesen war, weil sie Mut zur Häßlichkeit bewiesen hatte, mußte er jedesmal an ihre Eifersucht denken, daran, daß sie Roberto Rossellini einen Topf mit Nudeln über den Kopf gestülpt hatte, nachdem er sich in die Bergmann verliebt hatte.

Paul hätte es ihr gerne gleichgetan, aber sein Stolz hatte ihm ein Jahr Dreiecksbeziehung beschert. Am Ende hatten von seiner Hartnäckigkeit nur Alitalia und Austrian Airlines profitiert, Marianne und Beppe waren ein Paar geblieben.

Er wußte nicht recht, was er mit dem Abend anfangen sollte. Nachdem Paul die Tram verlassen hatte, überquerte er den Platz und schaute sich die Auslagen der Feltrinelli-Buchhandlung an. Er kaufte einem Schwarzen um sieben Euro ein nordafrikanisches Kochbuch ab, das so unaussprechliche Gerichte wie *Chakchouka*, *Mogrhrabí* und *Mahshi warak enab* enthielt, obwohl er so gut wie nie kochte. In der jetzigen Verfassung hätte er auch gebrauchte Glasaugen gekauft.

Lauter als hier, dachte Paul, kann es in Dantes Unterwelt gar nicht sein; in diesem Motoren- und Sirenengeheul würden sogar die Schreie der Verdammten untergehen. Er ging den Corso Vittorio Emanuele entlang, bog vor dem Palazzo Braschi in die Via del Governo Vecchio ab. Im Cul de Sac bestellte er – obwohl er sich vorgenommen hatte, den restlichen Abend ohne Alkohol durchzustehen – einen Spritz und trat auf die Straße hinaus, um eine Zigarette zu rauchen.

Vor der Pasquino-Figur war wie üblich viel los; Touristen machten Photos, junge Italiener lasen einander Verse vor. Die meisten Lesenden hatten diesen schadenfrohen und belustigten Blick, der sich einstellte, wenn sich der Spott auf bekannte, unbeliebte Personen richtete. Paul traute dem Premier zu, daß er die Schmähreden und vernichtenden Verse, die nun schon täglich auf ihn und seine Regierungsmitglieder verfaßt und an den Sockel geklebt wurden, herunterkratzen ließ. Daß diese letzte *sprechende Statue* noch stand, fand Paul erstaunlich. Nachdem Pietro Aretino sie als Publikationsort seiner bissigen Verse gegen Hadrian und die Kurie benützt hatte, wäre sie beinahe im Tiber gelandet. Und daß die Nazis nichts gegen Pasquino unternommen hatten, konnte nur an ihren fehlenden Italienischkenntnissen liegen, denn nicht nur Hitlers erster Rombesuch hatte eine Flut von Spottversen zur Folge gehabt.

Wieder zog Paul sein iPhone heraus – keine neuen Nachrichten. Nachdem er die Zigarette auf die Straße geworfen hatte, rief er Frau Burger an. Sie erkannte ihn sofort wieder, was ihn rührte. Er hatte noch nicht einmal seinen Namen genannt, ihr nur einen guten Abend gewünscht.

Sie sei in keiner guten Verfassung. Der Tod von Ines habe sie sehr mitgenommen, aber etwas Zerstreuung könne nicht schaden.

Mehrere Männer mit nackten Oberkörpern zwängten sich an Paul vorbei, er roch ihre Sunblocker. Engländer, dachte Paul.

«Ich kann Sie gerne abholen.»

Aber nein, sie könne doch ein Taxi nehmen.

Bevor sich Paul zum Campo de' Fiori aufmachte, trank er in der schräg gegenüberliegenden Bar einen doppelten Espresso; anschließend wusch er sich auf der Toilette Gesicht und Hände. Das Gefühl der Frische währte nur kurz; beim Gehen überkam ihn eine heftige Müdigkeit, außerdem spürte er ein Ziehen in den Gliedern.

Es war keine gute Idee gewesen, sich auf dem Campo de' Fiori zu verabreden. Der Platz war überfüllt von jungen Leuten, die sich nach dem Abendessen hier zusammenfanden, um anschließend ins Kino oder auf Partys zu gehen. Es gab keine freien Tische, nicht einmal Stehplätze an der Theke. Paul überlegte, wo sie nachher hingehen könnten, doch inzwischen stellte er sich – wie verabredet – unter das Giordano-Bruno-Denkmal und hielt Ausschau nach einer großen dunkelhaarigen Frau mit langen gewellten Haaren.

Solche Haare hatte hier jede zweite Frau, und groß erschienen ihm die Italienerinnen auch auf ihren hochhackigen Sandalen, so daß Paul immer wieder kurz davor war, auf eine der Frauen zuzugehen, im letzten Moment aber innehielt, weil sie sein Lächeln nicht erwiderte.

Es war ein Fehler gewesen, auf die Straße zu gehen. In Wien konnte man an jeder Ecke ein Taxi anhalten, hier kam entweder keines, oder es raste an einem vorbei. Clara hatte sich schon so weit vom Hotel entfernt, daß sie lieber diesen gelben Autos hinterherwinkte, als nochmals zurückzugehen und den Rezeptionisten zu bitten, er möge in der Zentrale anrufen und einen Wagen bestellen.

Francescos Deutsch klang ihr noch in den Ohren; es war eine eigenartige Mischung aus bundesdeutscher Intonation und vertrauten Wortmelodien des Stillbacher Dialektes gewesen. Sie hatte diesem Francesco sofort auf seine Mail geantwortet, worauf er sie zurückgerufen hatte. Das Gespräch war anfangs nur schleppend in Gang gekommen; er hatte sich bemüht, fehlerfrei zu sprechen, was ihm auch über weite Strecken gelungen war, aber manchmal hatte er so lange nach einem passenden Wort gesucht, daß Clara nervös geworden war. Von Ines hatten sie nur kurz gesprochen; vermutlich wollten sie beide vermeiden, sich durch das Erzählen von Erinnerungen weitere Abschiedsschmerzen zuzufügen. Francesco hatte sie im Altersheim kennengelernt; Ines war auf seine Mutter aufmerksam geworden, weil sie vor einigen Jahren, als es ihr noch bessergegangen war, einer römischen Historikerin ein Interview gegeben hatte. Dieses Gespräch war in einer Universitätszeitschrift abgedruckt gewesen, die sich schwerpunktmäßig mit Oral History befaßt. Francescos Mutter und einige andere Haushaltshilfen waren nach ihren Erfahrungen während des Faschismus und der deutschen Besatzung in Rom befragt worden. «Mama ist wohl eine Art Großmutterersatz für Ines gewesen, ein Stück Stillbach hier in der Fremde.»

Erst als Clara Francesco auf italienisch gefragt hatte, wie es seiner Mutter gehe und wie sie sich damals, Ende der dreißiger Jahre, als Deutschsprachige in Rom zurechtgefunden habe, hatte er die Sprache gewechselt und ohne Punkt und Komma von seiner *mammina* erzählt.

Eine klassische Hausangestelltengeschichte, dachte Clara, mit unerwartetem Ende. Das Zimmermädchen schwanger und verzweifelt. Der Mann, der ihr das Kind angehängt hat, sieht sie im Garten sitzen, mit verheulten Augen, hat Mitleid, bittet sie, in die Hotelküche zu kommen, ihm einen Tee zu kochen. Sie spricht noch immer nicht, bereitet den Schwarztee mit Salz und Zitrone zu. «Jetzt ist es genug, so viel Salz kann kein Mensch vertragen», sagt der junge Mann, nimmt ihr das Geschirrtuch aus der Hand und trocknet damit die Tränen auf ihren Wangen. Sie sagt noch immer nichts, faßt aber ein wenig Vertrauen, spürt, daß sie für den Hoteliersohn mehr als ein gewöhnliches Zimmermädchen aus dem Norden ist, daß er sie nicht fallen lassen wird.

«Mein Leben begann eigentlich dort, bei all diesem Salz», hatte Francesco gesagt. Es habe noch eine Woche gedauert, bis sich die Mutter getraut habe, die Wahrheit zu sagen. Der Vater sei nach Trevignano zurückgekehrt, um seine Eltern zu informieren. Die Familie habe dort ein Ferienhäuschen am See besessen. Einen knappen Monat später habe die Hochzeit stattgefunden, im engsten Familienkreis. Verwandte aus Stillbach seien nicht angereist. Das wäre gar nicht möglich gewesen in diesem Chaos zu Kriegsende.

«Taxi! Taxi!» Clara rannte fast in das Auto. Der Fahrer zeigte ihr einen Vogel und fuhr weiter.

Diese Emma lebte also noch, sie war über neunzig, dachte Clara. Sie hatte die eigenen Eltern einmal über die Stillbacherin sprechen gehört, weil irgendwer aus deren Herkunftsfamilie gestorben war – eine Schwester? Claras Eltern hatten sich damals beim Mittagstisch gewundert, daß die Frau nicht aus Rom angereist war, sie waren davon ausgegangen, daß sie vielleicht krank sei oder möglicherweise gar nicht mehr am Leben.

Mammina, hatte Francesco am Telephon gesagt, sei unversöhnlich geblieben. Er habe ihr sogar angeboten, sie nach Stillbach zu begleiten, aber sie habe abgelehnt. Nach all dem, was vorgefallen sei, habe er verstehen können, daß sie mit *denen da oben* keinen Kontakt mehr wünschte, andererseits sei doch längst eine neue Generation herangewachsen, die nicht mehr in jedem Italiener einen arbeitsfaulen Frauenverführer mit mafiösen Verbindungen sehe. Es habe doch inzwischen linke und grüne Politiker wie diesen Alexander Langer gegeben, die für die Verständigung zwischen den verschiedenen Volksgruppen eingetreten waren.

«Der hat sich umgebracht», hatte Clara entgegnet.

Sie sah jetzt in der Ferne etwas Gelbes, winkte, obwohl das Taxi mindestens zehn Autos entfernt war.

Nicht jeder hält die lebenslange Sisyphosarbeit durch, zu der Oppositionspolitiker *dort oben* verdammt sind, dachte sie und trat auf die Fahrbahn.

Endlich – Clara öffnete die Autotür, nannte ihr Ziel und setzte sich in den Fond, nachdem der Taxifahrer genickt hatte. Sie bemerkte, daß er sie im Innenrückspiegel ansah.

«Entschuldigung», sagte der Fahrer, «Sie kommen mir bekannt vor.»

«Sie mir nicht», sagte Clara. Sie dachte an einen Freund, der dem amerikanischen Expräsidenten Bush so ähnlich sieht, daß ein Münchner Taxifahrer einen Schreck bekommen hatte, nachdem er eingestiegen war.

«Sie sind doch letzte Woche mit mir gefahren.»

«Das ist nicht möglich, da war ich in Wien.»

«Ah, Sie leben in Wien.» Er fuhr so langsam, daß Clara nach einem knappen Kilometer zum zweiten Mal auf ihre Armbanduhr schaute.

Dieser Francesco hatte nicht mehr zu reden aufgehört, und sie hatte sich nicht getraut, das Gespräch zu unterbrechen; nun kam sie zu spät zu ihrer Verabredung mit Paul. Was gingen sie die Geschichten von Francescos Mutter und deren Freundinnen an, die in den dreißiger Jahren aus Südtirol nach Rom gekommen waren? Seine *mammina* sei in Rom geblieben, hatte Francesco mehrmals betont, während all diese anderen Frauen rechtzeitig in ihre Dörfer zurückgekehrt waren.

Was er mit *rechtzeitig* denn meine, hatte Clara gefragt.

Die Frauen hätten sich alle auf die Seite des Führers geschlagen, wären im richtigen Moment Reichsdeutsche geworden.

«Verheiratet?» fragte der Taxifahrer.

Kann er mich nicht in Ruhe lassen, dachte Clara. «Zum sechsten Mal, außerdem habe ich fünf Kinder von vier verschiedenen Männern. Geht's auch ein bißchen schneller?»

Er lachte und gab ein wenig Gas. «Wie kommt es, daß Sie so gut Italienisch sprechen?»

«Vier von meinen Exmännern sind Italiener.»

«Gut gewählt.»

«Dann wäre ich nicht von ihnen geschieden.»

Er dachte nach, was dazu führte, daß er wieder langsamer wurde. Neben dem Cockpit waren mehrere Photos in einem Metallrahmen, Clara erkannte nur das Gesicht des weißbärtigen, lächelnden Padre Pio, des Kapuziners mit den Wundmalen, daneben waren zwei Kindergesichter.

Sie wunderte sich noch immer über Francescos ungestüme Art zu erzählen. Obwohl sie nie zuvor miteinander zu tun gehabt hatten, war er versessen darauf gewesen, ihr Details aus der Vergangenheit seiner Mutter zu schildern. So hatte Clara nicht nur das genaue Datum erfahren, an dem diese Emma von Stillbach aufgebrochen war – es war zufällig D'Annunzios Todestag gewesen –, sondern auch, daß die Stillbacherin erst in Venedig gearbeitet hatte, dort aber auf eine äußerst pedantische und geizige Hausherrin getroffen war und deshalb beschlossen hatte, es in Rom zu versuchen.

«Sie nehmen mich auf den Arm», sagte der Taxifahrer; er hielt mit einer Hand das Lenkrad, mit der anderen kramte er im Seitenfach, zog eine Packung Karamellen heraus und reichte sie Clara nach hinten.

«Ich bin Italienerin», sagte Clara, «aber mit deutscher Muttersprache.»

«Aus der Provinz Bozen?»

Gleich werde ich mir einen Vortrag über den Südtiroler Rechtsextremismus anhören müssen, dachte sie. Doch der Fahrer stimmte eine Lobeshymne auf ihr Herkunftsland an, auf die stabile Konjunktur und die Beinahe-Vollbeschäftigung. Das Bruttoinlandsprodukt pro Kopf liege ums Doppelte über den Vergleichsziffern Siziliens. Er mache seit Jahren in den Dolomiten Urlaub, es gäbe keine sauberere Region. «Der Mezzogiorno ist das Problem», sagte der Mann, «ohne die Cousins der Afrikaner – er sagte i cugini degli africani nel sud – stünden wir ganz anders da.»

«Sind wir nicht alle verwandt?»

«Signora, die ganze Welt ist verwandt, das ist ja das Problem. Man muß die Spreu vom Weizen trennen, dann schmeckt das Brot wieder besser.»

«Sie essen wohl nur Kuchen, was?»

Als Clara die Area Sacra Argentina wiedererkannte und wußte, daß sie sich in der Nähe des Campo de' Fiori befanden, bat sie den Fahrer stehenzubleiben.

«Aber ich kann sie näher hinfahren.»

«Danke, ich gehe ein Stück zu Fuß.»

Er sah sie erst gar nicht, weil sie aus der entgegengesetzten Richtung gekommen war – der Taxifahrer hatte sie auf der Via Arenula abgesetzt, so daß sie die Via Giubbonari heraufgegangen war. Während Paul all die Frauenköpfe und -körper sortierte, stand sie bereits hinter ihm und berührte ihn an den Schultern – «Entschuldigung!» –, was ihn derart erschreckte, daß er zusammenfuhr.

«Paul Vogel?»

«Der bin ich. – Wie haben Sie mich so schnell erkannt?»

«Das war nicht schwer; Sie sind der einzige ältere Mann.»

Paul fühlte sich von dem Lärm auf dem Platz belästigt, Claras Stimme ging in den vielen Begrüßungs-Ciaos der jungen Leute unter, die sich wie Katzengemiaue anhörten. Daß sie ihn einen *älteren Mann* genannt hatte, war ihm nicht entgangen. Die Äußerung schien ihr nicht passiert zu sein, sie war auch nicht einer naiven unbedachten Art geschuldet, denn die Frau machte durch und durch den Eindruck einer ernsthaften und überlegten Person. Die dunkle Kleidung war ausgesucht und von guter Qualität, das lange Haar frisch gewaschen und streng nach hinten gekämmt, wo sie es mit einer Haarklammer zusammengefaßt hatte.

Sie sei schon lange nicht mehr in Rom gewesen, sagte sie und drehte sich langsam um die eigene Achse, ließ ihren Blick über die Häuser in den Himmel schweifen.

«Stimmt nicht ganz.» Sie hielt inne und schaute ihm in die Augen. «Ich habe mir vor zwei Wochen Rossellinis *Roma, città aperta* angesehen, weil Ines den Film mehrmals am Telephon erwähnt hatte. Wir hatten ihn zufällig zu Hause.»

Das *Wir* machte Paul hellhörig.

Sie verließen, ohne über ein Ziel gesprochen zu haben, den Campo de' Fiori, spazierten Richtung Palazzo Farnese und setzten sich dann, auf ihren Wunsch hin, auf die steinerne Bank vor dem Palast. «Das ist es», sagte sie, «was ich als erstes im Kopf habe, wenn ich an Rom denke.» Sie zeigte mit dem Finger auf die Paläste und ließ ihr Handgelenk kreisen, so daß Paul den Blick von ihrem Arm nicht abwenden konnte. Ihre Hände sehen jung aus, dachte er, jünger als die Haut im Gesicht.

Sie war aus Stillbach, hatte zusammen mit Ines das Gymnasium besucht und *Lingue e Letterature Straniere* in Venedig studiert. Ines war nach der Matura nach Österreich übersiedelt, hatte Germanistik und Kunstgeschichte inskribiert und nach dem Studium für mehrere Jahre eine Stelle als Universitätslektorin in Rom angenommen.

«Der Kontakt ist nie abgebrochen», sagte Clara, «obwohl Ines in Innsbruck gelebt hat und dann nach Rom gezogen war, während ich umgekehrt nach meinem Doktorat Italien verlassen habe.»

Ihr Rock war etwas nach oben gerutscht, was ihre langen Beine noch länger erscheinen ließ, und ihre Haut war so hell und blaß, daß Paul fürchtete, sie könnte zuviel Sonne abkriegen; dabei war es schon Abend.

«Ines war die Taufpatin meiner Tochter.» Die Augen geschlossen, den Kopf an die Palastmauer gelehnt, saß sie da und schwieg. Es kümmerte sie nicht, daß Paul neben ihr auf der Bank saß. Ihr Kinn zitterte ein wenig. Paul bemerkte, daß sich unter ihren Lidern Tränen angesammelt hatten; die Wimpern waren naß und glänzten. Ihre Hand in die seine zu nehmen, schien ihm unpassend, also berührte er ihren Oberarm und wartete darauf, daß sie das Gespräch wiederaufnahm.

«Die Butter wird noch im Kühlschrank sein. Und die Wäsche im Wäschekorb», sagte Clara nach einer Weile. Paul mochte den Klang ihrer Stimme und bedauerte, daß Clara nicht lauter sprach. Die Sätze hörten sich ein wenig heiser an, was an den unterdrückten Tränen liegen mochte, vielleicht rauchte sie.

«Ich fürchte mich vor der leeren Wohnung.»

«Ich kann dich – ich kann Sie begleiten, wenn Sie wollen.»

Sie sah auf.

Eine Touristengruppe stellte sich vor sie beide, die Führerin sprach erst über die Fassade, dann über eine Galerie im Inneren des Palastes, die von Annibale Caracci ausgemalt worden sei.

Paul nützte die Gelegenheit, um Clara abzulenken. «Triumph der Liebe im Universum», flüsterte er ihr ins Ohr. «Die Fresken im ersten Stock.» Er deutete mit dem Daumen nach oben. Clara drehte sich instinktiv um und sah hoch. «Die Galerie ist nur selten für das Publikum geöffnet.»

Sie kramte in ihrer Tasche nach einem Papiertaschentuch und schneuzte sich. Er erzählte ihr von den Malereien, dem mit Weinlaub und Efeu gekrönten Bacchus und der korpulenten, in ein Tuch gehüllten Ariadne, deren Triumphwagen nicht von Pferden, sondern von tigerähnlichen Raubkatzen gezogen wird, schwieg dann aber, weil sie nicht nachfragte und er nicht als berufskrank gelten wollte.

«Wir haben uns zwei- oder dreimal im Jahr gesehen, meistens zu irgendwelchen heiligen Zeiten in Stillbach», sagte Clara, «trotzdem blieben wir uns nahe.»

Paul suchte nach dem Namen des Malers, der den anderen, späteren, Triumph des Bacchus geschaffen hatte, ein Bild, in dem Bacchus inmitten von Säufern sitzt; er fiel ihm nicht ein.

«Es tut mir sehr leid, daß es so gekommen ist», sagte Paul. Wieder berührte er ihren Arm. «Hatte sie jemanden hier?»

«Sie meinen einen Freund?» Clara ließ das Taschentuch in ihrer Faust verschwinden. «Ich weiß es nicht. Ines hatte kein Glück mit den Männern. Hier in Rom war sie kurz mit einer Frau zusammengewesen, aber die Beziehung hat auch nicht gehalten. Vielleicht gab es den einen oder anderen Liebhaber. Ich würde es ihr zutrauen.»

«Und Sie?»

«Ich bin verheiratet und habe eine fast erwachsene Tochter.»

«Beneidenswert.»

«Meinen Sie?»

«Ist doch ein Glück, wenn man jemanden gefunden hat.»

Sie sah geradeaus, legte die Stirn in Falten. «*Glück, das ist einfach eine gute Gesundheit und ein schlechtes Gedächtnis*, wenn man Hemingway glaubt. Wer ist schon glücklich nach bald zwanzig Jahren», sagte sie leise. «Ich bin beruflich immer wieder unterwegs, das macht vieles leichter und vor allem erträglicher.»

Sie schrieb an einem Buch über berühmte Liebespaare in Venedig. Im Gegensatz zu den üblichen Stadtführern, die nichts anderes als Collagen bestehender Führer seien, versuche sie Literaturwissenschaftliches mit Anekdotischem zu vermischen und so aufzubereiten, daß es auch jemand, der nicht an Belletristik gewöhnt sei, interessant finden könne. «Eigentlich wird es ein Buch für Liebende, für Hochzeitsreisende.» Clara hatte die Augen leicht zusammengekniffen. Die Falten, die von der Nase zu den Mundwinkeln verliefen, nahmen die Form eines Halbmondes an und wirkten weniger streng. Paul fiel in diesem Moment Marianne ein, er konnte aber nicht herausfinden, welches Detail an Clara die Erinnerung ausgelöst hatte. Hatten die beiden einen ähnlichen Mund?

In unserer Beziehung gab es eine Kombination aus schlechter Gesundheit und gutem Gedächtnis – kein Wunder, daß Marianne und ich einander nur noch bekämpft haben, dachte Paul.

Er stand auf, sah Clara an. «Wollen wir essen gehen?»

Sie blieb sitzen. «Ich habe im Zug zwei Sandwichs gegessen.» Das Wort *gegessen* war kaum zu verstehen gewesen, denn Clara, die sich bis jetzt einigermaßen hatte beherrschen können, weinte nun; ihre Schultern bebten.

Paul setzte sich wieder hin und legte den Arm um sie. Er wußte nicht, was er sagen sollte, hatte nicht einmal ein Taschentuch bei sich, das er ihr hätte reichen können. Sie riecht gut, dachte er, das Parfum war ihm neu, es erinnerte ihn an keine andere.

«Sie haben Ines sehr gerne gehabt.»

Clara nickte nur, verschwand mit dem Kopf halb in der Tasche, zog einen Handspiegel heraus, warf einen kurzen Blick hinein. Sie entschuldigte sich nicht, sprach auch nicht darüber, daß es ihr peinlich sei, in der Öffentlichkeit Gefühle zu zeigen, sondern blickte ihn nach einer Weile mit großen Augen an und versuchte zu lächeln.

Sie hatte etwas Unverfälschtes, das Paul irritierte, und dieses Unaffektierte, Natürliche, war nicht wie bei Marianne vermutlich das Ergebnis einer lebensbedrohlichen Krankheit, die einen zwangsläufig auf das Wesentliche zurückwarf, es schien immer schon ein Teil von Clara gewesen zu sein, wie ihre dunklen, glänzenden Haare.

«Ich weine nicht nur um Ines», sagte sie, als sie aufstand, «aber das ist eine andere Geschichte.»

Die Frage, welcher Art diese *andere Geschichte* sei, hob sich Paul für später auf. Er schlug vor, nach Trastevere zu spazieren, dort kenne er eine Panetteria, die um diese Zeit noch offen sei. Es reiche ihm ein Stück Pizza, Clara solle dann entscheiden, wie sie den restlichen Abend verbringen wolle.

Auf dem Ponte Sisto lief ihnen eine Frau nach, die um Geld für ihre Heimreise bettelte, und als Clara sie fragte, wo sie denn zu Hause sei, zeigte sie ihr die Zunge.

Während Paul in der Bäckerei La Renella in der Schlange stand, lehnte Clara draußen in der engen Gasse an einer Hausmauer und schaute den Passanten nach; hie und da suchte sie Paul unter den Wartenden, lächelte aber nicht verlegen, wenn sich ihre Blicke trafen, sondern schaute ihn ernst an, als denke sie dabei an etwas anderes.

Als er sie dann fragte, ob sie von der Zucchini-Pizza kosten wolle, biß sie mehrmals in das noch heiße Brot, als würden sie sich schon Jahre kennen. Weil er ihr mit Schokolade überzogene

Kekse gekauft hatte, drückte sie ihm aus Freude über die *nette Geste* spontan einen Kuß auf die Wange, blieb aber weiterhin beim Sie.

Dieser Überschwang überraschte Paul. Er ging hinter ihr her, weil die geparkten Autos und die entgegenkommenden Menschen ihnen nicht genügend Platz ließen. Auf der Piazza Santa Maria in Trastevere bat sie ihn, mit ihr in Ines' Wohnung zu fahren.

«Ich will es hinter mich bringen», sagte sie.

«Jetzt gleich?»

«Je früher, desto besser.»

Sie war jetzt in einem Alter, in dem man sich nicht mehr so schnell verliebte, weil sich die Zukunftshoffnungen schon ein wenig verbraucht hatten und das Eigentliche, von dem sie einst gedacht hatte, daß es irgendwann kommen werde, nie eingetroffen war. Dennoch fühlte sich Clara für Augenblicke, als wäre sie mit einem fremden Mann auf Reisen, sie vergaß sogar kurzzeitig ihre Trauer, vergaß ihre Familie und wunderte sich, wie wenig der Ablenkung es bedurfte, um fröhlich zu sein.

Während sie neben Paul herging, dachte sie wieder daran, wie es wäre, wenn sie hierbliebe, wenn sie nicht nur Ines' Wohnung, sondern auch deren Nachhilfeschüler und Übersetzungsarbeiten übernähme und nebenbei ihr Buch über die Liebespaare in Venedig zu Ende schriebe, wenn sie wie ein Arbeitskollege von Claus von einem Tag auf den anderen die Familie verließe, sich so verhielte, als hätte es das Leben davor nicht gegeben. Dieser Kollege hatte im Winter, während er die Freundin besuchte, seinen Mantel ins Gasthaus gehängt, damit er nach Zigarettenrauch roch, wenn er nach Hause kam. Am Ende hatte er sich jedoch nicht wegen der Freundin von seiner Frau getrennt – die Geliebte war nur das Sprungbrett in die Freiheit gewesen, er hatte sie in Wien zurückgelassen wie alles andere auch –, sondern war für eine Entwicklungshilfe-Organisation nach Afrika übersiedelt.

Das Glück ist eine angelehnte oder unverschlossene Tür. Mit den Jahren verliert man die Aufmerksamkeit, man sieht es nicht mehr, wenn die Tür zufällt, der andere den Schlüssel umdreht. In ihrem Wiener Eheleben, dachte Clara, waren inzwischen sogar die Fenster zu. Nur die Bücher, mit denen sie aufstand und schlafen ging, öffneten den Blick; sie waren die Risse in den Rollos, die fehlenden Lamellen in den Jalousien, die Spalte zwischen den Vorhängen, durch die etwas Licht hereinkam.

Auch Ines hatte lieber Neuerscheinungen gekauft als Kleider. Und sie war gerne weggefahren. Das Reisen hatte schon in der Wohnung begonnen, mit dem Herumschieben der Möbel, der Umstellung, dem immer neuen Raumgefühl, das sie zu erzeugen versucht hatte. Ein Freund von Ines – war es Claudio gewesen? – hatte diese Unruhe nicht mehr ertragen und die Beziehung beendet, nachdem er einmal spätnachts der Länge nach auf dem Terrazzoboden gelandet war. Weil er Ines nicht hatte wecken wollen, war er im Dunkeln ins Wohnzimmer getappt und hatte sich auf das vermeintliche Ledersofa fallen lassen, ohne zu wissen, daß Ines das Möbel in der Zwischenzeit in die andere Ecke des Raumes gestellt hatte.

Woran Ines konkret geschrieben habe, fragte Paul und zündete sich im Gehen eine Zigarette an.

«Wieso, hat sie Ihnen erzählt, daß sie wieder zu schreiben angefangen hat?» *Ich zerhacke Wörter und Sätze. Brennholz für die Erinnerung*, stand auf einem der Blätter, die Clara im Zug in der Hand gehabt hatte, aber das waren Aufzeichnungen von früher.

«Deswegen hat sie sich doch mit mir getroffen. Sie wollte Informationen rund um das Jahr 1978», sagte Paul.

«Keine Ahnung. Wir hatten zuletzt wenig Kontakt. Ich hab'

mir einmal eine Bemerkung über einen ihrer Texte erlaubt, worauf sie mir nie wieder etwas zu lesen gegeben hat.» Die Ansichtskarte an die Tante war auch aus jenem Jahr gewesen, dachte Clara, dann war sie also in jenem Sommer in Rom gewesen. Ines hatte als Mädchen im Gegensatz zu Clara arbeiten müssen, um während der Schul- und Studienjahre genügend Geld zur Verfügung zu haben.

«Zu 1978 fällt mir nur Aldo Moro ein, sein Leichnam im Kofferraum des roten R4.»

«War der nicht beige gewesen?»

«Nein, der war rot. Das hab' ich mir gemerkt. Ich hatte später nämlich einen roten R5.»

Paul zog Clara am Arm zur Seite, weil ein Auto um die Ecke bog. Sie spürte den Druck seiner Hand, sah ihm kurz in die Augen. «Man weiß noch immer nicht, wer an seiner Ermordung beteiligt war. Vermutlich hatten Gladio und die Freimaurerloge P2 ihre Finger im Spiel, möglicherweise auch der KGB und die CIA –»

«Alle waren daran interessiert, daß eine Regierungsbeteiligung der Kommunisten verhindert wird», sagte Paul. «Die *Brigate Rosse* waren bestimmt nicht allein.»

«Vielleicht hat sie darüber geschrieben.»

«Sie hat mich zu Erich Priebke befragt.» Paul überquerte eine vielbefahrene Straße, Clara ging dicht hinter ihm.

Priebke – Priebke – der Name kam ihr bekannt vor.

Es war so laut, daß Clara nicht hören konnte, was Paul sagte. Er lief zu einem Taxi, überholte einen Mann, der zu Recht protestierte, Paul sei ihm zuvorgekommen, er stünde schon länger hier, aber Paul beachtete den Mann nicht, zog Clara ins Auto. «Sonst kommen wir hier nie weg», sagte er.

Clara spürte Pauls Oberschenkel, aber anstatt von ihm abzurücken, blieb sie dicht neben ihm sitzen.

«Priebke war der Stellvertreter von Herbert Kappler –», sagte Paul.

«Kappler hat doch –»

«Kappler hat die römischen Judendeportationen organisiert und nach einem Partisanenanschlag auf ein deutsches Polizeiregiment dreihundertfünfunddreißig Geiseln in den Ardeatinischen Höhlen erschießen lassen, fünf mehr als befohlen übrigens. Deswegen hat er lebenslänglich gekriegt. Der hat zumindest ein paar Jahre gesessen, während Priebke fast fünfzig Jahre in Argentinien verbracht hat und jetzt in einer komfortablen Wohnung in Boccea sitzt.»

«Der lebt noch? Hier in Rom?» Clara strich über ihren Rock und bemerkte, daß Paul ihre Hand betrachtete. «Ich kann mich noch an die Fernsehberichte über Kapplers Flucht aus dem Militärkrankenhaus erinnern. Ich habe mir immer vorgestellt, daß ihn seine Frau in einem Koffer hinausgetragen hat. Er war ein dünnes, ausgezehrtes Männlein.»

«Er hatte Krebs. Schicksal als Gerechtigkeit. Kommt selten vor.»

Stimmt, dachte Clara, auch bei Ines war es ungerecht gewesen.

«Ich hätte Ines von diesem Karl Hass erzählen sollen, aber der ist mir nicht eingefallen, als ich sie getroffen habe. – Sie ist so früh gegangen. Irgendetwas mußte sie verstimmt haben. Sie hat behauptet, wir hätten uns 1978 im Hotel Manente kennengelernt. Da war ich als Student, nur kann ich mich beim besten Willen nicht erinnern, daß ich mit ihr – daß wir –» Paul stockte, er sah zum Fenster hinaus. «Schon traurig, daß sie nicht mehr ist.»

Hatte Clara richtig gehört? Die beiden hatten etwas miteinander gehabt, vor mehr als dreißig Jahren? Das wüßte ich, dachte Clara. Damals hat mir Ines noch jede Geschichte anvertraut. Daß Paul diese Andeutung gemacht hatte, störte Clara, und es störte sie vor allem, daß es sie störte. «Und wer war dieser Hass?» fragte sie schnell.

«Wollen Sie das jetzt wissen? Es gibt doch Schöneres, über das man sprechen könnte.»

«Das interessiert mich aber.» Sie hätte allerdings auch gerne von ihm erfahren, warum er sich nicht mehr erinnerte.

«Hass gehörte ebenfalls zum Exekutionskommando in den Höhlen. Er hat Ende der sechziger Jahre in Viscontis Film *Die Verdammten* einen Gefängnisaufseher der SS gespielt. Dabei war er in Italien ein gesuchter Kriegsverbrecher.»

«Das heißt, die Aufnahmen dieses Hass sind über die Kinoleinwand geflimmert, und er ist gleichzeitig gesucht worden? – Es muß also Kreise gegeben haben, die dafür gesorgt haben, daß er nicht geschnappt wird», sagte Clara. «Das ist ja wie bei Moro. Da wußten auch einige, wo die Terroristen ihn versteckt hielten, gerettet haben sie ihn aber dennoch nicht.»

«Hass hat für die Amis, für die Deutschen und für die Italiener gearbeitet», sagte Paul, «kein Spitzenagent, eher Durchschnitt, aber offenbar als NS-Funktionär wertvoll im Kampf gegen die Kommunisten.»

Paul war nicht mehr zu stoppen, und Clara erfuhr in allen Details die Geschichte dieses Mannes aus Kiel. Er hatte zu Kriegsende zu fliehen versucht, war gleich mehrmals, unter anderem auch in Südtirol, festgenommen worden, am Ende aber davongekommen. Die falschen Papiere hatten ihm Faschisten wie dieser Giorgio Almirante und Pino Romualdi verschafft, die später die neofaschistische Partei MSI begründeten. Die beiden hatten Hass untergetauchte Nazis ins Haus geschickt, deren Ausschleusung nach Argentinien er sogar finanziert haben sollte.

«Während er den Nazis zur Flucht verhalf, ist er selbst auf der Liste gestanden. Er wurde als ein Mann mit kurzen schwarzen, gescheitelten Haaren und dunkler Haut beschrieben – ein typischer Arier», sagte Paul und lachte, «außerdem lispelte er und trank ordentlich.»

In einer Kurve berührten sich ihre Körper; Clara sah bewegungslos nach vorne auf die Straße.

«Hass hat 1947 in einem Kloster bei Ascoli Piceno Mathematik und Englisch unterrichtet und anschließend für die amerikanische Spionageabwehr in Linz bei einem Soldatensender gearbeitet. Er forderte Offiziere im Osten auf, in den Westen zu desertieren. Das haben manche gemacht, einige wurden wieder rübergeschickt und als Spitzel eingesetzt. Als sich dann vermeintliche Überläufer als Spitzel von der anderen Seite herausgestellt hatten, wurde das Ganze abgebrochen. Hass kriegte den nächsten Auftrag. Als Agent Giustini wurde er jetzt in Rom auf die italienischen Kommunisten angesetzt. – Es ist besser, Sie fahren hier links», sagte Paul zum Taxifahrer.

«Und wie ging's weiter?»

«Seine Frau hat ihn Anfang der fünfziger Jahre in Deutschland unter Berufung auf das Verschollenengesetz für tot erklären lassen, und 1962 haben auch die Italiener offiziell die Suche nach ihm aufgegeben – Begründung: Die Ergreifung sei erfolglos gewesen. Tja, und ein paar Jahre später hat er dann als Schauspieler und Statist gearbeitet, nicht nur für *Die Verdammten*. Haben Sie den Film mal gesehen?»

«Nein. Kann mich nicht erinnern.»

«Viel sagt er nicht; ein paar Sätze, die ihm bestimmt geläufig waren.»

«Zum Beispiel?»

«*Gesicht zur Wand! Gesicht zur Wand!* Er hat immer SS-Männer gespielt. Man kann eigentlich gar nicht sagen *gespielt*.»

«Klingt wie ein Echo aus den Höhlen.»

«Danach war er noch für die Deutsche Kriegsgräberfürsorge

auf Sizilien tätig, übrigens unter seinem richtigen Namen, und hat sich in Deutschland wieder als lebend gemeldet, wegen der Rente. Wäre Priebke in Argentinien nicht aufgeflogen und nach Italien ausgeliefert worden, hätte Hass ein ungestörtes Pensionistendasein führen können. Aber Priebke nannte ihn als Entlastungszeugen, als einen, der bei dem Massaker dabeigewesen war, dem aber im Gegensatz zu ihm nichts passiert war. – Die Geschichte geht noch weiter. Vor dem Priebke-Prozeß, zu dem Hass hier in Rom geladen war, ist Hass aus dem Fenster seines Hotels gesprungen und hat sich das Becken gebrochen, wahrscheinlich um nicht aussagen zu müssen.»

«Und hat er seine Strafe gekriegt?»

«Die wurde in Hausarrest umgewandelt, wie üblich», sagte Paul.

«Lebt der etwa auch noch? – Kommt nicht in Frage», sagte Clara, «ich zahle.»

«Er ist vor ein paar Jahren hier in Rom in einem Altersheim gestorben.»

Beim Aussteigen reichte Paul ihr die Hand. Sie hätte sie am liebsten nicht mehr losgelassen. Wenn Ines sich für das Jahr 1978 interessiert hatte, was hatten dann diese Nazis damit zu tun?

Der Schlüssel klemmte; erst nach mehreren Versuchen schaffte es Paul, die Tür aufzusperren. Clara hatte ihm sofort den Schlüsselbund in die Hand gedrückt. «Ich kann das nicht. Ich habe nicht die Geduld.» Sie erzählte vom Wohnungsschlüssel einer Freundin, der nach drei Jahren nicht mehr geöffnet hatte; es war derselbe Schlüssel gewesen, dasselbe Schloß.

Er fürchtete schon, sie werde von irgendeiner fremden Kraft sprechen, die hier wie an der Tür ihrer Freundin gewirkt hatte, doch Clara schwieg, betrat den engen Korridor und suchte nach dem Lichtschalter.

Es roch, Paul wußte nicht wonach.

Clara ging geradewegs in die kleine Küche und suchte nach Nylontaschen, in die sie die verdorrten Pflanzen und verwelkten Lilien steckte. Als sie das abgestandene Wasser aus der Blumenvase in das Spülbecken schüttete, fing sie an zu würgen. Paul riß das Fenster auf und setzte sich auf den einzigen verfügbaren Sessel neben der alten Kredenz. Gerne hätte er jetzt nachgesehen, ob eine Flasche Wein im Kühlschrank war, und ein Glas davon getrunken. Auf dem Herd stand noch ein Topf mit Resten von Risotto; der Schimmel war bis zum Rand angewachsen. Clara hatte den Deckel wieder auf den Topf gelegt und lehnte jetzt mit dem Rücken zu Paul am Fensterrahmen.

Er bemerkte, daß sie zitterte. Als er aufstand, um nach ihr zu sehen, drehte sie sich von ihm weg.

«Ich ertrage es nicht», sagte sie und strich sich mit den Fingerspitzen über die Augen.

«Lassen Sie nur. Ich kann das machen.» Er kratzte den Topf sauber und spülte ihn aus. Ines hatte allein gelebt, alles wies darauf hin. Wenn sie einen Liebhaber gehabt hatte, war er nicht oft hier gewesen, dachte Paul.

«Vor einem Jahr ist mein Cousin auf der Autobahn verunglückt», sagte Clara, «– das war schlimm. Aber das mit Ines ist noch schlimmer. – Mit ihr verschwindet meine Jugend. – Seit sie nicht mehr ist, habe ich das Gefühl, daß ich mir selbst abhanden komme, daß etwas von mir wegbricht, weil sie sich jetzt nicht mehr miterinnert.» Clara steckte den Kopf kurz zum Fenster hinaus und sah auf die Straße hinunter, dann drehte sie sich wieder zu Paul. «Haben Sie schon einmal einen Freund verloren?»

Er schüttelte den Kopf. «Ich verstehe, was Sie meinen. Man verliert einen Zeitzeugen.»

«Einen Lebenszeugen», sagte Clara. «Man hat irgendwie kein

Korrektiv mehr, keine –» – sie dachte nach –, «keine Stichwortgeberin.»

«Sie meinen, die Erinnerungen verselbständigen sich –»

«Ja, vielleicht ist es das.» Clara strich mit der Hand über den Abreißkalender neben dem Fenster, von dem seit Ines' Tod kein Blatt mehr entfernt worden war. Als sie es bemerkte, nahm sie den Kalender ab und steckte ihn zu den toten Pflanzen in eine der Nylontaschen. Auf der Wand war ein Staubrahmen zu sehen.

«Wenn sich die Erinnerungen verselbständigen, ist das –», sie stockte, wandte sich zum Spülbecken, wusch sich die Hände, «– als würde man ein bißchen sterben. Ich habe mir als Kind immer vorgestellt, daß es im Kopf Würmer gibt, die die Erinnerungen und die Gedanken fressen wie die Maden den Körper.» Weil Clara kein Geschirrtuch fand, schüttelte sie die Hände in der Luft trocken. «Vergessen empfand ich wie etwas, das einem weggegessen wird.» Sie öffnete den Kühlschrank, schaute eine Weile hinein, schloß ihn wieder, öffnete ihn dann kopfschüttelnd ein zweites Mal, als wäre ihr nun eingefallen, was sie im Sinn gehabt hatte. «Wollen Sie etwas trinken?»

Paul konnte zwischen einer bereits geöffneten Flasche Prosecco, einem Martini und dickflüssigem Holundersirup wählen. Aus dem Perlwein hatten sich die Perlen längst verflüchtigt, er trank ein Glas davon, hielt sich dann aber zurück, obwohl er den Schluck, der in der Flasche geblieben war, gerne ausgetrunken hätte.

Die Wohnung war zehn oder zwanzig Quadratmeter größer als Pauls *monolocale*, vermittelte aber durch die Einteilung in mehrere kleine Räume ein Gefühl der Enge; an jeder fensterfreien Wand standen Bücherregale, die sich bis zum Plafond erstreckten.

Paul beugte sich über Ines' Schreibtisch, während Clara in Schachteln wühlte und in Ordnern blätterte, wo sie nach dem

Mietvertrag, den Kontoauszügen und anderen Papieren suchte. Als sie in die Hocke ging, um in der untersten Lade einer alten Holzkommode Photos herauszunehmen, fielen ihre Haare nach vorne, so daß Paul ihren Nacken vor sich hatte, diese Körperstelle, die er an Frauen immer schon anziehend gefunden hatte. Die Botanikerin war die einzige Frau in seinem Leben gewesen, die den Küssen und Berührungen in der Nackenpartie nichts hatte abgewinnen können. Es war dieser Blumenfreundin, die er damals sanft in den Nacken gebissen hatte, nichts anderes eingefallen, als ihn mit einer Katze zu vergleichen. Für die sei der Nackenbiß Transportbiß, Paarungsbiß und Tötungsbiß zugleich. Ob er schon einmal beobachtet habe, daß die Jungen in eine Art Tragstarre verfielen, wenn die Alte sie im Nacken packte und forttrug? Ob ihm das nicht zu denken gebe? Von einer Starre war bei Marianne und all den anderen Frauen allerdings nichts zu bemerken gewesen, dachte Paul.

Er zwang sich, seinen Blick von Clara abzuwenden, blätterte in Ines' Büchern auf dem Schreibtisch und versuchte die handschriftlichen Notizen am Seitenrand zu lesen. Clara reichte ihm ein Photo, das Ines in den siebziger Jahren zeigte. Im ersten Moment glaubte Paul, ein Bild der jungen Clara in Händen zu halten, die Ähnlichkeit war verblüffend, dann erkannte er jedoch Züge der burschikosen Frau wieder, die er noch vor wenigen Tagen in der Galleria Sordi getroffen hatte. Er drehte das Photo um und suchte nach einem Datum, um herauszufinden, in welchem Jahr das Bild aufgenommen worden war, aber da stand nichts. Clara konnte nur eine ungefähre Angabe machen, so daß Paul wieder nicht erfuhr, wie Ines 1978 ausgesehen hatte.

Er wunderte sich über die Bücher, mit denen Ines zuletzt gearbeitet hatte, jedenfalls nahm er an, daß die auf dem Schreibtisch liegenden Ausgaben in irgendeiner Form mit diesem *mehrbändigen Werk* zu tun hatten, von dem sie erzählt hatte.

ROM 1943–1944; *Nazis auf der Flucht; Zwischen Duce, Führer und Negus*, las Paul. Die Bücher waren voller selbstklebender grellgelber und pinkfarbener Post-its, auf denen Namen wie Priebke, Schwammberger, Eichmann und Hudal standen.

Er hätte jetzt gerne in den Schreibtischschubladen gewühlt, aber wie sah das vor Clara aus. Schwammberger, Schwammberger – Paul sah zum Fenster hinaus – Josef! Genau. Das war dieser Südtiroler, der für den Distrikt Krakau zuständig gewesen war. Paul erinnerte sich, irgendwo gelesen zu haben, daß man bei dessen erster Verhaftung, noch bevor der Mann sich nach Südamerika hatte absetzen können, Schmuck im Wert von fünfzigtausend Reichsmark gefunden hatte, der vermutlich Häftlingen entwendet worden war. Die Gegenstände – viele davon mit eingravierten Namen oder Initialen – waren bald darauf konfisziert und versteigert worden, so daß sie nicht mehr als Beweismittel gegen ihn herangezogen werden konnten.

Clara hatte einen Stoß Photos mit aufs Sofa genommen und betrachtete sie. Ines habe einmal einen Text zu den photographischen Arbeiten einer deutschen Künstlerin veröffentlicht, erzählte sie. «Den habe ich immer gemocht. Ich kann mich an den genauen Wortlaut nicht mehr erinnern, aber es war von dieser erbarmungslosen Einmaligkeit die Rede, wenn man Bilder von einem Toten in Händen hält. *Das Photo friert den Abgelichteten ein* – oder so ähnlich.» Sie reichte Paul ein Bild, auf dem Ines und sie selbst zu sehen waren. Im Hintergrund konnte Paul einen kleinen Bergsee erkennen, an dessen Uferrand Seerosen blühten.

«Der Stillbacher Weiher», sagte Clara. Sie legte die Photos vor sich auf den Tisch. «Ich mag diese Schnappschüsse gar nicht sehen. Sie decken alles zu.»

Paul sah, daß ihre Augen wieder glänzten, und setzte sich zu ihr.

«Ines' Mutter ist völlig fertig; ich konnte nicht nein sagen. Dabei wird mir das alles zuviel.»

«Ich kann dir –, ich kann Ihnen gerne helfen», sagte Paul. «Morgen habe ich nur einen Termin, davor –»

«Was mach' ich mit all den Büchern? Wer will hier in Rom schon deutschsprachige Literatur?»

«Vielleicht der Papst», sagte Paul.

Er folgte Clara in Ines' Schlafzimmer, in dem sich nur ein französisches Bett und ein stummer Diener aus chromfarbigem Stahlrohr befanden. An den beiden Kleiderstangen hingen T-Shirts und Hosen übereinander, an den Endknäufen zwei Hüte, ein schwarzer Filzhut und einer aus weißem Bast. Clara griff nach einem T-Shirt und roch an ihm.

Paul nahm es ihr aus der Hand. «Das bringt doch nichts.»

«Den Sommerhut habe ich ihr geschenkt.»

Auf dem Bett lagen mehrere Bücher und ein Stapel Blätter, zwei rote Hefte und ein Filzstift.

Diese Ines war offenbar mit der Arbeit schlafen gegangen. Er dachte an sein eigenes Bett, dessen andere Hälfte die meiste Zeit von Zeitungen und Magazinen zugewachsen war. Ein unbestimmtes Verlangen befiel ihn. Er könnte es noch einmal bei der Archäologin versuchen, ihr zumindest eine SMS schicken. Noch war es nicht zu spät. Paul sah auf die Uhr.

«Sie müssen los?» Clara hatte ein Manuskript in der Hand, begann darin zu blättern.

«Ich sollte mich auf morgen vorbereiten», sagte Paul.

Sie packte die Blätter in ihre Tasche. «Darf ich Sie wirklich noch einmal behelligen?»

Während sie gemeinsam Ines' Wohnung verließen, vereinbarten sie, sich am nächsten Tag um elf vor Ines' Haus zu treffen.

Kaum war Clara fort, schrieb Paul an die Archäologin: *Auch* wenn es so nicht gemeint war, vielleicht anders? Lust auf einen späten Drink im centro storico?

Er war in den Bus Nummer 71 gestiegen und bis zur Endstation Piazza San Silvestro gefahren. Während der Fahrt hatte Paul dreimal nach dem Mobiltelephon gegriffen, aber die Piepstöne waren nicht für ihn bestimmt gewesen. Beim Aussteigen versetzte ihm ein junger Mann einen Stoß, und obwohl keine Absicht dahinter zu sein schien, brüllte Paul ihn an: «Haben Sie keine Augen im Kopf?»

Früher war er manchmal mit Marianne zusammengekracht, jedoch nie ernsthaft; sie hatten beide durch kleinere Streitereien die eine oder andere Nervenanspannung entladen können – danach war alles wieder gut gewesen. Aber jetzt? Es gab keine Reibungsflächen, an denen Paul seine überschüssige Energie hätte loswerden können. Also marschierte er den ganzen Weg zu Fuß nach Hause. Schwitzte.

Er war schon vor der Wohnungstür, als das Telephon klingelte.

«Ich wollte mich nochmals bedanken», sagte Clara.

«Nichts zu danken.»

«Stell dir vor – stellen Sie sich vor, sie hat an einem Roman geschrieben.»

«Ah ja.» Das *mehrbändige Werk*, dachte Paul.

«Du kommst auch vor.»

1

Efeu kletterte an den Stämmen hoch, an Schirmständern und Steinen, rankte sich um das Tischgestell, um die zerbrochene Marmorplatte, die noch immer an der Mauer lehnte, machte alles grün, selbst die in einer Ecke des Gartens abgestellten Möbel sahen unter seiner Decke wie Hecken aus. Er wuchs über das Fahrrad und die strohumwundenen Flaschen, klammerte sich, wo Bretter und Klimmstützen fehlten, an die Erde. Er wucherte, breitete sich immer weiter aus, lockte immer mehr Bienen, Wespen und Schwebfliegen an. Einzig die hellblaue Plastikplane ragte aus dem Grün, als trotzte sie den hartnäckigen Haftwurzeln, als wollte sie zwischen dem alles überwachsenden Blattwerk einen Beweis gegen die Natur antreten.

Emma Manente setzte sich auf den Sessel neben der Tür, nachdem sie sich ein Sitzpölsterchen vom Abstelltisch geholt hatte, auf dem auch mehrere Campari-Aschenbecher und Zuckerstreuer standen. Sie hatte erst noch einen Blick auf die Terrasse geworfen, die Anordnung der einzelnen Tische kontrolliert, Sessel verschoben, da und dort eine Tischtuchklammer befestigt, die von der Tischkante zu rutschen drohte, dann ließ sie sich auf ihrem Platz nieder, den Kopf gegen die Hauswand gelehnt, die Beine von sich gestreckt, so daß nur die Füße in der Sonne waren.

Heute morgen hatte sie vor dem Spiegel die Bluse zugeknöpft und plötzlich Zweifel bekommen, ob die Rechts-links-Knöpfung der Bluse richtig oder ob nicht vielmehr die Links-rechts-Knöpfung für die Kleidung von Frauen vorgesehen war. An der Rezeption schließlich hatte Emma an der Links-rechts-Knöpfung der Sakkos ihrer männlichen Gäste bemerkt, daß ihre eigene Bluse die Knöpfe an der richtigen Seite hatte. Unangenehm war ihr, daß sich am Nachmittag die Neue vorstellen sollte, daß das übliche Tagesprogramm durcheinanderkommen würde. Wieder eine, der sie alles zeigen, der jeder Handgriff beigebracht werden mußte, die sie nicht allein lassen konnte.

Sie selbst war damals in der Küche dieser venezianischen Familie gestanden und hatte beim Teigkneten laut singen müssen. Langes Atemholen war schon verdächtig gewesen. «*Canta, cara!*, Singe, meine Liebe!» hatte die Hausherrin gerufen. Signora Scabello hatte vorgegeben, sich für das deutsche Liedgut zu interessieren und für die Mädchen aus dem Tirolo. Die zöge sie den Italienerinnen vor. Emma hatte das Singen gehaßt, dieses *Im Frühtau zu Berge wir zieh'n fallera*, während an den Fingern der Mürbteig für die *crostata* klebengeblieben war. Dabei wäre es ihr damals gar nicht in den Sinn gekommen, von dem Teig zu naschen, weil sie geglaubt hatte, daß man vom ungebackenen Mehl Madenwürmer bekam.

Die Scabello hatte jede Ausgabe nachgerechnet, sie hatte sich, wenn Emma vom Einkaufen zurückgekommen war, an den Küchentisch gesetzt und sich die einzelnen Beträge vorrechnen lassen. «Die Händler betrügen, und die Mädchen betrügen», hatte sie gesagt.

Die ersten Wochen war Emma stets von der Rialto-Seite zum Markt gegangen und hatte die Fischmarktlauben gemieden, wo sich Heuschreckenkrebse bogen und Meerspinnen bewegten. Es war ihr unverständlich gewesen, daß man die Tiere lebend anbot, schließlich hatte es beim Metzger im Dorf auch keine zuckenden Kaninchen zu kaufen gegeben. Und dann der Geruch. Signor Scabello war mit dem Fischhändler befreundet gewesen und hatte sich selbst um die Fische und das Meeresgetier gekümmert. Aber einmal hatte er sie zum Markt zurückgeschickt, weil er die *granceole* vergessen hatte. Emma mußte eine Tasche nach Hause tragen und hatte das Gefühl, daß sie ihr davonlief. Sie hatte in einem Schreckensmoment alles fallen gelassen und sich nicht von der Stelle gerührt. Einer der mit spitzen rötlichen Höckern versehenen Panzer war halb aus der Tasche gerutscht; Emma hatte nicht gewußt, wie sie nun die spinnenartigen Beine dieses Schalentiers wieder zurück in die Tasche bringen sollte. Es war ihr peinlich gewesen, jemanden um Hilfe zu bitten.

Also hatte sie sich gebückt, mit einer Hand die Tasche aufgehalten und mit der Fußspitze nach dem Tier getreten.

Die Scabellos bewohnten einen kleinen Palazzo. Emma hatte unter der Treppe in einer Kabine ohne Fenster geschlafen, es war eine Art Abstellraum gewesen, an dessen niedrigster Stelle die Putzkübel standen. Tagsüber hatte sie das Bett zusammenklappen müssen, denn die Kabine diente auch als Zwischenlager für Nahrungsmittel oder Korbflaschen, so daß es abends nach Essig, Zwiebeln oder Paradeisern roch. Wenn die Scabellos Gäste hatten, blieb Emma auf, bisweilen bis zwei Uhr früh. Sie saß auf Abruf in der Küche, auch wenn es nichts mehr zu tun gab, die Teller abserviert waren. Nur die *bambinaia* durfte ins Bett; sie war eine Mittvierzigerin aus Burano, eine gesetzte Person mit Erfahrung. Emma hatte die Kinderfrau mehrmals dabei ertappt, wie sie hinter dem Rücken der Signora die Speisereste der Kinder aufaß, dabei hatte es bei den Scabellos genug zu essen gegeben. Später, in Rom, hatte Emma in der Pfarrgemeinde Santa Maria dell'Anima, wo sie sich fast jeden Sonntag mit anderen deutschsprachigen Hausangestellten getroffen hatte, ein Stubenmädchen kennengelernt, das sich wochenlang von weißem Reis und Grießsuppe hatte ernähren müssen und heimlich das Fleisch von den Knochen nagte, die für den Hund vorgesehen waren.

Emma hörte den Wind in den Palmenblättern und das Flattern der Tischtuchränder. Es war gut, daß die Neue kam; es fehlte an einer Kraft. Emma hatte keine Lust mehr, dem Zimmermädchen zur Hand zu gehen und in der Küche zu helfen.

Die Mädchen aus Stillbach und den Nachbardörfern waren immer schon verläßlich gewesen. Die brauchten nicht jeden Tag zu kommen. Die wohnten im Haus. Und sie konnten Deutsch.

Es hatte sich mittlerweile herumgesprochen, daß es im Hotel Manente für Deutsche keine Verständigungsschwierigkeiten gab, daß Hygiene und Ordnung nichts zu wünschen übrigließen. Die Touristen kamen vor allem aus Bayern und Baden-Württemberg, sie liebten das alte Rom, liebten es umso mehr, wenn sie sich nach einem anstrengenden Tag mitten unter rücksichtslosen Lambretta- und Motorinofahrern in den stillen Garten setzen oder nach einer beengenden Busfahrt auf einen Liegestuhl legen und ein Kännchen bestellen konnten, das mit dem gewohnten hellen Filterkaffee gefüllt war. Dann riefen sie sich, abgeschirmt von den Mauern und dem bewachsenen Maschendrahtzaun, die Ergebnisse der Deutschen Fußball-Liga zu.

Emmas Blick streifte einen älteren Gast, der seinen Sessel unter die Magnolie gestellt hatte. Er saß mit dem Rücken zu ihr im Schatten des Baumes und las. Hermann Steg war ein Stammgast, er buchte Jahr für Jahr zur gleichen Zeit dasselbe Zimmer. Zu Mittag, wenn die meisten Gäste auswärts waren, begab er sich in den Garten, am Abend blieb er auf seinem Zimmer. Er sprach nicht gerne, grüßte auch nicht laut, sondern nickte, wenn er jemandem begegnete. Emma wußte fast nichts über ihn, nur daß er Lehrer an einer Privatschule gewesen war und eine schöne Pension bezog, die es ihm erlaubte, zwei Wochen in Rom und anschließend drei Wochen in Ischl zu verbringen. Sie hatte beobachtet, daß Steg beim Lesen die Lippen bewegte, daß seine Bücher mit Zeitungspapier eingebunden waren, vermutlich nicht, um die Umschläge zu schützen, sondern um zu verhindern, daß ihn jemand mit Blick auf die Buchtitel in ein Gespräch verwickelte. Er vergaß manchmal, die Hemden zu wechseln, und seine Hosen waren in den ersten Tagen nach seiner Ankunft immer zerknittert, weil er die Koffer schlecht packte. Eine

Frau an seiner Seite gab es nicht. Emma hatte auch nicht herausbekommen, ob er in früheren Zeiten verheiratet gewesen war. Einmal hatte sie ihn dabei beobachtet, wie er eingehend sein Taschentuch betrachtete, nachdem er sich geschneuzt hatte, so daß auch Emma ihren Hals gereckt hatte, um herauszufinden, was ihn daran interessierte, ob er womöglich lungenkrank sei und Blut spuckte. Aber Steg hatte bemerkt, daß er nicht allein war, er hatte sich nach Emma umgedreht, die schnell in der Eingangstür verschwunden war.

Steg erinnerte Emma an Signor Scabello, er hatte eine ähnliche Art zu gehen, als seien die Knie etwas steif. Auch Herr Scabello war lieber in sein Studio verschwunden, als sich mit den Freunden seiner Kinder zu unterhalten. In die Entscheidungen seiner Frau hatte er sich nicht eingemischt. Emma fand, daß seine Zurückhaltung meistens nur getarnte Feigheit gewesen war. «Ich werde mich bemühen, daß Sie eine bessere Unterkunft bekommen», hatte er zu Emma gesagt, als sie es nicht glauben konnte, daß sie unter der Stiege schlafen sollte. Er hatte sich aber doch nicht für sie eingesetzt, weil er fürchtete, seine Frau könnte ihn mißverstehen. Die Scabello war der festen Meinung gewesen, die Mädchen aus dem Tirolo würden ohnehin keine Betten kennen, also erschien ihr der Abstellraum verglichen mit dem Heu, in dem sie sonst schliefen, geradezu bequem.

Emma hatte zu Hause mit ihren zwei Schwestern in einem Zimmer geschlafen, dessen Fenster auf den Acker hinausblickten, sie hatte sogar eine Decke und einen Polster aus Federn gehabt, nur für eine Matratze war nie Geld dagewesen. Statt dessen gab es einen Strohsack, der mit Maisblättern oder mit Weizenstroh gefüllt war.

Emma döste, sie genoß die Wärme auf den Zehen. Manchmal durchbrach Stegs Hüsteln die Stille, oder sie hörte, wie er in dem Buch weiterblätterte. Sie war kurz davor wegzunicken. Unlängst hatte sie mitten am Tag so intensiv geträumt, daß sie glaubte, es gäbe keine Grenze zum Wachzustand mehr. Es war wie damals, als sie Johann in die Luft gejagt hatten. Im Traum war die Trennung aufgehoben gewesen, also hatte Emma über den Traum hinaus weitergeträumt. Und Johann lebte. Hinter ihren geschlossenen Augen blieben die Muskeln seines Körpers und seines Gesichts in Bewegung, sie bewegten sich auch noch, als Emma die Augen längst geöffnet hatte. Sie bewegten das Laub in den Hecken unter der Terrasse, bewegten die Eingangstür, die ohne ersichtlichen Grund ins Schloß fiel, die Vorhänge, die Fransen des Tischtuchs; selbst die Luft, die durch ihre Nasenlöcher strömte, war die Luft seiner Atemzüge gewesen.

Aus dem Inneren des Hauses drang ein leises Scheppern auf die Terrasse; Antonella war noch mit dem Spülen des Schwarzgeschirrs beschäftigt. Emma konnte aus den Geräuschen die Verrichtungen heraushören, manchmal gelang es ihr sogar, einzelne Gäste an deren Schritten zu erkennen. Ältere Herrschaften mit lädierten Hüften neigten dazu, wie Enten zu watscheln, junge Männer, die ungeduldig auf das Abendessen warteten, gingen vor dem Eingang auf und ab, ohne die Füße richtig abzurollen, Kinder trippelten. Mit halboffenen Augen schaute Emma zum Abstelltisch. Das Mädchen hatte vergessen, die Zuckerstreuer nachzufüllen. Auch die Oleander waren am Morgen nicht gegossen worden, und im Bügelzimmer türmte sich die Wäsche. Emma spürte eine Versteifung der linken Halsseite, sie versuchte sich anders hinzusetzen, dabei stieß sie gegen die Tischkante, und die Tischtuchklammer fiel zu Boden. Eine Eidechse flitzte zur anderen Terrassenseite. Steg schrak auf, drehte sich um, beugte sich aber sofort wieder über sein Buch.

2

Im Garten des Hotels befand sich ein kleines ebenerdiges Haus aus drei, vier Zimmern, deren Fenster alle verschlossen waren, nur die Tür stand offen. Ich sah eine große Waschmaschine, wie ich sie nur aus chemischen Reinigungen kannte, ein metallenes Schleudergerät, das zitterte und hin- und herschwankte, einen gemauerten Trog rechts neben dem Eingang, der früher zum händischen Wäschewaschen gedient haben mochte. Ich war mir, nachdem ich die Waschküche entdeckt hatte, sicher, daß man mich in einem der Zimmer daneben unterbringen würde, aber ich hatte mich getäuscht.

Die Frau, die mich am Tor abgeholt und gebeten hatte, auf dem Kiesweg neben dem Brunnen auf die Chefin zu warten, war im Garten verschwunden. Ich stand erst ruhig da, häufte dann mit der Fußspitze Kies auf, um die Steinchen mit dem anderen Fuß wieder gleichmäßig zu verteilen, zählte die Fenster des Hotels, die zu putzen nicht einfach sein würde, da es sich um hohe Doppelfenster handelte, und beschloß schließlich, nachdem niemand die Eingangsstiege herunterkam, meinen Koffer auf dem Kiesweg stehenzulassen und mich ein Stück weit von der vereinbarten Stelle zu entfernen.

Im Brunnen hatten sich die Goldfische unter dem frisch einfließenden Wasser versammelt; ich entdeckte zwischen den gelben, roten und orangefarbenen zwei Schleierschwanzfische, deren weiße Rückenflossen aussahen, als wären sie angeknabbert worden. Die beiden waren kleiner und gedrungener als die Goldfische, sie schafften es nicht direkt unter das Fließwasser; einer blieb abseits, er schien ein gestörtes Schwimmverhalten zu haben, hatte hinten Auftrieb.

Über mir war eine Brunnenfigur mit einem konturenlosen porösen Gesicht; sie schien erst viel später, vermutlich nach der Beschädigung der obersten Schale, auf dem schmalen, von Moos überwachsenen Schaft angebracht worden zu sein. Das Wasser sprudelte aus einer provisorischen Öffnung unterhalb der Füße der Figur in das Überlaufbecken und fiel dann in das beinahe hüfthohe Auffangbecken, an dessen unterem Ende ein rechteckig gebogenes Wasserrohr mit einem regulierbaren Hahn den Brunnen mit frischem Trinkwasser versorgte. Das überschüssige Brunnenwasser des Auffangbeckens rann auf der gegenüberliegenden Seite durch ein mit einem Gitter versehenes Loch ab. Das Metallgitter hatte man wohl angebracht, damit die Fische nicht versehentlich aus dem Brunnen fielen und im Abflußloch am Boden verschwanden.

Ich dachte an die zwei Fische, die ich als Kind in einem durchsichtigen, mit Wasser gefüllten Plastikbeutel vom Luna Park nach Hause gebracht hatte, zum Mißvergnügen meiner Mutter, der die Tiere leid taten. Die erste Zeit lebten die Fische – der eine war orangefarben, der andere schwarz – in einem dunklen Putzkübel, erst Wochen später bekam ich von der Nachbarin ein Aquarium geschenkt, das die Größe eines Schnellkochtopfs hatte und mit bunten Steinchen ausgelegt war. Der Glasbehälter stand auf der Waschmaschine im Korridor; jedesmal, wenn der Schleudergang einsetzte, kräuselte sich die Wasseroberfläche, als fegte ein stürmischer Wind darüber hinweg. Einmal war der orangefarbene Goldfisch so hoch gesprungen, daß er aus dem Glas auf die Waschmaschine und von dort auf den Fliesenboden gefallen war. Ich spielte damals in der anderen Ecke des Korridors mit meiner Zecchino-d'oro-Puppe, deren Rücken man aufklappen und mit einer Minischallplatte versehen konnte. Wahrscheinlich hörte ich *Quarantaquattro gatti*, das Katzen-Lied, mit dem die kleine Barbara Ferigo an der Seite des Zauberers Zurlì den TV-Wettbewerb gewonnen hatte.

Zappelnd rutschte der Fisch bis unter den Heizkörper; ich mochte ihn nicht anfassen, schrie nach meiner Mutter, die auf eine Zigarette zur Nachbarin gegangen war, schrie so laut und durchdringend, daß nicht nur sie, sondern auch die anderen beiden Nachbarinnen ins Stiegenhaus gelaufen kamen. Mutter nahm den Fisch und warf ihn ins Wasser zurück. Er erholte sich, hatte aber wenige Wochen später das Pech, in der Nähe des Badewannenstöpsels zu sein, als meine Mutter beim Einfangen des anderen Goldfisches mit dem aufgekrempelten Ärmel ihrer Bluse am Kettchen des Stöpsels hängenblieb und so versehentlich den Badewannenstöpsel herauszog. Die plötzlich einsetzende Strömung sog den ohnehin etwas geschwächten Fisch ins Abflußrohr. Der schwarze Goldfisch überlebte den orangefarbenen nur ein paar Monate, obwohl er nie gesprungen war. Ich beobachtete damals, daß er nur mehr mit Mühe nach unten zu tauchen vermochte, daß er lange Kotfäden hinter sich herzog, bis er eines Morgens mit dem Bauch nach oben reglos an der Wasseroberfläche trieb.

Ich steckte erst meinen rechten Zeigefinger, dann die ganze Hand ins Brunnenwasser, bis mir einfiel, daß ich gleich der Chefin begegnen würde, daß sie die nasse oder noch feuchte Grußhand als Schweißhand interpretieren könnte. Ich rieb meine Hand am Rock trocken, entdeckte dann mit Schrecken, daß die Nässe Spuren auf dem Stoff hinterlassen hatte, die so schnell nicht verschwinden würden. Also drehte ich den Rock, aber der hintere Teil war ausgebuchtet und vom vielen Sitzen schon etwas abgenützt.

Hinter dem Brunnen mündete der Kiesweg in einen vom Hoteleingang uneinsichtigen, von niedrigen Palmen und Sträuchern zugewachsenen Gartenbereich. Als ich das Quietschen des Portals hörte, kehrte ich sofort zum Brunnen zurück, aber es war nur ein Gast, ein junger, dunkel gekleideter Mann, der etwas von einem künftigen Priester hatte. Er nickte mir zu und ging Richtung Ausgang.

Ich sah an mir herunter, betrachtete die abstehenden Gesäßtaschen, die nun vorne waren, wollte den Rock wieder drehen, da hörte ich meinen Namen rufen. Vorder- und Rückenteil des Rockes blickten nun zur Seite hin, und ich hatte keine Gelegenheit mehr, das schäbige Teil in die richtige Position zu bringen.

Die Chefin war geräuschlos hinter den Sträuchern hervorgekommen und stand nun links neben der breiten Marmorstiege, die zum Haupteingang führte.

«Sind Sie gut gereist?» fragte sie, und als interessiere sie die Antwort gar nicht, fügte sie hinzu: «Ich will keine offenen Haare sehen. Entweder Sie binden sie zusammen, oder Sie lassen sie schneiden. Hat man Ihnen das nicht gesagt?»

Als ich zu einer Erklärung ansetzte, daß ich noch nicht mit der Arbeit –, daß ich mich selbstverständlich an die Vorschriften –, daß ich –, unterbrach sie mich: «Es macht sich auch sonst nicht gut.»

Ohne sich nach mir umzudrehen, ging die Chefin die Stiegen hinauf; ich folgte ihr mit meinem schweren Koffer. Daß ich nicht neben der Waschküche wohnen würde, beruhigte mich, ich hoffte jetzt sogar auf ein kleines Hinterhofzimmer, aber die Chefin ging an der Rezeption vorbei Richtung Keller, obwohl es einen alten Holzaufzug gab, dessen Kabine startbereit in der Eingangshalle stand.

«Ihr Rock sitzt schief», sagte sie, drehte sich aber nicht nach mir um.

Auf der Kellerstiege wartete sie, bis ich nachgekommen war, nickte mir kurz zu, ging weiter, machte eine Handbewegung Richtung Kellergang und meinte dann: «Am Ende ist der Bügelraum, von dort kommen Sie in Ihr Zimmer. Ich hole Sie in zehn Minuten.»

Im Bügelraum standen mehrere Körbe, darin lagen zerknitterte Tischdecken, Polsterbezüge und Geschirrtücher. Es roch nach Bleich- und Stärkemittel. Die beiden Fenster waren auf Kopfhöhe und blickten zum Garten hinaus; Büsche und Bäume ließen kein Licht herein. An der Decke waren in unregelmäßigen Abständen vier Neonlampen angebracht, und die Gartenausschnitte in den Fenstern erinnerten mich an ein Bild, das lange Zeit im Wohnzimmer gehangen hatte, an Böcklins *Toteninsel*. Ich fand die dunklen Zypressen damals bedrohlich, bedrohlicher noch als die mit Fenstern versehenen Felsen. Der Anblick der Insel beschwor unheilvolle Stimmungen herauf, und der dicke Rahmen, in den Mutter den Kunstdruck gesteckt hatte, verstärkte meine Bildvisionen, die sich durch das fingierte Blattgold, mit dem der Rahmen bestrichen worden war, besonders hart von der Umgebung der Wohnung abgrenzten.

Ich stellte meinen Koffer neben die große Bügelmaschine, durch die man die Leintücher zieht, und öffnete die Tür zu meinem Zimmer.

Hier wie im Bügelzimmer waren die Simse nur zu erreichen, wenn man sich auf die Zehenspitzen stellte, und die Fenster ließen sich nur öffnen, wenn man einen Sessel an die Wand schob. Davon gab es zwei im Zimmer, auf beiden lagen Kleidungsstücke, Zeitschriften und angebrochene Kekspackungen. Selbst auf dem unbenützten Bett hatte jemand seine rote Strickjacke, einen Blumenrock und mehrere T-Shirts abgelegt. Im Zimmer stand ein großer Kasten, auf dem mehrere Poster von Vasco Rossi und Suzi Quatro klebten.

Ich wußte nicht, was ich tun sollte. Auspacken? Das Bett leer räumen? Die Kleidungsstücke, die mir nicht gehörten, in den Kasten geben? Es waren schon ein paar Minuten vergangen, gleich würde die Chefin zurückkehren. Auf einem schmalen Tisch unterhalb der Fenster entdeckte ich ein Kofferradio mit Kassettenrekorder. Ich öffnete den dunkelgrauen Plastikdeckel, las *Massachusetts*, erschrak, als jemand vor dem Fenster vorbeispazierte. Es waren die Beine eines Mannes, die in einer Anzughose steckten. Sofort schloß ich den Deckel, wandte mich meinem Koffer zu. Er war aus braunem genarbten Leder, das an mehreren Stellen aufgebrochen war. «Ich kauf' dir bestimmt keinen neuen», hatte Mutter gesagt.

Es roch nach Stärkemittel, aber auch nach Lack. Ich kippte eines der Fenster, horchte. Die Schritte des Mannes hatten sich entfernt, er war nun auf dem Kiesweg. Das Knirschen unter seinen Schuhen beruhigte mich. Ich dachte an die Kiesund Schotterhalden am Dorfrand, an die aufgelassenen Gruben, die sich mit Grundwasser gefüllt und mit den Jahren in ein Biotop verwandelt hatten. Es war der erste Sommer ohne Baggersee, ohne heranrollende Lastwagen, ohne das Knattern der Förderbänder der nahen Aufbereitungsanlage, und ich hatte mir diesen Sommer im Süden erkämpft, ich hatte mir dieses Zimmer, das halb unter der Erde steckte, selbst eingebrockt, auch diesen Lackgeruch, von dem ich nicht wußte, woher er rührte.

Die Tür flog auf, eine junge Frau eilte zum Kasten und verschwand gleich wieder, ohne ihren Namen zu nennen. «Wir sehen uns später!» rief sie beim Hinausgehen. Ich hatte nur die halblangen blondierten Haare wahrgenommen, etwas zu lange Stirnfransen, die abstanden und an ein Vordach erinnerten, und den abblätternden roten Nagellack an ihren Fingernägeln, während sie mit einer Hand die Kastentür offengehalten hatte und für ein paar Sekunden hinter dem Kasten verschwunden war, um hernach mit einer Schürze in den Händen fluchtartig das Zimmer zu verlassen.

Ich merkte, daß meine Handflächen feucht waren, daß mein Atem schneller ging, und ich bedauerte plötzlich, meinen Willen gegen den meiner Mutter durchgesetzt zu haben, hörte ihre Worte, das «Zu jung» und «Zu weit weg» und «Wer weiß», sah sie vor mir, wie sie in ihrer Siebenquadratmeterküche beim Sprechen das Geschirrtuch zerknüllte oder mit dem Kochlöffel die *pelati* zerkleinerte, wie sie mit dem Holzlöffel immer schneller und mit immer mehr Nachdruck auf den Topfboden klopfte: «Komm mir ja nicht mit einem Kind zurück.» Mir fiel das Küchenfenster ein, dessen Glas mit einer Folie verklebt war, damit Mutter beim Kochen nicht in den Hof blicken mußte, in dem sich – es war noch kein Jahr vergangen – eine Frau aus der Siedlung das Leben genommen hatte. Die war die ganze Nacht in dem zitronengelben Fiat 126 gesessen, den sie gegenüber unserer Küche geparkt hatte, doch niemandem war sie aufgefallen, weil das zitronenfarbene Auto des Nachts öfters in unserem Hof gestanden war, hatte doch der Mann der Selbstmörderin damals ein Verhältnis mit unserer Nachbarin gehabt. In jener Nacht war die Nachbarin über uns nicht in ihrer Wohnung gewesen, so daß sie sich auch nicht über die Anwesenheit des Autos und die gleichzeitige Abwesenheit ihres Geliebten hätte wundern können.

Mutter war zeitig in der Frühe in die Küche gegangen, um ein Glas Wasser zu trinken, und hatte die Frau bemerkt, deren Kopf unbeweglich auf dem Steuer lag.

3

Im letzten Moment hatte Emma Manente Antonella daran hindern können, mit der schmutzigen Schürze den Speisesaal zu betreten. Emma dachte daran, wie sie selbst nach

Rom gekommen war, daß sie nicht nur die weiße Schürze, sondern auch ein weißes Häubchen und weiße Manschetten hatte tragen müssen, daß alles von Hand und im Keller gewaschen worden war und nur die gestärkten Kragen in die Wäscherei gebracht werden durften. Daß sich im hinteren Teil des Gartens, wo zwischen den Büschen und der moosbewachsenen Mauer eine Art Komposthaufen eingerichtet worden war, die Katzen aufgehalten hatten. Emma hatte noch nie so viele ausgehungerte, räudige Tiere gesehen. Wie hatte sie sich vor den Katzen gefürchtet, wenn sie am Abend – oft war es schon dunkel – die Abfälle entsorgen mußte, wenn ihr die miauenden Tiere entgegenliefen, weil sie das Fressen schon von weitem rochen, wenn sie um ihre Beine strichen und auf den Kübel sprangen, der unter den ausgestreckten Pfoten hin- und herpendelte. Manchmal rutschten die Katzen am Kübel ab und setzten zu neuen Sprüngen an, und Emma mußte ihre Beine vor den Krallen der Katzen schützen, einen Schritt zurücktreten, zur Seite springen, sie mit dem Geschirrtuch oder dem Besen verjagen. Die Viecher stritten sich um die Fischköpfe, um die abgenagten Hühnerknochen, balgten sich, teilten Hiebe aus, fauchten sich an; die kranken und schwachen wurden immer kränker und dünner, ihre Felle waren voller Schrammen, ihre Gesichter vernarbt, die Augen von Eiter verklebt. Es stank. Keiner im Haus kümmerte sich um die Tiere. Zu Hause in Stillbach nahm man der Katzenmutter die Neugeborenen weg, ertränkte sie im Bach oder drehte ihnen den Hals um und verscharrte sie. Zu Hause räumte man mit dem Elend auf, man ließ keinen Gestank zu, man hatte dieser Fortpflanzungsgier etwas entgegenzusetzen.

Die Neue war nicht aus Stillbach. Zwar hatte sich Emmas Kontakt mit Stillbach inzwischen auf ein Dutzend Anrufe pro

Jahr reduziert, aber Stillbach war so klein und überschaubar, daß Emma eine solche Neuigkeit sofort mitgeteilt worden wäre. Die Kusine hätte sie sofort angerufen und ihr erzählt, wessen Tochter sie sich da ins Haus geholt hatte. Emma wußte nur, daß diese Ines in irgendeinem Zusammenhang mit der Gemeindesekretärin stand, sie wußte aber noch nicht in welchem, weil die Gemeindesekretärin von Stillbach nicht aus Stillbach stammte, sondern erst vor einem Jahr zugezogen war. Sie kenne sie nicht, hatte die Kusine am Telephon gesagt, weder die Gemeindesekretärin noch deren Schwester, von der sie lediglich in Erfahrung gebracht habe, daß sie seit vielen Jahren Witwe sei und eine halbwüchsige Tochter habe. Hoffentlich ist die Witwentochter freiwillig da, dachte Emma. Witwentöchter, die etwas dazuverdienen müssen, weil die Mütter das so wollen, sind schlechte Mädchen. Am liebsten waren Emma Mädchen, die sich auf Rom freuten, die sich von Rom etwas erwarteten, die ihre Arbeit im Hotel als Preis für den Romaufenthalt sahen. Am liebsten waren ihr solche, für die Rom ein Geschenk war, denn ein Geschenk bedeutete Verpflichtung, es erzwang Dankbarkeit, und Emma wußte diese Dankbarkeit zu nützen, sie verlangte dafür Pünktlichkeit und Fleiß. Schenken ist ein Gabentausch, war Emma überzeugt. Wenn man nichts zurückschenkt, fehlt es an Gemeinschaftssinn. Emma hatte Rom zu verschenken, und ihre Mädchen mußten sich selbst geben. Sie mochte Mädchen, die gewillt waren, alles zu tun, Mädchen, die – wie sie selbst damals – noch nicht viel erlebt hatten.

Emma war in einer Sonntagsbluse nach Venedig gekommen, die bis zur Halsgrube zugeknöpft gewesen war, hatte im Sommer lange Ärmel tragen müssen. «Daß du mir ja keinen von denen da unten nach Hause bringst.» Mutter hatte sie vor der Abreise – es war Anfang der Woche gewesen – in den

Waschzuber gesteckt und ihr den Rücken geschrubbt, obwohl der Zuber sonst nur samstags mit warmem Wasser gefüllt worden war und dieses eine Wasser gewöhnlich für alle Geschwister reichen mußte; hinterher hatte Mutter darin mit Kernseife die Wollsocken gewaschen und dann mit vom Seifenwasser aufgeweichten Fingern Emmas Haare zu Zöpfen geflochten. Ein Bubikopf wäre in Stillbach ein Skandal gewesen, und was ein Badezimmer war, erfuhr Emma erstmals in der Lagunenstadt; daheim hatte es nur ein Plumpsklo gegeben und erst viel später – da war sie schon nicht mehr zu Hause gewesen – eine Waschküche mit einem Waschtrog, der sie immer an den sargartigen Trog im Hof des Metzgers erinnerte. Sie hatten sich als Kinder hineingelegt und so getan, als lebten sie nicht mehr. Die am Trogrand Verbliebenen beteten für den Toten. Gotteslästerung war das gewesen, ein Beichtgrund, eine Sünde, die man nicht erfinden mußte, wenn man sonntags in den Beichtstuhl geschickt wurde.

Die Neue sah nicht danach aus, als sei sie im letzten halben Jahr einmal zur Beichte gegangen. Vielleicht war sie gar nicht die Tochter einer Witwe. Witwen gaben sich manchmal als Witwen aus, wenn sie nicht als Mütter von ledigen Kindern gebrandmarkt werden wollten. Überhaupt war die Neue ein Risiko. Emma wußte zuwenig. Diese Verführungsmähne gefiel ihr nicht. Die Gemeindesekretärin sei eine herausgeputzte Zugereiste, hatte die Kusine gesagt. Als Emma nach Rom gekommen war, hatte keiner nach der Herkunft gefragt. Viele jüngere und ältere Frauen aus Stillbach und aus anderen Dörfern waren damals bettelnd durch das Tal gezogen, denn die Hypothekarverschuldungen und die ansteigenden Steuern hatten die einzelnen Familien ruiniert. Emma war nichts anderes übriggeblieben, als sich die Arbeit anderswo zu suchen, im eigenen, fremden Land, für das man im Gegensatz zur Schweiz und Deutschland keine Aufenthaltsgenehmigung brauchte. Das *Katholische Sonntagsblatt* war voll von Anzeigen gewesen. Italienische Familien suchten nach einer *ragazza tedesca*, einem *deutschen Mädchen*, das als gesund, tüchtig, ehrlich, sauber und anständig galt, gleichzeitig warnte man darin vor Mädchenhändlern, die oft jüdischer Abstammung seien. Der Vater hatte die Textstelle angestrichen und ihr die Zeitungsseite beim Mittagessen über den Tisch gereicht. Er war im Dorfgasthaus darauf gestoßen, hatte den Artikel einfach herausgerissen. Emma war nie einem Juden begegnet, jedenfalls nicht wissentlich, und jene Generalin – wie sie genannt wurde –, die Stellen in den Süden vermittelt hatte, war bestimmt keine Jüdin, obwohl sie mit Mädchen handelte. Sie hatte die jungen Frauen vor dem Busbahnhof getroffen und sie dann zu sich nach Hause mitgenommen. Emma war ein einziges Mal in ihrer Wohnung gewesen, aber sie erinnerte sich deutlich an das Kreuz im Herrgottswinkel, an die staubigen Palmzweige, an denen kaum noch Blätter gehangen hatten; sehr gläubig war ihr die Generalin damals nicht vorgekommen, aber Jüdin war sie auch keine gewesen, oder hatte sie sich nur geschickt getarnt? Die Generalin hatte an die Mädchen Adressen verteilt und ihnen Ratschläge gegeben, sie hatte sogar ein paar Passagen aus dieser Hausmädchen-Zeitschrift *La brava domestica* vorgetragen, denen Emma vor Aufregung nicht hatte folgen können, so sehr war sie von der Schönheit und der luxuriösen Ausstattung der Wohnung eingenommen gewesen. Daß sie fast den ganzen Weg zu Fuß von Stillbach in die Stadt gegangen war, verschwieg sie der Generalin, so, wie sie die abgebrochenen Fingernägel und ihre Füße, die in Holzschuhen steckten, vor deren Blicken zu verbergen versuchte.

Emmas Kleidung war ärmlich gewesen, aber im Gegensatz

zur Neuen hatte Emma immer darauf geachtet, daß sie keine Flecken aufwies. Emma hatte sich die Zöpfe hochgesteckt und sich vor der Generalin zusammengenommen, war mit durchgestrecktem Rücken auf dem weichen, mit grünem Samtstoff überzogenen Sessel gesessen. Die Generalin hatte ihnen damals Tee serviert, in einem feinen Glas, das in einer silbernen Fassung gesteckt hatte. Und die Fassung, erinnerte sich Emma, war mit einer langen Griffschlaufe versehen gewesen. Emma hatte Jahre später ähnliche Gläser gekauft, aber der Tee hatte darin nie wieder diese Geschmacksfülle entwickelt. Die zwei Frauen aus Stillbach, mit denen Emma gemeinsam die Generalin aufgesucht hatte, waren etwas älter gewesen und hatten bereits in Gasthäusern gearbeitet. Maria wollte nicht mehr für zweihundert Lire Jahressalär von morgens bis abends kochen, nachdem sie erfahren hatte, daß man in Rom hundertdreißig Lire im Monat verdienen konnte, und die andere Frau träumte von einem besseren Essen bei den neuen Herrschaften. «Keine Polenta und keine Brennsuppe mehr!» hatte sie gerufen, als sie alle zusammen die Wohnung der Generalin verlassen hatten. Das Papier mit der Adresse des neuen Arbeitgebers hatte sie in die Höhe gehalten und wie eine Fahne in der Luft geschwenkt.

Emma stand im Türrahmen zum Speisesaal und beobachtete Antonella; die war nicht ungeschickt, aber zu langsam, und sie verwendete zuviel Zeit auf Äußerlichkeiten, ordnete lieber die Schnittblumen in den kleinen Vasen, anstatt das Wasser zu wechseln, faltete kunstvoll Servietten und vergaß die Dessertlöffelchen. Emma sah die Kleine lieber in der Küche, sie mochte nicht, wenn sich Antonella länger als notwendig im Speisesaal aufhielt, sie machte keine gute Figur, hatte etwas von einer angehenden Vorstadtnutte. Ihr Bruder und Aufpasser war ein stämmiger, gutaussehender Bursche, dem Emma zutraute, daß er seiner eigenen Mutter das Goldkettchen vom Hals stahl. Daß dieser Mimmo in der Bäckerei des verstorbenen Großvaters sein Auskommen fand, konnte Emma kaum glauben. Mimmo war mit dem Bäcker in Stillbach nicht zu vergleichen, dem der Teig in der eigenen Wampe aufzugehen schien. Die Haare waren ihm schon früh ausgefallen und konnten daher den Schweiß nicht mehr auffangen. Abgesehen davon, daß sich Emmas Familie damals kein Brot hatte leisten können, war Emma bei dem Gedanken an dieses Schweißperlenbrot immer übel geworden; sie war froh, daß die *filoni* hier salzarm waren und aus einer dichten trockenen Krume bestanden. Es fiel ihr nun ein, daß nicht mehr genügend *rosette* für das Abendessen da waren, daß sie noch die Getränkekisten nachzählen mußte, die mittags geliefert worden waren, daß sie das Reisebüro noch nicht zurückgerufen hatte und daher auch nicht wußte, wann mit den neuen Gästen aus Deutschland zu rechnen war.

4

Das Zimmer war vor nicht allzulanger Zeit ausgemalt worden. Die Vorgängerinnen mußten Bilder oder Plakate an die Wand geklebt und wieder heruntergerissen haben, so daß Farbe am Klebeband hängengeblieben war und die Wände auf Augenhöhe von dunklen Flecken übersät waren. Ich war noch immer unschlüssig, dabei blieb mir keine Wahl. Wenn ich ein eigenes Zimmer verlangte, machte ich mich bei der Chefin gleich am ersten Tag unbeliebt. Ohne Tante Hilda hätte ich die Stelle nie bekommen, und die wäre wohl als erste benachrichtigt worden, daß ich mich nicht anpaßte. Mutter hatte mich unbedingt von dieser Romfahrt abhalten wollen. In ihr weckte jede Reise Unbehagen, sie fürchtete weite Räume, fühlte sich darin wie eine Murmel, die bei der geringsten Schieflage unaufhaltsam zu rollen begann. Seit der Erfindung des Ackerbaus sei der Mensch ein seßhaftes Wesen, hatte Mutter gesagt, daher würde sie das Dorf nur unter Zwang verlassen. Schlimm genug, daß die eigenen Eltern sieben Mal umgezogen seien. Hätte Hitler nicht gegen die Russen den Krieg verloren, die Familie wäre im Zuge der Umvolkung bestimmt auf der Krim gelandet. Es reiche ihr schon, daß man sie als Kind *Katzelmacherin* gerufen habe. «Sie haben uns einfach umgetopft», hatte Mutter gesagt, «von einem Tag auf den anderen waren wir nicht mehr Italiener, sondern Reichsdeutsche.» Tante Hilda war in Gelächter ausgebrochen. «Deine Mutter wäre bei den Chinesen gut aufgehoben, da könnte sie sich hinter einer großen Mauer verstecken.»

Es hatte mehrerer Anläufe bedurft, um Mutter davon zu überzeugen, daß die Ferienarbeit im Hotel Manente ungefährlich war, daß ich dabei Italienisch lernte und obendrein etwas dazuverdiente, daß ich schon erwachsen war, daß ich seit vier Jahren Latein lernte und endlich Rom sehen wollte. Und Tante Hilda war ihrerseits nicht müde geworden zu betonen, daß sie Stillbach kenne, daß die Manente aus Stillbach stamme, als bürge der Ortsname für den Charakter seiner Bewohner, als sei er ein Qualitätszeichen auch für jene, die schon lange von Stillbach fortgezogen waren. Die Manente sei eine resolute Frau, die auf ihre Mädchen schaue, sie sei vertrauenswürdig, *una persona affidabile*, hatte Tante Hilda hinzugefügt, als brauche es als letztes Argument noch eines italienischen Gütesiegels.

Ich öffnete meinen Koffer und legte die T-Shirts und Jeanshosen in den Kasten, in dem es nach Patschuli roch. In einer Lade entdeckte ich eine Schachtel, in der sich eine Menge Hartgeld befand, Zehnlire-, Fünfziglire- und Hundertlire-

Münzen, sogar Fünfliremünzen waren darunter und hie und da auch Mark- und Schillingstücke, ja sogar Dollarmünzen, auch andere, in der Eile nicht identifizierbare, Geldstücke. Antonellas Sparschachtel? War es Trinkgeld?

Das Zimmer unter der Erde hätte auch Tante Hilda nicht gefallen. Auf dem Spiegel an der Innentür war der Abdruck eines Mundes zu sehen, die Lippen waren grellrot geschminkt gewesen, daneben klebte das Zeitungsbild einer gewissen Gina Loris, die aussah wie die Lollobrigida. Überall waren Spuren meiner Zimmerkollegin zu entdecken. Im untersten Fach fanden sich Frauenmagazine und zerfledderte *topolini*. Ich versuchte auf einer Seite des Kastens etwas Platz zu schaffen, legte die Zeitschriften zu den Handtüchern und stopfte meine restlichen Sachen – ein paar Taschenbücher, die Unterwäsche und das Toilettenzeug – in die leergeräumten Fächer. Als ich mit dem Einschichten fertig war, hatte ich ein schlechtes Gewissen, denn zwischen den Zeitschriften der Kollegin waren auch beschriftete Kuverts gewesen, die ich in die Hand genommen und zu deren weißen Wäsche gelegt hatte.

Ich wollte soeben den Koffer verstauen, da hörte ich Schritte; wenig später sah ich Beine im Fenster; dieses Mal steckten sie nicht in einer Anzughose, sondern in röhrenförmigen Jeans.

«Antonella!» Ich suchte Schutz hinter der Kastentür und rührte mich nicht.

Mehrmals rief der Mann halblaut den Namen und bückte sich wohl, um zu schauen, ob diese Antonella im Zimmer sei, dann ging er wieder weg, nachdem er ein zerknülltes Stück Papier durch den Spalt des gekippten Fensters hereingeworfen hatte. Es landete vor meinen Füßen. Ich hörte meinen eigenen Atem, kam auf Zehenspitzen aus meinem Versteck hervor. In diesem Moment klopfte es an der Tür; eilig schob ich das Knäuel hinter den Rockbund.

«Wir suchen jetzt eine passende Schürze für Sie», sagte die Chefin.

Ich sehnte mich zurück in die weite offene Vorhalle der Stazione Termini, in der ich vor einer knappen Stunde angekommen war. Das gewellte Dach hatte nichts von der Kantigkeit dieses Hotels gehabt, nichts von der Härte im Gesicht der Chefin.

«Größe?»

«Ich weiß es nicht.» Ich durfte auf keinen Fall den Bauch einziehen, weil sonst das Knäuel auf den Boden gefallen wäre.

«Sie kennen Ihre Größe nicht?» Wir standen vor einem versperrbaren Einbaukasten im Bügelzimmer. Die Chefin kramte mehrere Kleiderschürzen hervor und musterte mich. «Die könnte passen.»

Ich hielt die Schürze in der Hand und sah mich hilfesuchend um. Es gab keine Umkleidemöglichkeit. Sollte ich mich vor der Chefin ausziehen? Sie stand da und wartete.

«Ich weiß, wie Frauen aussehen», sagte sie nach einer Weile.

Immerhin, sie drehte sich um. Und ich versuchte hinter ihrem Rücken aus dem Rock herauszusteigen, ohne das Papierknäuel fallen zu lassen. Mit einer Hand schob ich den Rock nach unten, mit der anderen drückte ich das Papier gegen meinen Bauch und legte es dann unter die abgelegten Kleider auf den Bügeltisch.

Die Schürze spannte etwas um die Oberweite.

«Drehen Sie sich.» Die Chefin strich mit der Hand über meinen Rücken. «Lassen Sie den obersten Knopf offen, morgen früh suchen wir was Passenderes.»

Ich war dabei, die untersten Knöpfe in die Knopflöcher zu

stecken, als die Chefin mir meine Kleider reichte. Dabei fiel das Papierknäuel zu Boden.

Es war schwül im Bügelzimmer; ich merkte erst jetzt, daß ich schwitzte. Die Chefin legte die Kleider zurück auf den Tisch und hob das Papier auf. Sie schaute sich um, als suchte sie nach weiteren Unordentlichkeiten, die dieses Knäuel rechtfertigten, aber es war alles aufgeräumt, der Boden sauber, nirgendwo lagen zerbrochene Knopfteile oder abgerissene Fäden herum, und die getrocknete Wäsche war in die dafür vorgesehenen Körbe gelegt worden.

Mit der einen Hand griff ich nach meinen Kleidern, die andere streckte ich nach dem Papier aus, aber die Chefin reagierte nicht. Sie entfaltete vor meinen Augen das zerknüllte Papier, ohne ein Wort zu sagen.

«Ich wollte es gerade wegwerfen, da sind Sie –»

«Haben Sie den im Zug kennengelernt?» Sie zeigte mit dem Zeigefinger auf irgendetwas Geschriebenes, das ich aus der Distanz nicht entziffern konnte.

«Ich weiß nicht, was auf dem Zettel steht.»

«Ach ja? Sie sind noch keinen Tag da und knüpfen schon Kontakte? Ich habe Verantwortung für Sie übernommen. Wenn Sie nicht wollen, daß ich Sie mit dem nächsten Zug zurückschicke, dann lassen Sie das hier bleiben.» Sie schlug mit dem Zeigefinger mehrmals auf das Papier, dann verschwand es in ihren kräftigen Händen. Die sahen aus, als formten sie Speckknödel. «Den Rock hier können Sie gleich zur Schmutzwäsche geben, ich zeige Ihnen wo.»

Tante Hilda hatte erzählt, daß die Manente den Krieg in Rom verbracht hatte, weil sie schwanger geworden war. Nicht von irgendeinem Soldaten, sondern vom Sohn des Hotelbesitzers. Von einem unstandesgemäßen Italiener. Während die anderen Südtiroler Frauen 1939 fast alle für das

Deutsche Reich optiert hatten und nach und nach in ihre Dörfer zurückgekehrt waren, um ihren Eltern und Geschwistern ins Deutsche Reich zu folgen, hatte sich die junge Manente entschlossen, Rom nicht zu verlassen. Dort unten, hatte Tante Hilda gesagt, war sie die *porca tedesca* gewesen, *die deutsche Sau*, und hier oben, in Stillbach, eine Verräterin. Aber das Kind hatte sie gekriegt. Und den Mann auch. Und später das Hotel, nachdem der Mann gestorben war. Woran, das hatte selbst Tante Hilda, die nicht nur das Gras, sondern auch das Moos wachsen hörte, nicht in Erfahrung gebracht. Tante Hilda hatte den Kontakt zur Kusine der Chefin hergestellt, denn die Kusine war die einzige Verwandte in Stillbach, zu der die Manente ein freundschaftliches Verhältnis pflegte. Mit ihren Geschwistern hatte sie gebrochen. Das letzte Mal sei sie vor zehn Jahren in Stillbach gewesen, hatte Tante Hilda zu berichten gewußt. Die Mutter war gestorben. Damals habe die Manente an der Totenmesse teilgenommen und sich hinterher dem Trauerzug angeschlossen, gesprochen habe sie aber mit niemandem.

Ich folgte der Chefin; sie war groß und hatte einen leicht gekrümmten Rücken. Der Süden war nicht eingerichtet für Frauen wie sie, schon der Tisch im Bügelzimmer war viel zu niedrig. Wahrscheinlich hatte die Schwiegermutter, eine dieser kleingewachsenen Italienerinnen, alle Möbel im Haus angeschafft, und die Chefin durfte sich bis an ihr Lebensende zu ihnen hinunterbücken.

Vom Bügelzimmer führte ein langer Korridor in Richtung Küche; dazwischen befanden sich das Stiegenhaus und der Aufzug. Die Wäschesäcke und verschiedene Gerätschaften waren hinter einem Vorhang unter der Stiege versteckt, denn neben der Küche gab es einen kleinen Speisesaal, der von den Gästen des Hauses genutzt wurde.

Ich wurde der Köchin vorgestellt; sie war die Frau, die mich am Tor abgeholt hatte. Ada Cocola sah aus wie eine Rohfassung der Anna Magnani. Ihr Haar steckte unter einem weißen Tuch, dessen Enden sie über der Stirn verknotet hatte. In ihrer Wortkargheit wirkte sie unfreundlich und erinnerte mich an meine Mathematiklehrerin am Gymnasium, deren Blicke zu sprechen vermochten, bevor der Mund etwas sagte. Meine Zimmerkollegin stand an Cocolas Seite und schälte Erdäpfel. Neben Antonella schien es nur noch einen Küchengehilfen zu geben, der alles tat, um älter zu erscheinen, und dadurch erst recht aussah wie ein Schulbub. Er trug sandfarbene Wildledersandalen mit einer dünnen Sohle, über dem Brustlatz der blauen Schürze ragten zwei lange Hemdkrägen hervor. Sein «*Piacere!*, Angenehm!», als er mir die Hand gab, provozierte allgemeines Gelächter. «Gianni, wir sind hier nicht auf einem Kongreß», sagte Antonella. Die Cocola verschwand in der Kühlzelle, und die Chefin, die an der Tür stehengeblieben war und die ganze Zeit geschwiegen hatte, zog jetzt das zerknüllte Papier aus ihrer Tasche und rief Antonella zu sich. «Haben Sie dafür eine Erklärung?» Sie sah dabei mich an, ließ mich nicht aus den Augen.

Antonella drehte sich kurz nach mir um. Gianni zupfte nervös an seiner Schürze. Die Cocola kehrte mit einem riesigen Stück Fleisch zurück, das sie mit Schwung auf den Marmortisch klatschte; es hörte sich an wie eine Ohrfeige.

«Keine Ahnung», sagte Antonella und zuckte mit den Schultern. «Wer soll das sein?»

«So, das wissen Sie nicht? Ihre Kollegin weiß es auch nicht. Ich werde es aber herausfinden.» Sie machte ein paar Schritte in den Korridor, kam aber wieder zurück. «In den Zuckerstreuern auf der Terrasse ist zuwenig Zucker.»

5

Sommerwolken türmten sich auf und zogen Schatten werfend über die Stadt. Immer schon hatte Emma diese vollen Himmel gemocht, die dicken Wolken, die zu Hause in Stillbach die Berge verhüllten, das hereinbrechende Dunkel, das die Tiere unruhig werden ließ.

Einmal wähnte sich Emma unten im Tal, wo die Berge ausschauten, als wären die Gipfel abgebrochen, dann wieder flog sie über das grauweiße Wolkenmeer, in dem sich die Bergspitzen wie Inseln ausnahmen. Unruhig rollte sie sich von der einen zur anderen Bettseite. Sie sah dem Steinsetzer zu, der mit Fäustel und Meißel die Trennlinie in einen Pflasterstein schlug, weil er nicht in die vorgesehene Lücke paßte. Er kniete am Boden, im Mundwinkel eine selbstgedrehte Zigarette. Hie und da hielt er inne, sah kurz hinauf zu den dunkler werdenden Wolken, drehte den Stein in seinen Händen, begutachtete dessen Form, um sogleich wieder loszuschlagen; sein Nacken glänzte, wenn die Sonne für Augenblicke durchzubrechen vermochte.

Von einem Geräusch wach geworden, blickte Emma in das von der Nachttischlampe spärlich ausgeleuchtete Schlafzimmer. Über welche Berge war sie geflogen? War jemand an der Tür, oder hatte sie das Hämmern aus dem Traum in den Wachzustand mitgenommen? Hatte nur der Steinsetzer einen Stein festgeklopft? Sie sah den kleinen Mann noch immer vor sich, in kurzen Hosen, sah ihn über das Sandbett gebeugt, in dem die bereits eingeklopften Steine steckten, geordnet zu einem Fischgrätenmuster. Doch sobald Emma den halbfeuchten Zement heranschleppen wollte, damit der Steinsetzer die Fugen füllen konnte, stellte sich heraus, daß das Bodenmuster nicht komplett war, daß Steine fehlten.

Immer wieder von neuem bereitete der Mann den herausgenommenen Pflastersteinen ein Bett im lockeren Sand, schien endlich mit der Arbeit fertig zu sein, doch dann –.

Nahte ein Gewitter? Emma stand auf und sah nach, ob jemand an der Wohnungstür war. Sie lauschte ins Stiegenhaus. Im Hotel war es still. Draußen kam Wind auf.

Als sie wieder in ihrem Bett lag, konnte sie nicht mehr einschlafen. Die Nächte, in denen sie durchs Zimmer ging, in einer Zeitung blätterte oder das Muster der Tapeten anstarrte, häuften sich. Wem hatte der Steinsetzer ähnlich gesehen? Johann? Mimmo? Hermann Steg? Franz, von dem sie schon über einen Monat nichts gehört hatte? Ihrem verstorbenen Mann? Oder gar diesem unentschlossenen Scabello?

Als sie zum ersten Mal mit dem Zug nach Venedig gefahren war, hatten Fahrgäste durch das Abteilfenster hereingeschaut und auf ihre Schuhe gezeigt. Wenn die sie jetzt sähen. Draußen vor dem Bahnhof Venezia S. Lucia waren Männer am Kanal gestanden, deren Hosen oben von einem Seil zusammengehalten wurden und unten abgeschnitten waren. Die Kleidung war nicht weniger schäbig gewesen als die ihrer Brüder in Stillbach, die damals bei verschiedenen Bauern der Umgebung gearbeitet hatten.

Emma hatte panische Angst gehabt, daß man sie nicht vom Bahnhof abholen würde und die Adresse, die sie von der Generalin übermittelt bekommen hatte, nicht stimmte. Über eine Stunde hatte Emma auf Herrn Scabello gewartet. Sie war dabei von Männern angesprochen worden, sogar von einem Familienvater, der erst seine Frau und seine beiden Kinder zum Zug begleitet hatte und dann zu ihr zurückgekehrt war, um ihr anstößige Worte zuzuflüstern. Beinahe wäre Emma in irgendeinen stehenden Zug gesprungen, nur um von diesem Bahnhof wegzukommen.

Eine Böe schüttelte die Palmen vor dem Fenster. Im Esso-Schild der nahe gelegenen Tankstelle fiel in diesem Moment die Beleuchtung aus, dann flackerte es hinter der roten Schrift eine Weile, bis das Licht endgültig ausging. Auch im Zimmer war es jetzt dunkel. Emma stand abermals auf und suchte in der Kommode neben dem Bett nach der Taschenlampe.

Der Donner hörte sich an wie das ferne Grollen der Kanonen. Der Vater war bei den Standschützen im Gebirge gewesen, er hatte mit dem Fernglas auf die andere Seite des Tales hinübergesehen und erkennen können, ob und wann das Korn in Stillbach reif war, aber es war keiner dagewesen, der es hätte ernten können. Die Mutter hatte tagsüber auf dem Feld gearbeitet und morgens und abends das Vieh versorgt, ein paar Hühner und drei Ziegen. Die zwei älteren Brüder waren als Kostkinder bei Bauern gewesen, während sie und ihre Schwestern tagsüber zu Hause eingesperrt waren. Wo hätte Mutter sie hingeben sollen? Wenn die Kanonenschüsse einsetzten, hatten sich Emma und ihre Schwestern unter die Ofenbank verkrochen.

Emma mochte das Donnern noch immer nicht, obwohl es hier im Süden weniger bedrohlich wirkte, weil das Echo der Berge fehlte. Sie knipste die Nachttischlampe aus, damit sie nicht leuchtete, wenn der Strom zurückkehrte, Emma aber schon eingeschlafen war. Nur nicht an Stillbach denken. Doch der Schlaf kam nicht. Irgendwo in den oberen Stockwerken schlugen mehrere Fensterläden gegen die Mauer. Dabei hatte Emma Antonella gebeten, die Läden zu befestigen. Jetzt, wo die Neue da war, konnte man auch mit dem Lamellenputzen beginnen. Die Läden im Parterre, die in Sichtweite der Gäste waren, mußten vom Staub und von Spinnweben befreit werden.

In immer kürzeren Intervallen leuchtete der Widerschein

der Blitze das Zimmer aus; Emma lag eingerollt auf ihrem Bett und blickte zur Kommode, auf der sich die wenigen gerahmten Photos befanden, die ihr die Kusine im Laufe der Jahre zugeschickt hatte. Es sah jetzt so aus, als photographierte jemand die Bilder neu, und für einen Moment hatte Emma sogar das Gefühl, Mutter bemühte sich auf der Schwarzweißaufnahme, die noch aus dem Atelier Gugler stammte, zu lächeln. Vaters Bild war von der Schmuckschatulle verdeckt.

Trotz der zugekniffenen Augen nahm Emma die Blitze wahr. Hier gab es kein Wetterläuten, niemand stieg auf den Kirchturm und zog an den Glockenseilen, weil ein Gewitter im Anzug war. Und niemand betete, der Hagelschauer möge von den Feldern fernbleiben, die Maisblätter nicht zerschlagen, das Obst verschonen. Emma zerrte am Leintuch, verbarg sich darunter, als das nicht half, legte sie ihren Kopf unter den Polster. Vor ihrem inneren Auge öffneten sich Räume, und ihre eigenen Atemzüge verwandelten sich in ziehende Geräusche, die in ihr eine derartige Beklemmung hervorriefen, daß sie hochfuhr.

Da saß sie nun und fühlte sich ausgeliefert. Nicht einmal Franz war im Haus. Der schon gar nicht. Emma verharrte in dieser unbequemen Sitzposition, die Beine ausgestreckt, den Rücken nach vorne gebeugt.

Sie hatte nicht mehr viele Gewitter erlebt in Stillbach. Anfang der fünfziger Jahre war sie einmal zu ihrer Kusine gefahren. Es war ein Vermittlungsversuch gewesen. Emma hatte ihre Mutter getroffen, für eine halbe Stunde; sie war heimlich gekommen. Vater hatte nichts erfahren dürfen. Die Brüder auch nicht. Mutter hatte verhärmt ausgesehen, abgearbeitet; das einst dichte Haar war schütter geworden, die Augen verschwanden fast gänzlich hinter den angeschwollenen Schlupflidern, sie sahen aus wie zwei kleine schwarze Knöpfe, die sich nicht bewegten, als wären sie zu fest angenäht worden. «Mein Kind», hatte die Mutter gesagt, «da ist nichts zu machen.» Keine war imstande gewesen, die andere zu umarmen. Emma hatte ihre Mutter nur einmal ungeschickt an der Schulter berührt, dann hatte sie ihre Hand erschrocken zurückgezogen, weil man am Dorfrand von Stillbach damit begonnen hatte, Hagelraketen in die Gewitterwolken zu schießen. Die Mutter hatte sich das Kopftuch umgebunden und war geflohen. Und Emma wußte nicht, was größer gewesen war, Mutters Angst vor dem Unwetter oder die Furcht vor den Fragen. Kurze Zeit später regnete es wie aus Kübeln.

In ihrer ungelenken Schrift hatte Mutter ihr einmal zu Kriegsende einen Brief nach Rom geschickt; es waren zwei Seiten gewesen, in fehlerhaftem Deutsch, aber makellosem Kurrent. Die Schlingen der Großbuchstaben hatten in ihrer Regelmäßigkeit ausgesehen wie gedruckt; Mutter mußte Tage daran gearbeitet haben. Jedes einzelne Tier am Hof hatte sie in dem Brief aufgezählt. Und die Toten im Dorf. Die Verräter und die Standhaften. Die Speckräuber und die Deutschtreuen. Und sie schrieb von Johann, von dessen Vater, daß er am Tod seines Ältesten zerbrochen sei. «Wie kannst Du dort bleiben, wo sie ihn umgebracht haben», hatte Mutter geschrieben. «Komm zurück. Wenn es sein muß, mit dem Kind.»

Es mußte nicht sein. Emma hatte keine Vorstellung mehr gehabt von dem Leben zu Hause, und sie hatte sich auch keine von einem Leben allein mit einem Kind machen können, das schließlich auch noch einen Vater hatte. Es gab außerdem die Eltern des Erzeugers und ein Eheversprechen, das ihr zum damaligen Zeitpunkt noch wie eine Beruhigungsmaßnahme erschienen war. Und Emma hatte im Hotel bleiben dürfen, sie war nicht weggeschickt worden wie andere Dienstboten, das gab Anlaß zu Hoffnungen, Anlaß zur Annahme, daß sie doch dazugehörte, daß zumindest das Kind zur Familie gehörte.

Der Donner brach mit einem lauten Knall über Emma herein. Sie hatte die Hände ineinander verschränkt, als wollte sie sich an sich selbst festhalten. Das Esso-Schild wippte hin und her, die Palmen bogen sich, neigten sich zur Erde und federten zurück. Emma zählte die Sekunden zwischen Blitz und Donner, aber es mußten mehrere Gewitter gleichzeitig stattfinden, denn noch während es knallte, war in der Ferne ein Raunen und Rollen zu hören, das normalerweise erst einsetzte, wenn sich das Unwetter entfernt hatte.

In Stillbach hatte sie den Donner sogar aus zwei Richtungen wahrnehmen können, weil er von den Berghängen zurückgeworfen wurde. Alles war in Stillbach aus mindestens zwei Richtungen gekommen, dachte Emma. Wer hinzuhören gelernt hatte, vernahm nicht nur das Echo. Auch der Ahnenpaß, den die Kusine für den eigenen Sohn, einen angehenden Historiker, heimlich aus Mutters Nachttischlade hatte mitgehen lassen, bewies, daß eine eindeutige Zuordnung nicht möglich war. Mit Genugtuung hatte Emma von der Kusine erfahren, daß in ihrer eigenen Familie bereits in der zweiten Generation die italienischen Namen überwogen. *Volksgenosse könne nur sein, wer deutschen Blutes sei.* Wo sich italienisches auszubreiten begann, hörten die Einträge in die arische Ahnentafel auf. Ein Brand um 1860 habe alle Urkunden zerstört, hatte Vater behauptet. Weitere Nachforschungen seien daher nicht mehr möglich gewesen. Um jeden Verdacht zu zerstreuen, war er als einer der ersten in die Partei eingetreten und hatte später seine eigene Tochter verstoßen. Unverzeihlich sei das, hat er Emma ausrichten lassen, daß sie sich mit einem feigen Italiener eingelassen habe. Als es hart auf hart gegangen sei, wären die Spaghettisten aus dem Krieg ausgetreten. «Wir hätten in Rußland siegen können, wenn sie ihre Finger von Griechenland gelassen hätten und mit den eigenen abtrünnigen Leuten fertig geworden wären.» Einen hinterhältigen Partisanen dulde er nicht in der Familie. Er sei immer schon dagegen gewesen, daß Emma Stillbach verlassen habe.

Wieder und wieder wurde das Zimmer vom Blitz ausgeleuchtet. Emma zuckte zusammen, kramte in der Nachttischlade und brach eine zweite Schlaftablette aus der Verpackung. Als sich genügend Speichel im Mund angesammelt hatte, schluckte sie die Tablette hinunter. Sie rollte sich wieder ein, ertappte sich dabei, daß sie zum Schutzengel betete. Er möge das Haus stehenlassen, auch die Baracken der Armen, ihre Holz- und Wellblechschuppen, die rostigen Wassertanks und zerbeulten Autos. Der Sturm war so heftig, daß der Engel Mühe hatte, seine Flügel zu schließen. Er flog mit dem Rücken zum Licht, wurde weggeweht, schüttelte nur den Kopf über so viel herumwirbelndes Gerümpel.

6

Ich sah das von Büschen unterbrochene rötliche Gestein vor mir, die Apfelplantagen mit den zurechtgestutzten Bäumen, die alles überragenden Pappeln, die den Anfang oder das Ende einer Parzelle markieren. Ich hörte Tante Hildas Stimme, spürte Mutters Hände, drehte mich von der einen auf die andere Bettseite. Wie erleichtert ich gewesen war, als sich das Tal endlich verengte, sich die Haderburg in mein Blickfeld schob. Der Bergfried stand wie eine Zäsur in der Landschaft. Kurze Zeit später passierte der Zug die Klause, und ich verließ das umschlossene, umhegte Land, brachte jene Schleuse hinter mich, die den bairischen vom italienischen Sprachraum trennte. Die Berge wurden heller, vor mir breitete sich die Piana Rotaliana aus, an dessen Scheitelpunkt die Valle di Non ihren Anfang nimmt, jenes Tal, aus dem der Urgroßvater durch die Gola di Rocchetta ins Unterland eingewandert war, ein Tagelöhner mit Lumpen am Leib.

Ich drückte die Augen zu, aber es half nichts. Das Rascheln war unüberhörbar; Antonella las in einem *fotoromanzo*, sie blätterte darin, als suchte sie nach einer bestimmten Seite, und ich sah mich derweil meinen Reiseerinnerungen und Tageseindrücken ausgesetzt, die sich ungeordnet übereinanderlegten. Die weiche Matratze und die Schwüle, die sich in dem Zimmer ausbreitete, verstärkten mein Unbehagen. Ich schnüffelte an meinem Nachthemd, dem noch der Geruch von zu Hause anhaftete, in dessen Bügelfalten Mutters Handbewegungen gespeichert waren, roch das vertraute Waschmittel, den Weichspüler, bildete mir ein, die Luft der Berge habe den Baumwollstoff imprägniert. Schon sah ich die Wäsche an den Leinen unter einem Nußbaum flattern, obwohl wir nur einen Wäscheständer auf dem Balkon besaßen oder einen Gemeinschaftstrockenraum auf dem Dachboden.

Ich hatte mich auf den Sommer im Süden gefreut, auf die duftenden Pflanzen, deren Blätter von der Wasserarmut flaumig oder wächsern waren, auf die stacheligen Stengel und knorpeligen Stämme der Bäume, hier jedoch konnte ich nur an das fette Gras denken, an das Moos und die Wasserfälle, die sich aus der Ferne wie Kreidekritzeleien auf einer Schiefertafel ausnahmen. Ich hatte den geteerten Parkplatz hinter unserem Haus vor Augen, die Gemüsebeete, die von einem Maschendrahtzaun umgeben waren, damit die Hunde aus der Nachbarschaft nicht hineinkonnten, Mutters erdschwarze Hände, wenn sie die gelben Rüben aus den Beeten zog.

Es donnerte in der Ferne. Antonella schaltete die Nachttischlampe aus. Ich spürte ein Ziehen in der Brustgegend, das ich aus der Schule kannte, wie vor Prüfungen, merkte, daß ich unregelmäßig atmete, daß dieser Zustand sich verstärkte, wenn ich an unsere Siedlung dachte, an die *INA-Case*, die einmal gebaut worden waren, um die Wohnungsnot der Nachkriegszeit zu bekämpfen. Die einfachen Arbeiterwohnhäuser erschienen mir von meinem Kellerloch aus hell und einladend, selbst bei der Bezeichnung *Fanfani-Kisten* – wie Tante Hilda die staatlich subventionierten Wohnhäuser nannte – dachte ich nicht mehr an den italienischen Parlamentspolitiker, sondern an Fanfaren.

Antonella war nach mir ins Zimmer gekommen, hatte sich sogleich über die Manente beschwert, ihren Sauberkeitswahn, die Schikanen, denen das gesamte Dienstpersonal ausgesetzt sei, mit Ausnahme der Cocola, die sich verhielte, als wäre sie die geheime Besitzerin des Hotels. Die Cocola stamme aus einer faschistischen Familie, wußte Antonella, sie und die Manente verstünden sich bestens. «Deswegen kommen auch so viele deutsche Gäste», sagte Antonella, «es gibt hier genug Verbündete.» Sie hatte mich dabei angesehen, als zählte sie mich insgeheim dazu, als wertete sie mein Schweigen als Parteinahme für die Manente. Es war mir vor Antonella peinlich gewesen, daß ich meine Sachen ordentlich im Kasten verstaut hatte.

Antonella war aus der Schürze gestiegen, hatte vor mir den BH ausgezogen und gelacht, vielleicht weil ich mich von ihr weggedreht hatte oder weil sie über die sortierten Kleidungsstücke im Kasten amüsiert gewesen war. Sie mochte die Deutschen nicht, weil sie ihren Großvater verschleppt hatten. «Die haben in den Borgate die Männer eingesammelt, in Cinecittà zusammengetrieben und dann in die Arbeitslager deportiert. Du kannst nichts dafür», sagte sie, «aber du bist auch eine.» Der Großvater habe in einer Chemiefabrik gearbeitet, habe mit Salzen und Säuren hantiert. «Rot wie ein Krätzekranker hat der ausgesehen und nur noch Blut gespuckt.»

Den Namen der Fabrik wußte sie nicht mehr, sagte erst «Sickert», dann «Skickert», schüttelte den Kopf. Kampfstoffe hätten die hergestellt, in einem engen Tal, das Schutz vor Luftangriffen bot. «Bei euch ist es doch auch eng.»

«Von Stillbach aus sieht man das ganze Tal», sagte ich, obwohl ich nicht aus Stillbach war.

Ich sei auch eine. Was hätte ich darauf sagen sollen? Daß ich einen italienischen Paß besaß, daß sich mein Vater – ein Italiener – nie um mich und meine Mutter gekümmert hatte? Daß die Großmutter mütterlicherseits Annesi hieß? Und was hätte es genützt, wenn ich die Namen angeführt hätte, wo es doch Menschen in diesem Land hinter der Klause gab, die einen italienischen Familiennamen trugen und trotz dieses Namens deutschnationales Gedankengut verbreiteten? Wenn ich hinzugefügt hätte, daß nicht nur jene Burg, die das Ende der einen und den Anfang der anderen Kultur markierte, eine Haderburg war, sondern die gesamte Region ein Kampf- und Zankland der Uneinsichtigen und Unzufriedenen?

Antonella glaubte, ich wäre eingeschlafen, denn nur wenige Minuten nachdem sie das Licht ausgeschaltet hatte, vernahm ich ein leises Pfeifen, hörte, wie der Lattenrost unter ihrer Matratze quietschte. Sie erhob sich, tappte auf Zehenspitzen zum Fenster, blieb eine Weile regungslos stehen, als vergewisserte sie sich, daß ich fest schlief.

In der Küche war es am Abend zu einem heftigen Wortwechsel gekommen. Es ging um die Regierungskrise, um die

Wahl des Staatspräsidenten. Antonella war überzeugt, daß nicht nur die Linken, sondern auch Craxi für Sandro Pertini stimmen würden; die Cocola hatte sie eine unüberlegte Brigadisten-Braut genannt. «Wie sieht das aus, eine Partisanin als First Lady», hatte sie hinter der Kühlzellentür gerufen; sie war damit beschäftigt gewesen, die Essensreste auf den Regalen zu verstauen.

«Und einen Partisanen als Präsidenten», hatte Gianni hinzugefügt.

«Ihr könnt nur Richter entführen und Politiker umbringen.» Es war das erste Mal gewesen, daß ich die Cocola länger als nötig hatte sprechen hören.

Viele der Namen, die in dem Streit gefallen waren, sagten mir nichts; ich wußte nicht, wer Sossi war, auch nicht, was es mit Sindona auf sich hatte, erfuhr, daß er am Zusammenbruch des Finanzimperiums mitschuldig war, daß man im Gefängnis seinen Morgenkaffee vergiftet hatte.

«Die *Democrazia Cristiana* hat nichts unternommen, um Moro zu retten», hatte Antonella zur Cocola gesagt, «deine Leute haben Trauer-Plakate drucken lassen, als Moro von den *Brigate Rosse* noch gar nicht umgebracht worden war, das muß man sich einmal vorstellen. *Aldo Moro ermordet, er lebt in unseren Herzen weiter.* Die haben gar keine Herzen. Sie haben Moro geopfert.» Antonella war hinter dem Tisch gestanden, hatte die Plastikschüsseln, in denen der Salat angerichtet worden war, mit Schwung in die Spüle geworfen, so daß die Essig- und Ölreste nicht nur die Fliesen über dem Waschbecken, sondern auch Teile der Wand vollspritzten. Die Manente, die in diesem Augenblick zur Küche hereingekommen war, befahl ihr, die Schüsseln aus der Spüle herauszunehmen und noch einmal *mit Gefühl* abzustellen. Nach der Küchenarbeit hatte Antonella die Fliesen reinigen müssen.

Die Manente war bei ihr stehengeblieben, bis sie mit der Arbeit fertig gewesen war.

Ich hörte nochmals ein leises Pfeifen, dann das Wispern eines Mannes, der mir unbekannt war. Es konnte auch sein, daß der Flüsterton die Stimme so veränderte, daß ich sie nicht zuzuordnen vermochte. War es derselbe, der den zerknüllten Zettel ins Zimmer geworfen hatte?

«Ich habe die Schlüssel», hörte ich den Mann sagen.

Antonella zog sich an, ich wagte einen Blick, schloß aber schnell wieder die Augen. Es drang nur wenig Licht von der Straßenbeleuchtung ins Zimmer, weil der Garten an dieser Grundstückseite von einer etwa zweieinhalb Meter hohen Mauer umgeben war. Ich konnte in der Dunkelheit nur Antonellas Umrisse erkennen, sah, wie sie sich zu ihren Füßen hinunterbückte, um die Bänder ihrer Turnschuhe zu schnüren. Gleich darauf verließ sie das Zimmer.

Endlich konnte ich meine Nachttischlampe einschalten, mußte mich nicht mehr schlafend stellen, um in Ruhe gelassen zu werden. In den eineinhalb Stunden, die Antonella im Zimmer gewesen war, hatte ich nicht nur das eine oder andere Schimpfwort auf *romanaccio* gelernt, sondern auch erfahren, daß die Manente, diese *fija de 'na mignotta*, diese *Hurentochter*, niemanden habe außer sich selbst, daß sie nicht an Zufälle glaube, nur an den sich fügenden Willen Gottes. Daß Gott aber keinen Willen habe. Daß die *Partito Comunista* die Partei der sauberen Hände sei. Und daß an den Händen der Cocola und an den Händen der Manente der Schmutz von Jahrzehnten hafte. Von mir hatte Antonella nicht viel wissen wollen. Ob ich schon von den *indiani metropolitani* gehört hätte? Ohne meine Antwort abzuwarten, hatte sie sich umgedreht und unter ihrem Bett die Zeitschriften hervorgeholt.

Ich schaute zum Kasten hinüber; unsere Schürzen hingen wie Erhängte am Haken. Wenn ich die Augen schloß, sah ich dreidimensionale, farbige Formen, die sich in einem immensen Raum bewegten. Keine Ahnung, woher diese bunten Muster kamen. War es Müdigkeit? Im Zimmer war es feucht, und es roch noch immer nach Lack. Ich wickelte mich ins Leintuch ein; das Bett schaukelte unter meinen Bewegungen wie ein kleines Holzboot, nachdem ein großes Schiff vorbeigezogen war. Obwohl ich die Augen geschlossen hatte, nahm ich ein Flackern wahr; ich setzte mich auf, dachte, jemand leuchtete mit der Taschenlampe ins Zimmer, dann erst hörte ich das Grollen. Ich beschloß, die Matratze auf den Boden zu legen, hoffte, so einschlafen zu können, schaltete das Licht aus.

Gegen vier Uhr früh wachte ich auf. Antonellas Bett war noch immer leer. Es hatte geregnet, ich konnte die nasse Erde riechen, dachte an den Bach hinter unserer Siedlung, der nach Gewittern viel Wasser führt und Geröll mitschleppt, an das Kind des Volksschullehrers, das darin ertrunken war. Kaum war ich von zu Hause weg, schon stellten sich die Leute aus dem Ort zu einem Gruppenbild zusammen, aber in einer Weise, daß immer einer fehlte, sich bückte oder hinter dem Körper eines anderen verschwand.

7

Vor der Rezeption stand eine Reisegruppe aus Stuttgart, ein Dutzend ungeduldiger Ankömmlinge mit Koffern so groß, daß Emma einen zweiten Blick ins Register warf, weil sie nicht glauben konnte, daß die Herrschaften nur eine Woche gebucht hatten. Die meisten Gepäckstücke waren mit Vorhängeschlössern versehen und zwei Lederkoffer zusätzlich in Nylon verpackt. Die eine Dame wollte ein Zimmer unterm

Dach, die andere, die ihr Haar zu einem Knoten gebunden hatte und ein hochgeknöpftes Kleid trug, eines im Parterre, weil sie unter Höhenangst litt. Eine andere schilderte ausführlich ihre Knieprothese und war erst beruhigt, als Emma erklärte, es gebe einen Aufzug.

«Diese Kiste willst du benützen», sagte ihr Mann, der sich binnen weniger Minuten mehrmals zwischen dem Podest des äußeren Stiegenaufgangs und der Rezeption hin und her bewegt hatte. «Wenn du in der steckenbleibst, holt dich tagelang keiner raus.»

Emma, die mit dem Eintragen der Namen und Paßnummern beschäftigt war, wollte schon darauf hinweisen, daß bei der offenen Gitterbauweise der Kabine zumindest keine Sauerstoffprobleme zu erwarten wären, als das Telephon klingelte. Franz war am Apparat. Emma verstand nicht, was er sagte. Die neuen Gäste lachten laut über einen Aufzug-Witz, sie handelten untereinander die Zimmer aus, als würden sie das Hotel kennen und besprachen den Plan für den Abend.

«Es ist gerade ungünstig, ruf in einer Viertelstunde an», sagte Emma zu Franz. Die Frau mit dem Haarknoten nickte zustimmend und verdrehte die Augen, als sich Emma, in der Hoffnung, Franz so besser zu verstehen, unter die Rezeptionstheke bückte. *Ferie d'agosto* und *Früher geht es nicht* waren die einzigen Worte, die Emma deutlich vernommen hatte, der Rest ging unter in den Gesprächsfetzen der baden-württembergischen Pilger und im Lärm der Autos und *motorini*, die hinter Franz vorbeifuhren. Er rief von einer öffentlichen Zelle aus an, Emma hörte, wie er die *gettoni* nachwarf und dann zu jemandem sagte: «Merda! Mir gehen die Münzen aus.»

Die Einsamkeit der letzten Nacht war wieder da. Die Furcht. Alle Kraft, die Emma am Vormittag gesammelt hatte, schwand mit einem Mal dahin. Die neuen Gäste verwandelten sich vor Emmas Augen in Marionetten; sie wackelten, als gehorchten sie nur den Pendelgesetzen und der Schwerkraft, und der Mann, der nun einen Vortrag über die Sicherheitsmängel italienischer Aufzüge hielt, sah plötzlich aus, als bestünde er aus bemaltem Pappmaché und gestikulierte unter den unsichtbaren Fäden, die ihn zu bewegen schienen.

Die Verbindung brach ab. Emma bemerkte, daß ihre Schreibhand zitterte. Ein feuchter Film hatte sich auf ihr Gesicht gelegt. Sie rief nach der Neuen, die sie im Stiegenhaus erblickte. «Kommen Sie, nehmen Sie die Daten auf. Linke Spalte: die Namen; dann: Paßnummer und Ausstellungsdatum; rechts notieren Sie die Heimatadresse.» Nur mit Mühe schaffte es Emma, den einzelnen Paaren und den alleinstehenden Damen die Schlüssel für ihre Zimmer auszuhändigen. Der Besserwisser erinnerte Emma an den eigenen Vater, als er noch jung gewesen war. Den alten hatte sie nicht mehr kennenlernen dürfen. Er soll seinen Jähzorn nach und nach abgelegt haben, sei ein vor sich hin starrender Stubenhocker geworden, habe aber nach ein paar Gläsern Roten immer lange, schön gebaute und verschlungene Sätze formuliert, über die man in der Familie gestaunt habe. Niemand hätte sich erklären können, woher die plötzlich gekommen waren. Nationalsozialistische Reden seien es keine gewesen, hatte die Kusine erzählt.

Als Emma das erste Mal von Rom nach Stillbach gereist war, in einem umgearbeiteten, dunkelroten Kleid der alten Manente, das dieser zu weit geworden war, schnappte es sich der Vater am selben Abend und zerhackte es auf dem Hackstock. Mit gütlichem Zureden war nichts auszurichten gewesen. Mutter hatte Emma geraten, bald wieder abzureisen. Nur das Geld, das Emma in Rom verdient hatte – das durfte bleiben.

Fast alle der neuen Gäste nahmen den Aufzug, obwohl die meisten von ihnen im ersten Stock untergebracht waren. Jeder wollte am Abenteuer teilhaben. Einer der Herren rüttelte am Gestänge, um dessen Haltbarkeit zu überprüfen.

Emma hatte sich auf das Ledersofa gesetzt und betrachtete die Neue, deren Hals und Dekolleté von roten Flecken übersät waren; Ines schrieb noch immer, tief über das Register gebeugt, schaute kurz auf, blickte in Emmas Gesicht. «Darf ich Sie um etwas bitten?» Sie machte eine Pause, schluckte. «Könnte ich ein eigenes Zimmer haben?»

«Was paßt denn nicht an dem Zimmer?» Emma nahm eine neue Sitzhaltung ein, beugte sich ein wenig nach vorn.

«Es ist nicht das Zimmer. Ich wäre nur lieber allein.»

«Sie sind doch hier, um Italienisch zu lernen. Antonella ist ein gutes Mädchen. Sie werden sich an sie gewöhnen. Ich habe mich auch an sie gewöhnt.»

Emma schwitzte noch immer, sie wischte sich mit der flachen Hand über die Stirn. Eine ihrer Kolleginnen von damals, mit der sie sonntags regelmäßig in der Pfarrgemeinde Santa Maria dell'Anima zusammengetroffen war, hatte in der Küche schlafen müssen, einen zerlegbaren Kasten als Bett. Eine andere verbrachte die Nächte auf einem Notbett im Korridor, immer den Blicken ihrer Herrschaften ausgesetzt, die nachts an ihr vorbeimußten, wenn sie zur Toilette gingen. Die hatte nicht einmal einen eigenen Kasten zugewiesen bekommen, war gezwungen gewesen, die persönlichen Dinge in der Besenkammer zu verstauen. Emma hatte in Rom Glück gehabt, nicht nur was die Unterkunft betraf; sie war, solange sie für die Manentes als Zimmermädchen und Küchengehilfin gearbeitet hatte, gut behandelt worden und hatte sogar jede Menge Zigarren- und Zigarettenstummel vorgefunden, die sie heimlich aufgesammelt und an den Vater geschickt hatte. Sogar Johann hatte sie einmal eine Handvoll mitgebracht.

Ines sagte nichts mehr, sie sah nur ein paarmal zu Emma herüber, beugte sich aber sofort wieder über das Register. Emma blieb sitzen, aus Angst, Franz könnte doch noch ein zweites Mal anrufen. Sie wußte nicht, wo er jetzt war. Er halte politische Vorträge, hatte er ihr einmal erklärt. «Das verstehst du ohnehin nicht.» Mit Remos Tod vor acht Jahren hatten auch die Auseinandersetzungen zwischen Vater und Sohn aufgehört, die ständigen Diskussionen um Parteizugehörigkeiten, um die Zukunft des Landes. Emma hatte zwar unter den Streitereien der beiden gelitten, aber es war ihr damals noch möglich gewesen, aus den Vorwürfen und Vorhaltungen ihres Mannes etwas über Franz' Leben zu erfahren. Die *Feste de l'Unità*, auf denen sich Francesco seit Jahren herumtreibe, dienten nur der Subventionierung der Partei und der Zeitung, hatte sich Remo beklagt. «Wenn Francesco nicht studiert, soll er im Hotel arbeiten.» Nie hatte Remo ihn *Franz* genannt. Manchmal hatte er ihn *Franziskus* gerufen, wenn er fand, daß er Emma ähnlich war. Vor ein paar Jahren war Emma einmal zu einem solchen Fest mitgegangen; es hatte ihr sogar gefallen. Die Diskussionsveranstaltungen waren langweilig gewesen, aber es waren auch Schriftsteller und Schauspieler aufgetreten, und es gab Bücherstände und Buden, wo man etwas zu essen kriegte. Franz hatte nicht viel Geduld aufbringen können. Er könne sich hier nicht um sie kümmern, hatte er gesagt und Emma bald nach Hause gebracht. Dabei hätte sie gerne noch eine Weile den alten Paaren zugesehen, die gegen Abend zu italienischer Volksmusik getanzt hatten, diesen oft kleinen, ausgezehrten Männern, die an ihren korpulenten Frauen hingen, wie Kinder, die sich an ihre Mütter klammerten, wenn sie etwas von ihnen wollten.

Die Neue war mit ihren Eintragungen fertig; Emma entließ sie in die Zimmerstunde, nicht ohne ihr vorher zu erklären, was später zu tun war.

«Holen Sie sich ein Stück Kuchen aus der Küche!» rief Emma ihr hinterher.

Ines ging betont aufrecht, es sah so aus, als hielte sie ihren Kopf absichtlich in die Höhe.

In sich zusammengesunken saß Emma da, die Augen geschlossen, mit Schweißflecken unter den Achseln, ihr Haar klebte an den Schläfen. Sie dachte an die Wiesen oberhalb von Stillbach, an den Weiher, den man nach einem fast zweistündigen Fußmarsch erreichte, an die wohltuende Kühle des Wassers nach der anstrengenden Wanderung, bei der man sich nur deshalb verausgabte, weil man es nicht erwarten konnte, den kleinen Waldsee zu erreichen. Gebadet hatte Emma in dem Wasser nicht, aber die Hände und die Füße hineingehalten, denn Schwimmen galt in Stillbach als Sünde. Nur die Brüder waren zusammen mit Johann und ein paar anderen manchmal in den Weiher gesprungen. Der hatte groß ausgesehen und wegen seines dunklen Wassers gefährlich, daran änderten auch die duftenden Seerosen nichts.

Dann war Emma zum ersten Mal nach Venedig gekommen und mit den Scabellos zum Lido gefahren; sie hatte nicht glauben können, daß alles vor ihr Wasser war, salziges, helles Wasser, das Richtung Horizont dunkler wurde und sich auch dort, wo ihre Blicke nicht mehr hinreichten, weiter auszubreiten schien. Von diesem Strand aus war ihr der geliebte Weiher wie ein größerer Waschzuber vorgekommen.

Emma hatte einen Badeanzug von Frau Scabello geliehen bekommen, sie war lange in der Kabine sitzen geblieben, hatte sich nicht nach draußen getraut, die Haut hell wie Weizen. Nackt hatte sie sich gefühlt. Und war am Strand immer auf der Hut gewesen, hatte möglichst unauffällig den Kopf in alle Richtungen gedreht, bis ihr eingefallen war, daß Stillbach viele Stunden von Venedig entfernt war und sie hier unerkannt bliebe. Da sie nicht schwimmen konnte, hatte sie nichts tun müssen, nur im Liegestuhl sitzen und auf das Meer hinausschauen. Es hatte sie an ein riesiges Tuch erinnert, an dem jemand zog, um die Falten herauszukriegen, aber es entstanden immerzu neue und immer höhere Faltenwürfe, und der Wind fuhr in die gestreiften Sonnenschirme wie zu Hause in die Bäume und schüttelte sie.

Vier Jahrzehnte waren inzwischen vergangen. Der Krieg hatte noch nicht begonnen, Emmas Leute waren alle noch in Stillbach gewesen und hatten sich noch nicht entscheiden müssen, ob sie im Land blieben oder es lieber verließen, um dem Führer zu folgen.

Emma sank noch tiefer in das Ledersofa ein, ihre Lider waren schwer. Als Remo noch am Leben gewesen war, hatte sie mit Franz gelegentlich Ausflüge nach Ostia unternommen und ihm beim Rückenkraulen zugesehen; mit dem auf die Brust gedrückten Kinn hatte er immer einen entschlossenen Eindruck gemacht und auch seine sonst eher großen Füße sahen mit den nach innen gebogenen Zehen kleiner und wohlgeformter aus. Franz wäre mit seinem starken Beinschlag gewiß ein guter Rettungsschwimmer geworden.

Warum rief er nicht noch einmal an? Hatte er nicht einmal mehr das Geld, um zu telephonieren? Und warum hatte er noch immer keine Frau? Als vor drei Jahren dieser Filmregisseur in Ostia ermordet worden war, hatte Franz geweint. Emma war über seine Trauer erschrocken gewesen, wochenlang hatte sie die Frage beschäftigt, ob Franz womöglich schwul sei, sie hatte aber nicht den Mut gefunden, ihn darauf anzusprechen. Weihnachten war Franz dann mit einer Frau nach Hause gekommen, mit dieser ungepflegten kraushaarigen Triestina, die ihre Wäsche am Boden herumliegen ließ und das Frühstück aufs Zimmer serviert haben wollte, aber Emma war so erleichtert gewesen, daß sie ihr den Espresso und die frischen *cornetti* persönlich ans Bett gebracht hatte.

«Müde?»

Emma hatte nicht bemerkt, daß Herr Steg die Marmorstufen heraufgekommen war und nun in der Eingangstür stand. Sie setzte sich sofort gerade hin, schlug die Beine übereinander, verschränkte die Arme. «Wie war Ihr Tag?»

Er wollte schon weitergehen, und Emma war erleichtert, daß sie jetzt nicht sprechen mußte, da drehte sich Steg um und nahm neben Emma auf dem Sofa Platz. «Ich habe mir Reste von römischen Sonnenuhren angesehen.»

«*Gott gab die Zeit, von Eile hat er nichts gesagt.*»

Steg hob die Augenbrauen.

«Das stand unter einer Sonnenuhr auf einem Haus in dem Dorf, in dem ich aufgewachsen bin. Die Uhr stimmte nie», sagte Emma.

«Auch die römischen Uhren gingen sämtlich falsch, sie waren Beutestücke aus den griechischen Städten im Süden.»

Steg hatte wie Emma die Beine übereinandergeschlagen, und Emma blickte auf ihrer beiden rechten Füße, auf Stegs und ihre eigenen Zehen, die sich im gleichen Rhythmus bewegten.

8

Im Kassettenrekorder lief in voller Lautstärke Loretta Goggis *Ancora innamorati*. Antonella lag auf dem Bett, die Arme hinter dem Kopf verschränkt und starrte zur Decke. Ich räumte einen Stuhl frei, setzte mich, knöpfte die Schürze auf. Nach der vergangenen Nacht hatte ich gehofft, daß Antonella nun den verpaßten Schlaf nachholte, doch sie war auf das Lied konzentriert, versuchte sogar mitzusingen, was ihr eine Zeit lang gelang, schließlich verlor sie den Faden, summte nur und bemühte sich, die Tonlage des Chores zu erreichen. Ich hatte mich nach etwas Ruhe gesehnt, wollte ein wenig lesen, war gezwungen, dem Liedtext zu folgen. Den Satz *chi sarà più forte di noi due, wer von uns beiden wird stärker sein,* sang sie besonders laut. Ich bat Antonella, die Musik leiser zu drehen, aber sie reagierte nicht. Nachdem ich es mir auf dem Bett bequem gemacht hatte, stand sie auf und schaltete das Gerät aus. «Spielverderberin», sagte sie.

Es gelangte keine Sonne ins Zimmer, auch keine trockene Luft, denn Antonella hatte alle Fenster zugemacht, damit man die Musik draußen nicht hörte. Ich wagte es nun nicht mehr zu fragen, ob ich ein wenig Frischluft hereinlassen dürfe. Draußen zwitscherten die Vögel, man roch den Jasmin, und das Licht flackerte zwischen den sich bewegenden Blättern – drinnen blieb es schwül und dunkel.

«Ihr habt keine Sprache, die singt», sagte Antonella. «Ihr haltet es nicht aus, daß wir alle singen, egal ob arm oder reich, jung oder alt. Bei euch singen nur die Perfektionisten und die Betrunkenen.»

Mir fielen die deutschen Frauen ein, die in Rimini mit dem Rücken zum Meer *Sah ein Knab ein Röslein steh'n* gesungen hatten. Es war der letzte Urlaub mit Mutter und Tante Hilda gewesen. Hinter dem Chor hatten sich Kinder mit Sand beworfen, weit und breit war kein Röslein zu sehen gewesen. Die Frauen waren mit den Füßen im Wasser gestanden, hatten unter der stechenden Mittagssonne gegen Wind und Wellen angesungen. Ihre üppigen Körper, die mit Bikinis und Badeanzügen bedeckt gewesen waren, vibrierten von den kräftigen Stimmen. Bei manchen Frauen hingen die Träger der Badebekleidung lose herunter, andere hatten sie am Rücken zusammengebunden, damit das Dekolleté keine weißen Streifen abkriegte. Fast alle Badeanzüge bestanden aus auffallenden, starkfarbigen Blumenmustern.

Es stimmte, wir sangen selten. Wir traten zuerst dem Kirchenchor bei, bevor wir uns trauten. Wir lernten Noten und blieben stumm, wenn wir das Repertoire nicht beherrschten. Ich hörte das *Wir* wie ein Echo in meinem Kopf.

«*Ihr* – wen meinst du damit?» Ich kannte Lieder von Antonello Venditti, Fabrizio De André und Lucio Battisti, manche sogar auswendig, aber ich sang sie nicht laut und inbrünstig. Ich liebte die Alltagsstimmen am Meer, eingebettet in Sand und Wasser, das anonyme Gemisch aus Kindergeschrei, Pfiffen, Gemurmel, liebte das Sirren der Telephondrähte, das beinahe melodisch klang, wenn Häuser als Resonanzkörper in der Nähe waren, das Gurren der Tauben auf den Fenstersimsen, das laute Lachen der Möwen und Grünspechte. «Und ihr übertönt alles», sagte ich, «mit diesen *canzonette* von Goggi, Cocciante, Eros – und wie die alle heißen.»

Mutter hatte Tante Hilda einmal erklärt, warum sie auf Vater hereingefallen war. Den Italienern hänge der Mythos des guten Liebhabers an, weil sie es verstünden, mit Blendwerk und Dekoration das Unansehnliche zu verbergen. «Liebe ist nichts als Täuschung», hatte Mutter gesagt, «und im Täuschen sind sie Spitzenreiter.»

Vater hatte die Lust am Täuschen bald verloren; er war als Bahnangestellter nach Brescia versetzt worden und in sein Dorf nach Manerba del Garda zurückgekehrt, zu seiner früheren Freundin, von deren Existenz Mutter erfahren hatte, als sie im vierten Monat schwanger gewesen war. Von seiner ausgeprägten Neigung zur Draperie konnte Mutter mehr als ein Lied singen. «Jedes noch so kleine Stück Stoff vermögen die Italiener kunstvoll in Falten zu legen», hatte sie einmal gesagt.

Und sie malten Marmormuster an Kirchensäulen oder bepinselten wie Antonella die Glühbirne mit Nagellack, damit für den Fall eines Besuchs günstigere Lichtverhältnisse herrschten. Rotes Lacklicht, das lernte ich am ersten Tag in dem Kellerloch des Hotel Manente, war der Weichzeichner der Armen. Daß man sich die Nase zuhalten mußte, schien Antonella nicht weiter zu stören.

«Ich meine euch», sagte Antonella, «*i tedeschi*, die Deutschen.»

«In meinem Klassenzimmer hängt ein Bild von Giovanni Leone.»

«Das werden sie jetzt abhängen», sagte Antonella, «Leone hat beim Ankauf von Transportflugzeugen Milliarden eingesteckt. Er war von Anfang an keine gute Wahl. Ohne die Stimmen der Neofaschisten wäre er nie Präsident geworden. Aber bei euch hängt doch Scheel.» Sie sagte «Skeel».

«Mein Staatspräsident ist euer Leone, der im Gegensatz zu Walter Scheel nicht singen kann», sagte ich.

«Unser Leone –» Antonella verdrehte die Augen.

Ich versuchte die Zusammenhänge zu erklären, aber sie unterbrach mich mehrmals, beharrte darauf, daß – wenn schon nicht ich – dann zumindest die Manente eine Deutsche sei, unübersehbar. Daß man es auch hören könne.

Wenn sich die Manente aufregte, geriet ihr das weiche italienische C, das man wie ein K aussprach, zu einem gurgelnden CH. Nach fast vier Jahrzehnten machte sich Stillbach noch immer bemerkbar, seine Nähe zum alemannischen Sprachraum. Der Name *Cocola* mißriet ihr manchmal zu *Kchokchola*.

«Aber wenn du keine Deutsche bist», sagte Antonella, «was dann?»

Ich wußte nicht, was ich war. Nie hatte ich es gewußt. Und je mehr man es von mir wissen wollte, desto weniger Ahnung hatte ich. Für viele Italiener war ich eine Deutsche, und für die meisten Deutschen weder eine Italienerin noch eine Deutsche. Über Österreich hatte ich einmal einen alten Italiener sagen hören: «Gibt es das noch?» Diese mit verrenktem Kopf dargestellten Adler über den Haustoren und an den Fassaden von Gebäuden hatte ich als Kind auf die Stadt Aquila zurückgeführt, nicht auf das Emblem im Wappen Tirols oder der österreichischen Monarchie. Dabei hatten wir in der Schule den roten Vogel auf weißem Grund zeichnen müssen, nachdem wir den Uradler in einem Fresko der Kapelle von Schloß Tirol besichtigt hatten. Ich weiß nicht, woher diese Schwäche für Erklärungen aus dem Italienischen rührte. Der Adler war nur als *aquila* denkbar gewesen, als braunes, dunkles Federvieh, niemals als roter Edelaar. Wie absurd, dachte ich damals, ihn preiselbeerfarben anzumalen. Sie hatten aus dem Tiroler König der Lüfte in meiner Vorstellung einen roten Luftballon gemacht, welcher der Sonne entgegenflog, statt sich in camouflagefarbenem Federkleid auf seine Beute zu stürzen.

«Im Grunde ist die Manente eine deutsche Nationalistin, sie traut sich nur nicht, es zu zeigen», sagte Antonella, «weil sie sich vor ihrem Sohn fürchtet.»

«Der ist ja nicht hier.»

«Das macht die Angst nicht kleiner.»

Erleichtert stellte ich fest, daß Antonella das Fenster kippte. «Francesco ist einer der Unsrigen», sagte sie, «er unterstützt uns.» In welcher Angelegenheit, sagte sie nicht. Ich erfuhr, daß die Manente einem Nazi versprochen gewesen sei, sich dann aber von Francescos Vater habe schwängern lassen.

«Vielleicht ist sie geschwängert worden», sagte ich, «ungewollt.»

«Die hat sich ins gemachte Nest gesetzt und hat auch noch ihre Familie durchgefüttert. Sie hat mit den Lire der Manentes diese Italienerhasser dort im Norden finanziert.»

«Das war erarbeitetes Geld», sagte ich. «Von einem Erdäpfelacker kann man keine Familie ernähren, auch nicht von ein bißchen Wanderhandel oder Saisonarbeit.» Ich wiederholte Tante Hildas Worte. Ihre Eltern waren im selben Tal wie die Manente aufgewachsen, die Familien waren einander aber nie begegnet. Tante Hilda hatte mir einmal erzählt, daß ihr Vater arbeitslos gewesen war, daß die wenigen Stellen in den Betrieben an Italiener vergeben worden waren. Frauen hatten noch weniger Möglichkeiten gehabt, eine Arbeit zu finden.

«In den Fabriken wurden nur Italiener beschäftigt», sagte ich.

Antonella biß an ihren Nägeln herum. «Du meinst, wir sind schuld?»

«Zählst du dich zu den Faschisten?»

Sie sagte, ich wäre *strana*, sonderbar; ich mußte dabei an die *stranieri* denken, an die Fremden und Ausländer. «Bist du nicht müde?»

Antonella schwieg eine Weile; sie versuchte einzuschätzen, ob ich ihren Nachtausflug bemerkt hatte. «Wenn du ein Wort zur Chefin sagst –»

Es war das bettelnde Miauen einer Katze zu hören, vermutlich hatte sich ein Gast in den Garten begeben, lag auf einem der Liegestühle. So miauten Katzen nur Menschen an, untereinander krächzten und fauchten sie.

Woher die Manente den Zettel gehabt habe, wollte Antonella plötzlich wissen. Ich erzählte ihr von meinem Mißgeschick, aber sie schien mir nicht zu glauben.

Sie ließ sich aufs Bett fallen, schnappte sich vorher einen ihrer vielen *fotoromanzi*, die sie unter dem Bett hortete. Ich kannte diese Bildergeschichten, die durch ihre Machart so realitätsnah wirkten, nur aus der Zeitschrift *Bravo*.

«Ist er nicht hinreißend», sagte sie nach einer Weile, hob das Heft in die Höhe und zeigte auf einen Mann, dessen Augenbrauen in der Mitte zusammengewachsen waren. Trotz des Zweitageschnurrbarts und der markanten Nase hatte er etwas Feminines. «Du kennst das Gesicht nicht? Das gibt es nicht. Jeder kennt ihn. Franco Gasparri!» rief Antonella; sie klopfte mit dem Zeigefinger auf das Bild. «Er hat am selben Tag Geburtstag wie mein Bruder Mimmo. Was bist du für eine Italienerin.»

Gina Lollobrigida und Sophia Loren hätten als *fotoromanzi*-Stars begonnen, ob ich das etwa auch nicht wüßte, sagte Antonella. «*La stella nella polvere* – kennst du auch nicht?» Sie lachte, während ich in Gedanken den Titel zu übersetzen versuchte: *Der Stern im Staub* und *Staubstern*. Ich fand die deutschen Wörter ansprechender.

Dieser Franco war zweifelsohne attraktiv, aber die helle Wildlederjacke im Easy-Rider-Stil mit den Fransen im Brustbereich gefiel mir nicht.

Einen Augenblick kam mir der Gedanke, mein Vater könnte so aussehen. Ich besaß nur frühere Bilder. Immer wenn ich das Gespräch auf ihn brachte, wechselte Mutter das Thema. Tante Hilda hingegen verwies mich wieder an Mutter. «Ich bin nicht einmal deine richtige Tante», sagte sie dann, «es ist Aufgabe deiner Mutter, dir von ihm zu erzählen.»

9

Emma stand im Speisesaal und betrachtete den Tortenheber auf der Dessertanrichte, die Laffe, welche die Form eines langen, mäßig sich verschmälernden Trapezes hatte; dabei berührte Emma die Vorderkante, fuhr mit der Fingerspitze über die eingravierten Blumenmuster. In Stillbach hatte niemand einen solchen Tortenheber besessen. Aber Johann war in Stillbach gewesen. Und über Stillbach hatte das Lärchengrün geleuchtet.

Ein paarmal war es Emma sogar gelungen, Johann in Rom zu treffen. Heimlich. Sie hatte dann eine Rundfahrt mit einem Priester der Anima vorgetäuscht. Es war die einzige Möglichkeit gewesen, das Hotel für einen Tag zu verlassen. Emma hatte schon, bevor Johann nach Rom versetzt worden war, an Ausflügen nach Palestrina und Ostia Antica teilgenommen, um sich die Reste der Tempel, Theater, Foren, Speicher und Mühlen anzusehen. Doch lieber, als Johann in dem chaotischen Rom jener Jahre zu treffen, hatte Emma damals ihre Zeit mit Erinnerungen an Stillbach verbracht. In ihren Tagträumen konnte sie Johann wieder und wieder zum Weiher hinaufbegleiten oder ihm nach der Sonntagsmesse auf dem kleinen Platz vor der Kirche über die anderen hinweg in die Augen sehen. Diese ruhigen und versprechenden Blicke waren während der Begegnungen in Rom nicht mehr möglich gewesen. Johann, dachte Emma, war vielleicht aufgefallen, daß sie sich in der fremden Stadt eingerichtet, sich mehr als notwendig für sie zu interessieren begonnen hatte. Es wäre ihm wahrscheinlich nie in den Sinn gekommen, sie darauf anzusprechen, weil ihm klar gewesen war, daß Emma sich dieses Interesse gar nicht hatte eingestehen können. Er und Emma galten als einander versprochen. Wenngleich es kaum zum Austausch von Zärtlichkeiten gekommen war, so schloß das Versprechen doch eine Rückkehr nach Stillbach mit ein.

Im Lüster hingen Staubfäden, sie bewegten sich beim geringsten Lüftchen wie in Zeitlupe. Auch am Boden entdeckte Emma Wollmäuse. Sie rief sofort nach Antonella, fuchtelte mit dem Zeigefinger, dirigierte. Der Spiegel hinter dem Buffet zeigte Emma ihre Gestalt, sie fand sich selbst unansehnlich, in ihren Bewegungen verzerrt.

«Ich kann mich auf Sie nicht verlassen, Antonella. So geht das nicht.» Und gleichzeitg wußte Emma, daß es so gehen mußte. Wenn das Haus voll war, konnte sie sich keinen Personalwechsel leisten. Sie sah plötzlich Remos Mutter vor sich, wie sie ihr damals – Emma rechnete zurück – vor fünfunddreißig Jahren das Serviettenfalten beigebracht hatte. Mit wenigen Handgriffen waren aus einem quadratischen Stück Stoff ein Segelschiff, eine Seerose oder eine Lilie entstanden, während Emma nicht mehr wußte, ob sie nun das gesamte Stoffdreieck nach oben falten oder nur die Spitze des Quadrats nach unten klappen sollte. Die alte Manente hatte ihr gerade den Unterschied zwischen Damast und Leinen erklärt, als Remo hereingekommen war. Blutüberströmt und voller Staub war er in den Speisesaal getreten, hinter ihm, die Hand auf dem Mund, die Bügelfrau, die ihm das Gartentor geöffnet hatte. «Wasser, bringen Sie frisches Wasser und Tücher», hatte Emma die alte Manente sagen hören und sich gewundert, daß sie nicht schrie und klagte, sondern so ruhig und besonnen handelte, wie Emma es von ihrer Mutter in Stillbach kannte. Es waren oberflächliche, an manchen Stellen stark blutende Schnittwunden gewesen, die von den drei Frauen versorgt wurden. Remo hatte einen Freund in San Lorenzo besucht, als sich über dessen Wohnhaus der Himmel zu verdunkeln begann. Auf dem Weg nach Hause war ein Regen aus Glas und Schutt auf ihn niedergegangen. Die Alliierten hatten den Rangierbahnhof im Auge gehabt, bombardierten jedoch auch Wohnhäuser, das Universitätsgelände und den Campo Verano. «Sie töten sogar die Toten», waren Remos Worte gewesen, dabei hatte er langsam den

Kopf geschüttelt, als bremsten Schmerzen seine Bewegungen. Zum ersten Mal – so schien es Emma damals – hatte er in ihr nicht die Hausangestellte gesehen, sondern irgendeine Frau, und Emma wiederum hatte, während sie mit einem alkoholgetränkten Tuch über seinen Unterarm gestrichen hatte, für den einen Augenblick vergessen, daß er der Sohn ihrer Vorgesetzten war. Als sie mit der Pinzette den Schmutz aus einer der Wunden zu entfernen versuchte, bemerkte Remo, daß Emma zitterte. Er ergriff ihren Arm und drückte ihn. Alle waren im Speisesaal zusammengelaufen und hatten Näheres wissen wollen. Remo schien aber unter Schock zu stehen, denn er hörte nicht auf, vom Friedhof zu erzählen und von den umgegrabenen Gräbern. Hunderte von Bomben waren auf das Viertel niedergegangen, über tausend Tote soll es gegeben haben, und Remo sprach auch tags darauf nur von den abermals getöteten Toten, von der Familiengruft Pius' XII., die angeblich beschädigt worden war.

Der Papst war noch am selben Tag nach San Lorenzo gefahren, um sich ein Bild von der Lage zu machen. Es war das erste Mal, daß er seit Ausbruch des Krieges die Mauern des Vatikans verlassen hatte, um die Basilika San Lorenzo fuori le Mura aufzusuchen, in die Bomben Krater gerissen hatten. Das rechnete man ihm hoch an, erzählte man sich doch, daß er menschenscheu sei und von seinen eigenen Gärtnern verlangte, daß sie sich hinter den Büschen verbargen, wenn er seine Spaziergänge unternahm.

«Ich danke Ihnen», hatte Remo gesagt und nach einer kurzen Pause, in der er Emma noch einmal angeschaut hatte, ihren Namen ausgesprochen. Der alten Manente war die Szene nicht entgangen, sie hatte Emma sofort mit den Tüchern in die Waschküche geschickt und sie so daran erinnert, daß Emma nicht standesgemäß war. So, wie Remo in

Stillbach nie dazugehören würde, so würde auch Emma, wenn sie selbst die Seite wechselte, diejenige sein, die nicht dazugehörte.

Das Fett des rohen Schinkens zerlief in der Wärme. Jemand hatte viel zu früh die *antipasti* in den Speisesaal getragen, die Gäste waren noch gar nicht eingetroffen.

Aus der Höhe von zwanzig Engeln waren die Bomben gefallen. Wieviel Fuß das waren, konnte sich Emma nicht mehr erinnern, aber die Engel als Längenmaß waren ihr im Gedächtnis geblieben.

Im Krieg gehe alles zu schnell, hatte Johann damals gesagt. «Erst sitzt man herum und wartet darauf, daß etwas passiert, dann geschieht es in einer Geschwindigkeit, mit deren Folgen man ein Leben lang hadert.» Sogar Johanns Räuspern war Emma jetzt wieder erinnerlich, das sie in Stillbach noch auf das Rauchen zurückgeführt hatte, auf eine Entzündung der Atemwege oder eine Verengung der Bronchien, aber auch in Rom, wo die Zigaretten längst knapp geworden waren, hatte Johann ständig gehustet, als müßte er die Stimme vor jedem Satz neu einrichten.

«Die Poebene machte mich trübsinnig, dieses Flachland ohne Anfang und Ende.» Wann war davon die Rede gewesen? Nach einer Sonntagsmesse in der Santa Maria dell'Anima? Ende '43? Johann hatte dabei eine Handbewegung gemacht, als striche er Falten aus einem Tischtuch. Nie wieder hatte Emma solche Hände gesehen, Nägel ohne weiße Flecken, ohne Rillen, lange, gleichmäßige, unbehaarte Finger. Remos Nägel waren eher rund als länglich gewesen und stark nach oben gewölbt. Eine Kosmetikerin aus Regensburg hatte ihr einmal erklärt, daß Remo Uhrenglasfingernägel habe. Die war nicht davon abzuhalten gewesen, Emmas Nägel zu maniküren. «Was für helle Möndchen Sie doch haben», hatte sie gerufen, «und so rote Fingerbeeren!» Es gab Gäste, die auch im Urlaub arbeiteten, sie hielten es nicht aus, ruhig dazusitzen, trugen das Geschirr von der Terrasse in die Küche, hoben die verwelkten Blätter vom Boden auf oder machten ihre Betten. Einmal hatte ein junges Paar aus Stillbach hier seine Flitterwochen verbracht und sich ständig gestritten; der Mann, ein Apfelbauer und Förster, war die meiste Zeit im Hotelgarten gewesen und hatte diesen vom Unkraut befreit. Am liebsten hätte er Obstbäume gepflanzt, Ziersträucher fand er unsinnig.

Emma sah Ines zu, wie sie die Wasserkaraffen verteilte und die mit Zahlen versehenen Weinflaschen den richtigen Tischen zuordnete. Ines hatte die Haare nur lose zusammengebunden, sah aber aufgrund ihrer aufrechten Haltung nicht unordentlich aus. In der Anima waren damals Frauen zusammengekommen, die Zöpfe trugen, obwohl sie schon mehr als ein Jahr in Rom verbracht hatten. Einige fürchteten sich vor zu Hause, hatten nicht den Mut, mit der Tradition zu brechen, andere behielten ihre Frisur, weil sie den Herrschaften gefiel. Emma hatte in Venedig ihre Zöpfe zu Schnecken hochgesteckt, doch in Rom schickte die alte Manente sie zum Friseur, nachdem Emma von einem Hotelgast *montanara* gerufen worden war. Sie wollte nicht, daß Emma bäuerlich wirkte, zu hübsch durfte sie aber auch nicht aussehen.

Weil sich Emma vor Vaters jähzornigen Ausbrüchen gefürchtet hatte, war sie die ersten Weihnachtsferien in Rom geblieben. Sogar vor den Anima-Frauen hatte sie die wahren Gründe für ihr Hierbleiben verschwiegen und Arbeit vorgetäuscht. Erst nachdem sie Mutter von ihrem Kurzhaarschnitt berichtet hatte und von dieser ein Brief angekommen war, in dem sie Emma bat, beim nächsten Besuch den Abendbus zu nehmen und in der Dunkelheit anzukommen, damit die Leute aus Stillbach sie nicht so sähen, traute sich Emma auf ein paar Tage heim. Der Vater hatte von den kurzen Haaren bereits erfahren, er war zwar unfreundlich gewesen, hatte sie aber deswegen nicht gerügt. Fast beiläufig war ihm die Bemerkung herausgerutscht, nun habe er also noch einen Sohn. Die Mutter hatte Emma am Abend mit Weihwasser besprengt und erst am nächsten Morgen näher betrachtet. Praktisch fand sie die neue Frisur, schön aber nicht.

«Tisch Nummer acht können Sie abräumen, das Ehepaar ist nach Neapel gefahren und kommt nicht zum Abendessen. Auf Tisch Nummer zwei fehlen die Eiswürfel.»

Ines verschwand in die Küche. Sie schickte Antonella mit den Eiswürfeln nach draußen. Emma beobachtete das Mädchen, sagte nichts, wartete darauf, daß Ines in den Speisesaal zurückkehrte. Nachdem diese wenig später die *Aranciata*-Flaschen verteilt hatte, nahm sie die Schüssel mit den Eiswürfeln von Tisch drei und stellte sie auf Tisch zwei. Was sie delegierte, kontrollierte sie. Das gefiel Emma. Sie mochte auch die Art, wie Ines scheu, aber mit erhobenem Kopf durch die Tischreihen ging.

«Bringen Sie Ihre Haare in Ordnung», sagte Emma.

10

Am liebsten hätte ich ihr die Zunge festgebunden, so, wie sie die Zunge Giordano Brunos festgebunden hatten, damit er seine Reden nicht noch vom Scheiterhaufen ans Volk richten konnte. Die Manente folgte mir auf Schritt und Tritt. Ich mußte daran denken, was mir Mutter gesagt hatte: Stillbach sei ein Kaff. Also sei von einer Stillbacherin nicht viel zu erwarten. Allein daß die Manente Stillbach verlassen habe, ehre sie. Zuviel der Ehre.

Ich stand am Küchentisch und verteilte den Salat in Schüsselchen. Meine Augen waren noch immer rot; ich hatte eine Stunde lang Zwiebeln geschält. Die Cocola achtete darauf, daß niemandem die Arbeit ausging. Kaum waren die Zwiebeln nackt, deutete sie mit einer Kopfbewegung auf den Knoblauchzopf, der, an einem Nagel befestigt, seitlich von der Kredenz hing. Nach einer knappen Viertelstunde, in der ich Zehe für Zehe von der trockenen Schale befreit hatte, schmerzten die Fingerspitzen derart, daß ich sie unters fließende Wasser hielt. Die Cocola zupfte ein welkes Salatblatt aus einem der Schüsselchen und legte es auf das Schneidbrett. «Wer hat den Salat gewaschen?» Gianni verschwand in der Kühlzelle, Antonella verzog die Mundwinkel. Die Manente kam zur Tür herein und stellte die Platte mit dem rohen Schinken auf dem Küchentisch ab. Sie ziehe uns den Preis für ein halbes Kilo Parmaschinken vom Gehalt ab, damit wir lernten, aufeinander aufzupassen, rief sie. «Wenn eine zu blöd für die Arbeit ist, muß man sie zumindest daran hindern, ihre Blödheit auszuleben.»

Die Cocola schob die Salatschüsselchen mit heftigen Handbewegungen ans untere Ende der Anrichte, daß sie aneinanderstießen und klirrten.

«Schwitzt du?» fragte die Cocola, nachdem die Manente wieder in den Speisesaal zurückgekehrt war.

«Es ist Juli», sagte Antonella, «warum sollte ich da nicht schwitzen.»

«Also schwitzt auch der Schinken.»

Der Saft des Knoblauchs klebte an den Fingerspitzen, brannte in den Schnittwunden, die ich mir durch Ungeschicklichkeit beim Zwiebelschälen zugefügt hatte. Ich tat alles, um nicht vor der Cocola zu weinen, dachte an die Schleierschwanzfischchen draußen im Garten, an den Kieselstein, den ich ins Wasser hatte fallen lassen. Die Fische waren sofort zur Stelle gewesen, weil sie ihn für Futter hielten.

«Der Platzteller bleibt unangetastet», hörte ich die Manente wenig später sagen. Ich hätte rechts an den Gast heranzutreten, wenn ich die gebrauchten Teller abservierte, während man Speisen von Platten oder aus Schüsseln von links nachreichte, Speisen auf Tellern jedoch von rechts auftrüge. Ich traute mich nicht, der Manente zu verraten, daß ich Schwierigkeiten hatte, links und rechts zu unterscheiden, daß ich auf meine Innenhände blicken mußte, um zu wissen, wo links und rechts war. Auf der linken Handfläche hatte sich seit meiner Geburt ein kleiner schwarzer Leberfleck gehalten, der mir zum ersten Mal nicht weiterhelfen würde, weil ich die Hände zum Abservieren der schmutzigen Teller, Gläser und Besteckteile brauchte. Ich suchte nach Anhaltspunkten auf den Unterarmen, fand aber keine; die sahen aus wie Zwillinge, waren gleich dick und gleichmäßig gebräunt. Ein Kugelschreiber war nicht in Reichweite, so daß mir – nach einem kurzen Blick auf den Leberfleck – in der Eile nichts anderes einfiel, als mich heftig am linken Unterarm zu kratzen.

Die ersten Hotelgäste betraten den Speisesaal, und ich lief von Tisch zu Tisch, verteilte die Salatschüsselchen, die Brotkörbchen, blickte immer wieder auf die gerötete Hautstelle, um mich nicht von der falschen Seite den Gästen zu nähern, rekapitulierte «Damen zuerst, Alter vor Jugend», lächelte, begrüßte, fragte nach, memorierte «Eine Flasche Mineral, eine Cola, zwei Bier auf neun; zwei Gläser Hauswein auf sieben», trug den ersten Gang auf, erschrak, als die baden-württembergischen Pilger alle gleichzeitig den Saal betraten und einer nach dem anderen «Fräulein!» riefen, «Hier fehlt das Salz! Wo bleiben die Spaghetti? Bringen Sie uns noch Brot!», wußte am Ende nicht mehr, wer die *antipasti* gegessen hatte und noch auf die *pasta* wartete, wer schon die Hauptspeise gekriegt hatte, spürte die Haare im Gesicht, die sich aus dem Haarband gelöst hatten, spürte auch die Füße, die vom langen Stehen in der Küche und vom Hin- und Herlaufen nun ebenso brannten wie vor kurzem noch die Finger vom scharfen Knoblauch, trug Teller für Teller hinein und leer wieder hinaus, holte Nachschlag und Aluminiumfolien, in denen ganze Fleischstücke verschwanden. Die Manente half mir nicht, sie redete mit den Gästen in einem Deutsch, das sich anhörte, als wohne sie in der Bundesrepublik, habe aber das Österreichische nie ablegen können. «Nee», sagte sie und nochmals «nee», und obwohl sie ins Gespräch vertieft schien, hatte sie doch nur Augen für mich, registrierte jede meiner Bewegungen, was mich mehr und mehr verunsicherte, so daß ich – die Kratzspuren am Unterarm hatten sich verflüchtigt, ich hatte keine Ahnung mehr, von welcher Seite ich nun abservieren sollte – zwei nebeneinandersitzende Stuttgarterinnen, die ihre Köpfe zusammensteckten, jäh auseinanderriß, weil ich zwischen ihnen durchgriff, um nach den Tellern zu langen. Einer der Damen verpaßte ich einen Schlag gegen das Nasenbein; die Frau wich zurück, hatte Tränen in den Augen und ein wenig Blut am Finger, nachdem sie sich an die Nase gefaßt hatte. «Das ist doch die Höhe!» Die Manente schickte mich, Eiswürfel zu holen.

Als ich zurückkam, waren alle Blicke auf mich gerichtet. Auch der junge Mann, dem ich bereits bei meiner Ankunft im Garten begegnet war, schaute mich an. Einen Augenblick schien es, als zwinkerte er mir zu, er blieb aber ernst und beugte sich wieder über seinen Teller. Er trug jetzt eine Jeanshose und ein weißes T-Shirt, nichts erinnerte mehr an die Kleidung eines angehenden Priesters.

Die Manente legte das Eis in eine Serviette, betupfte damit die Stirn der Frau und bedauerte den Zwischenfall, obwohl ich mich bereits zweimal entschuldigt hatte. Draußen am

Gang zog sie mich zur Seite: «Alle Handgriffe sind so zu erledigen, daß man nie vor dem Gesicht des Gastes herumhantiert.»

Nach dem Vorfall fiel mir das Servieren leichter. Näherte ich mich einem Tisch, wichen die Gäste von selbst zur Seite und machten mir Platz. Der junge Mann trug seine Teller und sein Besteck sogar in die Küche. Er wartete in der Tür, bis ich mit den nächsten Tellern an ihm vorbeimußte, sagte aber wieder nichts, lächelte nur.

«Das ist Paolo», rief die Cocola aus der hintersten Ecke der Küche herüber, «unser Student.»

«Paul», korrigierte er sie und nickte. Die Cocola, die dabei war, die Essensreste aus den großen Töpfen in kleinere zu geben, hielt inne, putzte sich die Hände an der Schürze ab und kam zur Tür. «Ich habe noch Kuchen», sagte sie zu ihm, «oder willst du lieber etwas Obst? Weintrauben? Mispeln?» Sie drängte mich zur Seite. «Auf dem Tablett steht das Essen für Herrn Steg. Zimmer vierunddreißig.» Sofort wandte sie sich wieder Paul zu.

Im Aufzug, der sich ruckartig nach oben bewegte, stellte ich das Tablett ab, hob den Plastikdeckel. Der Duft der Honigmelone regte meinen Appetit an; ich berührte mit dem Zeigefinger das grünlichweiße Fruchtfleisch und leckte den Finger ab. Eine fehlende Melonenscheibe würde auffallen, also zupfte ich etwas rohen Schinken vom Teller. Der *prosciutto* war mild und ein wenig süß. Um die Symmetrie auf dem Vorspeisenteller wiederherzustellen, entnahm ich auch von der anderen Tellerseite etwas Schinken, schichtete die Scheiben um. Weil im Stiegenhaus Stimmen zu hören waren, deckte ich die Speisen wieder zu. Beinahe wäre das Tablett von der schmalen Sitzbank gekippt, ich konnte es aber im letzten Moment festhalten.

Steg saß am offenen Fenster und las. Überall lagen Bücher, auf dem Bett, am Boden, auf dem Heizkörper.

«Sind Sie auch aus Rio Silenzio?»

«Sie meinen Stillbach?» Ich schüttelte den Kopf, dachte an den Schinken, den ich gegessen hatte, fürchtete, die Wörter und Sätze röchen nach ihm, schwieg.

Steg erhob sich, ging zum Tisch, hob den Deckel, bedankte sich. Ich hatte Angst, daß er die fehlenden Schinkenscheiben bemerkte, hörte ihm deswegen nicht aufmerksam zu. Er sagte etwas, das wie *pullata* klang, «Wo ist heute meine *pullata*?» oder so ähnlich. Die Bäuerin aus der Nachbarschaft hatte immer «Pull, Pull, Pull» gerufen, wenn sie am Abend die Hühner einsammelte. Vielleicht hatte er Huhn bestellt. «Es gibt heute kein Huhn», sagte ich. Steg sah mich überrascht an, er glaubte erst, sich verhört zu haben. «Aber – niemand hat ein Huhn bestellt, wie kommen Sie darauf?»

Auf dem Tisch lag eine Ansichtskarte, die den Obelisken vor dem Palazzo Montecitorio zeigte; auf dessen Spitze funkelte eine kleine Kugel mit einem vertikal aufgesetzten Pfeil. Der Postkartenhimmel war blau wie die Schwimmbecken inmitten der Obstgärten. Ich hatte sie – noch nicht einmal zwei Tage waren seither vergangen – vom Zug aus zwischen den Apfelbäumen hindurchleuchten sehen.

Steg begleitete mich zur Tür. Obwohl er Abstand hielt, hatte ich das Gefühl, er berührte mich.

«Ich habe gehört, Sie besuchen das Gymnasium.»

Ich eilte zum Aufzug.

«Bringen Sie mir noch etwas Schinken!» rief er mir hinterher.

Während die Kabine nach unten fuhr, suchte ich nach einem Vers aus dem Gedicht eines römischen Dichters, den wir in der Schule übersetzt hatten. *Sed non* – das Wort wollte mir nicht einfallen – *satis*, aber das war es nicht. Ich dachte an den Satyr. «Geiler Bock», sagte ich leise.

11

Die baden-württembergischen Pilger waren abgereist und nur wenige neue Gäste angekommen. Steg hatte seinen Aufenthalt um zwei Wochen verlängert. In Ischl baute man die Pension um, hatte er erzählt. In Wirklichkeit hoffte Emma, daß sie es war, die ihn in Rom hielt, denn Steg setzte sich neuerdings manchmal zu ihr, wenn sie nach dem Mittagessen auf dem Sessel neben der Terrassentür Platz nahm und einen Blick in die Zeitung warf.

Aldo Moro war schon zwei Monate tot, Pertini neuer Präsident. Emma konnte Nelken nicht ausstehen. Wo der Präsident auch hinkam, man empfing ihn mit diesen roten Blumen, deren Blüten zerrupft aussahen.

Eines seiner ersten Ziele waren die Ardeatinischen Höhlen, las Emma. Sie merkte, daß ihr Rücken schmerzte, beugte sich vor. Vierunddreißig Jahre hatte sie inzwischen zusätzlich auf dem Buckel. Damals war sie achtundzwanzig gewesen. Ein Opfer auf der falschen Seite. Die Liebe dahin, mit einem Knall. Und die Familie in Stillbach für immer verloren, weil dann alles anders kam. Remo statt Johann.

Was ging sie dieser Kappler an oder dieser Don Juan, der sich im noblen Parioli in den Betten der Faschistengesellschaft herumgetrieben hatte. Priebke war sein Name. Ernst Priebke. Nein, Erich. Sie war so vergeßlich geworden. Eine der Anima-Frauen hatte ihn sogar einmal zu Gesicht bekommen, flüchtig. «Ein Bild von einem Mann», hatte sie bei einer Adventfeier geschwärmt, «stahlblaue Augen, und die Uniform – makellos.»

Als sich Emma wieder zurücklehnte, blieb ihr von dem

abrupt einsetzenden Kreuzschmerz der Atem weg. Sie sollte längst zum Arzt. War es eine Nervenwurzelreizung oder doch ein Bandscheibenvorfall?

Da stand er, der neue Präsident, begleitet vom Verteidigungsminister Ruffini und anderen politischen Persönlichkeiten. Emma wollte schon die Zeitung weglegen, überflog dann aber doch den Text unter dem Photo. Erfuhr, daß ein gewisser Maurizio Giglio, den man auf einer Bahre aus dem Gestapo-Hauptquartier zu den Höhlen gebracht hatte, weil er sich nicht mehr selbständig bewegen konnte, standhaft geblieben war bis zuletzt. SS-Obersturmbannführer Kappler – las Emma weiter – soll ihn vor der Erschießung nach Pertinis Versteck gefragt haben, aber dieser dreiundzwanzig Jahre alte Giglio hatte nur mit dem Kopf geschüttelt – *un ultimo no, ein letztes Nein* –, nachdem man ihm vorher, in der Via Tasso, die Finger- und Zehennägel ausgerissen hatte.

Emma verzog das Gesicht, sie massierte ihren Rücken mit den Fingerspitzen. Pertini. Dieser Nelkenpräsident. Partisanenpack. Der junge Giglio tat ihr leid.

Der Wind fuhr in die Bäume. Ein unruhiger, von Licht durchsetzter Schatten lag auf Emmas Körper. Sie hielt nach Hermann Steg Ausschau. Auf der Espressotasse landete eine Wespe, sog an den Resten des Milchschaums. Die Bougainvillea in der Ecke sah mitgenommen aus, vielleicht gossen sie die Mädchen zu wenig. Die lila Blüten ließen die Köpfe hängen. Nur die Oleander, obschon sie in kleinen Kübeln steckten, gingen in die Breite.

Emma stand auf, stellte sich in den Türrahmen; es war ihr so vorgekommen, als habe sie Geräusche im Stiegenhaus vernommen. Am Morgen hatte Steg schon wieder mit Ines geredet, und Emma hatte nicht hören können, was sich die beiden zu sagen hatten, weil sie von einem Münchner Ehepaar in ein Gespräch über die unterschiedlichen Pizza-Preise verwickelt worden war. Sie hätte dem Paar am liebsten zweitausend Lire in die Hand gedrückt. Selbst das Billige war den meisten noch nicht billig genug. Morgens forderten sie Nachschlag, bestrichen *rosette* mit Butter, belegten sie fingerdick mit Schinken und Käse, damit sie sich das Mittagessen ersparten. Es war schon öfters vorgekommen, daß sie hernach die Brote in den Nachtkästchen vergaßen, daß die Mädchen nach der Abreise von Schimmel bedeckte Schubladen vorfanden.

Steg hatte entspannt ausgesehen, beinahe fröhlich, während er mit Ines gesprochen hatte. So fröhlich war Steg an der Seite Emmas nie gewesen.

Auch Johann hatte wenig gelacht. Ich hätte früher nach Stillbach zurückkehren, nicht darauf warten sollen, daß er hierher versetzt wird, dachte Emma. An jenem Tag war er von Schießübungen draußen beim Forum Mussolini zurückgekehrt. Nur vierundzwanzig Stunden später wäre die 11. Kompanie von der 10. abgelöst worden. Es war sein letzter Ausbildungstag gewesen. Hätten sie die Bombe tags darauf hochgehen lassen, Johann wäre am Leben geblieben. Dann wäre Emma jetzt Gastwirtin in Stillbach. Oder Bäuerin auf dem Nörderhof. Und sie verstünde sich mit ihren Brüdern und Schwestern. Und Vater wäre nicht – und Mutter hätte –.

Emma faltete die Zeitung und steckte sie in den Müllkübel neben dem Abstelltisch. Sie begann die Zuckerstreuer zu zählen. Die waren vollzählig. Aber es fehlten mehrere Aschenbecher. Es verschwand ständig irgendetwas. Die Gäste bedienten sich, als wäre das Hotel ein Gratissouvenirladen, trockneten ihre Haare in Tuttlingen und Reutlingen mit Manente-Handtüchern oder aschten in Memmingen und Meiningen in die Martini- und Campari-Aschenbecher. Solche

Leute machten aus allen Städten Meiningen. Einmal hatte Emma einen Mann aus Rankweil in Vorarlberg aus dem Hotel geworfen, weil sie ihn dabei erwischt hatte, als er die Bettwäsche einpackte.

Der Wind fuhr in die Tischtücher, eine Klammer fiel zu Boden, blieb liegen.

Ihretwegen, dachte Emma, hätten die Partisanen die Bordelle in der Nähe der Piazza del Popolo in die Luft jagen können, da verkehrten doch genug Deutsche, auf die man hätte verzichten können. Das hatten die doch vorgehabt, dann aber davon abgesehen, weil sie fürchteten, dabei zu viele Zivilisten zu töten. Johann war ein einfacher Polizist gewesen, für die Sicherheit zuständig, von wegen, das Attentat hätte SS-Leuten gegolten.

Emma biß und zog an der abstehenden Nagelbetthaut, bis Blut zu sehen war. Sie betrachtete ihre Finger, erschrak über das leichte Zittern. Wenn nur Franz da wäre. Nicht daß sie mit ihm darüber sprechen könnte, aber er lenkte sie ab, und sie sah etwas in ihm, was zu ihr gehörte, etwas, das nicht fremd war, das sie an ihren Bruder erinnerte, so, wie er gewesen war, als sie die Reise hierher angetreten hatte, zu diesen rost- und orangefarbenen Palästen, die bei Sonnenuntergang aussahen, als hätten sie Feuer gefangen. Und zwischen den Häuserblöcken hatte man winzige Äcker bestellt, die von ausgedienten Bettrosten eingezäunt waren.

Als die Deutschen Rom besetzt hielten, hatte sie die alte Manente ungern aus dem Haus gelassen. Die Stadt sei voll von Partisanen und Emma großgewachsen, zu groß, um als Italienerin durchgehen zu können. «Machen Sie nicht den Mund auf», hatte sie ihr eingeschärft, «man hört es, daß Sie nicht von hier sind.» Das verräterische Q. Emma sprach es noch heute als KW aus – *Kwando torni?, Wann kommst du zurück? –* die Schneidezähne auf der Unterlippe, nur manchmal, wenn sie sich konzentrierte, wurde es weich, so weich, daß die Form des Mundes einen flüchtigen Kuß andeutete. *Dimmi quando, Sag mir, wann.*

Nicht zu sprechen, war ihr immer schon leichter gefallen, sie war es von Stillbach gewöhnt gewesen. Da gab es oft nur Blicke, die ein schlechtes Gewissen erzeugten. Wenn man Vater eine Frage stellte, kriegte man keine Antwort, nur diesen Wie- kannst-du-nur-Blick. Daß er im hohen Alter plötzlich zu reden begonnen haben soll, konnte Emma kaum glauben.

Sie griff sich an den Hals, faßte nach der Perlenkette, die zu eng anlag. Emma schien es, als kriegte sie nur wenig Luft. Sie fühlte ihren holprigen, jagenden Puls, der sich nicht und nicht beruhigen wollte, rief erst nach Antonella, dann nach Ines, aber keines der Mädchen hörte sie. Die waren bestimmt in ihrem Zimmer oder vielleicht schon fortgegangen.

Von Steg keine Spur. Änderte er jetzt seine Gewohnheiten? Hatte sie etwas Falsches gesagt, ihn durch eine Unachtsamkeit beleidigt?

Früher hatte sich Emma in den Stunden nach dem Mittagessen zurückgezogen und ausgeruht, war manchmal ins Zentrum gefahren, um die eine oder andere Kirche zu besuchen oder einfach nur ein Stück weit die Via Nomentana entlanggegangen bis zur Basilika der Heiligen Agnes, in deren linkem Seitenschiff der Eingang zu den Katakomben liegt. Während der Bombardierungen hatte Emma dort einmal zusammen mit den Manentes Schutz gesucht. Danach hatten sich die Manentes bis Kriegsende nach Trevignano zurückgezogen, wo sie sich sicherer wähnten, und Emma war im Hotel geblieben, hatte das Haus gehütet und war beim geringsten Grollen in den Keller geflohen, die Hände über dem Kopf. Den Garten vor der Kirche hatte Emma besonders gemocht, auch das Baptisterium der Heiligen Konstantia, das nur ein paar Schritte von der Basilika entfernt ist. Doch inzwischen war die Rotunde ein beliebter Ort für Hochzeiten und Taufen geworden, was Emma überraschte, fanden sich darin doch kaum christliche Symbole, und auch der Mosaikschmuck, von dem ihr Remo einmal erzählt hatte, daß er zu den ältesten der Stadt gehörte, bestand nur aus Pflanzen, Blumen und Vögeln. Emma war seit Jahren nicht mehr hingegangen, sie war zu oft von den Festgästen vertrieben worden, von herumspringenden Photographinnen und Männern mit Super-8-Kameras, die jedes Familienmitglied zigmal ablichteten.

Von Johann besaß Emma ein einziges Photo. Das Sterbebildchen. *Herr, gib ihm die ewige Ruhe.* Das war nicht ihr Johann, der in den Weiher gesprungen war. Der einen Stillbacher Freund hatte daran hindern wollen, am italienischen Staatsfeiertag den Tirolerhut zu tragen. «Sie werden dich verbannen», hatte Johann ihn gewarnt. Emma war zufällig nach der Messe in der Nähe gewesen und hatte gesehen, wie dem Mann während des Abspielens der Hymne *Giovinezza* von einem italienischen Faschisten der Hut vom Kopf gerissen worden war. Johann hatte den Hut aufgehoben, ihn aber nicht fest genug in der Hand gehalten, so daß der Freund ihn genommen und wieder aufgesetzt hatte. Diese Provokation – war es im Jahr 1935 oder 1936 gewesen? – hatte den Freund drei Jahre Verbannung gekostet.

Das Sterbebildchen zeigt Johann als Rekruten. Er hatte sich bei Emma beklagt, in welch schadhaftem Zustand die Uniform gewesen sei, als er sie übernommen habe. Am ersten Abend in der Kaserne sei er nur mit Ausbesserungsarbeiten beschäftigt gewesen. «Ich bin doch nach Rom versetzt worden, damit ich den Papst beschütze. In diesen

Hosen?» – «Wie ein Schweizer Gardist siehst du nicht aus», hatte Emma damals geantwortet.

Johann war der Überzeugung gewesen, der Krieg sei für ihn mit der Kapitulation Italiens im September 1943 zu Ende. Aber er hatte die Rechnung ohne die Deutschen gemacht. Die hatten nur darauf gewartet, in Italien einzumarschieren und Leute wie Johann für ihre eigenen Zwecke zu kassieren. Hitler oder Mussolini? Diese Frage hatte sich Johann nicht gestellt. Er hatte nicht den einen dem anderen vorgezogen. Aber überall, dachte Emma, war nach dem Attentat von einer bis an die Zähne bewaffneten, brüllenden Horde die Rede gewesen, die singend durch die Stadt gezogen war, von gefährlichen Nazis, die diesem Kappler unterstellt waren. Das mag für ein paar gegolten haben, aber nicht für meinen Johann.

Emmas Herz klopfte wieder heftiger, doch die Hände – so schien ihr – zitterten nicht mehr, vielleicht weil sie die Ballen gegen die Tischplatte drückte.

Es stimmte nicht, daß am Tag nach dem Vergeltungsschlag in den Ardeatinischen Höhlen die Römer wie betäubt gewesen waren. Daß sie getuschelt und ihre Hüte tiefer ins Gesicht gezogen hätten. Emma erinnerte sich genau, daß sie auf der Straße auf Menschen gestoßen war, die sich darüber erregt hatten, daß die Brotration von hundertfünfzig Gramm auf hundert Gramm gekürzt worden war. Nur darüber hatten sie gesprochen und über nichts anderes. Daß im Quartiere Appio eine Protestkundgebung stattfinde. Daß der Speiseölpreis unerschwinglich geworden sei. Vor Weihnachten hatte Emma für einen Liter noch fünfhundert Lire bezahlt, ein paar Tage vor dem Attentat war der Preis auf neunhundert Lire geklettert. Emma hatte ihre Monatsmarken eingetauscht und wollte danach zur Anima, aber dazu war keine Zeit mehr gewesen.

Den Toten, ob in der Via Rasella oder tags darauf in den Höhlen, waren die meisten Menschen gleichgültig gegenübergestanden. Die hatten an ihre eigenen Mägen gedacht und an ihre spindeldürren Kinder. Nur der Papst hatte damals reagiert und die Partisanen als *verantwortungslose Elemente* bezeichnet.

Jahre hatte Emma gebraucht, bis sie einen Blick in die Straße werfen konnte. Sie hatte diesen Ort des Todes und der Verwüstung immer gemieden. Wenn der Bus von der Via Nazionale in den Tunnel abbog, hatte sie sich umgedreht, um die Via Rasella, die nach dem Tunnel rechts abging, im Rücken zu haben. Da und dort hatte man die Spuren der Granaten und Gewehrsalven inzwischen notdürftig verputzt, doch mehrere Fassaden sahen noch immer aus, als litten sie an einer unheilbaren Hautkrankheit.

12

Einen Augenblick lang war mir vorgekommen, als hätte die Chefin nach mir gerufen, doch als ich, um besser zu hören, das Fenster kippte, vernahm ich nur das Zirpen der Zikaden. Nie habe ich eines der Tiere zu Gesicht bekommen. Angeblich waren sie so perfekt an die Umgebung angepaßt.

Antonella wollte in die Stadt, ihren Bruder Mimmo treffen. Sie war schon zu Beginn der Zimmerstunde aufgebrochen. Ich las ein wenig, döste, schrieb einen Brief an meine Mutter und eine Karte an Tante Hilda, auf der ich berichtete, daß ich bereits den Petersdom gesehen hätte, daß die Engelsburg wegen Personalmangels geschlossen sei, daß ich einer Stuttgarterin beinahe das Nasenbein gebrochen hätte und mein Zimmer mit einem Mädchen aus den Borgate teilte, das – nein, das schrieb ich lieber nicht – nachts heimlich aus dem Hotel verschwand und Botschaften von Männern erhielt.

Als ich die Terrasse betrat, sah ich die Manente über einen Tisch gebeugt. Im Mittagslicht wirkten ihre gebogenen Schultern wie die eines alten kräftigen Mannes. Auf dem Tisch lag eine Spanplatte, die nicht größer als ein Meter mal ein Meter war. Die Fingerbewegungen Emma Manentes erinnerten an die einer Klavierspielerin, die auf die immerselben Tasten einschlug. Vermutlich hatte sie nie spielen gelernt, auch wenn die Bewegungen vorgaben, daß sie mehr als nur eine Ahnung von Musik haben könnte. Oberhalb ihrer Hände lagen in Reihen und nach Farben geordnet Puzzleteile. Steg hatte sich heute früh über die Manente lustig gemacht; ihre Spielleidenschaft habe vor einigen Jahren mit hundert Stück begonnen und sei nun bei fünftausend angelangt. Ob ich schon bemerkt hätte, daß es sich immer um Bilder aus der näheren Umgebung von Stillbach handelte, um Aufnahmen vom Reschensee, vom Ortler. Auch Innsbruck und München zählten von Rom aus dazu. Letztes Jahr habe er sie über dem zerlegten Goldenen Dachl sitzen sehen und über einer Herbstlandschaft im Mittelgebirge, die aus fünftausend Bausteinen bestanden hatte. «Das nennt man *lignam in silvam ferre*», hatte er mir zugeflüstert und mit dem Daumen auf mehrere Puzzleschachteln gezeigt, die auf einem Stuhl gestapelt waren. Ich verstand nicht, was er meinte. Wie zufällig hatte er dabei mit der anderen Hand meine Schulter berührt.

Die Manente war so versunken, daß sie mich erst gar nicht bemerkte. Sie hatte mit der Anfertigung des Randes begonnen, zuerst die einfarbigen Himmelsteile zusammengefügt. An einer Ecke der Spanplatte lagen markante Bildteile, die sich durch hervorstechende Farben und Konturen auszeichneten. Ein paar Puzzleteile hatte sie bereits ineinandergeschoben, sie ergaben das Muster einer im Abendrot leuchtenden Bergspitze.

«Was machen Sie da? Warum sehen Sie sich nicht die Stadt an?» sagte die Chefin.

«Ich dachte, Sie hätten mich gerufen.»

«Das ist schon eine Weile her.» Sie strich mit der Zungenspitze über die Oberlippe.

Die auf die Spanplatte hämmernden Fingerkuppen ließen nicht den Eindruck entstehen, die Manente setze das Puzzle zur Entspannung zusammen, vielmehr schien sie nervöser als sonst. Vielleicht begann die Konzentration nachzulassen und sie merkte, daß sie nicht mehr in der Lage war, sich alle Details der einzelnen Teile einzuprägen, daß sie nicht wie früher nach einer gewissen Zeit auf ein gesuchtes Teil zielgenau zugreifen konnte. Ein paar Mal sah ich, wie sie selbstvergessen den Kopf schüttelte und ein Teil, von dem sie geglaubt hatte, daß es mit einem anderen eine Einheit bildete, wieder weglegte, daß sie ein anderes Mal mit Gewalt zwei Teile ineinanderzuschieben versuchte, so daß sich der auf Pappe aufgezogene Bildteil von der unteren Schicht zu lösen begann und schließlich abstand.

«Also worauf warten Sie noch», sagte sie, «fahren Sie in die Stadt, sehen Sie sich die Piazza Navona oder das Pantheon an, was weiß ich. Aber nutzen Sie den freien Tag.»

Obwohl ich ungern allein ins Zentrum fuhr, nahm ich den Bus, stieg im unteren Teil der Via Vittorio Veneto aus, querte die Piazza Barberini und verließ nach einer Weile die Via del Tritone, um in eine der Seitengassen abzubiegen, die weniger verkehrsbelastet sind. Meine Unruhe hatte sich inzwischen gelegt; hier waren viele Touristen, und ich hatte nichts zu befürchten. Eindeutigen Blicken wich ich aus, und Zurufe oder Pfiffe ignorierte ich, sie waren im allgemeinen Trubel ohnehin schwer lokalisierbar und konnten auch anderen jungen Frauen gelten. Nur einmal war ich mir sicher, daß mir ein

Mann folgte. «Bella», sagte er hinter mir und dann «bellissima». Ich stellte mich zu einer englischen Reisegruppe, deren Reiseführerin auf den Eingang des Quirinalspalastes zeigte und den Namen der Gasse, in der wir uns befanden, auf die palasteigene Bäckerei zurückführte. Der junge Mann blieb ebenfalls stehen und positionierte sich, um meinen Blick abzufangen, hinter der Reiseleiterin. Ich schätzte ihn auf Anfang Zwanzig. Seine Jeans waren derart eng, daß er sie naß angezogen haben mußte. Es schien ihn nicht im geringsten zu stören, daß seine Blicke unerwidert blieben. Ich bewegte mich synchron mit den englischen Damen, achtete darauf, ihnen nicht auf die Füße zu steigen. Die meisten trugen Gesundheitssandalen. Die Fersen der Frau vor mir bestanden aus einer dicken Hornhautkante, die an verschiedenen Stellen eingerissen war.

Aus einer Bar drang das Geräusch von klappernden Tassen, gleich darauf wurde Kaffee gemahlen. Ich warf einen Blick in das Innere des Lokals, um herauszufinden, ob es über ein WC verfügte. Der weißhaarige Barmann schlug den Siebeinsatz mehrmals gegen die Holzladenkante unterhalb der Kaffeemaschine. Er trug eine cremefarbene Kleiderschürze, die so perfekt an seinen Körper angepaßt war, als hätte er sie maßschneidern lassen. Mit zwei schnellen Handbewegungen drehte er den nunmehr gereinigten, mit frischem Kaffee gefüllten Siebeinsatz in die Maschine. Ich bestellte einen *caffè macchiato* und zwängte mich an Kartons, Getränkekisten und Putzmitteln vorbei zur Toilette, die weder verschließbar war, noch über Papier verfügte. Hoffentlich hatte mein Verfolger die Geduld verloren und war weitergezogen. Um mit der Fußspitze die Tür zuhalten zu können, verrenkte ich mich derart, daß der erste Strahl die Kloschüssel verfehlte. Ein Bein war naß. Ich fluchte auf Italienisch und mußte sogleich an

Tante Hilda denken, die es nicht ausstehen konnte, wenn jemand *porco Dio*, *porca puttana* oder auch nur *santo cielo* sagte, sonst aber kein italienisches Wort herausbrachte. So gut es ging, trocknete ich mit der Hand das Bein. Aus dem Wasserhahn kam eine hellbraune Brühe.

Der Barmann hatte meinen *caffè macchiato* ans untere Ende der Theke geschoben, in die Nähe einer gutaussehenden Mittvierzigerin, die eine knarrende Stimme besaß, mit der sie selbst den anhänglichsten Hund zu verscheuchen vermochte. Ich warf einen vorsichtigen Blick nach draußen: der junge Mann stand auf der anderen Straßenseite gegen die Hauswand gelehnt und hatte sich eine Zigarette angezündet. Er winkte herüber. Zwei Männer betraten das Lokal, begrüßten den Barmann hinter der Theke mit einem Handschlag, bekamen ihren *caffè* ohne Bestellung, zahlten auch nicht, als sie kurze Zeit später wieder gingen. Meine Tasse war leer; ich suchte nach einem Grund, der den weiteren Aufenthalt in der Bar rechtfertigte, kramte in meiner Umhängetasche, überlegte, eine *ciambella* zu bestellen, aber sie sah trocken aus, und vom Staubzucker war nicht mehr viel zu sehen. Die Kuchenoberfläche glich einem verschneiten Wald, in den ein Sturm gefahren war.

Da fiel mein Blick auf den Telephonapparat an der Wand im Durchgang zur Toilette. Ich wechselte den Fünfhundertlireschein in *gettoni* um und wählte die Nummer meiner Mutter. Über dem Apparat hing ein Photo von Enrico Berlinguer im blauen Anzug mit Krawatte. Ich konnte ihn mir nicht bei den Fiat-Massenkämpfen in Turin vorstellen, wo er angeblich dabeigewesen war. Antonella hatte erst heute früh wieder von ihrem sardischen Helden gesprochen, von einer Rede, die Berlinguer beim *Festival nazionale delle donne comuniste* in Arezzo gehalten hatte. Er habe sich deutlich von Moskau distanziert. «Wir verdanken ihm, daß Pertini Staatspräsident ist, daß wir diesen Milliardenbetrüger Leone los sind.» Sie machte eine Pause und sagte dann: «Politik interessiert dich wohl nicht. Aber ohne die Kommunisten gäbe es weder die Scheidung noch die Abtreibung. Das ist dir doch klar?»

Mutter war nicht zu Hause, auch Tante Hilda hob nicht ab. Ich zahlte meinen *caffè macchiato* und verließ die Bar. Der Typ hatte sich davongemacht.

Ich ließ mich treiben, schloß mich dem Touristenstrom an. Kurze Zeit später stand ich vor der Fontana di Trevi, wurde weitergedrängt, gestoßen. Ich flüchtete auf die andere Seite, wo weniger Menschen waren, stieg die paar Stufen hinab und setzte mich an den Brunnenrand. Das laute Rauschen vermischte sich mit den Schreien der Händler, englische, französische und spanische Sprachfetzen drangen an mein Ohr. Paare hielten sich an den Händen, stellten sich mit dem Rücken zur Quelle und warfen Münzen ins Wasser.

Es glitzerte und funkelte im Becken, und ich fragte mich, ob der allgemeine Hartgeldmangel, der in ganz Italien beklagt wurde, nicht auf diese und ähnliche Verschwendungen zurückzuführen war. Tante Hilda hatte behauptet, die Schweizer und die Japaner seien schuld am Münzenmangel; die Schweizer benützten unsere billigen Lire als Grundlage für ihre Uhrengehäuse, und die Japaner fertigten daraus Knöpfe. Mutter hatte nur den Kopf geschüttelt über *so viel Unsinn* und hatte die Theorie vertreten, die Italiener seien zu faul, ihre Automaten zu leeren und würden schlicht zu wenig Münzen prägen, deswegen behelligte man die Kunden an der Kasse mit Kaugummis und Karamellen oder mit diesen Minischecks, die man sofort zu fälschen begonnen hätte. Unsere Währung sei in Wahrheit nicht die Lire, sondern die *ciunga*, hatte Mutter gesagt, aus der man, wenn man sie lange genug kaute, Blasen formen könne, bis sie platzten.

Ich hielt Ausschau nach meinem Verfolger, wollte wissen, ob er eine andere ausgespäht hatte. Vereinzelt standen Männer herum, die nicht als Touristen zu identifizieren waren. Einer spielte mit seinem Auto- oder Motorradschlüssel, ein anderer, der Plateauschuhe trug, faßte sich in den Schritt, schaute herum, als warte er auf jemanden. Auf den Stiegen hinter mir saßen Schulkinder, die Rucksäcke zwischen die Füße geklemmt. «Paßt auf eure Sachen auf», sagte die Lehrerin.

Plötzlich kam es mir so vor, als hätte ich Antonella gesehen. Ausgerechnet sie, die doch Touristenorte mied, weil sie die *stranieri*, die Fremden, nicht ausstehen konnte, sollte hier am Brunnenrand sitzen? War sie hier mit ihrem Bruder verabredet?

Ich näherte mich ihr, wollte schon nach ihr rufen, aber eine letzte Unsicherheit hielt mich zurück. Ihr Gesicht wurde zur Hälfte von einer Schildkappe verdeckt, außerdem trug sie eine Sonnenbrille, die ich noch nie an ihr gesehen hatte. Antonella schien irgendetwas in der Hand zu halten, es war nicht zu erkennen, was. Ich verbarg mich hinter einer Gruppe von Franzosen. Sie machte ein paar Schritte in meine Richtung, dann kehrte sie um. Nach einer Weile setzte sie sich auf den Beckenrand, eine Hand im Wasser, die andere machte eine Bewegung, als zöge sie an einer Schnur, aber da war keine Schnur zu sehen. Ich ging noch näher heran. Es bestand kein Zweifel mehr: Es war Antonella, und was sie da aus dem Wasser zog, glitzerte zwischen ihren Finger hindurch. Jetzt sah ich auch die Nylonschnur. Offenbar hatte sie ein Magnet an der Schnur befestigt und fischte so die Münzen aus dem Wasser. Das viele Hartgeld, das ich in der Schachtel in ihrem Kasten entdeckt hatte, war also nicht

Trinkgeld, sondern das glück- und wiederkehrversprechende
Geld von Touristen. Es war mir unangenehm, zur Mitwisserin
geworden zu sein. Besser Antonella erfuhr nichts davon.
Vielleicht mußte sie die Familie unterstützen, und das Geld,
das sie im Hotel verdiente, reichte nicht aus.

Bevor ich ging, warf ich zwei Münzen ins Wasser, nicht um
zweimal nach Rom zurückzukehren, sondern weil ich gehört
hatte, daß man sich dann verliebte.

13

Steg war doch noch gekommen, er hatte sich aber ans untere
Ende des Gartens gesetzt, ein Buch aufgeklappt und zu lesen
begonnen. Emma stand zwischendurch auf, vergewisserte
sich, daß niemand sie beobachtete, dann stellte sie sich auf
die Zehenspitzen, um Steg betrachten zu können. Sitzend sah
sie nur die Krone des Baumes, unter dem er saß.

In der Früh hatte sich Emma überlegt, Antonella freizugeben und selbst einen Teil der Zimmer zu putzen, um auf
diese Weise in Stegs Zimmer zu gelangen, aber wie sah das
aus? Also hatte sie mit Ines und Antonella einen Kontrollgang unternommen, hatte nachgesehen, ob die Spiegel und
Armaturen sauber waren, ob die Mädchen Kalkflecken und
Zahnpastareste übersehen hatten, ob das Innere der Kästen
mit frischem Wachspapier ausgelegt und der Staub von den
Heizungsrippen entfernt worden war. In einem Zimmer entdeckte Emma Müll im Papierkorb, in einem anderen war der
Anfang des Toilettenpapiers nicht geknickt, außerdem fehlten die Bettvorleger, und das Zahnputzglas roch nach Mundwasser. Manchmal mußte sich Emma bücken, um zu sehen,
ob auch unter den Betten gewischt worden war, oder sie befühlte mit ihrer Hand die Duschwanne, die auf keinen Fall naß
sein durfte.

In Stegs Zimmer war zwar das Bett korrekt gemacht – Emma stellte keinerlei Unebenheiten fest –, doch bemerkte sie, daß beide Seiten des Ehebettes benützt waren. Schlief er so unruhig? Oder hatte jemand bei ihm übernachtet? Emma konnte sich, weil die Mädchen dabei waren, nicht in Ruhe umsehen.

Als sie selbst als Zimmermädchen gearbeitet hatte, war sie manchmal länger als erforderlich in den Zimmern geblieben, hatte an den Parfums gerochen und die feinen Stoffe der Damenkleider bestaunt. Draußen auf der Straße hatten die meisten Lumpen am Leib getragen, sie hatten nicht einmal Schuhe, sondern notdürftig zusammengebundenes Ziegenfell an den Füßen gehabt.

An dem Tag, an dem Emma Johann das letzte Mal gesehen hatte, war sie unweit des Petersdoms an einer Bäckerei vorbeigekommen, vor der sich Kinder versammelt hatten. Ihre Wangen waren eingefallen, die Arme dünn gewesen. Sie hatten vor dem Laden darauf gewartet, daß jemand Brot kaufte und ihnen ein kleines Stück schenkte. Wie in Stillbach. Die Frau, die aus dieser Bäckerei in der Nähe des Vatikans herausgekommen war, hatte sich kein Brot kaufen können. Emma erinnerte sich deutlich an ihre vielen Haare, an diesen dunklen Schatten über der Oberlippe, den Flaum, der schon beinahe ein Schnurrbart war. «Vier Lire habe ich früher für ein großes Stück gezahlt, jetzt kostet das halbe Brot vierhundert Lire, und es ist auch noch hart und schimmelig.» Die Frau war außer sich gewesen, sie hatte in diesem Moment eine Ansprechperson gebraucht. «Die Deutschen kontrollieren alle Lebensmittel, eine Schande ist das! Die schauen nur auf ihre Soldaten. Und meine Schüler verhungern.» Emma hatte nur genickt und war schnell weitergegangen, aus Angst, die Frau könnte sie in ein Gespräch verwickeln und in der Folge ihren deutschen Akzent heraushören. In Stillbach hatten die Bauern während des Ersten Weltkrieges auch die Nahrungsmittel an die Soldaten abgeben müssen. Emma war in diesen Krieg hineingeboren worden. Das ganze Getreide, die Eier – alles hatten die Burschen mitgenommen. Mehr als einmal hatte Mutter Hungergeschichten erzählt. Daß sie die letzten drei Hühner vor den Soldaten versteckt habe. Daß sonst nichts mehr im Haus gewesen sei. Daß so viele Kinder im Dorf infolge von Unterernährung verblödet und die Gesichter der Frauen weiß wie die Wand gewesen seien. Daß den Müttern und Mädchen das Eisen im Blut gefehlt habe und sich die Heiratswilligen selbst Ohrfeigen gegeben oder sich während der Messe unauffällig in die Wangen gezwickt hätten, um frischer zu wirken.

Zum ersten Mal hatte Emma den roten Puder bei Frau Scabello gesehen, in einer handtellergroßen, flachen Dose, in die eine aufblühende Rose eingraviert war.

Emma hatte sich wieder auf die Zehenspitzen gestellt und schaute jetzt zu Steg hinüber. Der rührte sich nicht. Enttäuscht zog sie sich ins Haus zurück, warf an der Rezeption einen Blick ins Adressbuch, blätterte: *Spaccamonte. Stagno. Staub.* Sie hatte ihn gefunden: *Steg.*

Was hatte sie sich erwartet? Daß sich Stegs Geburtsjahr zu ihren Gunsten verschob? Er war noch immer Jahrgang 1918 und damit zwei Jahre jünger als sie. Johann war älter gewesen, und Remo hatte ihr fast zehn Jahre vorausgehabt. Es fiel Emma jetzt ein, daß sich Steg nie für die Weihnachtskarten bedankt hatte, die sie all die Jahre verschickt hatte. Daß Franz sie belächelt hatte. Für die Geburtstagskarten an die älteren Gäste hatte er noch weniger Verständnis aufgebracht. «Die sterben ja ohnehin bald. Diese Werbung ist für die Katz! Setz dich lieber in die Sonne.» Franz saß ständig in der

Sonne und je länger er in der Sonne saß, desto weniger hatte Emma das Gefühl, selbst herumsitzen zu dürfen.

Sie griff nach dem Zweitschlüssel von Zimmer vierunddreißig und stieg in den Aufzug. Oben angekommen, warf sie schnell einen Blick aus dem Fenster. Steg saß noch immer in seinem Sessel und las, er war lediglich dem Schatten nachgerückt. Der Abstand zwischen dem Sessel und dem Tischchen, auf dem sein Block und seine Stifte lagen, war größer geworden. Auf Stegs Hemd tanzte ein Lichtfleck, und Emma wich zurück, weil sie glaubte, ihre Uhr oder die Perlenkette reflektiere die Sonne.

Mit zitternden Händen öffnete sie die Tür zu Stegs Zimmer, nachdem sie gehorcht hatte, ob sich in den anderen Zimmern jemand bewegte. Aber in diesem Stock waren zur Zeit ohnehin nur drei Zimmer belegt, und die Herrschaften von Zimmer dreißig waren nach Ostia Antica gefahren; sie würden nicht vor dem Abend zurückkehren. Die anderen hatten davon gesprochen, daß ihnen noch zwei der höchsten Aussichtspunkte fehlten, der Giardino degli Aranci und der Monte Mario.

Jahre war Emma nicht mehr dort oben gewesen. Wozu auch. Diese Panoramablicke stimmten sie meistens traurig, und die trübe Stimmung stand in krassem Widerspruch zu den Begeisterungsausrufen der Touristen, die ein Photo nach dem anderen schossen und die Kuppeln den Basiliken zuordneten, die sie schon gesehen hatten oder noch besuchen wollten. Diese ineinander verschachtelten Häuser und Paläste sahen wie eine gefleckte, unebene Steinplatte aus, fand Emma. Remo hatte nie verstanden, was Emma damit meinte, auch nicht, daß dieser Blick von den Hügeln hinab in die Stadt Emma nur an andere, viel höhergelegene Aussichtspunkte erinnerte, die einem das Gefühl vermittelten, losfliegen zu können, den Himmel einzuatmen. Auf dem Stillbacher Horn war Emma allein in der Landschaft gestanden, während sie auf dem Gianicolo, auf dem Pincio oder Monte Mario umringt von Menschen war, ihren Behausungen und damit ihren Sorgen und ihrem Unglück nahe.

Es war stickig im Zimmer, Steg hatte die beiden Fenster geschlossen. Am Boden des Kastens lag die Schmutzwäsche, Unterhosen und Hemden, Taschentücher und Socken – alles durcheinander. Steg hatte Hemden nachgekauft, vermutlich weil ihm die sauberen ausgegangen waren. Warum gab er seine Wäsche nicht in die Wäscherei? Emma hatte es ihm mehrmals angeboten. War er Hemden kaufen gegangen, weil er jemandem gefallen wollte?

Auf dem Tisch am Fenster bemerkte Emma ein paar Ansichtskarten; sie drehte jede einzelne um. Nur eine war beschriftet, adressiert an eine Frau Professor Thuile, vermutlich eine Kollegin. Ein Buch von Juvenal lugte unter Schreibmaschinenblättern hervor, daneben befand sich ein zerfledderter Rom-Plan, auf ihm lagen – zwischen der Città del Vaticano und dem Colosseo – zwei Aspirintabletten, als habe Steg bestimmte Stellen markieren wollen. Nirgendwo etwas Verdächtiges. Der blaue Pilot-Kugelschreiber, den Emma Steg geliehen hatte, steckte als Lesezeichen im Wörterbuch.

Auch das Badfenster war zu, es roch aber nicht unangenehm. Steg schien die Kloschüssel beim Wasserlassen zu treffen, oder er hatte das WC seit der Reinigung nicht mehr benützt, war unten, zwischen Speisesaal und Rezeption, auf die Toilette gegangen.

Im Bidet stapelten sich alte Zeitungen, die von den Mädchen nicht entfernt werden durften. Steg hatte es sich ausdrücklich verboten. Auf der Ablage unterhalb des Spiegels entdeckte Emma eine Rasierwasserflasche mit dem Namen

Alt-Innsbruck, auf deren Etikett ein stilisiertes Goldenes Dachl und die Silhouette der Nordkette zu sehen waren. Die Flasche war riesig, als sei sie für den Gebrauch in einem Friseursalon bestimmt, nicht für private Zwecke. Emma schraubte den Verschluß ab, strich sich ein wenig von der Flüssigkeit in den Nacken.

Noch nie war sie Steg so nahe gewesen; sie roch jetzt ein bißchen wie er, und das kühlende mentholhaltige Parfum gab ihr etwas von der Frische der Bergluft zurück, die sie hier vermißte. Sie war mit einem Mal wieder auf dem Weg zum Stillbacher Weiher und von dort weiter hinauf zu den Almen unterhalb des Horns. Sie merkte, wie sie heftiger atmete, als befände sie sich mitten im Aufstieg. Schnell stellte sie die Flasche neben das Zahnputzglas, setzte sich auf den Bidetrand. Die Borsten der Zahnbürste zeigten in alle Richtungen, wie die Äste der Föhren und Zirbelkiefern. Eine Weile saß Emma da und starrte auf die Fliesen, während sie sich – den parfümierten Finger an der Nase – wie eine Gemse über Steine und Wurzeln in die Höhe arbeitete. In der Ferne waren Kinder zu hören. Im Wald? Auf der Straße? Dann Schritte, die sich verlangsamten. Bitte weitergehen, dachte Emma noch. Es blieb ihr keine Zeit, um zu überlegen, was sie nun tun sollte. Denn die Schritte hörten auf, ein Schlüssel wurde ins Schlüsselloch gesteckt, stieß auf Widerstand, wurde in die andere Richtung gedreht. Jetzt ist zu, dachte Emma. Es wurde kurz an der Tür gerüttelt, dann aufgesperrt. Emma hielt inne. Sie rutschte vorsichtig vom Bidetrand auf den Boden, hörte ihre Kniegelenke knacksen, das Zeitungspapier rascheln. Ein stechender Schmerz fuhr ihr in den Rücken. Ich werde es nicht mehr schaffen aufzustehen. Die Rundung des Bidetbeckens erlaubte kein bequemes Sitzen. Emma versuchte sich vom Boden abzustützen, sich Richtung Mauer zu drehen, sie durfte dabei keine Geräusche machen. Vielleicht war Steg nur ins Zimmer gekommen, um ein Buch zu holen, dann würde er sie hier im Bad gar nicht bemerken. Emma sah Kalkflecken an der Unterseite des Bidets. An Gründlichkeit fehlte es den Mädchen, auch der Neuen, der sie aufgrund ihrer Herkunft zu viele Vorschußlorbeeren gegeben hatte. Und wenn Steg doch ins Bad ging? Sie hörte, wie er eine Lade öffnete, dann eine zweite. Fürchtete er, jemand habe eingebrochen, weil die Tür nicht versperrt war? Kontrollierte er, ob alles noch da war? Der Seufzer, der vom Zimmer herüberdrang, klang beunruhigend, ein wenig erschöpft. Ich werde die Augen schließen und so tun, als sei mir schlecht geworden. Aber Emma konnte die Augen nicht zumachen, sie war viel zu angespannt, hielt es im Dunkeln nicht aus, schaute lieber das Bidet an. Eine der Anima-Frauen hatte ihr – Emma war noch keine zwei Monate in Rom gewesen – einreden wollen, man könne das Sperma nach dem Geschlechtsverkehr herauswaschen. Nicht daß Emma dies geglaubt hätte, aber nach dieser Sache mit Remo war sie in ihrer Verzweiflung in eines der leerstehenden Fremdenzimmer gelaufen und hatte sich so lange auf die Bidetdüse gesetzt, bis die Innenseiten der Schenkel rot gewesen waren. Es durfte ja nicht sein, daß sie von Remo ein Kind kriegte. Noch dazu so kurz nach Johanns Tod. *Komm nach Stillbach*, hatte Mutter nach Rom geschrieben, *sonst bringen sie Dich auch noch um. Wir brauchen Dein Geld nicht mehr.* Da war Franz schon unterwegs gewesen, und die Hochzeit mit Remo von seinen Eltern beschlossen.

Warum ging Steg nicht aus dem Zimmer? Er hatte sich offenbar auf dem Stuhl niedergelassen; Emma hörte, daß die Lehne knarrte. Wenn er nicht bald verschwand, war die Ausrede von der plötzlichen Ohnmacht nicht mehr glaubwürdig. Wenn er mich jetzt findet, ruft er bestimmt einen Arzt. Emma schwitzte. Ihre Hand begann unter dem Körpergewicht zu zittern, so sehr, daß sie das Gefühl hatte, das Beben übertrüge sich auf den Fliesenboden und verbreitete sich wellenartig bis ins andere Zimmer. Sollte sie nicht besser gleich nach ihm rufen und Kreislaufprobleme vortäuschen? «Herr Steg», versuchte sie es, aber es entschlüpfte ihr nur ein Räuspern, das sich mit den Geräuschen, die aus dem Nebenraum kamen, vermischte. Steg war aufgestanden und tatsächlich zur Tür gegangen. Vielleicht hatte er nur etwas nachgesehen, sein Wörterbuch zu Rate gezogen. Aber Emma hörte nicht, wie er die Türklinke nach unten drückte, vielmehr kamen die Schritte immer näher. Sie schloß die Augen.

«Um Himmels willen», hörte sie Hermann Steg sagen, «was machen Sie hier?»

14

Ich war in die nächste Straße eingebogen, hörte noch das ferne Rauschen der Fontana di Trevi, das sich mit dem Stimmengewirr der Touristen vermischte, als mich jemand am Ärmel zupfte. Im ersten Moment wollte ich mich nicht umdrehen, weil ich fürchtete, der Mann, der mir nachgegangen war, hätte mich wiederentdeckt, dann aber vernahm ich Antonellas Stimme: «Du hast mich gesehen, stimmt's? Gib zu, daß du mich gesehen hast. Du tust nur so, als hättest du mich nicht gesehen.»

Sie hinderte mich am Weitergehen, indem sie meinen Arm umklammert hielt. Ihre Hand war noch naß von den Münzen, die sie aus dem Brunnen gefischt hatte.

«Ich wollte nicht stören», sagte ich.

Antonella war außer Atem. Sie nahm die Schildkappe ab und kämmte mit den Fingern ihr Haar. «Die schmeißen das Geld weg. Jeden Tag.»

«Aber nicht für dich.» Die Stelle am Oberarm, wo sie mich angefaßt hatte, war feucht und fühlte sich kühl an. Ich wich dem Touristenstrom aus, stellte mich in einen Hauseingang.

«Du wirst doch nicht diesen Blödsinn glauben –» Antonella setzte sich auf eine Vespa, die neben dem Eingang abgestellt war. «Oder bist du abergläubisch? Das Geld geht an die Stadtgemeinde.»

«Und an solche wie dich.»

«Was ist daran schlecht? Ist ja auch meine Stadt.»

«Und wenn sie dich erwischen?» sagte ich.

«Ich mach' das nicht allein, bin ja nicht blöd. Wir teilen uns das Geld.»

«Mit Mimmo?»

«Der würde mich an den Haaren nach Hause ziehen, wenn er davon wüßte.» Sie stieg von der Vespa herunter. Hinter mir öffnete jemand die Haustür, ein Geruch von *varechina* drang in meine Nase oder war es *candeggina*? *Nettorina*? In zwei Monaten würde ich nach Hause kommen und die Namen der Bleich- und Desinfektionsmittel kennen, dazu ein wenig *romanaccio*, mehr nicht.

Antonella stellte sich vor mich hin. «Und? Was jetzt?»

Ich zuckte mit den Schultern. «Wie oft machst du das?»

«Was?»

«Münzen stehlen.»

«Stehlen?» Sie lachte, «Ich nehme doch keinem was weg. Nicht einmal die Illusionen nehme ich den Leuten.» Ihr Blick blieb an einem jungen Mann hängen; als er im Vorbeigehen zu ihr herübersah, nickte sie ihm zu. «Bis morgen», rief sie, dann wandte sie sich wieder mir zu. «Ich brauche zweihunderttausend Lire. Ich will mir eine *Ciao* kaufen, verstehst du? Von dem Geld der Manente bleibt mir nichts, ich muß fast alles zu Hause abgeben.» Sie steckte die Sohlenspitze ihrer linken Sandale in die Fuge zwischen zwei Pflastersteinen. Einer der Kreuzriemen war schon ein Mal gerissen, man sah es an dem schwarzen Faden, mit dem der Riemen notdürftig an der Seite angenäht worden war. «Es ist ein Glück, daß die Leute Geld hineinwerfen, früher haben sie nur einen Schluck aus dem Brunnen genommen.» Antonella verzog das Gesicht, als ekelte sie der Gedanke daran. «Aber das ginge ja auch nicht mehr, die vielen Touristen würden den Brunnen leer saufen.»

«Aus reiner Glücksgier.»

«Ich weiß nicht, ob es ein Glück ist, nach Rom zurückzukommen oder sich in einen Römer zu verlieben.» Sie machte eine Pause, nahm die Sonnenbrille in die Hand und wischte sich mit dem Zeigefinger die Augen aus. «Der Manente wäre es besser erspart geblieben.»

Neben uns biß jemand in ein *tramezzino*, leckte mit der Zungenspitze die Mayonnaise vom Finger. Ich sah Hände mit schwarzen Rändern unter den Fingernägeln, ein Gesicht, das von der Sonne verbrannt war.

«Die gehört nicht hierher.»

«Und wo gehört sie deiner Meinung nach hin?» sagte ich.

«In den Norden. Nach Österreich.» An den Gesäßtaschen ihres Jeansrockes entdeckte ich Wasserflecken.

«Nicht einmal nach Stillbach?»

«Meinetwegen», sagte sie.

«Das ist in Italien.»

«Nicht wirklich», sie schüttelte den Kopf.

Und die Zwangsitalianisierer, die gehörten nach Stillbach? Ich dachte es nur, sagte es aber nicht. Es hatte keinen Sinn, mit Antonella darüber zu sprechen. Sie war stolz, Kommunistin zu sein, hatte mir vor zwei Tagen ihr Parteibuch gezeigt, gleichzeitig hing sie den Vorstellungen eines rein italienischen Staates an.

«Die Manente hat nur ihren Nazi geliebt», fuhr Antonella fort, «sie hätte den Chef nicht heiraten dürfen.»

«Er hat sie geschwängert.»

«Das stimmt nicht. Sie hat ihn reingelegt. Die war nur am Hotel interessiert gewesen.»

Ich ging neben ihr her, obwohl ich nicht wußte, was sie vorhatte. Sie bog in eine Straße ein, an deren Ende das Vittorio-Emanuele-Denkmal weiß aufleuchtete. Der Altar des Vaterlands. Die Hochzeitstorte. Schreibmaschine. Jetzt konnte ich mich wieder orientieren. Hier war ich schon gewesen.

«Woher weißt du das so genau?» Ich stolperte über einen Besen, den ein Straßenkehrer gegen die Hauswand gelehnt hatte. Der Mann saß weiter hinten auf seiner Schubkarre und rauchte. Vielleicht waren meine Worte im Verkehrslärm untergegangen, oder Antonella hatte mit den Achseln gezuckt, und ich hatte es nicht bemerkt – sie antwortete nicht.

Es schien, als mischten sich die Schaufensterpuppen links und rechts der Via del Corso mit den Passanten. Jemand verkaufte Lose; die Stimme war die eines alten, heiseren Mannes.

Antonella blieb plötzlich stehen. «Ich treffe Mimmo. Kommst du mit?»

Wenig später bestiegen wir den Bus Richtung Hotel. Es roch nach Schweiß, nach Deodorants und Parfums. Die Scheiben zitterten; jedesmal wenn der Fahrer den Gang wechselte, mußte ich an einen Traktor denken. Das Geräusch stand im Widerspruch zur Kleidung des Fahrers, der Anzug und Krawatte trug und außerdem dreißig Zentimeter höher saß als die Fahrgäste, was ihm noch mehr Würde verlieh. Als wir den grünen ATAC-Bus wieder verließen, sah ich in der Ferne schon die rosafarbenen Häuser im umbertinischen Zuckerbäckerstil, aber Antonella ging nicht Richtung Hotel, sondern betrat einen öffentlichen Park, wo wir uns auf eine

Bank setzten und auf Mimmo warteten. Sie zündete sich eine Zigarette an; wenn sie nicht daran zog, schabte sie mit einem der Schneidezähne den Lack von den Fingernägeln.

«Ich muß ihm nur das Geld geben, dann können wir gehen», sagte Antonella.

«Die Münzen?»

«Nein, nein – davon weiß er doch nichts.» Antonella verschränkte die Arme im Nacken, streckte den Oberkörper durch. «Wir müssen zu Hause alle mithelfen, sonst können wir die Bäckerei nicht halten.» Sie machte eine Pause. «Mein Vater ist so wie die.» Sie deutete mit dem Kinn in Richtung Parkausgang, wo ein paar Männer auf einem Mäuerchen saßen und rauchten. Daß sie ihren Vater nicht leiden konnte, hatte sie einmal angedeutet, auch daß er nur herumsaß, aber nicht trank, weil er sich vor den Vorhaltungen seiner Mutter fürchtete, die einen Helden zum Mann gehabt hatte, einen Partisanen. «Manchmal besucht Papa Mimmo in der Bäckerei, dann lehnt er sich absichtlich gegen die mehlbestäubten Arbeitsflächen, damit es hinterher so aussieht, als habe er in der Bäckerei geholfen.»

«Wieviel hast du heute eingenommen?»

«Jetzt fängst du wieder davon an.» Antonella schlug die Beine übereinander. «Du weißt nichts davon, hörst du. Oder beneidest du mich um die Arbeit?» Sie hatte inzwischen am Zeige- und Mittelfinger sämtliche Lackreste abgenagt.

Arbeit – ich schüttelte den Kopf.

«Zwei-, dreitausend Lire werden es schon sein. Heute waren zu viele Leute da. Zu wenige dürfen es allerdings auch nicht sein. Einmal hat mich ein Deutscher anzeigen wollen. Er hat geschrien, als hätte ich ihm die Geldtasche geraubt.»

«Und was hast du gemacht?»

«Ich bin weggerannt», sagte Antonella.

«Und die anderen, kennst du die alle?»

Sie wandte sich von mir ab, zeigte mit dem Finger auf einen Mann. «Da kommt Mimmo.»

Er war größer als Antonella, blieb vor uns stehen, die Schultern eingezogen, die Hände in den Hosentaschen vergraben. Die weißen Turnschuhe hatten hellbraune Ränder.

«Ines», sagte Antonella, «ich hab' dir schon von ihr erzählt – unsere neue Deutsche.»

Sein Gesicht war verschwitzt, oder war es ein anderer Glanz, den ich zu sehen vermeinte? Er gab mir die Hand. Nicht nur sein Mund und seine Augen lächelten, alle Gesichtszüge waren an dem Lächeln beteiligt, auch sein helles Hemd, die Art, wie er sich zu mir herunterbückte.

15

Emma hatte jetzt Johann vor sich; er marschierte im Gleichschritt mit all den anderen Rekruten durch die Via del Babuino, doch über ihm die Fenster in den Häusern waren verschlossen, die Balkone menschenleer. Es gab auch keine Fahnen zu sehen, keine Mädchen, die begeistert winkten. Emma betrachtete seinen erhobenen Kopf, den hellen Schimmer seiner Haut, seinen Mund, der sich im Gleichtakt mit den anderen Mündern öffnete und wieder schloß, sie sah ihren Johann singen, denn die Deutschen hatten auf dem Weg in die Kaserne immer gesungen, sie hatten singen müssen, weil ein gewisser Leutnant Wolgast, der hinter seinem Rücken *Leutnant Vollgas* genannt worden war, darauf bestanden hatte, daß sie sangen. Johann trällerte jetzt mit all den anderen zu den auf das Kopfsteinpflaster trommelnden Stiefelabsätzen *Hüpf, mein Mädel*. Dabei war er doch unmusikalisch, hatte in der Stillbacher Kirche nur lautlos den Mund bewegt. Emma sah lauter Chormünder vor sich und mitten unter diesen aufgerissenenen Mündern jenen Johanns. Ob sie wollte oder nicht – sie konnte den Ablauf der Bilder nicht stoppen –, im nächsten Moment schon war Johann ein anderer Mann, der sie an den Schultern packte.

«Kommen Sie, ich helfe Ihnen.»

Doch Emma hatte noch immer die Rekruten vor Augen, die auf den Tunnel, der durch einen der sieben Hügel gebaut worden war, zugingen, auf dieses Loch mitten in der Stadt, das Emma immer von neuem an die unverputzten Felstunnel der Bergstraße erinnerte, die über Stillbach hinausführt. Sie verstand nicht, woher diese Bilder rührten, die den Geliebten zeigten und mit ihm all die anderen singenden Männer mit dem Maschinengewehr im Anschlag, die sich nicht mehr aufhalten ließen, der Unterführung des Quirinalspalastes immer näher kamen, auf diese Fluchtlücke mitten in der Stadt zusteuerten, in der die Obdachlosen und Ausgebombten saßen und nicht weiterwußten, und auch Emma wußte in diesem Augenblick nicht mehr weiter, denn sie sah etwas, das sie damals, als es passiert war, gar nicht zu sehen bekommen hatte, sie sah die Männer vor dem Tunnel links in die enge, leicht ansteigende Via Rasella abbiegen, in der nur ein Müllwagen auf sie wartete und ein Straßenkehrer. Mit den Rekruten bewegte sich jetzt ihr Johann, der vielleicht an nichts anderes dachte als an den Feierabend, an das Ende der Ausbildung und den bevorstehenden Wachwechsel mit den Soldaten der 10. Kompanie, an die neuen Kontrollaufgaben, die ihn erwarteten, der sich vielleicht sagte: «Es dauert nicht mehr lange, nur noch die Via Rasella hinauf und am Ende der Straße nach rechts weiter in die Via delle Quattro Fontane bis zur Viminale-Kaserne des Innenministeriums», der bestimmt an sie dachte, an seine Emma, an das nächste gemeinsame Treffen in der Anima und an die Rückkehr nach Stillbach, irgendwann, wenn die Deutschen endlich in der offenen Stadt für Ruhe und Ordnung gesorgt und die Kommunisten ausgeschaltet hatten.

Es war heiß, Johann mußte unter seinem Stahlhelm und unter dem umgeschnallten Munitionsgürtel geschwitzt haben, so, wie auch Emma jetzt schwitzte. Was sollte sie denn machen? Sie traute sich nicht, die Augen zu öffnen, jagte jetzt ihren Johann – *Hüpf, mein Liebster* – aus der Truppe hinaus in den Tunnel hinein, damit er auf der anderen Seite wieder herauskommen möge – ein Lebender.

«Es ist nichts», hörte sich Emma sagen. Sie klammerte sich fest, setzte sich auf.

«Soll ich die Rettung rufen?» Stegs flache Hand lag kurz auf Emmas Stirn. «Fieber scheinen Sie keines zu haben.»

Emma spürte noch immer das Bidet im Rücken, aber es schmerzte nicht mehr, denn Stegs Fingerkuppen suchten nach der Pulsader an ihrem Handgelenk. Sie konzentrierte sich auf den leichten Druck seines Zeige- und Mittelfingers und hoffte, daß Steg die Pulsschläge nicht gleich ertastete, damit er die Position seiner Fingerspitzen wieder und wieder ändern mußte.

Als Emma ihre Augen einen Spaltbreit öffnete, sah sie ihren eigenen Brustkorb, der sich hob und senkte. «Ich – ich wollte nur nachsehen. Die Jalousien schließen.»

Bliebe er nur hier. Aber die Rekruten marschierten jetzt weiter, sie verschwanden nicht im Tunnel, sondern bogen in die Via Rasella ein, in der bereits dieser Mann mit der blauen Straßenkehreruniform und der blauschwarzen Schirmkappe den Müllwagen auf der Straße vor dem Palazzo Tittoni abgestellt hatte, so daß die Truppe um den Wagen herumgehen mußte.

«... einundzwanzig, zweiundzwanzig, dreiundzwanzig ...»

Wer zählte da? Was wurde gezählt? Herzschläge? Schritte? Sekunden? Schon die Toten? Emma spürte einen stechenden Schmerz im Rücken, das zweite Mal an diesem Tag. Der Müllwagen explodierte, er löste sich augenblicklich in Luft auf, und der Sprengstoff riß einen Krater in die Steinmauer des Palazzo, einen anderen in den Boden. Aber die Fliesen unter Emma waren noch immer glatt; Steg stand neben ihr und mit ihm Johann, den sie in den Tunnel geschickt hatte, damit er nicht in Stücke zerrissen wurde. Sie hatte ihn doch in dieses Loch gejagt, damit er ganz bliebe, ganz und gar ihr Johann. Damit er sich nicht verstreute. Eingang zu. Johann war im Hügel. In ihrem persönlichen Luftschutzkeller. In dem *ricovero di fortuna*, so sagte man doch damals.

«Frau Emma, machen Sie die Augen auf. Emma?» Steg redete die ganze Zeit, das war Emma neu. Er redete, als befürchtete er, die Stille sei ein Bote des Todes, als müßte er gegen sie etwas unternehmen, dabei war es die Stille, in der Emma Johann wiederzusehen vermochte. Ein Glück, daß Steg nicht rauchte. Er roch nach Rasierwasser.

Der Straßenkehrer hatte eine Pfeife im Mund gehabt. Er war neben dem Müllwagen gestanden und hatte gepafft, das wußte Emma. Sie wußte mehr als diejenigen, welche dort gewesen waren. Die hatten nur zwei Augen gehabt, während Emma zu ihren eigenen noch die der anderen hatte. Jahrelang waren Artikel in den Zeitungen veröffentlicht worden, erschienen nach wie vor. *L'azione partigiana*.

Der Mann hatte den Deckel der Mülltonne hochgehoben und den Pfeifenkopf an die Zündschnur gehalten. Wenn nur zuviel Asche im Pfeifenkopf gewesen wäre, dann hätte der Mann vergeblich darauf gewartet, daß der Funke überspringt, und es wäre vielleicht aufgefallen, daß in dem Straßenkehrer gar kein Straßenkehrer steckte. Doch die Truppe hatte anderes im Kopf gehabt: Sie hatte das Lied gesungen, das von Leutnant Wolgast angeordnet worden war, und nicht mehr aufgepaßt, war um die Ecke gebogen, erleichtert darüber, daß sie mit jedem Schritt der Kaserne näher kam. In der Tonne indes, unhörbar für die Marschierenden, hatte es zu zischen begonnen, so daß der Attentäter die Tonne wieder schloß und seine Schildkappe auf den Deckel legte, damit die anderen, die den Anschlag mit vorbereitet hatten, wußten, daß die Lunte gezündet war.

Fünfzig Sekunden waren ihnen noch geblieben.

Nach und nach hatten sich die singenden Rekruten in der ganzen Straße verteilt.

«Geht es besser?» fragte Steg.

Überall Splitter, Stuck und Stein, dachte Emma. Sie stützte sich am Bidetrand auf, zog sich an Steg hoch. «Es ist nur die Hitze.»

Sein Arm fühlte sich kräftig an, so als würde er auch für härtere Arbeiten gebraucht. Der Straßenkehrer hatte an jenem Nachmittag achtzehn Kilogramm TNT gezündet, einen Sprengstoff, der sich mit einer Geschwindigkeit von mehreren Tausend Metern pro Sekunde auszubreiten vermochte. Das war später in der Zeitung gestanden. Die Fleischteile der Toten hatten eingesammelt werden müssen und auch die Schuhe von Überlebenden.

Draußen war jetzt das Motorengeräusch eines Kleinflugzeugs zu hören, unterbrochen von den Schreien einer Katze.

«Die Mädchen sind nicht immer zuverlässig, da wollte ich –»

«Legen Sie sich kurz aufs Bett, bis ich einen Arzt verständigt habe.»

«Nein, keinen Arzt», sagte Emma und drückte seine Hand.

Nachdem sich Emma mit Hilfe von Steg auf das Bett gesetzt hatte, ließ sie sich auf den Rücken fallen; nur die Fußspitzen berührten den Boden. Sie bildete sich ein, die Zeitungen zu riechen, die Steg in seinem Zimmer sammelte, den Staub, der sich auf den Büchern festgesetzt hatte.

Er lief zurück ins Bad, versprach, ein angefeuchtetes Handtuch zu holen, während Emma die Bettwäsche inspizierte. Fremde Frauenhaare fand sie keine, auch die Polsterbezüge waren sauber, keine Make-up-Reste, keine Spuren von Lippenstift. Wenig später beugte sich Steg über Emma und tupfte deren Stirn ab.

Emma fiel ein, daß sie sich nicht zurechtgemacht hatte, daß sie nun mit ungekämmten Haaren und in einer Bluse, die sie schon sieben oder acht Stunden auf ihrer Haut trug, neben Steg lag.

«Ich bereite Ihnen Umstände.»

Steg blickte Emma an und sagte nichts. Er machte ein Gesicht, als bemerkte er erst jetzt, nachdem der erste Schrecken über ihren Zusammenbruch nachgelassen hatte, daß er eine Frau vor sich hatte. Sie hielt seinem Blick nicht stand, schloß die Augen.

An Stegs Seite würde es Emma noch einmal wagen, nach Stillbach zu fahren. Sie müßte sich nicht allein in einem Gasthaus einquartieren, nicht unter ihrem Namen, den ein paar Stillbacher gewiß wiedererkannten. Sie könnte dann als Frau Steg über den Kirchplatz gehen, sich hinter einer Brille und unter einem Hut verstecken und eine Zeitlang eine Fremde sein, eine österreichische Touristin, die inkognito ihre immer hinfälliger werdenden Geschwister und früheren Freunde beobachtete, welche sich all die Jahrzehnte in Stillbach verkapselt hatten, dicker, kahler und müder geworden waren und sich nur hie und da, wenn in einem der RAI-Sender oder sonstwo von Rom und dem Papst die Rede war, kurz an

Emma erinnerten, um sie anschließend gleich wieder zu vergessen. Vielleicht fiel ihnen Emma auch ein, wenn sie am Heldendenkmal des Stillbacher Friedhofs vorbeikamen und Johanns Namen lasen. *Gest. am 23. März 1944 in Rom.*

Emma wußte von ihrer Kusine, daß das Gerede bald nachgelassen hatte, daß Emma zuletzt bei der Beerdigung der Mutter für Gesprächsstoff gesorgt hatte, weil sie nicht mit den Geschwistern hinter dem Sarg hergegangen war, sondern sich am Ende des Trauerzuges unter die anderen Stillbacher gemischt hatte.

Steg strich Emma das Haar aus der Stirn, so daß Emma hoffte, es handele sich um eine Liebkosung, aber er ließ die Hand nur kurz auf der Stirn liegen.

16

Als ich mit Antonella zum Hotel zurückkam, war das Gartentor angelehnt; die Cocola stand mit ernstem Gesicht vor dem Hintereingang und sprach mit einem älteren Herrn, der sich gerade verabschiedete. Es war so ruhig in diesem Teil des Gartens, daß man die Schritte des Mannes auf dem Kiesweg hörte.

Antonella war schon vorausgelaufen; sie hatte es eilig, wollte sich umziehen und nochmals weggehen, wohin, das hatte sie nicht verraten.

Ich ging zum Brunnen, schaute nach den Goldfischen; ein Schleierschwanzfischchen fehlte. Es war vermutlich jenes, das hinten Auftrieb gehabt hatte. Ich dachte an Mimmo und kratzte mit der Fingerspitze ein wenig Moos vom Brunnenschaft, auf dem die Figur angebracht war. Sie hatte etwas von einem abgenagten Knochen. Trotz der beschädigten Oberfläche konnte man erkennen, daß es sich um eine weibliche Statuette handelte, die ein Füllhorn in der Hand hielt.

Mimmo hatte mich eingeladen, die Bäckerei zu besichtigen und mit ihm Brot zu backen. Doch da Antonella keine Lust gehabt hatte, ihre Familie zu besuchen, war ich mit ihr zurück ins Hotel gegangen. Ich hatte mich nicht getraut, mit ihrem Bruder allein an den Stadtrand zu fahren, fürchtete, zu später Stunde keinen Bus mehr ins Zentrum zu bekommen und Mimmo ausgeliefert zu sein. Er hatte in der kurzen Zeit im Park eine Frage nach der anderen gestellt: Warum ich so gut Italienisch spräche? Welche Musik ich hörte? Ob mir Rom gefiele? Warum meine Mutter nicht mehr Kinder in die Welt gesetzt habe? Und dazwischen hatte er mich mit Komplimenten bedacht, die meine Haare und Augen betrafen.

Das Schwärmerische. Die Lust am Schmeicheln. Die fordernden Blicke.

«Geh ihnen nicht auf den Leim», hatte Mutter gesagt. War auch die Manente klebengeblieben, auf einen begeisternden Hoteliersohn hereingefallen? Oder hatte sie sich, wie Antonella überzeugt war, mit Absicht auf Remo eingelassen, um in Rom bleiben und das Hotel übernehmen zu können? War sie vom Tod ihres geliebten *Nazis* derart überrascht worden, daß für sie die Liebe zu Remo Manente ein rettender Neuanfang gewesen war, eine willkommene Ablenkung?

Ich war nicht oft in Stillbach gewesen. Es besteht aus einer Kirche, einem Friedhof, einem Gasthaus und einer Volksschule, die im Gemeindehaus untergebracht ist. Um diesen Ortskern sind etwa fünfzig Häuser versammelt, die anderen finden sich in den umliegenden Wäldern und Wiesen. Tante Hilda kannte fast alle Familien; die meisten waren untereinander verwandt, viele zerstritten. Meistens sahen wir nur von der anderen Bergseite auf Stillbach hinüber, von der Sonnenseite aus, die sich durch Abholzung und Überweidung im Mittelalter in eine Steppenlandschaft verwandelt hatte. Die Niederschlagsmenge, hatte mir Tante Hilda einmal erzählt, entspreche der Nordafrikas. Sie hatte mir bei einem unserer Sonntagsausflüge den bunten Bergfenchel und Meerträubel gezeigt, die das Nervensystem stimulieren sollen. Ein bestimmter Stoff dieser Pflanze werde auch zur Produktion von Partydrogen verwendet. Ich hatte später einmal mit einer Freundin nach Meerträubel gesucht, sie aber nicht mehr finden können.

Wenn man hinübersah nach Stillbach, erblickte man über dem Dorf das Stillbacher Horn, linker Hand den weißen Bergsaum der Gletscher, stand aber selbst auf einem Flecken Erde, der südeuropäisch anmutete. Vielleicht war die Manente, die in dem nordseitigen waldreichen Stillbach aufgewachsen war, von der Aussicht auf die Steppenvegetation der anderen Talseite geprägt worden. Hatte der Blick auf die trockenen Hänge die Sehnsucht nach dem Süden geweckt? War die Manente deswegen von zu Hause weggegangen?

Es war mir aufgefallen, daß ihr zuweilen Fehler im Deutschen unterliefen, daß sie manche Verben – wie zum Beispiel *arbeiten* – auf der zweiten Silbe betonte und dabei die Stirn runzelte, als wäre ihr während des Sprechens aufgefallen, daß etwas nicht stimmte.

Manchmal sah ich sie auf der Terrasse sitzen, den Kopf gegen die Hauswand gelehnt, die Augen geschlossen, den Mund leicht geöffnet. Sie machte oft schon mittags einen müden Eindruck, selbst wenn sie den Vormittag über alle Arbeiten delegiert hatte.

Jemand rief meinen Namen. Erschrocken drehte ich mich um, verlor ein wenig das Gleichgewicht, griff nach einem Oleanderzweig, ließ ihn wieder los, als ich merkte, daß er viel zu dünn war, um meinen Körper zu stützen. Ich kannte die Stimme nicht. Auf dem Weg zum Haupteingang entdeckte ich einen von Efeu überwachsenen Holzstuhl im Gebüsch, der unversehrt war.

«Die Köchin ruft nach dir», sagte Paul, «sie ist in der Küche.» Er trug eine schwarze Anzughose, ein graues Hemd und einen weißen, ringförmigen Kragen.

Es fehlte mir der Mut zu fragen, warum er einmal das weiße Halsband trug, dann aber wieder in Jeans und T-Shirt herumlief. War er ein Seminarist, der in seiner Freizeit in eine gewöhnliche Alltagskleidung schlüpfen durfte?

«Was will sie?»

«Die Signora Manente fühlt sich nicht wohl; du mußt die Gäste versorgen», sagte Paul. Er nahm die letzten drei Stufen in einem Satz und hinterließ eine dunkle Spur auf dem vor der Eingangsstiege beginnenden Kiesweg. «Bis später», sagte er und lächelte. Er war schon auf halber Strecke zum Gartentor, als er sich noch einmal umdrehte.

Die Cocola schnitt die Frittaten klein. Auf der Anrichte lagen zwei Salami und ein unbearbeitetes Stück Schinkenspeck. Ob ich die Schneidemaschine bedienen könne.

«Ich kann es versuchen», sagte ich und zog mir eine Küchenschürze über.

«Die Kleine ist sofort verschwunden; sie hat gerochen, daß ich sie brauche. – Wo ist sie hin?»

«Keine Ahnung.»

«So nicht», sie nahm mir das Speckstück aus der Hand, schnitt die Schwarte weg.

«Ist Frau Manente krank geworden?» fragte ich.

«Nimm die Salami. Die läßt sich leichter schneiden. Du mußt zuerst die Haut entfernen. Nicht so dick, das ißt doch keiner.»

Mutter kaufte keine Salami, nicht weil sie ungesund war, sondern weil sie die Wurst an Vater erinnerte. Der hatte die

Muliwurst geliebt. Die ursprüngliche Salami enthielt Esel- und Maultierfleisch, allein der Gedanke daran verdarb Mutter den Appetit. Sie war nach wie vor der Überzeugung, daß die Salami aus alten Militärmulis produziert werde, dabei bestand die Wurst längst aus Rind- und Schweinefleisch.

«Sie hat einen Bandscheibenvorfall. Zu dünn, zu dünn!» Die Cocola stellte die Schneidestärke neu ein. «Man müßte sie auf Kur schicken, aber wer soll das Hotel führen. Francesco ist ein *fannullone*, ein *Nichtstuer*. Irgendwann wird hier Schluß sein.»

Wir arbeiteten eine Weile nebeneinanderher; man hörte das Ticken der Küchenuhr. Ada hatte noch nie ein persönliches Wort verloren. Dieses Schweigen hatte etwas Unabänderliches, als lebte sie schon nicht mehr, als wäre nur ihre Arbeitskraft von Dauer, setzte sich über ihr abgestorbenes persönliches Leben hinaus fort.

Sie war pünktlich, sauber, fleißig, das Klischee von einer Deutschen. Ada mußte einem immer erklären, wie etwas besser zu machen sei, selbst wenn man es genauso machte wie sie. Ich hatte sie noch nie zufrieden erlebt.

«Sind Sie aus Rom?» fragte ich.

Sie holte in diesem Augenblick die Eier aus dem kochenden Wasser, legte eins nach dem anderen auf den Teller, schaute kurz auf, als sei etwas unerledigt geblieben. Es kam mir so vor, als ordnete sie meine Frage in den Ablauf ihrer Küchenarbeit ein, als verfolgte sie auch in diesem Bereich einen klaren Zeitplan.

«Ja», sagte sie.

«Du bist nicht ungeschickt», sagte die Cocola nach einer Weile. Ihr Gesicht verschwand hinter einer Dampfwolke, nachdem sie das Eierwasser weggeschüttet hatte. «Eigentlich haben wir mit euch Deutschen nie Probleme.»

«Mein Vater ist Italiener», sagte ich.

«Dann hast du Glück gehabt, er scheint dir nicht viel vererbt zu haben.» Sie schaute mich dabei länger an als gewöhnlich. «Davon hat Emma nichts erzählt. Sie hat gesagt, du wärst bei deiner Mutter aufgewachsen. Du seist das Kind einer Witwe.»

«Witwe? Wer sagt das? Meine Eltern haben sich getrennt, da war ich noch gar nicht geboren. Vater gibt es. Irgendwo. Er ist mit einer anderen verheiratet.»

«*Donnaiolo*», sagte die Cocola halblaut. *Weiberer.*

Die kalten Platten waren vorbereitet; ich stellte sie in die Kühlzelle. Die Gäste konnten kommen.

17

Emma lag mit offenen Augen auf dem Liegestuhl hinter dem Haus und schaute in den Himmel. Die paar dunkleren Wolken, die sich noch vor einer halben Stunde über dem Dach des Hotels gezeigt hatten, waren nach und nach zerfallen und immer kleiner geworden. Eine hatte eine auffallend wellenförmige Unterseite gehabt und war in sich gestreift gewesen. Obwohl Emma oft Wolken betrachtet hatte, war ihr noch nie der Gedanke gekommen, daß diese flüchtigen Gebilde einzigartig waren, daß man eine Wolke niemals zweimal sehen konnte.

Steg war mit Emma in den Garten gegangen, er hatte sich ihren linken Arm um seine Schultern gelegt und sie zu stützen versucht, denn die Rückenschmerzen strahlten in die Beine aus, und Emma kam es so vor, als zöge sie das linke Bein nach. Steg schien nichts davon zu bemerken, er stellte nur fest, daß Emma blaß aussehe, überarbeitet.

Er war, nachdem er Emma in seinem Bad gefunden hatte, zur Rezeption geeilt, hatte im Telephonbuch die Nummer von Dottor Franceschini herausgesucht und sich trotz fehlender

Italienischkenntnisse so mit ihm verständigen können, daß dieser eine Stunde später am Gartentor gestanden und geklingelt hatte. Franceschini war bereits der Vertrauensarzt von Emmas Schwiegereltern gewesen und hatte auch Remo in seinen letzten Monaten begleitet. Er hielt seine Praxis trotz seines Alters weiterhin offen, weil er die Langeweile fürchtete. Das Leben zu Hause mit seiner Frau sei schon Vergangenheit, bevor es stattfinde, pflegte er zu antworten, wenn man ihn fragte, warum er nicht in Pension gehe. Krankheiten seien Monotoniekiller, ohne sie und all die anderen kleineren und größeren Katastrophen würden wir vor lauter Gähnen den Mund nicht mehr zukriegen. Emma mochte den Mann, obwohl er sich jedesmal auf die gleiche Art über die Langeweile äußerte und nicht mehr bemerkte, daß seine Wiederholungen selbst langweilig geworden waren.

Steg war auf den Korridor hinausgegangen, als der Hausarzt Emma zu untersuchen begonnen hatte, und Franceschini hatte diskret darüber hinweggesehen, daß er Emma Manente im Bett eines Fremden und nicht in ihrer Wohnung angetroffen hatte.

Emma hingegen hatte sofort versucht, die Situation zu erklären. Franceschini war zu ihr ans Bett getreten und hatte nur gelacht: «Schön oder häßlich, sie heiraten alle.»

Seit ihrer ersten Begegnung hier in Rom – Emma war damals noch Zimmermädchen bei den Manentes gewesen –, hatte Dottor Franceschini in Emma eine große Ähnlichkeit zur Schauspielerin Laura Nucci gesehen, die in dem Film *Belle o brutte si sposan tutte* mitgespielt hatte. Er war in dem Jahr herausgekommen, in dem Emma vor den Scabellos von Venedig nach Rom geflüchtet war. Jahre später hatte jemand in der Anima das Gerücht verbreitet, der deutsche SS-Offizier Priebke sei ein Verhältnis mit der faschistischen Diva eingegangen, und Emma, die der Nucci bis dahin weder im Leben noch im Kino begegnet war und zum damaligen Zeitpunkt auch nicht gewußt hatte, wie die Schauspielerin aussah, hatte sich insgeheim geschmeichelt gefühlt.

Die Nucci war nur drei Jahre älter als Emma.

Hinter den Palmen ging nun die Sonne unter. In Emma machte sich eine Gleichgültigkeit breit, die sie heiter stimmte. Die Spritze schien zu wirken.

Irgendwo hatte sie gelesen, daß die Nucci wieder eine Nebenrolle in einem Thriller angenommen hatte; der Film mußte erst abgedreht worden sein. Sie war in die Rolle einer Hexe geschlüpft. Wie lächerlich. Abgesehen davon, daß Emma keine Thriller mochte, mied sie Filme, die in der venezianischen Lagune spielten. Sie wollte nicht mehr an die Scabellos erinnert werden, an die Signora, die beim Hemdenbügeln mitgeholfen hatte, weil sie der Überzeugung gewesen war, daß man zu zweit am Kragen ziehen mußte, damit er die richtige Form bekam.

Die Scabello hatte ihr sogar verboten, das Waschbrett zu benützen. Emma hatte beim Waschen die Wäsche mit bloßen Händen sauberreiben müssen, weil die Signora fürchtete, daß die emaillierte Badewanne beschädigt würde. Je nach Witterung hatten sich damals die modrigen Gerüche der Abwässerkanäle ihren Weg durch die Abflußrohre in die Wohnung gebahnt. Einzig das Chlor der Bleichmittel vermochte den Gestank zu überdecken.

Remo hatte Emma einmal nach Venedig einladen wollen. «Ich fahre überallhin, nur nicht dorthin», hatte Emma gesagt. Nie wieder in ihrem Leben wollte sie dieser Scabello über den Weg laufen, die ihr nicht einmal eine Tasse Kaffee gegönnt hatte.

Am meisten hatte Emma das Reinigen der Teppichböden

mit Terpentinwasser gehaßt. Der Geruch war ihr jahrelang in der Nase geblieben. Dabei hatten es damals manche Frauen noch schlechter getroffen als Emma. Eine hatte in einer Villa täglich jedes einzelne von insgesamt vierzehn Zimmern putzen müssen, selbst wenn es von niemandem betreten worden war. Eine andere hatte zum Waschen in eine drei Häuserblöcke entfernte Waschküche gehen und die nasse Wäsche allein zurücktragen müssen. Im Winter war die Wäsche starr gewesen, und die Finger hatten sich kaum noch vom zinkenen Zuber lösen lassen.

Nur Maria hatte Glück gehabt; sie war Hausangestellte bei Gina Lollobrigida gewesen. Zwar hatte die Frau bei Empfängen viele Stunden arbeiten, dafür aber keine geizige und launische Signora Scabello bedienen müssen. Einmal – Emma erinnerte sich an ein sonntägliches Kaffeekränzchen in der Anima – hatte Maria von Grace Kelly erzählt, die mit ihrem Fürsten gekommen war, ein anderes Mal von Vittorio Gassman und Alberto Sordi, dessen Stimme Emma jetzt als Synchronstimme Oliver Hardys in den Ohren hatte.

Zu Hause in Stillbach hätten diese Geschichten niemanden beeindruckt. Für Vater wäre *Gina* nichts als der Name einer Kuh des Nachbarn gewesen, Mutter hätte sich sofort Sorgen um Maria gemacht. «Das ist kein rechter Umgang», hätte sie gesagt.

Aber solche Geschichten hatte Emma daheim ohnehin nicht mehr erzählen können; in den fünfziger Jahren war der Kontakt abgebrochen, selbst die wenigen Briefe, die ihr Mutter unmittelbar nach Kriegsende geschrieben hatte, waren schließlich ausgeblieben, nachdem Emma kein Geld mehr nach Stillbach geschickt hatte. Wie auch. Sie hatte als Remos Ehefrau nichts mehr verdient, war als Signora Manente zwar nicht angesehen, aber immerhin akzeptiert gewesen, hatte

Franz aufgezogen und nach der Geburt von Franz zwei Fehlgeburten erlitten. «Schließen Sie Frieden mit Ihrer Familie», hatte ihr Dottor Franceschini damals geraten, «vielleicht gibt es dann weniger Probleme mit den Schwangerschaften.» Der zweiten Fehlgeburt waren Schüttelfrost und Bauchschmerzen vorausgegangen; die Gebärmutter, erinnerte sich Emma, hatte sich entzündet, es war zu einer Sepsis gekommen. Franz, damals fünf Jahre alt, hatte Emmas Hand gehalten, sie nicht mehr loslassen wollen, war Emma doch eineinhalb Jahre zuvor schon im Krankenhaus gewesen, weil sie ein Kind verloren hatte.

«Glaubt sie's jetzt, daß der Römer kein Mann für sie ist?» soll Emmas ältester Bruder zur Kusine gesagt haben, nachdem er von dem Unglück gehört hatte. Die Kusine war immer darauf bedacht gewesen, das Gehässige abzumildern. Vermutlich war die Bezeichnung für *Römer* eine andere gewesen: *Spaghettist*, *Walscher*, *Itaker* oder *terrone*.

Die Kusine hatte später einmal versucht, einen der vielen Neffen, die Emma inzwischen in Stillbach hatte, für eine Fahrt nach Rom zu gewinnen, aber Emma hatte abgewehrt: «Was die Alten kaputtgemacht haben, sollen die Jungen nicht flicken.» Der älteste Bruder gehörte schon damals zu jenen Stillbachern, die auf dem Weg nach Trient oder Verona an der Salurner Klause demonstrativ den Paß aus dem Autofenster hielten, um allen zu zeigen, daß hier das Ausland begann. Der Bruder grüßte nichtexistierende Grenzbeamte und weigerte sich vor den wirklichen an der Brenner- oder Reschen-Staatsgrenze, auch nur ein Wort Italienisch zu sprechen. Er hatte Mitte der fünfziger Jahre in Schwäbisch Gmünd eine Hydrauliker-Lehre absolviert und war nach der Meisterprüfung nach Stillbach zurückgekehrt, um dort seinen Betrieb aufzubauen. Nach Schwaben ausgewanderte Vertriebene aus dem Sudetenland hatten sich einiger Stillbacher Burschen angenommen und ihnen eine Ausbildung ermöglicht, nachdem die Deutschen in Stillbach auf Urlaub gewesen waren und von der beruflichen Perspektivlosigkeit ihrer Stillbacher Brüder erfahren hatten. Die öffentlichen Stellen waren nach dem Krieg alle in der Hand von Italienern gewesen. Hilfe war aus Deutschland gekommen, aus dem Land des Wirtschaftsaufschwungs.

Das, dachte Emma, war im Hotel Manente nicht anders gewesen, nur Sudetendeutsche waren hierher keine gekommen, die reisten lieber in die Gebiete ihrer unterdrückten deutschen Kameraden.

Emma mußte an einen Kriegsfreund Johanns denken, der einmal unerwartet zu Besuch gekommen war. Er hatte genau dreißig Jahre nach dem Attentat eine Reise nach Rom unternommen, war aber nicht imstande gewesen, in die Via Rasella abzubiegen, so daß er am Beginn der Straße stehengeblieben war und nur einen entfernten Blick auf den Unglücksort geworfen hatte.

Das Geschehen dort habe sein ganzes bisheriges Friedensleben bestimmt, hatte der Freund erzählt. «Es ist nicht so, daß man aus dem Krieg nach Hause zurückkehrt, und das war's. Man fällt in eine Leere, und darin breiten sich die Greuel aus. Immer und immer wieder.» Vielleicht sei Johann sogar etwas erspart geblieben, hatte der Mann gesagt.

«Ich bin ihm auf jeden Fall erspart geblieben», hatte Emma damals geantwortet, «ich bin auch meiner Familie erspart geblieben.» Und Stillbach, dachte Emma jetzt.

Sie traute sich nicht, ihre Liegeposition zu verändern. Wie lange lag sie jetzt schon bewegungslos im Garten? Wo war Steg hingegangen? Schaffte es die Köchin, das Abendessen ohne ihre Hilfe zuzubereiten?

Sie wünschte, Steg säße hier bei ihr und hielte ihre Hand. Emma schluckte. Der Hals fühlte sich an, als sei darin etwas steckengeblieben.

Vor diesem Kriegsfreund Johanns war Emma damals davongerannt, sie hatte ihn mitten im Garten stehenlassen. Ein schönes Leben hatte der, eine Frau und drei Kinder, ein Haus und eine Tischlerei, nicht einmal ein Finger hatte dem gefehlt. Er hatte erzählt, daß er jedes Jahr mit seiner Familie Urlaub am Kärntner Wörthersee mache, daß er sich einen Mercedes gekauft habe.

Vor seiner Abreise hatte der Mann einen Zettel an der Rezeption hinterlassen, auf dem ein kurzer Gruß gestanden war, nur mit seinen Initialen unterzeichnet, als habe der Mann am Ende doch verstanden, daß sich hinter einem vollen Namen ein volles Leben offenbarte.

18

Die Manente hatte zwei parallel verlaufende senkrechte Falten über der Nasenwurzel, die aussahen wie die Zeichnung einer Straße, die mitten auf der Stirn endete. Auf Sizilien gibt es Autobahnstücke, die irgendwo in der Landschaft aufhören. Das öffentliche Geld sei in falsche Kanäle geraten und versickert, hatte mir Tante Hilda erklärt. Auch die Manente hatte etwas Unfertiges an sich, vielleicht ergab sich dieser Eindruck aus ihrem disharmonischen Aussehen. Sie hatte zarte Gesichtszüge und gleichzeitig kräftige Hände, einen kleinen Kopf und breite Schultern.

Ich war froh, daß sie krank war, obwohl ich schon zum zweiten Mal zu ihr geschickt wurde, einmal mit Tee, jetzt mit einem Teller Rindsuppe.

In ihrem Wohnzimmer gab es einen Herrgottswinkel. Ein Teil des Zimmers bestand aus einem dunkelbraunen Ledersofa, zwei Ledersesseln und einem Glastisch, der andere Teil aus einer bemalten Holztruhe und einer Sitzecke aus hellem Zirbenholz. Der Raum mochte vierzig Quadratmeter groß sein, so daß sich diese zwei unterschiedlichen Wohnwelten nicht berührten, dennoch befanden sie sich in einem Zimmer und waren weder durch Pflanzen noch durch ein Regal voneinander abgetrennt. Auf den drei Holzstühlen und der Eckbank lagen Sitzpölsterchen, die mit einem Vorhangstoff überzogen waren, den ich schon öfters gesehen hatte. Der Stoff sah aus wie bestickt, war aber maschinell hergestellt und mit Almenrausch und Enzianen bedruckt. Tante Hilda, erinnerte ich mich, hatte noch das Handwerk der Weißstickerei gelernt; alle Leintücher, Polster- und Tuchentbezüge waren mit den Initialen ihres Mädchennamens versehen. Ob die Manente Geld und Zeit für die Aussteuer gehabt hatte?

«Stellen Sie die Suppe auf der Truhe ab.» Die Chefin erhob sich in Zeitlupe aus dem Ledersessel, stöhnte auf. Ich eilte zu Hilfe, aber sie gab mir mit einer fuchtelnden Handbewegung zu verstehen, daß sie es alleine schaffte. «Glauben Sie nicht, daß Sie jetzt Ferien haben. In den leerstehenden Zimmern sind die Matratzen zu entstauben. Antonella weiß, wie das zu machen ist; außerdem können Sie morgen gemeinsam mit dem Lamellenputzen beginnen.»

Ich stand mit dem Tablett in der Hand neben der Truhe, wußte nicht, ob ich gehen oder bleiben sollte. Draußen begann es, dunkel zu werden; die halbzugezogenen hellen Vorhänge spiegelten sich im Fenster. Ein Teil der Scheibe sah jetzt aus, als bestünde sie aus Milchglas.

Der Manente traute ich zu, daß sie auch die Sohlen der Tischfüße putzte, daß sie die Teppichfransen kämmte und täglich die Ledersessel in deren Bestandteile zerlegte, damit ihr kein Staubkorn entging. Was glaubte sie eigentlich? Daß wir in den Zimmern herumlagen und in den Zeitungen der Gäste lasen, nur weil sie hier ans Bett gebunden war? Tatsächlich hatte ich schon mal das eine oder andere Bad etwas schneller gereinigt, um mich dann mit einem Reclam-Heftchen, das sich gut in der Tasche der Schürze verstecken ließ, zum Lesen von Tschechows *Der Mensch im Futteral* oder Turgenjews *Erste Liebe* auf eine Toilette zurückzuziehen, aber mehr als zehn, zwanzig Minuten Lektürezeit waren im Laufe eines Vormittags nicht herauszuholen gewesen.

Ich ging Richtung Tür, wünschte eine gute Besserung.

«Warten Sie.»

Sollte ich mich getäuscht haben? Hielt sie mich zurück, weil sie mir ein Trinkgeld zustecken wollte? Die Chefin ließ sich auf den Stuhl fallen. Eine Zirbenholzsitzecke mitten in Rom. Waren nicht auch die Holzschnitzereien aus dem Grödnertal aus Zirbenholz?

Die Manente zögerte. Vielleicht hatte sie sich zu schnell hingesetzt, ihr Gesicht war schmerzverzerrt.

«Sagen Sie Herrn Steg, er möge doch bitte vorbeikommen.» Sie beugte sich nach vorne, strich sich mit der flachen Hand mehrmals über den Rücken, schloß kurz die Augen. «Ich möchte mich erkenntlich zeigen.»

Im zweiten Stock angekommen, klopfte ich an Stegs Tür, versuchte es nach einer Weile noch einmal, wollte schon gehen, als er endlich öffnete. Er trug einen dünnen Bademantel, den Gürtel nur lose verknotet, so daß ich seine Beine und seinen behaarten Oberkörper sah. Ich fragte mich, ob er wußte, daß sein gestreifter Seidenmantel mehr und mehr auseinanderfiel und ich bereits erkennen konnte, daß er darunter keine Unterwäsche trug. Vielleicht hatte ich ihn geweckt, und er stand halb in seinem Traum.

«Erkenntlich?» Steg lachte und griff nach meiner Hand.

«*Sie* könnten sich doch ein wenig erkenntlich zeigen.» Er versuchte mich ins Zimmer zu ziehen. «Ich tue Ihnen nichts. Ich werde sehr nett zu Ihnen sein.»

Nachdem ich mich losgerissen hatte, trat er einen Schritt zurück, zog die Tür nur so weit zu, daß sein Kopf aus dem Spalt herausragte. «Scherz, Scherz», rief er mir hinterher, es klang wie «Herz, Herz».

Ich trug das Tablett in die Küche, überlegte, der Cocola von dem Vorfall zu erzählen, ließ es aber bleiben. Die Köchin war im Gespräch mit dem Ehepaar von Zimmer dreißig, das begeistert von Ostia Antica erzählte, von den herrschaftlichen Häusern und den Mosaiken, von den öffentlichen Latrinen und den Geschäften der Fischverkäufer. Es gebe noch das Becken für die Frischfische, hörte ich die Frau sagen. Sie trug eine kleine goldene Uhr, die in der Speckfalte ihres Handgelenks versank.

Die Cocola nickte mir zu; sie machte eine Handbewegung, die bedeutete, ich könne jetzt gehen.

Im Garten war Wind aufgekommen. Der Kiesweg leuchtete weiß. Von den geöffneten Fenstern im Speisesaal drang dumpfes Stimmengemurmel. Ich hörte das Lachen einer Frau, es erinnerte mich an das langgezogene Bremsgeräusch der Eisenbahnwaggons, die im Bahnhof von Bologna verschoben worden waren. Italienische Bahnhöfe empfand ich schon als Kind als Orte der Vorfreude, ohne zu wissen, woher diese Erwartungen rührten, die mit dem Anblick der hellen Steinbänke und den Trinkwasserbrunnen verknüpft waren.

Wollte die Manente mit Steg die Zirbenholzsitzecke wiederbeleben? Bemerkte die Chefin nicht, daß er sich nichts aus ihr machte?

Aus einer Ecke des Gartens war das Miauen einer Katze zu hören; ich suchte nach ihr, trat leise auf, um das Tier nicht zu verschrecken. Als ich mich in seiner Nähe wähnte, bückte ich mich und lockte es mit katzenähnlichen Lauten. Der Abendwind bewegte die Blätter und Zweige, er kühlte mein verschwitztes Gesicht. Von der Katze keine Spur.

«Capponi», sagte eine männliche Stimme, «du mußt sie Capponi rufen, dann kommt sie.»

Erschrocken fuhr ich hoch, mit mir die Katze, die einige Meter entfernt hinter einem Busch versteckt gewesen war. Sie verschwand jetzt Richtung Waschküche.

Der Mann kam hinter einer Palme hervor, fingerte in seiner Brusttasche nach den Zigaretten.

«Was tust du hier?» fragte ich.

Paul lachte. «Was tust *du* hier?»

Als das Licht des Feuerzeugs kurz seinen Hals und sein Gesicht erhellte, fiel mir auf, daß der weiße, ringförmige Kragen fehlte, den er noch vor ein paar Stunden getragen hatte.

«Wie war der Name der Katze?»

«Capponi», sagte Paul.

«Hab' ich noch nie gehört.»

«Frau Manente mag keine Katzen, vielleicht hat sie deshalb diesen Namen gewählt. Zigarette?»

Ich schüttelte den Kopf.

«Die Katze ist ziemlich häßlich. Es gibt noch einen Kater, der heißt *Rosario*.» Paul stand neben mir, ich sah seine Umrisse, die geraden Schultern, manchmal, für ein paar Sekunden, wenn er an der Zigarette zog, sein Kinn, den Mund, die Nase.

«Studierst du Theologie?»

«Wegen des Kollars? Steht mir gut, nicht?» Paul lachte. «Nein, Geschichte.»

Unter meinem Fuß knackte ein Ast. Den Boden nicht zu sehen, machte mich ängstlich.

«Ich finanziere mir das Studium als Fremdenführer. Ich habe keine offizielle Zulassung, deswegen gebe ich mich als Priester aus, der seine Schäfchen durch Rom führt. Wollen wir uns dort auf die Bank setzen?»

«Und andere Priester sprechen dich nicht an? Was sagst du dann?»

«Ich habe mir etwas zurechtgelegt. Es ist aber nie dazu gekommen, daß ich mich hätte rechtfertigen müssen.»

«Weiß die Manente, was du treibst?»

«Sie vermittelt mir die Gäste und kassiert dafür zehn Prozent der Einnahmen», sagte Paul.

«Die kriegt nie genug.»

«Das ist ein faires Geschäft.»

Ich folgte Paul. Die Bank stand hinter dem bewachsenen Holzverschlag, vor dem sich kaputte Schirmständer, Tischgestelle und leere Kisten türmten. Die Natur räumt auf ihre Weise auf, dachte ich, indem sie nach und nach das Gerümpel überwächst. Einerseits sah die Manente jeden Kalkflecken auf den Fliesen und zwang uns, Waschbecken und Badewannen zu polieren, andererseits verkam der hintere Garten zur Deponie.

«Achtung, halte dich hier besser links.» Paul griff nach meinem Unterarm, zog mich auf die Seite. Ich sah eine quadratische, schimmernde Fläche, welche die Größe eines Kanaldeckels hatte. «Man kommt von hier aus in die Katakomben.»

«Du meinst, man fällt in die Katakomben, wenn man nicht aufpaßt.»

«Besser, man nimmt den Eingang in der Agnese-Kirche», sagte Paul. Er setzte sich, streckte die Beine aus, lehnte sich gegen die Holzwand, die ein wenig nachgab. Die Bank bestand aus einem schmalen unbequemen Brett, das bei jeder

Bewegung schwankte. Zwischen uns hätten noch zwei Personen Platz gehabt.

Paul war seit einem halben Jahr in Rom; erst sollte es ein Auslandssemester werden, inzwischen hatte er seinen Aufenthalt verlängert. Er erzählte von seiner in Wien lebenden Familie und irgendwelchen römischen Wurzeln, die er nicht näher erläuterte, von der Uni, die man seit Moros Tod ständig nach Verdächtigen durchkämmte. Ein Studienkollege sei zwei Stunden verhört worden, nur weil er ein Buch von Toni Negri bei sich gehabt hatte.

Keine Ahnung, wer dieser Negri war. Gehörte er den *Brigate Rosse* an? Ich hatte nicht den Mut zu fragen.

Es seien gute Zeiten, fuhr Paul fort. Italien habe endlich einen volksnahen Staatspräsidenten, der dem Widerstand angehört habe. Pertini zöge es vor, als einfacher Alitalia-Passagier zu fliegen und sich das Ticket aus eigener Tasche zu bezahlen, außerdem habe er seinen Chauffeur gebeten, die Mütze abzulegen und auf die weißen Handschuhe zu verzichten.

«Das ist doch ein Anfang», sagte Paul.

Ich hätte ihm gerne von Steg erzählt, von Antonellas nächtlichem Fernbleiben, aber dazu ließ er mir keine Gelegenheit.

19

Emma stellte den Fernseher leiser, aus Angst, Stegs Klopfen zu überhören. Ob Ines ihn gefunden hatte? Vielleicht war es keine gute Idee gewesen, das Mädchen zu schicken. Sie hatte etwas Unverbrauchtes im Gesicht, war noch nicht gezeichnet von Enttäuschungen und leidvollen Erfahrungen, das weckte Aufmerksamkeit. Andererseits trennten die beiden zwei Generationen.

Emma drehte den Ledersessel Richtung offenes Fenster

und sah hinaus; entfernt waren Stimmen zu hören, undeutlich, weil die Blätter raschelten. Wahrscheinlich vertraten sich Gäste nach dem Essen die Beine, bevor sie sich aufs Zimmer begaben.

Nie vergaß Emma die junge Frau, die damals – es war noch Krieg gewesen – durch den Garten geschlichen war, eine ausgezehrte, dürre Gestalt, die Emma halb hinter dem Vorhang stehend beobachtet hatte. Sie war über die Mauer geklettert, nachdem sie zuvor am Gartentor gerüttelt hatte. Bei ihrem Sprung von der Mauer war es Emma so vorgekommen, als fiele eine Puppe auf das Grundstück.

Einige wenige Male war Emma damals aus dem Haus gegangen, einmal zur Messe in die Anima, ein anderes Mal hatte sie sich auf dem Schwarzmarkt nach Lebensmitteln umgesehen, überall war sie auf ähnlich verwahrloste Menschen gestoßen, deren Kleider um den Leib geschlottert hatten.

In Hungerszeiten, das wußte Emma von ihrer eigenen Mutter, werden die Kämme gefräßig; mit jedem Strich gehen ganze Haarbüschel verloren. Vielleicht hatte die fremde Frau erst ein Kind bekommen und war deswegen so dünn und blaß gewesen; sie hatte Schatten unter den Augen und wenig Haare auf dem Kopf gehabt. Emma erinnerte sich deutlich an das Rucken ihres Kopfes, daran wie diese Fremde die angefaulten Kakis, die sie zuvor mit einem Besenstiel vom Baum geschlagen hatte, hastig abgenagt und unzerkaut hinuntergeschluckt hatte. Vermutlich war die Frau über die Mauer geklettert, weil sie gehofft hatte, daß sich in der kleinen Hütte Hühner befänden, aber die waren von den Manentes bis auf ein einziges, das in einen Nebenraum der Waschküche gesperrt worden war, nach Trevignano gebracht worden. Emma hatte damals mit dem einen Huhn und mit ihrer Angst zusammengelebt, sie hatte sich selbst vor dieser Frau, die eine halbe Portion gewesen war, die gewiß nicht einmal das Geld für die Sparsuppe im Vatikan aufgebracht hatte, gefürchtet. Etwas Gespenstisches hatte dieser Fremden mit ihren eingesunkenen Augen angehaftet, denn sie war ohne Scheu gewesen, hatte sich kein einziges Mal umgeschaut.

Die Mauer zur Straße hin hatte der alte Manente noch mit Glassplittern versehen lassen, aber die Begrenzung im hinteren Teil des Gartens war ohne scharfe Zacken geblieben, weil der Arbeiter von einem Tag auf den anderen verschwunden war. Jemand hatte den Manentes später zugetragen, daß dieser Gelegenheitsmaurer nach Quarticciolo, das damals aus Lehmhütten und Baracken ohne Fließwasser bestanden hatte, zurückgekehrt war, um sich der Partisanenbande des Buckligen anzuschließen. Dieser gutaussehende, aber körperlich deformierte, gerade mal siebzehnjährige Bandenanführer soll erfolgreich Lebensmitteltransporte, welche der Truppenverpflegung der Deutschen dienten, überfallen haben. Im Gegensatz zu anderen Partisanen pflegte der Bucklige das deutsche Brot und Getreide nicht am Schwarzmarkt weiterzuverkaufen, sondern unter den Armen der Borgate zu verteilen.

Emma nahm das Etui vom Abstelltisch und kramte ihren kleinen Handspiegel hervor, um nachzusehen, ob die Farbe des Lippenstiftes nicht verschmiert war. Zufällig erwischte sie die Seite mit dem Vergrößerungsspiegel und erschrak über ihre Falten und hängenden Lider. Sie war allein; unnötig zu jammern, wenn niemand zuhörte. Die Cocola hätte sie bestimmt beruhigt und Stammgäste in Emmas Alter aufgezählt, die schlechter aussahen.

Der Gedanke, Ines könnte Steg benachrichtigt haben, war Emma jetzt unangenehm, sie überlegte sogar, nach dem

Mädchen zu rufen, um die Begegnung mit Steg im letzten Moment zu verhindern. Emma stand auf und schaltete das Deckenlicht aus; sie knipste statt dessen das Licht der Stehlampe an, das alles weichzeichnete. So erschienen nicht nur die Kanten der Möbel weniger scharf, auch die Haut sah deutlich glatter aus. Die Wirkung des Analgetikums begann nachzulassen, bei jedem Schritt spürte Emma Schmerzen, sie zogen sich den Rücken entlang bis in den linken Unterschenkel. Obwohl Dottor Franceschini angeordnet hatte, frühestens in ein paar Stunden ein weiteres Schmerzmittel einzunehmen, griff Emma nach der Medikamentenpackung.

Auf dem Fernsehbildschirm war Pertini zu sehen. Der Staatspräsident hatte Papst Paul VI. in seiner Sommerresidenz in Castel Gandolfo einen Besuch abgestattet. Wenig später verkündete die Schlagersängerin Rita Pavone ihre Rückkehr ins Showgeschäft. Für ihre Sendung *La febbre della domenica* suche sie ab jetzt in den Diskotheken Italiens nach der geeigneten Miss und dem geeigneten Mister Travolta. Sonntagsfieber? Emma schüttelte den Kopf, es schien ihr, als habe sie etwas nicht richtig verstanden. Sie erhob sich, um den Fernseher wieder lauter zu drehen, als es klopfte. Anstatt gleich zu öffnen, blieb Emma bewegungslos stehen, so starr und erschrocken wie damals, als es in der Nähe des Hotels zu einem plötzlichen Artilleriebeschuß gekommen war. Die Geschosse waren in die Mauern mehrerer Nachbarhäuser eingedrungen und hatten den Belag der Straße zerschreddert.

«Moment!» Sie fuhr sich durchs Haar, streifte ihren Rock glatt, zeichnete mit dem Finger die äußeren Lippenränder nach, betrachtete die Fingerkuppe. Keine Farbe.

Stegs Gesichtsausdruck war mißmutig; er sah aus, als habe man ihn aus einer wichtigen Arbeit herausgerissen.

Emma bat ihn herein; sie hatte eine Flasche Wein bereitgestellt. «Hab' ich Sie gestört?»

Er setzte sich auf das Ledersofa. «Von einer so hübschen Person laß ich mich doch gerne stören.»

«Sie sind sehr freundlich», sagte Emma. Sie bedankte sich für seine Hilfe, erzählte von Dottor Franceschini, der sie immer gut behandelt habe, nicht wie viele andere –. «Er hat mich nie spüren lassen, daß ich nicht von hier bin», sagte Emma. «Sie können sich sicher vorstellen, wie es mir hier anfangs ergangen ist. In Stillbach hat es 1938 nicht einmal ein Auto gegeben, geschweige denn einen Aufzug. Die ersten zwei Wochen habe ich mich nicht in die Kabine getraut, ich bin die Stiegen zu Fuß hinauf und hinunter, bis mich die damalige Köchin bei der Hand genommen hat.» Sie lachte, stieß mit Steg auf Rom an und: «Auf unsere Gesundheit!» Er nahm einen Schluck, spülte ihn im Mund herum, als wolle er den Wein nur verkosten, leerte dann aber das Glas in einem Zug. Emma schenkte nach.

Steg fragte, wer denn *die anderen* gewesen seien, die Emma nicht akzeptiert hätten. Er nahm die Flasche in die Hand und betrachtete das Etikett. «Colli della Sabina», las er. «Kenne ich nicht. Vor ein paar Tagen habe ich den Weißen aus Zagarolo gekostet. Den find' ich gut.» Er schnalzte mit der Zunge, seine Frage schien er vergessen zu haben. «Schön haben Sie's hier», sagte er, während er sich umschaute.

«Ich war immer die *crucchetta*», sagte Emma, «einerseits haben sie nach uns gerufen, weil wir anspruchslos und arbeitswillig waren, andererseits haben sie sich über die im Norden lustig gemacht.»

«Wie war das Wort noch mal?»

«*Crucchetta*. Die Deutschen werden heute noch *crucchi* genannt, ich weiß auch nicht, was es genau bedeutet.» Emma nippte am Glas. «Es ist bestimmt nicht freundlich gemeint.» Sie dachte jetzt daran, daß sie statt *tetti* einmal *tette* gesagt, daß sie das Wort *Dächer* gemeint, aber stattdessen von *Brüsten* gesprochen hatte. Soviel Schnee auf den Brüsten! Es hatte geschneit in Rom, ein seltenes Ereignis, das Emma vor Freude und vor plötzlicher Sehnsucht nach Stillbach die Tränen in die Augen getrieben hatte. Und dann diese Blamage. *Una barzelletta della nostra crucchetta*, hatte der alte Manente gerufen und diesen Witz seiner *crucchetta* wochenlang zum besten gegeben.

«Ich habe eine Köchin gekannt, die hat in der Via Sistina bei einem reichen Juwelier gearbeitet. Die Hausherrin hat sie losgeschickt, *capelli d'angelo* zu kaufen.»

«Engels...?» Steg hatte das zweite Glas zur Hälfte ausgetrunken. «...hüte?»

«Nicht Hüte, Haar. Engelshaar. Dieses feine Drahtgespinst, das man als Christbaumschmuck verwendet. Das kennen Sie doch bestimmt.» Emma betrachtete Stegs Hände, die das Weinglas umfaßten, als wärmten sie sich daran. Trank er immer so schnell? «Die Köchin war mehrere Stunden unterwegs gewesen, bis sie das Engelshaar in einem Papiergeschäft gefunden hatte. – Aber die Juweliersgattin hatte keinen Baumschmuck gewollt, sondern Suppennudeln.»

Steg verstand nicht gleich, dann lachte er los, lachte so laut, daß Emma ebenfalls zu lachen begann.

«Haare in der Suppe! Das fällt auch nur den Italienern ein», sagte Steg. Seine Frau, die einen Italienischkurs an der Volkshochschule besucht und hernach in jedem adriatischen Hotel ihre Sprachkenntnisse angewendet habe, sei einmal außer sich gewesen, weil das Zimmerpersonal die Balkontür offengelassen hatte. «Sie haßte diese – na, wie heißen die Mücken?»

«Die *zanzare*», sagte Emma.

«Genau. Sie hatte sich an der Rezeption über die vielen *melanzane* an der Decke beschwert.»

«Was ich verstehen kann, denn ich mag Auberginen auch nicht.»

Emma holte eine zweite Flasche. Gab es diese Frau noch? Warum war Steg immer allein nach Rom gekommen?

Ich setz' mich jetzt zu ihm aufs Sofa, dachte Emma.

Sie schob Steg die Flasche hin, bat ihn, sie zu öffnen, berührte dabei wie zufällig seinen Unterarm. Früher wäre Emma allein bei dem Gedanken an eine solche Berührung erschrocken, aber die Tabletten in Kombination mit dem Wein machten sie jetzt übermütig. Es war ihr gleichgültig, was Steg von ihr denken mochte. Sie hatte inzwischen auch schon zwei Gläser getrunken, erzählte von Franz, von seinen Reisen und politischen Vorträgen, daß sie täglich die Zeitung lese, weil sie Angst habe, ein Photo ihres Sohnes darin zu finden. Nicht daß sie glaube, daß er mit den Terroristen direkten Kontakt habe, aber es reiche in diesen Zeiten, wenn man öffentlich Sympathie bekunde. Sie erzählte von Remos Tumorerkrankung, von den anfänglichen Koordinationsstörungen, die sie auf heimlichen Alkoholkonsum zurückgeführt hatte – «Absurd», sagte sie, «denn Remo hat kaum etwas getrunken» –, von seinen letzten Wochen, in denen er nicht mehr sprechen konnte, weil durch das Astrozytom am Ende auch das Sprachzentrum zerstört worden war. Von ihrem Unglück mit den Männern generell und daß sie sich nach allem, was schiefgelaufen sei, nun eigentlich ein bißchen Glück verdient habe. Sie erzählte von Johann. Daß es nicht stimme, was die Leute sagten. Daß er kein Nazi gewesen sei, sogar überlegt habe, 1939 für Italien zu stimmen und nicht fürs Deutsche Reich. «Vielleicht hatte das auch mit mir zu tun», sagte

Emma, «ich war damals schon in Rom gewesen. Aber sein Vater hatte ihn genötigt, für Hitler zu votieren, er hatte gedroht, ihn zu enterben, wenn er sich nicht für das Reich entscheide.»

Emma rückte näher an Steg heran, so nahe, daß sie seine Körperwärme spürte.

«Und Ihre Frau?» Steg wich nicht aus, das freute Emma, er bewegte sich aber auch nicht zu ihr hin. Er antwortete nicht einmal.

«Und Ihre Frau? Lebt sie noch?»

Die Stimmen der Gäste draußen im Garten waren verstummt, sogar der Verkehr auf der Nomentana hatte nachgelassen. Steg, das bemerkte Emma erst jetzt, atmete gleichmäßig. Er war eingeschlafen.

20

Paul war ins Hotel gegangen, um zwei Bier zu holen. In der Nähe des Holzverschlags raschelten Zweige, als schlüpfte ein Tier unter ihnen durch. Ich bewegte mich nicht, erschrak, als ein Vogel schrie. Ich dachte daran, daß sich unter meinen Füßen die labyrinthischen Gänge der Agnese-Katakomben befanden, daß ich jetzt nur wenige Meter über den Toten saß. Das Gangsystem, hatte Paul erzählt, sei von spezialisierten Ausgräbern angelegt worden, die das Aushubmaterial in Körben und Säcken durch Lichtschächte nach oben befördert hatten. Unter der notdürftigen Abdeckung, an der wir auf dem Weg hierher vorbeigegangen waren, befand sich ein solcher Schacht, den man einst offengelassen hatte, um die Beerdigungsstätten mit Frischluft und Licht zu versorgen. «Särge gab es nicht», hatte Paul gesagt, «die Armen haben sich keine leisten können. Es muß ziemlich gestunken haben.»

Jetzt war es dunkel; ich würde in den nächsten Tagen versuchen, den Deckel zu öffnen und einen Blick in die Nekropole zu werfen. Vielleicht konnte man mittels einer schmalen Leiter, versehen mit einer Taschenlampe, sogar einen kleinen Teil der Katakomben erkunden? Gab es in dieser Gegend deshalb so viele Häuser mit großzügigen Gartenanlagen, weil sich darunter eine zweite Stadt ausbreitete, die das Ausheben von neuen Baugründen unmöglich machte?

«Es gibt übrigens auch jüdische Katakomben an der Via Appia», hatte Paul gesagt. Dann war er wieder auf den neugewählten Staatspräsidenten zu sprechen gekommen und hatte seine Verwunderung darüber ausgedrückt, daß ich als Südtirolerin wenig über die faschistische und nationalsozialistische Vergangenheit meines Landes wisse.

Wir hätten in der Schule den Zweiten Weltkrieg in zwei Schulstunden durchgenommen, hatte ich geantwortet, daß die Deutschen nach der Kapitulation Italiens Rom besetzt hätten, sei mir nicht klar gewesen.

«Gwuäig!» Es war dieselbe Stimme wie vorhin. Saß der Vogel auf dem Dach des Holzverschlags?

Der Geschichtslehrer hatte die Deutschen als willkommene Papsthelfer dargestellt, als Kommunismus-Verhinderer. Wie diese Hilfe im einzelnen ausgesehen hatte, davon hatte er uns nichts erzählt.

Paul kam mit einer Flasche Lemonsoda zurück. Die habe er noch in seinem Zimmer gehabt; die Küche sei schon abgeschlossen gewesen.

Der Saft war warm, die Kohlensäure hatte sich verflüchtigt.

«Und weißt du auch nicht, wer Saragat ist?» fragte er.

«Der war mal Präsident, oder?»

«Bravo!»

Noch ein Lehrer, dachte ich bei mir.

«Saragat war im Widerstand. Wie Pertini. Beide sind aufgeflogen und von der SS verhaftet worden.» Was damals im Keller der Deutschen Botschaft in der Villa Wolkonsky und im Gestapo-Hauptquartier in der Via Tasso vor sich gegangen sei, darüber wolle er jetzt lieber nicht reden. «Es ist ein viel zu schöner Abend», sagte Paul, kam dann aber doch auf einen gewissen Erich Priebke zu sprechen, der dafür berüchtigt gewesen sei, seine Opfer mit Schlagringen zu traktieren.

«Und wo ist der jetzt?»

«Keine Ahnung. Entkommen. Wie viele andere. Vielleicht lebt er unter einem anderen Namen, wer weiß.» Ich bemerkte, daß Paul mich von der Seite musterte, obwohl ich im Dunkel der Nacht nicht erkennen konnte, ob er seinen Blick auf mich gerichtet hatte. Er wahrte Abstand. Paul schien zu jener Sorte Menschen zu zählen, die nicht zwei Sachen gleichzeitig machen konnten. Wenn er erzählte, nahm er nichts um sich herum wahr, schaute er einen an, vergaß er weiterzusprechen.

«Pertini», sagte er nach einer Weile, «ist auch verhört worden. Er hat nicht gesungen, obwohl sie gedroht haben, ihn umzubringen.»

«Aber er ist wieder freigekommen –»

«Ja, durch einen Überfall der *Resistenza*. Und jetzt ist er Staatspräsident, unglaublich. Sein jüngster Bruder starb allerdings im KZ Flossenbürg.»

Ich wußte von einem Deserteur, der Flossenbürg überlebt hatte. Der Mann hatte sich geweigert, 1944 auf der Seite der Deutschen zu kämpfen, weil er italienischer Staatsbürger war; er hatte sich in den Wäldern unterhalb des Stillbacher Horns versteckt, bis die Nazis seine Familie ins Bozner Lager verschleppten.

Tante Hilda hatte den Mann, dem sie zum erstenmal bei einem seiner Vorträge begegnet war, ins Herz geschlossen.

Sie kaufte ihm jedes Jahr Filzpantoffeln ab. Wir waren über die Jahre immer wieder mit diesen plumpen, aber warmen Hausschuhen beschenkt worden, allein Mutter besaß inzwischen vier Paare.

«Ich habe schon von Flossenbürg gehört», sagte ich und war erleichtert, dem Bild der unwissenden Gymnasialschülerin etwas entgegensetzen zu können. «Ein Deserteur aus unserem Ort hat dort bis Kriegsende in einem Steinbruch arbeiten müssen. Er hat sich den Behörden gestellt, weil die Nazis seine Familie ins Lager gesteckt haben.»

«Guhg-Guuig, Gwuäig.» Paul reagierte nicht, er drehte sich nicht einmal um. Vielleicht tat er so, als hörte er den Vogel über unseren Köpfen nicht.

«Zehn Jahre hat der gekriegt. Nach eineinhalb Jahren war es zum Glück vorbei», sagte ich.

Paul zeigte keine Überraschung. Er trank in gierigen Zügen aus der Flasche; jedes Mal, wenn er sie absetzte, roch es säuerlich.

«Für ihn war es ein Glück», sagte Paul, «für Millionen andere nicht. Er hat sich aber freiwillig in die Situation begeben, das ist ein Unterschied.»

«Wie meinst du das?»

«Er hätte auch im Wald bleiben können. Die Familienmitglieder haben sie zumeist nicht umgebracht. Die Sippenhaft war nur ein Druckmittel.»

Eine Weile saßen wir nebeneinander, ohne zu sprechen. Das Geräusch, das die Efeublätter erzeugten, wenn der Wind über sie strich, beruhigte mich. Es war ein wenig wie zu Hause, wenn auf dem Balkon Tante Hildas der wilde Wein unter einem leichten Windstoß erzitterte.

«Und Manentes erste Liebe – war der Mann nun ein Nazi oder nicht?»

«Davon weiß ich nichts», sagte Paul langsam. «Die Manente hat mir nur einmal kurz von ihrem verstorbenen Mann erzählt. Während sie von ihm gesprochen hat, sind ihr die Tränen gekommen.»

Das mußte nichts bedeuten, dachte ich. Meine Mutter bekam auch nasse Augen, sobald von meinem Vater die Rede war, aber aus Wut und Enttäuschung.

«Wer soll das gewesen sein?» fragte Paul.

«Ich weiß es auch nicht. Antonella hat erzählt, die Manente sei ursprünglich einem Nazi versprochen gewesen. Er soll hier in der Stadt bei einem Partisanenanschlag ums Leben gekommen sein, danach – sagt Antonella – hätte sie den jungen Manente nur des Geldes wegen geheiratet.»

Paul lachte. «Eine echte Nazisse würde doch nie einen Italiener zum Mann nehmen.»

«Sie war schwanger», sagte ich.

«Aha. Aber eine überzeugte Deutsche hätte sich mit keinem Italiener eingelassen, davon kannst du ausgehen. Die NSDAP hat schon 1941 ein Heiratsverbot zwischen Deutschen und Italienern ins Auge gefaßt. Und im Herbst '44 – damit habe ich mich nämlich gerade erst beschäftigt – hat Bormann bekanntgegeben, daß Ehen oder intime Verhältnisse mit Italienern die Reinhaltung deutschen Blutes gefährdeten und mit allen Mitteln zu verhindern seien. Die Italiener waren nur Romanen, keine Germanen.»

Wiederholte er seinen Prüfungsstoff?

«Es gab einen Generalleutnant – der Name fällt mir jetzt nicht ein –, der immer von den *Herren Cazzolini* gesprochen hat, wenn er die Italiener meinte. Der fand die Kroaten rassisch viel besser. Von Horstenau hieß der. Auch ein Braunauer.»

«Und wenn dieser Remo ein Faschist war?» sagte ich.

«Erstens waren die Manentes keine Faschisten, das weiß

ich. Die waren gläubige Monarchisten. Und zweitens haben die Deutschen nach dem Kriegsaustritt Italiens auch von den Faschisten nicht mehr sehr viel gehalten. Genauer betrachtet, gab es von seiten der Nationalsozialisten immer schon Ressentiments gegen die Italiener. Die lateinische Rasse war ihnen zu weich und zu schwach.»

«Weshalb die deutschen Urlauberinnen ihnen heute so ergeben sind.»

«Findest du?» Paul sah mich an. «Und wie ist das bei dir?»

«Ich bin ja keine Urlauberin. Außerdem bin ich italienische Staatsbürgerin.»

Paul schwieg.

«Findest du die Italiener attraktiv?» fragte er leise.

«Wer sind schon *die* Italiener. Meinst du damit den kleinen kahlköpfigen Zeitungsverkäufer draußen auf der Nomentana oder Vittorio Gassman?»

«Vielleicht Marcello Mastroianni», sagte Paul.

«Ist nicht mein Typ.»

«Und ich? Bin ich dein Typ?»

«Mit Kollar oder ohne?» sagte ich.

«Mit natürlich.» Paul lachte. Nach einer kurzen Pause fragte er mich, ob er mich gelangweilt hätte.

«Warum fragst du?»

«Nur so.» Er schwieg, schien in Gedanken versunken. «Ich habe eine Freundin, der wird das manchmal zuviel. Die ist auf meine Beschäftigung mit der Vergangenheit eifersüchtig.»

21

In Stegs Weinglas war eine Fliege ertrunken. Emma hatte sein Glas an ihre Lippen führen wollen. Er schlief noch immer, und sie ließ ihn schlafen. Solange er nicht aufwachte, konnte er die Wohnung nicht verlassen.

Aus dem hinteren Teil des Gartens war das Guhg-Guuig eines Käuzchens zu hören. Emma war einmal Zeugin geworden, wie ein Bussard mit einem Genickbiß eine Maus getötet hatte. Das war oberhalb von Stillbach gewesen, sie hatte sich beim Pilzesammeln auf einem Baumstumpf niedergesetzt, um auszuruhen, war dort eine lange Weile gesessen und hatte an Johann gedacht.

Wie gut, daß es wieder Käuzchen gab. Die zwei Katzen waren nicht mehr in der Lage zu jagen. Die Gäste, die sie ständig fütterten, hatten aus den beiden träge Tiere gemacht.

Emma betrachtete Stegs Gesicht, die kleine, gut verheilte Narbe unterhalb des Kinns, die vom Wein – oder vom Schlaf? – geröteten Wangen. Sie näherte sich ihm, glaubte, an seinem faltigen Hals Spuren des Rasierwassers zu riechen, das sie in seinem Badezimmer gesehen hatte. Nichts Schöneres hatte sich Emma vorstellen können, als Steg ganz allein für sich zu haben, seinen Körperduft einzuatmen, die weißen Haare zu zählen, die aus seinen Nasenlöchern wuchsen. Emma kicherte leise, hatte zum ersten Mal seit langem das Gefühl, daß die Zeit stehengeblieben war, daß sie ihr nicht hinterherrennen mußte, daß etwas aus ihrem früheren Leben zurückgekehrt war. Es roch ein bißchen nach Stillbach.

Sie lehnte sich an Steg, vorsichtig, um ihn nicht zu wecken, bettete ihren Kopf an seine Schulter. Emmas Körper folgte jetzt Stegs Atemrhythmus, sie war ruhig und gelassen. Selbst die Einrichtung des Zimmers, an der sie seit Remos Tod nichts mehr verändert hatte, schien in diesem Augenblick sanft zu schaukeln wie die Boote damals in Venedig. Bei Windstille und spiegelglatter See hatten die Spitzen der Gondeln im Wasser einander zugenickt.

Für einen Moment schloß Emma die Augen, doch auch in der Dunkelheit kreisten wie in Zeitlupe bunte Wolken. Steg sackte in sich zusammen und kippte auf Emmas Seite. Er war angenehm schwer. Seine linke Hand strich über die zerknitterte Hose, als suchte sie etwas.

Die Zirbenholzstühle schienen sich ebenfalls zu bewegen, sie wippten hin und her. Emma griff sich an die Stirn, als müsse sie ihren Kopf festhalten. Vielleicht funktionierte die Übertragung nicht, flackerten die Bilder wie bei einem Gewitter, wenn die Antenne nicht mehr an der richtigen Stelle stand. Emmas Schultern hoben und senkten sich, sie lachte lautlos, konnte sich kaum beherrschen. Als sie Stegs Hand auf der ihren spürte, zuckte sie zusammen. Der Schrecken machte sie nüchtern. War es Zufall? Emma rührte sich nicht, fürchtete, Stegs Annäherung könnte sich als Irrtum herausstellen. Seine Hand lag nur da, aber sie drückte die ihre nicht. Vielleicht träumte er und tastete sich im Traum an wen anderen heran. Hatte er in Ischl eine Geliebte? War er verlassen worden und der Umbau der Pension nur ein Vorwand gewesen, um hierzubleiben und sich mit Emma zu trösten?

Wer bin ich schon? Die Besitzerin eines schlichten Hotels. Ohne Ausbildung. Viel zu alt. Gleich fang' ich an zu schwitzen. Emma beugte sich vor, um zu sehen, ob Steg noch schlief. Er hatte die Augen geschlossen. Ihr geliebter Professor. Er könnte hier wohnen bleiben. Sie würde ihm Italienisch beibringen. Und sie könnten zusammen nach Stillbach fahren. Erst durch den Mischwald wandern, dann an den Zirben und Fichten vorbei hinauf zum Stillbacher Horn. Im Rucksack frischen Käse. Keinen *pecorino*, keinen *gorgonzola*, keinen *taleggio*, sondern Alpkäse und Kaminwurzen. Und einen guten Roten.

In letzter Zeit hatte Emma bemerkt, daß ihr manche der Stillbacher Hofnamen nicht mehr einfielen, daß sie ihren eigenen Vorstellungen nicht mehr trauen konnte, denn die

Bilder der Stillbacher Häuser und Ställe, die sie so lange im Kopf gehabt hatte, vermischten sich mit Bildern anderer, fremder Häuser aus Gegenden, in denen sie nie gewesen war. Sie hatte vor wenigen Wochen sogar auf einem Zettel nachsehen müssen, wann ihr ältester Bruder Geburtstag hatte. Nicht daß sie vorgehabt hätte, ihn anzurufen, aber sie wollte sich zumindest ein paar Daten merken.

Alt war Stegs Hand, fleckig, der Nagel des Zeigefingers zeigte Risse und schien dicker als die anderen Fingernägel. Die Adern traten hervor, so deutlich, daß sie sich wie Flußlinien auf einer Landkarte ausnahmen. Emma hätte Stegs Hand jetzt gerne geküßt, dann hätte sie aber ihre eigene bewegen, seiner Hand entziehen müssen.

Während ihr Blick durchs Zimmer streifte, hatte sie das Gefühl, daß all die Gegenstände – die Vase, der Zeitungsständer, das Vergrößerungsglas auf dem Tisch, die Obstschüssel, der Flaschenöffner – nicht mehr dieselben waren wie vor ein paar Stunden, denn was Emma anschaute, das sah sie nun auch mit Stegs Augen an. Die gewöhnlichen Dinge erschienen ihr nicht mehr zu diesem Raum gehörig. Sie verschwammen, waren ohne scharfe Konturen. Da half es auch nichts, die Augen zu verschließen, die Dunkelheit brachte die Welt erst recht aus dem Lot.

Ich hätte nichts trinken, keine zweite Schmerztablette schlucken dürfen, dachte sie. Auch das Herz schien nicht im gewohnten Rhythmus zu schlagen, und Emmas Atmung war unregelmäßig, das machte sie ängstlich.

Obwohl sie saß, kam es ihr so vor, als verlöre sie das Gleichgewicht. Sie fand sich lächerlich, schämte sich für ihre Sehnsüchte, die nun ein Stück weit öffentlich geworden waren. Was mochte diese Ines über sie denken? Sicher hatte auch die Cocola davon erfahren, daß sie Steg in ihre Wohnung gebeten hatte. Wie konnte sie sich nur in diese Situation bringen. Steg mußte schon angetrunken zu ihr gekommen sein. Seine Berührungen waren zufällige, keine gesuchten, davon war Emma jetzt überzeugt. Sie entzog ihm ihre Hand, stand langsam auf. Er kippte erst wie ein Sack auf die Seite, dann schreckte er hoch, rieb sich kurz die Augen und sprang so abrupt auf, daß die Einfassung des Glastisches, die er mit dem Bein berührt haben mochte, schepperte.

«Wie peinlich», sagte Steg. Er griff nach Emmas Oberarm, ließ Emma nicht los.

Sie suchte nach Worten, doch alles, was ihr einfiel, fand sie dumm, genauso dumm, wie nichts zu sagen. Schwankte er? Oder war sie es, die nicht mehr stehen konnte?

«Macht doch nichts», sagte Emma, «es ist nichts passiert.»

Steg zog sie an sich und grub sein Gesicht in ihren Halsausschnitt. Sie hielt sich an ihm fest – eine Weile standen sie so da, zwischen Sofa und Tisch, bis sie sich wieder beide auf das Ledersofa fallen ließen. Steg öffnete die obersten Knöpfe ihrer Bluse und küßte ihr Dekolleté, fingerte an ihrem BH herum, sie zerrte an seinem Hemd, strich mit der Hand über seinen Rücken, der sich glatt anfühlte und ein wenig feucht von der Hitze.

«Mir dreht sich der Kopf», sagte Emma leise, «ich habe zuviel getrunken.»

«Ich mag dich», sagte Steg.

Um ihn deutlicher zu sehen, hätte Emma die Brille aufsetzen müssen. Franz hatte ihr beim letzten Besuch geraten, sich die Brille umzuhängen, damit sie nicht ständig danach suchen mußte. Ältere Damen, deren Brille an einer Kordel auf der Brust hängt, hatten etwas Albernes an sich, fand Emma. Sie mußte dabei immer an die Schnuller denken, die an den kleinen Brustkörben der Kinder ebenso lächerlich aussahen.

Männer hängten sich schließlich auch keine Pfeifen oder Feuerzeuge um.

Daß es das noch gab. Diese Aufgeregtheit. Stegs Atem roch nicht besonders. Er mußte, bevor er in Emmas Wohnung gekommen war, Bier getrunken haben. Doch selbst seine Fahne störte sie nicht. Er küßte gut.

Emma konnte es nicht glauben, daß sie das zuließ. So viele Gäste hatten ihr früher Avancen gemacht, hatten ihr Blumen zustellen lassen, Briefe geschrieben, aber keiner hatte je ihre Wohnung betreten dürfen.

Nein, nein, sagte sich Emma. Sie machte mit der Rechten eine Handbewegung, als wollte sie eine Fliege verscheuchen.

Wenn Steg nur bliebe. Dann müßte sie nachts keine Angst haben, und die Schatten und Umrisse, die sich in beunruhigende Gebilde zu verwandeln vermochten, würden gar nicht erst sichtbar werden oder sich sofort auflösen, wie früher, als Remo noch –

Das wollte sie nicht. Gewiß nicht. Doch es nützte nichts. Der Geist des Toten war zurückgekehrt, aber nicht nur er, auch die Geister der Lebenden, an die sie längere Zeit nicht gedacht hatte, waren jetzt mit ihr im Zimmer. Remo hatte neben ihr Platz genommen – wie konnte das sein –, er schüttelte den Kopf. «*Che fai?*, Was machst du da?» Und ihre Schwestern tuschelten.

Hatte Steg etwas gesagt? Emma spürte seine Zähne an ihrem Ohrläppchen. Sie schämte sich vor ihren Schwestern, dachte an Remo, wie er sie damals im Aufzug zum erstenmal geküßt hatte. Johann war erst zwei Monate unter der Erde gewesen. «Sei froh, daß er sofort tot war», hatte die Kusine später einmal gesagt. Ein anderer Rekrut aus einem Nachbardorf Stillbachs sei zwar mit dem Leben davongekommen, sehe aber zum Fürchten aus. Er war zum Zeitpunkt der Einberufung frisch verheiratet gewesen. Seine Frau hatte ihn einäugig und mit einem zerfetzten Oberkörper wiederbekommen.

«Sei still», hatte Emma zu ihrer Kusine am Telephon gesagt.

22

Negri, von Horstenau, Priebke – mit all diesen Namen im Kopf verabschiedete ich mich von Paul und ging Richtung Zimmer. Ich dachte an die Manente, daran, daß sie Steg zu sich bestellt hatte. Was wollte sie von ihm? Sollte ich der Chefin nicht besser erzählen, daß er hinter mir her war? Warum hatte ich Paul nicht ins Vertrauen gezogen? Ich würde mich jetzt sicherer fühlen.

«Hast du einmal gesehen, wie die Soldaten sie anstarren? Hast du gehört, wie sie pfeifen und johlen?» Mutter war außer sich gewesen, als Tante Hilda sich für meine Rom-Reise eingesetzt hatte. «Was glaubst du, was die *militari* im Süden aufführen, wenn sie hier schon außer Rand und Band sind?» Etwas beruhigter war Mutter gewesen, nachdem ich ihr versprochen hatte, vor der Abreise die Haare abzuschneiden und einen Ring überzustreifen. Daß es ein älterer Professor sein könnte, der mir Schwierigkeiten bereiten würde, wäre ihr nie in den Sinn gekommen.

Und wenn Steg mir jetzt im Bügelzimmer auflauerte? Wenn er beobachtet hatte, daß Antonella noch einmal weggegangen war?

Ich lief zurück in den Garten, suchte nach Paul, ging bis zur Holzhütte vor. Er war nicht mehr da. In jenem Teil des Hauses, in dem die Manente ihre Wohnräume hatte, war noch Licht. Ein Fenster war geöffnet, dahinter bewegten sich die Vorhänge, bauschten sich im Wind. Ich hörte Stimmen, konnte aber nicht verstehen, was gesprochen wurde. Sie waren so undeutlich, daß sie auch aus einem der oberen Fenster stammen konnten. Viele Gäste schliefen bei geöffnetem Fenster, manche sprachen noch miteinander, nachdem sie das Licht ausgeschaltet hatten. Auch Zimmer dreißig hatte seine Fenster auf dieser Seite. Vielleicht hörte ich die Stimmen des Paares, das vor ein paar Stunden aus Ostia Antica zurückgekehrt war, vielleicht sprach die Frau schon wieder von dem Becken für die Frischfische und von dem guterhaltenen Bodenmosaik, das angeblich einen Delphin mit einer Krake im Maul zeigt, oder der Mann lachte über seine Latrinengeschichte. Er hatte der Cocola noch von einer anderen Bedürfnisanstalt namens Paterculus erzählt, die es in der Nähe des Forums gegeben haben soll. Dort sei ein gewisser Vacerra den ganzen Tag lang gesessen, nicht etwa weil er sich habe entleeren müssen, sondern weil er gehofft hatte, von einem reichen Patron eingeladen zu werden und sich den Bauch vollschlagen zu können. «Essen wollte der Mann, essen, nichts anderes», hatte der Gast von Zimmer dreißig gerufen und sich über all die ärmlichen, hungrigen römischen Dichter ausgelassen, die seiner Meinung nach bestimmt ebensolche Latrinenhocker gewesen waren. Einen Augenblick lang vermutete ich, der Gast hätte mich dabei beobachtet, wie ich auf einer Hotelzimmertoilette sitzend in meinem Reclam-Heftchen gelesen hatte, doch der Mann hatte sich ganz der Cocola zugewandt und seine Frau immer wieder am Arm berührt, als wollte er damit erreichen, daß sie ihn in seinen Ausführungen bestätigte, was sie, laut lachend, auch tat.

Ich überlegte, auf den Kakibaum zu steigen, denn von dort könnte ich in Manentes Wohnung sehen, aber ich trug Sandalen mit zu glatten Sohlen, die sich nicht zum Klettern eigneten. Barfuß, fürchtete ich, würde ich mir einen Schiefer einziehen. Im selben Moment kam mir meine Deutschlehrerin in den Sinn, die aus jedem *Schiefer* sofort einen *Splitter* machte, und ich mußte an das Wort *splitternackt* denken.

Die Manente hatte mir gestern den Schlüssel zur Dachterrasse in die Hand gedrückt und gemeint, ich könne dort in den Zimmerstunden in der Sonne baden, es gäbe sogar einen Wasserhahn in der Ecke und einen Schlauch, doch bat sie mich, diesen Ort vor den Gästen nicht zu erwähnen. Sie wollte nicht, daß die Deutschen auch das Dach für sich entdeckten.

Ich rief nach Paul. Aus einem der Fenster drang ein wütendes «Ruhe!», so daß ich mich kurz hinter dem Kakibaum versteckte, bis ich mir sicher war, daß sich nun keiner mehr aus dem Fenster lehnen und mich beschimpfen würde. Die Stimme der Chefin war es jedenfalls nicht gewesen, die ich soeben vernommen hatte, denn in der Sprache der Manente hätte «Ru-he» eher wie «Rue» geklungen. Die Jahrzehnte, die sie inzwischen in Rom verbracht hatte, waren nicht nur an ihrer Kleidung und ihrem Haarschnitt sichtbar, sondern auch in manchen Wörtern hörbar geworden. Sie sagte *verbrün* statt *verbrü-hen*. Ich hatte sie sogar einmal *Ermann* anstelle von *Hermann* sagen hören.

Und wenn ich an das Stillbacher Gasthaus dachte, das einzige, in dem auch Fremdenzimmer vermietet werden, an den ranzigen Geruch in der Gaststube, der vermutlich das Ergebnis des fleischreichen Essens und der zu selten gewaschenen Kleidung des Wirten ist, so schien es auch ein erklärtes Ziel der Chefin zu sein, all diese Gerüche, diese an Stillbach erinnernden Ausdünstungen zu vermeiden. «Wasch dir öfter die Haare», hatte sie heute zu Gianni gesagt, «sie riechen nach Bratfett.»

Wir mußten die Schürzen täglich wechseln, die Manente war stets auf Fleckenjagd und achtete darauf, daß regelmäßig gelüftet wurde, daß für eine Weile Durchzug herrschte und sich auch der *varecchina*-Duft verflüchtigte, den ich so mochte, weil mich das Bleichmittel an Schwimmbäder erinnerte.

«Ich kann nicht jeden Tag soviel Wasser verbrauchen, wir sind zu Hause zu acht», hatte Gianni geantwortet. Die Chefin war in der Tür stehengeblieben: «Dann wirst du ab jetzt die Dusche der Mädchen benützen.»

«Und putzen», hatte Antonella ihr nachgerufen.

Nachdem die Manente fortgegangen war, kam Antonella zu mir an die Spüle: «Die wichsen nämlich alle in der Dusche, und ich habe keine Lust, in das Zeug zu treten.» Gianni war, ohne ein Wort zu sagen, in die Kühlzelle geflüchtet. «Mimmo wichst auch immer», hatte Antonella mir zugeflüstert, «seit ihr euch begegnet seid, denkt er dabei bestimmt auch an dich. Hast du schon einmal daran gedacht, wie viele Kübel Sperma deinetwegen schon verwichst wurden?»

In Manentes Wohnräumen ging in diesem Augenblick das Licht aus. Ich erschrak, weil ich die Dunkelheit unterschätzt hatte. Nur in einem einzigen Fenster im letzten Stock war es noch hell, doch der Lichtschein erreichte den Garten nicht. Ich tappte zurück zum Eingang, setzte mich auf die marmornen Stufen, die in der Nacht leuchteten wie Schnee. Vielleicht war Paul nochmals auf die Nomentana hinaus, Zigaretten kaufen.

Ich dachte an unsere kleine Wohnung in der Fanfani-Kiste, in der Mutter bestimmt schon schlief um diese Zeit. Als Kind hatte ich es geliebt, mich in Kartons zu verstecken, die so groß gewesen waren wie eine Waschmaschine. Ich hatte sie aus einem nahe gelegenen Elektrogeschäft in die Wohnung gezerrt, hatte heimlich mit dem Stanleymesser Fenster herausgeschnitten und Stoffetzen befestigt, die aussahen wie Vorhänge, hatte die Wände bemalt. Ich war die Mitbewohnerin meiner Puppen und Steifftiere gewesen, war manchmal von ihnen beschimpft und angebellt, manchmal gelobt und umschmeichelt worden, während Mutter unser Geld verdiente, damals noch in den Magazinen der Obstgenossenschaft, in denen sie im Herbst Äpfel sortiert hatte; im Frühling und den Sommer über war sie damit beschäftigt gewesen, in den neuerrichteten Ferienhäusern und Villen der Deutschen den Schutt zu entfernen und den Mörtel von den Fliesen zu kratzen.

«Jetzt bist du groß genug», hatte sie gesagt und mich eines Tages mit mir allein gelassen. Mit mir – das waren immer auch die anderen gewesen, sprechende Spielsachen, Puppen, Gestalten, die sich in der Küche aufgehalten oder zu mir aufs Sofa gesetzt hatten. Ein Schlüssel war mir als Schlüsselkind nie genug gewesen, es hatte weiterer Schachteln in der Schachtel bedurft, immer neuer Möglichkeiten, mich zu verbergen.

Ich kniff die Lider zusammen. Nachdem ich sie wieder geöffnet hatte, fühlte sich der untere Augenrand kühl an. Ich war mir nicht geheuer. Und die Nacht verbündete sich mit den vagen Vorstellungen, verwandelte sie, obwohl ich dagegen ankämpfte. Das «Guhg-Guuig!» jagte mir einen solchen Schrecken ein, daß ich aufsprang. Da war kein Karton, schon gar keine Fanfani-Kiste. Ich fand im ersten Moment die Türklinke nicht, griff daneben.

Als ich endlich im Zimmer war, sperrte ich die Tür zweimal ab, ließ den Schlüssel stecken. Ich zitterte, war außer Atem. Wenn Steg am Schloß hantierte, würde der Schlüssel zu Boden fallen, und ich würde davon aufwachen. Antonella, beruhigte ich mich, würde sich schon bemerkbar machen, wenn sie ins Hotel zurückkehrte.

Cazzolini – die Bezeichnung hatte ich heute zum ersten Mal gehört. Ich konnte nicht einschlafen. Paul hatte von den Nazis gesprochen, davon daß sie alles daran gesetzt hätten, die Ehen zwischen Deutschen und Italienern zu verhindern. Ich ging mit einer Orthhild in die Schule, deren Vater gedroht hatte, sie aus dem Haus zu werfen, sollte sich die liebe Tochter mit einem Italiener einlassen.

Mutter hatte einen nach Hause gebracht. Allen Vorurteilen zum Trotz. Einen *Herrn Cazzolino*. Schwänzchen. Als käme es auf die Größe an. Vater sei ein zärtlicher Liebhaber gewesen, daran sei die Beziehung nicht gescheitert, das habe Mutter mehrfach bestätigt, hatte Tante Hilda einmal gesagt.

Ich vernahm ein leises Klopfen, krallte meine Finger ins Leintuch, bewegte mich nicht. Es war so still, daß ich mich atmen hörte. *Negroide Einflüsse*. Die Nazis akzeptierten höchstens die germanisierte italienische Rasse des Nordens. «Euch», hatte Paul gesagt und gelacht. «Die im Süden waren für sie Neger und Araber.» Ich betastete meine Nase, zeichnete mit dem Zeigefinger meinen Mund nach.

Das Geräusch wiederholte sich nicht. Damit das Bett ein wenig auskühlte, rollte ich mich an dessen Rand, den Rücken an die Mauer gelehnt. Ich wünschte, ich wäre jetzt zu Hause oder bei Tante Hilda. Nachts strömt kühle Bergluft ins Zimmer, hier war es stickig wie in einem verschlossenen Zugabteil.

Antonella war noch nicht zurückgekehrt. Hoffentlich war ihr nichts zugestoßen. Ich schloß die Augen, öffnete sie wieder, weil ich Licht zu spüren vermeinte. Es war dunkel, blieb dunkel.

Hätte ich nur auf Mutter gehört. Vielleicht war es ein Fehler gewesen, das Versprechen nicht zu halten. Hätte ich mir nur die Haare geschnitten.

Es roch schlecht in dem Zimmer, und ich mußte dringend auf die Toilette, traute mich aber nicht hinaus auf den Gang.

Paul hatte mich eingeschüchtert, ich war kaum zu Wort gekommen. «Negroide Infiltrationen», hatte er gesagt, nicht «Einflüsse». Mein Kurzzeitgedächtnis funktionierte immer schon am besten. Ich hatte Pauls Vorderzähne vor Augen, die nahezu perfekt in einer Reihe standen, bis auf den einen, leicht nach hinten verschobenen linken mittleren Schneidezahn. Jedesmal, wenn das Licht des Feuerzeugs aufgeflammt war, sah ich ihn, und jedesmal, wenn Paul sich eine Zigarette in den Mund gesteckt hatte, wartete ich darauf, daß er sich zeigte.

23

So viele waren auf die Straße gelaufen, manche barfuß, manche im Nachthemd, schrien durcheinander, lachten, tanzten. «Es lebe die Freiheit!» – «Es lebe Garibaldi!» – «Nieder mit den Stiefelleckern!» Emma stand am Eingangstor und hielt sich mit der Rechten an den Gitterstäben fest. Aus einem Fenster des gegenüberliegenden Hauses wirbelten einzelne Seiten herab. Im dritten Stock saß eine Frau auf dem Sims und zerriß Bücher. Das Haus war nicht mehr das Nachbarhaus, es verwandelte sich, dehnte sich in die Breite, als wäre es aus Gummi. Emma wurde von einem Mann angerempelt, der ein Porträt des Duce zertrat und darauf herumtrampelte, ein anderer versuchte Plakate anzuzünden, doch der Wind löschte die Zündhölzer, bevor der Mann damit das Papier berührte. Auf den Plakaten, das bemerkte Emma erst jetzt, waren Gesichter von Menschen zu erkennen, die sie schon gesehen hatte: Köpfe aus dem Stillbacher Gemeinderat, aus der Dorfkirche, dem Gasthaus.

Obwohl sie sich die Ohren zuhielt, hörte sie die Leute auf

der Straße noch immer brüllen: «Ausländer raus!» – «Nieder mit Mussolini!» Sie schloß das Tor und wich zurück in den Garten, der dicht bepflanzt war mit Steinlinden, Zypressen und dornigen Kapernsträuchern. Es roch nach Verbranntem, aber als sich Emma umdrehte, sah sie nur die Flammen eines Feuers vor dem Eingangstor, dem keine Rauchsäulen entstiegen. Sie fuchtelte mit den Armen und hustete, lief ins Haus, schloß mehrere Fenster und Türen, machte sogar die Läden dicht. Der Mann, welcher Emma in einem der Zimmer erwartete, sah aus wie der alte Manente; er stand in der Ecke des Wohnzimmers und blickte auf den Plattenspieler hinunter, aus dem nur ein Kratzen zu hören war. Als sich Emma dem Gerät näherte, sah sie, wie die Nadel die Rille der Schallplatte abtastete, aber nicht vorwärts kam. Es schien ihr im selben Moment, als seien ihre eigenen Füße auf dem Boden festgeklebt, als könne sie sich nicht mehr fortbewegen. Dabei waren noch so viele Fenster zu schließen. Der Mann nickte Emma zu und zeigte auf den Plattenspieler. Sie griff nach dem Tonarm, hob ihn vorsichtig an, aber sobald Emma ihn losließ, fiel er zurück auf die Platte. Sie hob ihn wieder und wieder, er plumpste auf die Vinylscheibe.

«Etwas stimmt mit dem Gegengewicht nicht», sagte der Mann.

Immer mehr Tonarme bewegten sich vom Rand auf die Mitte der Schallplatte zu, und Emma war nun damit beschäftigt, mit ihren Händen die Tonköpfe von der Vinylplatte fernzuhalten. Berührten die Nadeln die Plattenrillen, setzte ein ohrenbetäubendes Krachen ein.

Als Emma die Augen öffnete, mußte sie als erstes an den Schwiegervater denken, der zur Nachrichtenstunde im Wohnzimmer gesessen war und gerufen hatte: «Hört ihr? Sie sagen wieder *Seine Majestät des Kaisers*, nicht *die Maje-*

stät!» Es sei eine neue Regierung unter Seiner Exzellenz Pietro Badoglio ernannt worden.

Das Leintuch auf der anderen Bettseite war zerwühlt und der Polster zusammengequetscht. Jemand war dagewesen. Steg. Mein geliebter Hermann. Emma strich über die Matratze, legte sich auf die andere Seite, suchte mit ihrer Nase nach seinem Geruch. Tat ihm leid, was vorgefallen war? War er ins Bad verschwunden, oder hatte er die Wohnung verlassen?

«Hermann?» Emma ging ins Wohnzimmer, ihr Blick fiel in jene Ecke, in der der Plattenspieler stand, den sie schon lange nicht mehr benützte. Sie erinnerte sich, daß Remo den fiebernden Sohn von Stammgästen aus Ludwigsburg mitten in der Nacht ins Krankenhaus gebracht hatte. Ein Jahr später waren die Ludwigsburger zum Dank für die Rettung ihres kleinen Jungen mit diesem tragbaren Gerät angereist, Marke Loewe, und hatten Remo von einem anderen, neuen Modell erzählt, das für den Einbau ins Auto gedacht war. Remo hatte sich dieses eintausend D-Mark teure Gerät beschaffen müssen. Er träumte davon, mit Emma und Franz die Küste entlangzufahren und dabei Musik zu hören. Zwei Wochen war der Plattenspieler in dem blauen Fiat 850 gewesen. Bis zur Küste hatte es Remo damit nicht geschafft. Er war nur in die Innenstadt gefahren, hatte das Auto unweit der Stazione Termini geparkt, um dort neue Gäste abzuholen. In der Zwischenzeit war das Fenster eingeschlagen und der kleine Plattenspieler gestohlen worden.

«Hermann?» Vielleicht war er auf der Toilette.

Seine Hose lag nicht mehr auf dem Sofa.

Mit dem Rücktritt Mussolinis hat mein Unglück erst richtig begonnen, dachte Emma. Es hat für mich damals eigentlich keinen Grund zum Feiern gegeben, dennoch habe ich mitgefeiert, bin mit den Manentes und ihren Freunden im Garten gesessen. Ein Cousin des alten Manente hatte einen Tag nach Bekanntgabe der neuen Regierung ein halbes Schwein spendiert. «Weil mein Sohn jetzt aus der Verbannung zurückkommt.» Wie hatte dieser Sohn nur so blöd sein und Mussolini öffentlich einen *idiota* schimpfen können? Er war sofort in den *confino* in den Süden geschickt worden. Antifaschisten steckte man in irgendwelche armseligen Nester, in denen sie froh sein mußten, wenn sie genug zu essen kriegten. Wie in Stillbach.

«Hermann?» Er war nicht mehr in der Wohnung, hatte nicht einmal eine Botschaft hinterlassen. Es hätte mir klar sein müssen, daß dieser Nacht keine weiteren folgen würden, dachte Emma.

Sie setzte sich auf die Eckbank. Das Zirbenholz erschien ihr plötzlich viel zu hell; es paßte nicht in das Zimmer.

Es war noch früh, höchstens sieben Uhr. Zeit, die Fenster zu schließen. Der Verkehrslärm hatte eingesetzt; bald würde die Hitze die kleine Abkühlung, die der Nachtwind gebracht hatte, aus den Räumen verdrängen.

Emma schaffte es nicht aufzustehen, sie schaute die Fenster nur an. Immer hatte sie getan, was zu tun gewesen war. Immer war sie in Rom geblieben. Und wenn sie einmal weg gewesen war, hatte sie sich dennoch nicht von dieser Stadt lösen können. Ihre Gedanken waren stets beim Hotel gewesen. Selbst am Tag der Beerdigung ihrer Mutter hatte sie mehrere Versuche gestartet, in Rom anzurufen, um von der Cocola zu erfahren, ob alles in Ordnung sei. Zwei Telephonapparate hatte es damals in Stillbach gegeben, einen im Gasthaus und einen im Haus des Bürgermeisters. Emma war einen halben Tag lang nicht durchgekommen, so daß sie schon geglaubt hatte, der Wirt unterbreche mit Absicht die Leitung. «Das ist doch absurd», hatte die Kusine damals gesagt, «warum sollte der dich am Telephonieren hindern? Weil du mit einem Italiener verheiratet bist?» Das Geschäft sei den meisten doch wichtiger.

Nach so vielen Jahren hatte Emma erkennen müssen, daß ihr die Kindheitssprache nicht mehr einfallen wollte, daß sie hie und da im Gasthaus oder auf der Straße Wörter aufschnappte, die sie seit ihrer Abreise nach Rom nicht mehr gehört hatte. An diesen Trauertagen in Stillbach hatte sie das Gefühl gehabt, etwas wiedergefunden zu haben, nach dem sie zwar nie gesucht, das ihr aber dennoch gefehlt hatte. So groß war die Freude über diese ungeläufigen Wörter gewesen, daß sie im Gasthaus in Tränen ausgebrochen war. Die Kellnerin hatte geglaubt, sie weine um ihre tote Mutter und war auf Emma zugegangen, um ihr die Hand zu drücken und Beileid zu wünschen.

Wo ist all meine Kraft? Sie schaute zu den Fenstern, die noch immer offen waren. Es wäre eine große Erleichterung gewesen, wenn Hermann sich jetzt erhoben und die Läden geschlossen hätte, wenn er hernach im Halbdunkel des Zimmers auf sie zugegangen wäre und sie umarmt hätte. Mit geschlossenen Augen saß Emma da, und als eine Fliege auf ihrer Hand landete, erschrak sie, weil sie sich für ein paar Sekunden vorstellte, es sei Hermann, der sie berührte.

Der Lärm von draußen holte sie wieder zurück. Sie wußte nicht, was sie schlimmer fand: die knatternden Motorräder oder die hupenden Autos und Lastwagen. Hermann hatte gemeint, es sei in Rom immer schon laut gewesen. Einst wären an jeder Ecke gottbesessene Sektenanhänger, Geldwechsler und Schwefelholzverkäufer gestanden. Schlaf erfordere Geld. Die Reichen hätten sich im antiken Rom vom Hämmern der Handwerker und vom Gebrüll der Straßenhändler fernhalten können, weil ihre Gärten groß genug gewesen seien. «Ein bißchen größer als deiner», hatte Hermann gesagt.

Wie Steg wohl lebte, wenn er nicht in Rom war. Emma hatte nichts erfahren, denn Hermann hatte nicht aufgehört, von *seinem Rom* zu erzählen, von den finsteren und zugigen kleineren Badeanstalten und von den großen Thermen des Nero und Agrippa, in denen Männer und Frauen gemeinsam und nackt gebadet hätten. Laut sei es auch dort gewesen mit all den Hantelstemmern und um Kunden werbenden Haarentfernern, und selbstverständlich sei auch in den Thermen alles verkauft worden, was die hungrigen Badenden begehrten. Je mehr Hermann erzählt hatte, desto kleiner war sich Emma vorgekommen mit ihren verschwommenen Stillbacher Erinnerungen und den auf Wiederholung gründenden, römischen Arbeitsjahren.

An Hermanns Finger, das beruhigte sie, steckte kein Ring, aber vielleicht gehörte er zu jenen Männern, die sich auf Reisen ihrer Eheringe entledigten, oder er hatte seinen Ring damals schon in der Aktion *Gold für Eisen* verloren.

Das kann gar nicht sein, korrigierte sich Emma, Hermann ist ja Österreicher.

Sie war noch in Stillbach gewesen, als man für den Abessinienkrieg den Schmuck eingesammelt hatte, ausgerechnet für diesen Afrika-Krieg, für den auch Johann die Einberufung erhalten hatte. Wer wollte schon dorthin. Bei der Verabschiedung am Bozner Bahnhof, das hatte man sich später in Stillbach erzählt, sollen einige Männer aus Protest das Horst-Wessel-Lied angestimmt haben. Ein Freund Johanns war frühzeitig über die Schweizer Berge abgehauen, so viel Mut hatte Johann nicht gehabt. Ein Krieg sei das nicht gewesen, denn die Äthiopier hätten nicht einmal Schuhe besessen und mit einfachen Lanzen gekämpft, während Mussolini seinen

Generälen freie Hand beim Einsatz von Senfgasbomben gelassen habe. «Es war ein Abschlachten und Vergiften, die in Abessinien haben nicht einmal gewußt, was ein Flugzeug ist», hatte Johann erzählt, «und die italienischen Kardinäle, auch dieser Roncalli, haben ihren Segen dazu gegeben.»

«Warum bist du 1939 nicht wie die meisten anderen Hausmädchen nach Stillbach zurückgekehrt?» wollte Hermann in der Nacht wissen. Emma war keine passende Antwort eingefallen. Da war ich doch gerade erst in Rom angekommen und hatte es nach den Erfahrungen bei den Scabellos genossen, ein eigenes Zimmer und ein gutes Einkommen zu haben. Warum hätte ich da nach Hause fahren und mich zum Reichsarbeitsdienst melden sollen, dachte Emma.

Sie stand jetzt auf und schloß die Läden. Die Rückenschmerzen waren verschwunden. Nachdem sie geduscht hatte, zog sie ein helles, luftiges Kleid an, dessen Farbe sie an Grünroggen erinnerte, an die Felder südlich von Stillbach im späten Frühling.

24

Antonella war über Nacht nicht ins Hotel zurückgekehrt. Sie hatte mir nie von einem Freund erzählt, dennoch vermutete ich, daß sie bei einem Mann geblieben war, und erwartete jeden Moment ihre Rückkehr. Während ich die Wasserpunkte und Zahnpastaspuren auf unserem Spiegel betrachtete, fiel mir ein, daß sie heute mit dem Wischen der Außenstiege an der Reihe war, eine Arbeit, die wir vor dem Frühstück zu erledigen hatten. Gegen Viertel nach sieben füllte ich den Putzkübel mit heißem Wasser, schüttete *varecchina* dazu und machte mich auf den Weg zum Eingang. Ich dachte an meine Schulfreundinnen, die um diese Zeit noch schliefen und hernach den ganzen Tag im Schwimmbad verbrachten, an die zwei Bauerntöchter, deren Väter EU-Förderungen erhielten, weil ihre ertragreichen Apfelplantagen aufgrund der etwas höheren Lagen als Bergbauernwiesen galten, an die Chirurgentochter und die beiden Rechtsanwaltssöhne, die zu Schulende noch nicht genau gewußt hatten, wo sie die nächsten Wochen verbringen würden. Am Gardasee? In England? «Was, du fährst nach Rom? Allein? Beneidenswert!»

Meine Finger waren aufgeweicht, die Knie schmerzten. Ich rieb klebrige Getränkereste vom Marmor, entfernte Vogeldreck und versuchte die gelbbraunen Brandflecken von ausgetretenen Zigaretten aufzuhellen, als sich dicht hinter mir jemand räusperte. Es war Steg, der sich mir genähert hatte und mich – wer weiß, wie lange schon – bei der Arbeit beobachtete.

«Erschrecken Sie immer?»

Ich stand sofort auf. Es war mir unangenehm, vor ihm zu knien. «Nur wenn ich Sie sehe.»

Steg klatschte in die Hände. «Sie sind schlagfertig, das gefällt mir.»

Meine Antworten haben normalerweise die Verspätung von italienischen Zügen, dachte ich. Steg murmelte irgendetwas auf Latein, das ich nicht verstand. Als ich den Putzkübel ans Ende der Stiege stellte, sagte er: «Je mehr man hinschaut – ei du böse Schürze!» Er ging die noch nassen Stufen hinauf, blieb vor der Eingangstür stehen. «*Sordide de niveo corpore pulvis abi!* Schmutziger Staub, geh fort von ihrem schneeweißen Leib! Ein bißchen Sonne würde Ihnen guttun. Begleiten Sie mich mal zum Venus-Tempel?»

«Sicher nicht.» Ich warf den Lappen unausgewrungen auf den Marmor, es spritzte.

«Ein bißchen mehr Humor», rief er, «dafür weniger Saft im Wischlappen!»

Als mein Blick auf eines der offenen Fenster fiel, bemerkte ich die Manente. Sie hatte mitgehört, trat sofort hinter den Vorhang, als sie sah, daß ich sie entdeckt hatte.

Ein paar Minuten später stand sie vor mir: «Das würde ich Ihnen auch raten.»

«Ich verstehe nicht.»

«Sie wissen genau, was ich meine. Und lassen Sie auch Paul in Frieden.»

Ich rieb meine Finger an der Schürze trocken.

«Er ist zum Studieren da, nicht, um sich mit einem Zimmermädchen zu vergnügen.» Sie warf einen Blick auf den Kiesweg, deutete auf die Blätter, die der Abendwind von den Bäumen geweht hatte. «Aufheben», sagte sie, während ich an die hellen, in der Nacht leuchtenden Steinchen dachte, die so früh am Morgen noch die Spuren von Pauls Füßen bewahrten. Bald würden sie durch die Schritte der aufbrechenden Gäste verwischt werden.

«Wo ist die Kleine? Es ist niemand in der Küche», sagte die Chefin. «Wäre das nicht ihre Aufgabe?»

«Sie wird gleich kommen.»

Nach einer Stunde – ich hatte inzwischen den Eingangsbereich geputzt und das Frühstück für die Gäste hergerichtet – war Antonella noch immer nicht da, hatte weder angerufen noch jemanden vorbeigeschickt. War sie beim Münzenfischen erwischt worden?

Die Chefin saß neben der Cocola in der Küche und trank Kaffee. Ada erzählte, daß schon wieder ein Liter Milch sauer gewesen sei. «Die Produzenten geben den Verkäufern die Schuld, weil sie angeblich nachts die Kühlanlagen ausschalten.»

«Gianni wird die Milch zurückbringen», sagte die Manente.

«Das wird nichts nützen, sie geben uns keine neue. Der Verkäufer schiebt das Problem auf die Milchproduzenten.»

«Und die geben den Kühen die Schuld.» Die Manente stand auf. «Zum Glück können die Viecher nicht sprechen, sonst würden sie sagen, es läge am Gras.»

«Der Papst ist krank», sagte die Cocola nach einer Weile. Sie zeigte mit dem Finger auf die Nachricht im *Messaggero*. «Vielleicht hat ihm der neue Staatspräsident nicht gutgetan.» Sie nippte an ihrem Kaffee, vergaß, die Tasse wieder auf den Tisch zu stellen.

Die Chefin sah mich an.

Ich blickte an mir herunter, aber die Schürze war sauber, die Knöpfe hingen alle dran.

«Immer noch nicht da?»

«Nein.»

«Sie war auch in der Nacht nicht in ihrem Zimmer?»

Ich schwieg.

«Das ist auch eine Antwort», sagte die Manente. «Ich werde die Eltern benachrichtigen müssen.»

«Vielleicht kommt sie ja noch.»

«Schaffen Sie es allein, oder soll Ihnen Gianni zur Hand gehen? Ich kann nicht –»

«Geht es Ihrem Rücken besser?» fragte ich. Bei dem Gedanken, Stegs Zimmer allein aufräumen zu müssen, wurde mir unbehaglich. Er durfte nicht anwesend sein; ich mußte mit dem Putzen warten, bis ich mir sicher war, daß Steg das Hotel verlassen hatte. Und ich würde Sicherheitsvorkehrungen treffen, die Tür von innen abschließen.

«Die Mittel wirken», sagte die Manente und strich sich mit der Hand über den Rücken, als suchte sie nach der Stelle, die geschmerzt hatte.

Die Cocola war noch immer in die Zeitung vertieft und faßte laut einzelne Artikel zusammen: Die Killer hätten Aldo Moro möglicherweise in Focene versteckt. In Turin habe eine

Frau ihrem untreuen Ehemann kochendes Öl ins Gesicht geschüttet. Und: Sara Simeoni sei zwei Meter hoch gesprungen. Sie schaute auf. «Zwei Meter und einen Zentimeter.»

Den Kaffee trank ich im Stehen, aß nur eine halbe *rosetta* mit etwas Butter und verließ die Küche. Ich hörte noch, wie die Cocola zur Manente sagte: «Berlinguer wirft den Sozialisten vor, die Linke zerstören zu wollen. Das wahre Übel ist doch er selbst.»

In jedem Stock befand sich eine kleine Abstellkammer, in der neben den Putzmitteln ein Einbaukasten für die Wäsche stand. Ich stieß absichtlich mit der Fußspitze mehrmals gegen die Kastentür, ließ die Schlüssel zu Boden fallen und schlug zweimal hintereinander die Tür zur Kammer zu, damit die Gäste endlich aufwachten und ich mit dem Zimmermachen beginnen konnte. In den ersten Tagen hatten mir die Hotelgäste noch leid getan, ich hatte Antonella sogar gebeten, leise zu sein. «Die müssen raus», hatte sie gesagt, «sonst wird die Cocola unausstehlich. Sie will das Frühstücksgeschirr um elf verräumt wissen.» Außerdem raubten uns die Langschläfer die Zimmerstunden.

Ich schob den Stoß mit den Leintüchern etwas zur Seite und griff nach der offenen Kekspackung. Antonella hatte hinter der Bettwäsche ein kleines Depot mit Süßigkeiten angelegt. Ich setzte mich, den Rücken an die Tür gelehnt, auf den Boden und wollte noch ein paar Seiten lesen, als jemand hereinzukommen versuchte. Das Reclam-Heftchen legte ich schnell unter den Putzkübel, doch hatte ich Mühe, die trockenen Keksstücke hinunterzuschlucken. Als ich die Tür öffnete, hustete ich los, rang nach Atem und riß die Arme hoch, so daß Paul einen Schritt zur Seite machte.

«Seh' ich so furchtbar aus?» Er folgte mir in die Abstellkammer, in der ich nach einer Flasche Wasser suchte, die

Antonella vor zwei Tagen neben den Putzmitteln abgestellt hatte. Paul schlug mir mit der flachen Hand auf den Rücken, und ich bemerkte erst, als ich mir die Tränen aus den Augen wischte, daß seine Rechte noch immer meinen Rücken berührte. Ich bot ihm Kekse an, er nahm die Schachtel und legte sie zur Wäsche. Einen Moment lang glaubte ich, er werde mich jetzt küssen, aber er griff wieder nach der Kekspackung, drehte und wendete sie in seinen Händen, als suchte er nach den aufgelisteten Ingredienzien.

«Eine der Hauptdrahtzieherinnen des Anschlags in der Via Rasella heißt *Capponi*», sagte Paul.

«Was für ein Anschlag?» Ich dachte an Antonella, an ihre Sympathie für die *Brigate Rosse*. Wie hieß sie noch mal mit ihrem Familiennamen? *Capponi* hatte ich schon irgendwo gehört. «Antonella ist heute nacht nicht in ihrem Zimmer gewesen», sagte ich.

Paul sah mich an. «Via Rasella – noch nie gehört?» Er schüttelte den Kopf. «Das kann nicht sein.» Er nahm nun doch einen Keks aus der Packung, biß ein Stück davon ab, kaute aber nicht. Auf seiner linken Wange bemerkte ich den Abdruck mehrerer Leintuchfalten. «Es war ein Bombenanschlag gegen ein Bataillon von Nazis. Am nächsten Tag sind für jeden Deutschen zehn Italiener hingerichtet worden. Unschuldige Leute. Erinnerst du dich nicht, die Katze –» Die rechte Wange sah merklich dicker aus; Paul kaute noch immer nicht.

«Sie heißt doch *Capponi*», sagte er.

«Du meinst, die Manente hat die Katze nach einer Attentäterin benannt? Gehst du nicht ein bißchen zu weit? Vielleicht hat es im Leben der Chefin einmal eine Frau gleichen Namens gegeben, einen Hotelgast, der besonders impertinent war. Vielleicht hat ein Gast versucht, ihr Remo abspenstig zu machen.» Ich bot Paul wieder Kekse an, aber er lehnte ab. «*Capponi, capuni* – gibt es nicht einen Fisch ähnlichen Namens?»

Paul grinste.

«Vielleicht stinkt die Katze wie ein Fisch? Vielleicht hat der Fisch einen stumpfen, abgerundeten Kopf, und der häßliche Katzenkopf erinnert die Manente an den Fischkopf?» sagte ich. «Du trägst gar kein Kollar? Keine Führungen heute, Hochwürden?»

«Heute nicht.» Paul trat auf den Gang hinaus. «Es ist rührend, wie du nach Erklärungen suchst. Hast du die Manente mal über Pertini sprechen hören? Sie kann den neuen Präsidenten nicht ausstehen.»

«Wenn sie mit der Cocola über ihn redet, nennt sie ihn immer den *Nelkenpräsidenten*. Und Nelken mag sie nicht, nicht mal als Tischblumen. Dabei halten die so lange», sagte ich.

«Er war eben auch ein *partigiano*. Vielleicht hat Antonella recht, und die Manente war tatsächlich mit einem Nazi liiert, der hier in Rom umgekommen ist.» Pauls Hand spielte mit der Türklinke.

«Ich hab' übrigens noch andere Süßigkeiten anzubieten. Antonella –»

«Was ist mit Antonella? Warum war sie heute nacht nicht da?»

«Weiß ich doch nicht. Die Manente will die Eltern benachrichtigen.»

«Vielleicht hat sie nur verschlafen und liegt hier im Haus in den Armen eines Gastes?» sagte Paul.

«Das glaub' ich nicht.»

«Könnte uns das nicht auch passieren?»

Ich bückte mich nach dem Putzkübel, wich Pauls Berührung aus. «Mir nicht», sagte ich und zwängte mich an ihm vorbei. Ich ging den Gang hinunter, ließ ihn vor der Abstellkammer stehen.

25

Emma hatte sich in der Küche so hingestellt, daß sie jeden Gast, der zum Frühstück in den Speisesaal kam, sehen konnte. Sie hörte nur mit halbem Ohr der Cocola zu, die von neuen Verhaftungen erzählte, von einem Mann aus dem Vorort Magliana, der Kontakt zum Schriftsetzer der *Brigate Rosse* gehabt hatte. Auch jetzt, mehr als zwei Monate nach dem Tod Aldo Moros, liefen die Anhänger und Trauernden in Scharen in die Via Fani und in die Via Caetani, um dem toten Politiker mit Blumen, Plakaten und beschriebenen Zettelchen die letzte Ehre zu erweisen. Sie sei auch dort gewesen, sagte Ada.

Emma war erleichtert, daß der Verhaftete aus Magliana stammte und nicht aus der Via Nomentana, daß unter den Namen, die in der Zeitung genannt wurden, nicht der ihres Sohnes war. Und wenn Ada wieder einmal verkündete «Diese Terroristen gehören alle aufgehängt», versuchte Emma wegzuhören; insgeheim verstand sie ihre Köchin, fürchtete aber, daß einer der Stricke um den Hals ihres Sohnes gelegt werden könnte. Im nächsten Moment fand sie ihre Verdächtigungen absurd. Franz reiste viel, er meldete sich selten zu Hause, was bedeutete das schon? Emma nannte sich im stillen eine ungerechte und dumme Mutter, trank schnell ihren Kaffee und beschloß, zur Rezeption zu gehen, um sich bei Antonellas Eltern nach deren Verbleib zu erkundigen.

Sie hätte auch gerne jemanden gehabt, bei dem sie hätte anrufen und nach ihrem Sohn fragen können. Aber selbst von der unordentlichen Triestinerin, die Franz einmal mitgebracht hatte, war Emma nur der Familienname Rizzo in Erinnerung geblieben, ein Name, der zum ungebändigten, lockigen Haar der Frau paßte, der aber in ganz Italien verbreitet war, so daß eine Suche im Telephonbuch erfolglos bleiben würde. Die Triestinerin, das hatte Emma in jenen Weihnachtstagen herausbekommen, war gar nicht aus Triest, sie war nur immer wieder nach Triest zurückgekehrt, um diesen Doktor zu unterstützen, der sich dafür eingesetzt hatte, daß die Irren aus ihren Anstalten herausdurften, weshalb sich die Freunde – Franz hatte «Genossen» gesagt – für sie den Spitznamen *Triestinerin* ausgedacht hatten. Daß Emma den Vornamen dieser Frau nie erfahren hatte, beunruhigte sie jetzt, ebenso die Tatsache, daß sogar Franz sie *Triestina* gerufen hatte. Vielleicht lebte sie wie viele andere, von denen täglich in der Zeitung die Rede war, im Untergrund und wurde gesucht.

Emma wählte die Telephonnummer, die sie von Antonella bekommen hatte, aber am anderen Ende war nichts zu hören, nicht einmal ein Besetztzeichen. Die Leitung schien tot. War die Nummer falsch, oder hatte Antonellas Bruder die letzten Rechnungen nicht begleichen können? Wie konnte dieser Mimmo überleben, wenn er in seiner Bäckerei nicht einmal telephonisch Bestellungen entgegennehmen konnte?

Und wenn Antonella etwas zugestoßen war?

Das Sonnenviereck an der Wand über der Rezeptionstheke war schon Richtung Tür gewandert, es zitterte ein wenig. Emma trat vors Haus, sah in die Baumkronen, die von blauen Himmelsinseln durchsetzt waren. Sie schloß die Augen und gab sich der Vorstellung hin, Steg träte lautlos hinter sie und wünschte ihr einen guten Morgen. Wenn sie jetzt in Stillbach wären, stünden sie beide auf dem Balkon, der zu ihrem Gästezimmer gehörte, und blickten auf die andere Seite des

Tales, zu diesen südlich anmutenden Hängen, deren Waldbestände einst für den Bau Venedigs gefällt worden waren. Auch wenn Emma inzwischen von verschiedenen Seiten gehört hatte, daß Brandrodungen die Steppenlandschaft verursacht hatten, blieb sie bei der Annahme, der Fluß unten im Tal sei einmal flößbar gewesen und der Baumbestand zur Gänze der Lagune zum Opfer gefallen. Sie hatte Frau Scabello sogar kurz vor der Abreise an den Kopf geworfen, daß sie und ihre venezianischen Vorfahren für die Zerstörung dieses Landstrichs verantwortlich seien und noch heute Muren abgingen, welche die Dörfer am Talgrund bedrohten. Doch die Scabello hatte nur gelacht. «Ihr habt zu viele Ziegen und Schafe da oben.»

Wer hatte damals schon eine Ziegenherde gehabt, dachte Emma, nicht einmal der Nörderbauer. Johanns drittältester Bruder war ein Dableiber gewesen, der mit den Italienern gekämpft hatte und im Herbst 1943, nachdem Italien aus dem Krieg ausgeschieden war, nicht einsehen wollte, weshalb er jetzt für die Wehrmacht in den Krieg ziehen sollte. Nachdem er die Einberufung der Deutschen erhalten hatte, war er abgehauen, hatte sich in den Wäldern versteckt. Wochenlang hatte er sich irgendwie durchgeschlagen, war in Alm- und Jagdhütten eingebrochen und hatte gegessen, was die minderjährige Schwester heimlich in einer der schwer zugänglichen Höhlen unterhalb des Stillbacher Horns für ihn hinterlegt hatte, aber dann war Schnee gefallen, und die kleine Schwester konnte ihn nicht mehr mit Essen versorgen, weil die Deutschen die Spuren entdeckt hätten. Es hatte keine Ziegenherde auf dem Hof gegeben, die man hätte über den Weg treiben können, um die verdächtigen Fußspuren zu verwischen.

Emma war erst nach dem Krieg die Geschichte dieses

Bruders erzählt worden, der sich acht Jahre nach Johanns Freund ebenfalls in die Schweiz abgesetzt hatte. Nach dem Krieg soll der Bruder kurz nach Stillbach zurückgekehrt sein, doch nachdem er von den meisten Dorfbewohnern, vom eigenen Vater und den Brüdern als *Feigling* und *Speckräuber* beschimpft worden war, hatte er es vorgezogen, dem Nörderhof den Rücken zu kehren und sich eine neue Existenz in einem entlegenen Tal im Osten des Landes aufzubauen.

Emmas Blick wanderte zu den Fenstern, die fast alle geschlossen waren. Nie könnte sie in so einem stickigen Zimmer schlafen. Sie hatte schon damals, als sie hier noch Zimmermädchen gewesen war, Türen und Fenster aufgerissen und Frischluft hereingelassen.

Während sie die einzelnen Fenster betrachtete, fiel Emma der Speisebehälter ein, eine aus Maschendraht gefertigte Kiste, die ihr Vater wie einen Vogelkäfig an dem schattigen Küchenfenster befestigt hatte. Was hatten die schon zu kühlen gehabt damals. Ohne Emmas Geld aus Rom gar nichts. Selbst nach der Heirat hatte sie eine Zeitlang Geld nach Stillbach geschickt, so lange, bis nichts mehr von ihrem Ersparten dagewesen war. Dann erst hatte Vater ihr die Ehe mit Remo vorzuwerfen begonnen. Er hatte ihr nie gesagt, was ihm am Schwiegersohn nicht paßte, hätte es gar nicht sagen können, weil er ihn nie kennengelernt hatte. Nachdem Vater sich so abfällig über ihre Ehe und das Kind geäußert hatte, war Emma mehr als einmal der Gedanke gekommen, unangekündigt nach Stillbach zu fahren und diesen Speisebehälter vor aller Augen mit Käselaiben und Schinken zu füllen. Es hätte ihr eine Genugtuung bereitet zu sehen, wie sich der Maschendraht unter dem Gewicht der Nahrungsmittel verbogen und das schwere Essen den Käfig allmählich vom Fensterbrett gerissen hätte.

Das eine Mal, als ihr Vater die Gelegenheit gehabt hätte, Remo kennenzulernen, war er weggegangen und bis zum Abend nicht mehr zurückgekehrt. Und mit ihm hatten die Brüder das Weite gesucht. Emma war mit ihrem Mann in der Schweiz gewesen; sie hatten ihre Hochzeitsreise nachgeholt, waren bei entfernten Verwandten von Remos Mutter in Bellinzona abgestiegen und nach wenigen Tagen von dort aufgebrochen, um rechtzeitig nach Stillbach zu kommen. Emma war es gewesen, die darauf gedrängt hatte, das Tessiner Städtchen mit seinen Burgen und Wehrmauern zu verlassen, weil sie ein paar Tage von der knapp bemessenen Ferienzeit mit ihrer Familie verbringen wollte und gehofft hatte, daß es nach all den Jahren gut würde.

Offenen Streit hatte es auch damals keinen gegeben, es war nur niemand dagewesen außer Mutter, die Remo freundlich gegrüßt, aber gleichzeitig ohne viele Worte nahegelegt hatte, schnell wieder abzureisen. Der Küchentisch war ungedeckt geblieben. Zum Abschied hatte Mutter Remo nicht einmal die Hand gegeben, sie war nur kurz hinter der Stubentür verschwunden, hatte die Fingerspitzen in die Weihwasserschale getaucht und dann von der Tür aus ein schlampiges Kreuzzeichen in die Luft gestikuliert, so daß das Weihwasser, anstatt Remos und Emmas Stirn zu benetzen, auf den Steinboden getropft war.

Remo hatte es vorgezogen, ohne Pause bis nach Verona zu fahren, obwohl es schon spät gewesen war. Er hatte seine Hand immer wieder auf Emmas Oberschenkel gelegt und gehofft, sie damit beruhigen zu können, hatte, kurz vor der Klause, vor dieser unsichtbaren Grenze zwischen den zwei Völkern, auf eine Erhellung am Himmel gezeigt. «Dieses Licht muß dein Vater mit uns teilen, ob er will oder nicht. Auch wenn er wegschaut.»

Als Emma an die Rezeption zurückkehrte, zitterte das Sonnenviereck noch immer. Sie ging zum gegenüberliegenden Fenster, um es besser zu schließen, aber es war nicht genügend gedämmt, die Flügel bewegten sich durch die unruhige Luft, die durchs Haus zog.

Diese Undankbarkeit. Und jetzt war es Franz, dem all die finanziellen Unterstützungen als etwas Selbstverständliches erschienen. Sie wußte nicht einmal, zu welchen Zwecken er das Geld brauchte. Was würde er zu Hermann Steg sagen? Würde er ihn ablehnen? Nicht auszudenken, wenn Franz deswegen den Kontakt zu ihr abbräche. Er wird ihn des Geldes wegen aufrechterhalten, dachte Emma.

Der Vormittag war in vollem Gang, die Geräusche der Straße gingen durch die Mauer. Emma überlegte, in den Speisesaal zu schauen. Vielleicht saß Hermann schon beim Frühstück? Wenn sie ihn im Beisein der Cocola träfe und duzte, würde diese sofort verstehen, daß zwischen ihnen etwas vorgefallen war. Besser sie wartete an der Rezeption auf ihn.

Für sich formulierte Emma Sätze, aber keiner paßte so recht. «Hast du gut geschlafen?» – «Sehen wir uns später noch?» – «Darf ich dich mittags zum Essen einladen?» – «Kann ich etwas für dich tun?» Sie schämte sich ihrer einfachen Worte. Steg hatte nachts ein Serviettengedicht auswendig vorgetragen, und Emma hatte nicht einmal den Namen des Dichters gekannt. Ihr Atem ging schneller, sie schwitzte ein wenig. Vielleicht waren es die Nebenwirkungen der Schmerzmittel, die ihr Dottor Franceschini gegeben hatte.

Sie ordnete eine Weile alte Rechnungen, schrieb die Ausgaben eines Ehepaars zusammen, das heute abreiste, telephonierte mit dem Gemüsehändler und dem Metzger, bestellte Mineralwasser nach. Die eine Handlung schien in die andere überzugehen, es kam Emma in letzter Zeit oft so vor, als gäbe es das Hintereinander nicht mehr, als geriete alles durcheinander, dabei war schon der Gedanke kaum auszuhalten, daß Stillbach neben Rom weiterexistierte, daß ihre Brüder, während Emma jetzt hinter der Rezeptionstheke stand, die Felder bestellten und – sie warf einen Blick auf ihre Armbanduhr – daß in einer Minute vom Stillbacher Kirchturm der Viertelstundenschlag zu hören sein würde. Es war alles noch da, auch das, was längst gewesen.

Steg kam in diesem Moment die Stiege herunter, hinter ihm Ines. Er lachte.

Emma sprang auf, blieb mit dem Saum ihres Kleides an einer der offenen Schubladen hängen, in die sie die Rechnungen gelegt hatte. Sie rief seinen Namen, aber Steg drehte sich nicht um.

26

Antonella hatte nicht geschlafen, ich bemerkte es an ihrer Art zu gehen, an den hängenden Schultern und dem zerzausten Haar. Wenn ich nicht zufällig von dem Gästezimmerfenster aus einen Blick in den Garten geworfen hätte, wäre mir ihre Rückkehr entgangen. Ich ließ alles liegen und lief nach unten. Ausgerechnet Steg mußte ich jetzt begegnen, der wie ein Polizist beide Arme ausgestreckt hielt und mir im Stiegenhaus den Weg versperrte. Da noch andere Gäste zu hören waren, die soeben ihre Zimmer verließen, ging er weiter, lachte aber so laut, als habe er jede Selbstbeherrschung verloren.

«Frau Manente hat nach Ihnen gerufen.»

Er blieb kurz stehen; ich huschte an ihm vorbei, nahm die letzten Stufen in einem Satz und öffnete die Hintertür zum Garten, wo mir schon Antonella entgegenkam, den Kopf gesenkt, die blaue Lidfarbe verschmiert, als habe sie einen Schlag ins Gesicht bekommen. Die Wut darüber, daß sie mich mit der ganzen Arbeit allein gelassen hatte, verflog bei ihrem Anblick.

«Was ist los?»

«Nicht hier», sagte Antonella.

«Du weißt, daß ich nach oben muß. Also sag schon.»

Sie hob die Schultern und ließ sie wieder fallen, eilte in ihr Zimmer. Dort warf sie sich aufs Bett und vergrub ihr Gesicht im Polster.

Ich blieb in der Tür stehen, dachte an all die Räume und Gänge, die noch zu putzen waren, an die Manente, die sicher bald nach mir suchte, wenn ich nicht zur Arbeit zurückkehrte.

«Er bringt mich um. Mein Bruder bringt mich um.»

«Haben sie dich erwischt? Hast du Münzen –»

Sie setzte sich auf. «Jetzt fängst du schon wieder damit an, das ist doch lächerlich. – Sie haben mich festgehalten.» Antonella fuhr sich mehrmals durchs Haar. Die Stirnfransen standen in alle Richtungen. Sie sprang auf, zog sich aus, streifte sich die Schürze über.

Ich roch ihren Schweiß bis zur Tür herüber.

«Die Manente wird toben. Ich bin ja nicht angemeldet. Wenn die hierherkommen –»

«Ich versteh' kein Wort.»

Sie blickte auf den Boden, begann die Knöpfe der Schürze falsch zuzuknöpfen, so daß das unterste Loch knopflos blieb. «Wir setzen uns dafür ein, daß Paragraph 194 angewendet wird.» Antonella richtete ihren Blick auf mich.

«Deine Knöpfe», sagte ich.

«Du hast keine Ahnung von Paragraph 194, stimmt's? Wo lebst du?» Sie raufte sich wieder die Haare, setzte sich auf den mit Unterwäsche und Kleidungsstücken belegten Stuhl.

«*Merda*», sagte sie, «*merda, merda*. Das hätte nicht passieren dürfen. Ich war zu langsam. Ich hätte schneller laufen müssen. Die Bullen haben mich zwar nicht direkt davor erwischt, aber einen Häuserblock dahinter.»

«Bist du –»

«Keiner hält sich an das Gesetz. Keiner, verstehst du? Wir leben in einem katholischen Faschistenstaat, in dem man wie im Mittelalter zu den Engelmacherinnen muß, obwohl es ein Gesetz für die Abtreibung gibt. Wir wollen diese Typen zwingen, daß sie in den Ambulatorien und in den Krankenhäusern ihre Arbeit tun, mehr nicht.»

«Und wie?»

«Na, was würdest du machen? Gar nichts, oder? – Weiß die Chefin, daß ich in der Nacht nicht in meinem Zimmer war?»

«Vermutlich», sagte ich.

«Was heißt *vermutlich*. Weiß sie es oder nicht? Hast du es ihr gesagt?»

«Ich habe nichts gesagt, aber sie hat es auch so gemerkt.»

«Du lügst.» Antonella stellte sich vor mich hin. Ich machte einen Schritt zur Seite. «Du weichst mir aus», sagte sie.

«Laß mich mit deinen Geschichten in Ruhe.» Ich drehte mich um und ging, vermied die Begegnung mit der Chefin und nahm den Aufzug, der im Tiefparterre stand. Er ruckelte nach oben, krachte und schepperte, daß ich schon fürchtete, er bliebe stehen.

Als erstes putzte ich Stegs Zimmer; er wurde jetzt von der Manente aufgehalten, oder er war schon beim Frühstück, so daß er mich nicht belästigen konnte. Das Bett war kaum zerknittert, ich zog nur das Leintuch glatt; auch das Bad war schnell gereinigt. Steg hatte nicht geduscht. Vielleicht waren auch nur die Wassertropfen eingetrocknet. Er mußte eine

Menge Rasierwasser verwendet haben, denn auch im Zimmer roch es minzig und süß.

Ich verzichtete auf das Abstauben, rückte die Stühle zurecht und verschob den Bettvorleger. Bevor ich das Zimmer wieder verließ, blätterte ich in Stegs Büchern. Auf einem Zettel, der in einem Gedichtband steckte, hatte Steg Speisen notiert: *geiler Raukenkohl, mit Rautenblättern garnierte Makrelen, in Thunfischmarinade angerichtetes Saueuter*, daneben stand: *Vorspeisen für das Abendessen*. Aus dem darunterliegenden Buch ragten kleine Post-its; an einer Stelle las ich von einem Dichter, der sich darüber beklagt, daß das Volk jedes Interesse an Politik verloren habe und statt dessen nur noch *panem et circenses* fordere. Weiter hinten war ein Satz unterstrichen, der mich an Stegs Bemerkung heute morgen erinnerte: «Ei du böses Kleid – daß du so schöne Beine verdeckt hast ...» Ich klappte das Buch zu. *Römische Dichter der Antike.* Warum las dieser Steg keine Bücher von lebenden Autoren?

Ich hörte Schritte, Antonella rief nach mir: «Hier fängst du an? Warum nicht im dritten Stock? Wir sollen doch von oben nach unten –»

«Du tust doch sonst nicht, was die Chefin sagt.»

War Paul schon gegangen? Ich spürte ein Drücken in der Magengegend, auch fühlte sich mein Gesicht heißer an als gewöhnlich.

«Wie wollt ihr denn die Ärzte dazu bringen abzutreiben? Schlitzt ihr die Reifen ihrer Autos auf?»

«Gute Idee», sagte Antonella. «Willst du's wirklich wissen? Kannst du auch den Mund halten? Nein, kannst du nicht.» Sie drehte sich um.

Ich ging ihr nach. «Hör mal, ich schlafe nicht freiwillig mit dir in einem Zimmer. Wenn die Chefin fragt, ob du über Nacht da warst, kann ich sie nicht anlügen. Ich habe es vorgezogen, gar nichts zu sagen.»

Antonella stand jetzt am Gangfenster, drückte mit dem Zeigefinger auf den Kitt, als prüfte sie, ob er schon hart war. Dabei bröckelte er an der unteren Schmalseite, war im Laufe der Jahre spröde geworden.

«Und wie hast du dich jetzt herausgewunden?»

«War nicht nötig. Die Manente ist zur Zeit mit Steg beschäftigt. Ich weiß nicht, was sie an dem findet. Sie will mich später sprechen, hat sie gesagt.»

Wir gingen in den oberen Stock, erledigten schweigsam unsere Arbeit. Ich fragte mich die ganze Zeit, was Antonella wirklich angestellt hatte. War sie mit ein paar Leuten unterwegs gewesen, um unerlaubte Plakate aufzuhängen, oder war mehr vorgefallen?

Ich traute ihr zu, daß sie Fenster einschlug, Türen und Mauern von Krankenhäusern mit Kampfparolen beschmierte. Eine, die bei hellichtem Tag in Anwesenheit Hunderter Touristen Geld aus dem Trevi-Brunnen zu fischen vermag, hat auch den Mut, öffentliche Einrichtungen zu beschädigen, dachte ich.

Vor zwei Tagen war sie mit geballter Faust vor dem Kastenspiegel gestanden. «*La lotta continua*, der Kampf geht weiter», hatte sie gerufen und mir zugezwinkert. Da dachte ich noch, sie mache Spaß. War auch dieser Mann in die Geschichte involviert, der das Papierknäuel ins Zimmer geworfen hatte? Und wenn sich irgendwelche militanten Erwachsenen ihrer bedienten? Wenn sie Antonella nur ausnutzten?

Es ging mich nichts an. Ich reinigte Zahnputzbecher. Polierte Tischplatten. Brachte Fensterscheiben zum Glänzen. Ich erfuhr aus gelegentlichen Blicken in Zeitungen und Magazinen, die im Papierkorb gelandet waren, daß Christina

Onassis Sergei Kanzov heiraten würde, daß wieder einmal zehn Millionen Italiener gleichzeitig in ihrem Auto saßen, weil die Ferien begonnen hatten und Louise Brown geboren war, *das Kind, das aus der Kälte kam.*

Von Antonella erfuhr ich nichts. Einmal bat ich sie, mir kurz den Wischlappen zu reichen, aber sie hörte mich nicht. Ein anderes Mal fehlten die frischen Handtücher; als ich sie darauf aufmerksam machte, sah sie mich nur an. Ihr Gesichtsausdruck hatte etwas Ängstliches; die Augen waren leicht zusammengekniffen. Vielleicht war sie auch nur müde von der schlaflosen Nacht, und es störten sie das Sonnenlicht und die schwüle Luft, die wir hereinließen, um die Schlaf- und Badgerüche zu vertreiben.

Mittags verzog sich Antonella ins Zimmer. Sie habe keinen Hunger. Ob ich ihr ein bißchen Obst mitbringen könne, fragte sie mich. «Sag der Manente, daß ich Liebeskummer habe. Sag ihr – sag ihr gar nichts.» Als ich das Zimmer verließ, lag Antonella wieder auf dem Bett, das Gesicht zur Wand gedreht.

Nach dem Essen holte ich mir ein Badetuch aus dem Bügelzimmer und ging zum ersten Mal aufs Dach. Es war kein Sonnenschirm da. Auf den beiden schmalen Seiten der Terrasse standen hüfthohe Mauern, die Längsseiten waren mit einem weißgestrichenen schmiedeeisernen Geländer versehen, das den Wind durchließ, aber auch die Blicke der Nachbarn.

Ich war über eine Wendeltreppe heraufgekommen, die in einer Art überdachten und ummauerten Kabine endete, hatte es nur mit Mühe geschafft, die dünne Stahltür aufzukriegen. Von hier sahen die Pinien wie sanfte wellenförmige Wolken aus, der Garten wirkte wie ein undurchdringlicher Urwald. Die Holzhütte, wo ich mich mit Paul getroffen hatte, konnte ich gar nicht erkennen.

Ich blickte auf tiefer gelegene, menschenleere Terrassen,

auf Flachdächer mit windschiefen Antennen, auf Balkone mit Klapptischen und Liegestühlen, auf blaue und schwarze Plastikplanen, unter denen sich allerlei Hausrat befand, der in den Wohnungen keinen Platz mehr fand.

Nach einer Weile zog ich mich bis auf den Slip aus, legte mich auf den Boden, das Gesicht im Schatten der halboffenen Stahltür. Lange hielt ich es in der Sonne nicht aus. Ich öffnete den Wasserhahn links neben dem Aufgang, spritzte mich mit dem Schlauch ab. Unter mir entstand eine Lache, die zu schmatzen schien, wenn ich darin meine Füße bewegte.

Es fuhren kaum Autos auf der Nomentana. Das Rauschen, das ich hörte, war eine Mischung von Stadtgeräuschen, war das innere und äußere Leben, das hier oben unter der prallen Sonne zu flimmern begann. Ich legte mich auf den nassen Boden und schaute in den Himmel, sah das Meer, dessen Wasseroberfläche sich unter dem plötzlich aufkommenden Wind zu kräuseln begann. Ich hörte die Rufe spielender Kinder und das Flattern der Strandfahne. Wenn ich die Augen schloß, spürte ich, wie die einzelnen Wassertropfen auf meinem Körper verdunsteten. Es fühlte sich an, als fielen *coriandoli* vom Himmel, bunte Konfetti, die auf mir liegenblieben.

Ich stand nur auf, um mich neuerlich abzukühlen, als von einem der Balkone des gegenüberliegenden Palazzo Pfiffe zu hören waren. Selbst nachdem ich mich wieder hingelegt und meine Brüste mit dem Handtuch bedeckt hatte, fuhr der Mann fort, auf sich aufmerksam zu machen. Er mußte seine Finger als Hilfsmittel einsetzen, denn er pfiff so laut, daß die Tauben aufflogen.

Der Himmel war nur noch Himmel, und die Wassertropfen kitzelten jetzt, so daß ich sie mit ein paar schnellen Handbewegungen von meinem Körper wischte. Ich packte meine Sachen zusammen und verließ die Terrasse.

27

Fast wäre Hermann Steg an Emma vorbeigegangen, als sei zwischen ihnen nichts gewesen. Dann hatte er sich heute früh doch noch zu ihr an die Rezeptionstheke gestellt, und Emma war in die Küche geeilt, um zwei *cappuccini* und frische *rosette* zu holen. Nie zuvor hatte jemand im Eingangsbereich frühstücken dürfen. Hermann war eine ganze Stunde bei ihr geblieben, hatte sich nicht einmal hinsetzen wollen.

Ob sie, Emma, nach all den Jahren hier im Süden nicht Heimweh nach Stillbach habe, hatte er sie gefragt.

Emma war nicht mehr zu bremsen gewesen, sie hatte sofort zu erzählen begonnen: Daß ihr Herz noch immer schneller klopfe, wenn sie Autos mit einem Kennzeichen aus ihrer Gegend sähe. Daß es ihr die Tränen in die Augen treibe, wenn sie bei Winterspaziergängen am Strand von Ostia die Muscheln unter den Schuhen knirschen höre, weil ihr dann der Schnee und die grauweißen Landschaften einfielen, die sie früher nicht gemocht habe, inzwischen aber herbeisehne. Daß sie manchmal, wenn sie allein sei, im Stillbacher Dialekt mit sich spräche. Daß sie einmal Gras von einem Landausflug nach Hause gebracht und auf der Dachterrasse getrocknet habe, um endlich wieder Heu zu riechen, und wie enttäuscht sie gewesen sei, nachdem sie habe feststellen müssen, daß diese Büschel nicht die Gerüche nach Kräutern und Bittermandel freisetzten, die sie immer schon mit trockenem Gras in Verbindung gebracht habe. Daß sie manchmal auf dem Petersplatz in der Haltung und in der Gangart der Pilger vom Lande, in diesen von der schweren Feld- und Waldarbeit gebogenen Rücken und eingeknickten Knien, ihre Leute wiederzuerkennen vermeine und wie sie einmal auf der Piazza del Popolo nach ihrem Vater gerufen habe, nach einem kleinen, unscheinbaren, grauhaarigen Mann, der allerdings nicht ihr Vater gewesen sei.

Wie habe ich damals nur auf die Idee kommen können, daß er mich in Rom besucht, dachte Emma. Sie saß jetzt auf ihrem Lieblingssessel neben der Terrassentür, das Sitzpölsterchen zwischen Rücken und Lehne und betrachtete ihre Beine, die vielen Besenreiser in Knöchelnähe, auf denen sich die Schatten der Oleanderblätter hin und her bewegten.

Als Emma einmal zu Ostern nach Hause gefahren war, hatte sie ihre Halbschuhe mit Erde abgerieben, damit Vater nicht sah, daß sie neu waren. Er war trotzdem auf die Schuhe aufmerksam geworden, weil die Schwestern ständig auf ihre Füße geblickt hatten. Ob sie vergessen habe, wie sie hier in Stillbach lebten, hatte der Vater von Emma wissen wollen.

«Vielleicht fürchtete er, die neuen Schuhe könnten die Tochter noch weiter von ihm forttragen», hatte Hermann gesagt, nachdem sie ihm von diesem Vorfall erzählt hatte.

Emma gestand sich jetzt ein, daß sie zwar hie und da etwas Heimweh verspürt hatte, doch keinen vernunftverzehrenden Schmerz, der so tief gesessen wäre, daß sie alles daran gesetzt hätte zurückzukehren. Nach Remos Tod hätte sie das Hotel verkaufen und mit Franz Rom verlassen können, doch eine einzige Winterreise nach Stillbach, ein einziger Rundgang auf dem vereisten Friedhof und ein Besuch zu Hause hätten genügt, um wieder zu wissen, wieviel ihr das Hotel und die milden römischen Temperaturen bedeuteten.

Heimweh – das war etwas für Soldaten, daran hatten sich Johann und seine italienischen Kameraden in Abessinien festgehalten, an dieser *nostalgia*, welche die Tagträume und die Gier nach Erzählungen nährte, deren Geschichten sich immer wieder um die eigenen Dörfer und Städte drehten, welche die wenigsten freiwillig verlassen hatten.

Emma war noch in Stillbach gewesen, als sie einen Freund des Bruders von den Senfgasopfern hatte sprechen hören, für die in den abgelegenen abessinischen Gebieten keine Ärzte und keine Medikamente zur Verfügung gestanden waren. Senfgas verbrenne die Haut bis auf die Knochen, es führe zu Blasen und Geschwüren, mache die Leute zeitweilig blind, weil die Augenlider zuschwellten, hatte der Mann gesagt und von sich behauptet, er sei nur als Fahrer auf den Dschungel-, Sand- und Schlammpisten unterwegs gewesen. Er hatte ein Photo von einer barbusigen *schönen Negerin* herumgezeigt und es sofort in der Hosentasche verschwinden lassen, als Mutter hereingekommen war.

Wenige Monate nachdem Emma die Stellen vermittelnde Generalin besucht und das Arbeitsverhältnis mit Herrn Scabello bereits aufgelöst hatte, war in Bozen unter dem Ehrenschutz des Prinzen Umberto di Savoia eine römische Säule eingeweiht worden, die an all jene erinnern sollte, welche für Mussolinis Kolonialreich in Afrika gefallen waren. Diese Kriegsopfer hätten die Bindung zwischen dem Land am Brenner und *der großen Mutter Rom* verstärkt, war an jenem Tag zu lesen und zu hören gewesen. Johann, der nicht vergessen hatte, daß er sich als Kind zum ersten Mal satt essen konnte, als die Italiener kurz nach dem Ersten Weltkrieg mit Nudeln, Kastanien und Reis im Gepäck das Land besetzt hatten, der im Unterschied zu vielen anderen in Stillbach Bezeichnungen wie *Katzelmacher* und *terroni* vermieden hatte, war über den Pomp der Festivitäten außer sich gewesen. «Die Faschisten sollten sich schämen, diesen Sieg zu feiern.» *Die große Mutter Rom* habe nur Feiglinge geboren, die mit Gift und Flammenwerfern auf einen mit Wurfspeeren bewaffneten Haufen von Reitern und Stammeskriegern losgegangen seien.

Johann hatte Emma in den ersten Monaten nach seiner Rückkehr aus Afrika noch glaubhaft versichern können, daß er nur für den Ausbau der Straßen und das Anlegen von einfachen Wasserleitungen zuständig gewesen sei. Doch allmählich hatte Emma an dieser Version zu zweifeln begonnen, denn Johann hatte ihr bei ihrem letzten Stillbacher Erntedankfest besoffen von seinen wiederkehrenden Träumen erzählt, von den abessinischen Hyänen und Schakalen, die ihn in den Stillbacher Nächten zerreißen würden wie die Handgranaten ehemals die Einheimischen. Es war das einzige Fest gewesen, auf dem Emma ihren Johann betrunken gesehen hatte. Er war durch die Bankreihen gewankt und hatte allen erzählt, daß in Afrika der Zwieback und der Reis vom Himmel gefallen seien, daß diese *walschen Idioten* die Versorgungspakete ohne Fallschirme abgeworfen hätten. Sie wären auf den Knien auf dem Boden herumgekrochen, um den Reis einzusammeln, Körnchen für Körnchen. Er hatte den Wein in sich hineingeschüttet und allerlei Namen gebrabbelt, die Emma noch nie gehört hatte.

Gleich nach seiner Rückkehr aus diesem Krieg war Johann mit ihr zur Kapelle am Waldrand spaziert, weil er der heiligen Maria für die glückliche Heimkehr danken wollte. Die Himmelskönigin hatte ihn aber nicht in Stillbach gelassen, sondern noch einmal fortgeschickt.

Das Glück hält das Steuerruder nur mit einer Hand, dachte Emma. Es sei besser, man lerne selbst schwimmen, hatte Remo einmal gesagt.

Emma sah jetzt Ines zu, wie sie die Gartenmöbel mit einem feuchten Lappen abwischte, damit die Gäste, die sich schon bald zum Ausruhen oder Aperitivtrinken auf die Terrasse begeben würden, staubfreie Sessel und Liegestühle vorfänden.

Mit geschlossenen Augen konnte Emma an den Geräuschen erkennen, ob Ines wischte oder trödelte, und sie merkte genau, wenn das Mädchen innehielt, sich von ihrer gebückten Haltung aufrichtete und in den Garten hinunterschaute, sie wußte auch, daß Ines mit ihrem Fuß absichtlich einen der Plastiksessel verschob, um durch das entstandene Geräusch Arbeitsamkeit vorzutäuschen.

«Weiter, Mädchen, weiter!» rief Emma, ohne die Augen zu öffnen. «Verschwind endlich», sagte sie nicht, obwohl sie es mehrmals dachte, denn sie wollte verhindern, daß sie ihren Hermann, auf den sie schon die ganze Zeit wartete, mit Ines teilen mußte.

Heute morgen hatte sie ihn gefragt, wo er im Krieg gewesen sei, aber er hatte nur ausweichende Antworten gegeben, kurz seine Grundausbildung in Innsbruck erwähnt und war dann gleich auf Rio Silenzio zu sprechen gekommen, wo er noch nie gewesen war.

Daß Ettore Tolomei lange vor der Machtergreifung der Faschisten mit der Übersetzung der deutschen Namen begonnen hatte, weil er in der Wasserscheide am Alpenhauptkamm die natürliche Grenze gesehen und alles darangesetzt hatte, dieses kleine Stück Monarchie dem italienischen Königreich einzuverleiben, war dann auch Hermann neu gewesen. Zum ersten Mal hatte sich Emma mit ihm auf einer Ebene gefühlt. «Dieser Stümper hat *Linsberg* mit *Monte Luigi* übersetzt, und wer weiß, ob er nicht auch beim Ortsnamen *Stillbach* zuerst an *Stil* statt an *Stille* gedacht hat.» Hermann hatte nach Emmas Hand gegriffen und gemeint, *Rio Stile* passe noch besser zu ihr als *Rio Silenzio*, doch weil das Ehepaar von Zimmer dreißig zur Rezeptionstheke gekommen war, um den Schlüssel abzugeben, hatte er sofort seine Hand zurückgezogen. Die gemeinsame Nacht hatten beide mit keinem Wort erwähnt.

«Wo ist Antonella?» Emma stand auf, ging vor bis zum Geländer und blickte hinüber zu den Wäscheleinen.

«Der geht es nicht gut», sagte Ines.

«Ist sie krank?»

«Ich weiß es nicht; sie liegt auf dem Bett und spricht nicht.»

Emma drehte sich um. «Sagen Sie ihr, sie soll um achtzehn Uhr in die Küche kommen.» Sie rückte einen Liegestuhl zurecht, schubste mit dem Zeigefinger einen Aschenbecher in die Mitte des Tisches. «Das reicht schon. Nehmen Sie jetzt die Leintücher ab, die müßten schon trocken sein, dann können Sie heute noch mit dem Bügeln anfangen.»

Hermann kann kommen, dachte Emma. Sie setzte sich wieder auf ihren Platz und schlüpfte aus ihren Sandalen.

Doch Steg kam nicht, er hatte sich auch nicht unter seinen Baum zurückgezogen, um ungestört lesen zu können. Emma hätte so gerne noch über Tolomei gesprochen, den Hermann heute früh *Tollermai* genannt hatte. «Wir haben jetzt August», war Emma auf der Zunge gelegen, aber da sie Hermann zu wenig kannte, hatte sie geschwiegen. Sie hätte ihm gerne noch gesagt, daß Tolomei das Sissi- und das Walther-von-der-Vogelweide-Denkmal habe entfernen lassen, daß dieser Gipfelgraf überzeugt gewesen sei, als erster den Klockerkarkopf bestiegen zu haben, was natürlich Blödsinn gewesen sei, weil jemand anderes Jahre vor ihm den Berg bezwungen habe. Daß dieser Kopf auch gar nicht die höchste Nordspitze Italiens sei, sondern das weiter westlich gelegene Zwillingsköpfl. Und daß der Gipfel der Überheblichkeit Tolomei selbst gewesen sei, denn nur ein solcher ausgemachter Volltrottel habe auf die Idee kommen können, zweitausend Südtiroler Bauern nach Abessinien zu verfrachten, was zum Glück nicht passiert sei. Daß aber ihr Johann in Afrika – nein, das erzählte Emma lieber nicht. Mein Johann.

Sie stand noch einmal auf, ging wieder zum Geländer vor. All die Erinnerungen hängen in der Luft, dachte Emma. Sie schaute Ines zu, wie sie die Wäsche faltete und in den Korb legte.

28

Ich war etwas später in die Küche gegangen, wollte nicht beim Streit zwischen der Chefin und Antonella dabeisein. Gianni hatte sich ebenfalls davongemacht. Ich war ihm hinterm Haus begegnet, wo er Getränkekisten umgeschichtet hatte, die bereits gestapelt waren. Gianni kriegte die Launen aller ab, verstand es aber, sich im richtigen Moment unsichtbar zu machen.

Nachdem wir zusammen den Abwasch erledigt hatten, gingen wir in den Garten. Er bot mir eine Zigarette an. Ich lehnte ab, weil ich fürchtete, die Manente könnte mich sehen und Tante Hilda berichten, daß ich rauchte. Ob er mir eine für später schenkte, fragte ich ihn. Er drückte mir das ganze Päckchen in die Hand. Es war unmöglich, ihm die restlichen Zigaretten zurückzugeben. Gianni verschränkte die Arme hinter seinem Rücken und lächelte mich an.

«Mir macht es übrigens nichts aus, wenn du unsere Dusche benützt», sagte ich.

Er hakte seine Daumen an den Hosentaschen ein und drückte das Becken nach vorne.

«Nimm dich vor Antonella in acht», sagte er und blies den Rauch staccatoartig aus.

«Wieso?»

«Ich weiß nicht.» Er sog die Lippen ein; es sah aus, als versuchte er das Gesagte wieder in den Mund zurückzusaugen. «Ihr Bruder ist ein Arschloch.»

«Mimmo?»

Gianni nickte. «Er macht die Mädchen unglücklich.»

«Du kennst ihn?»

«Manchmal wartet er auf Antonella.» Nachdem Gianni die Zigarette auf dem Boden ausgetreten hatte, schob er den Stummel unter die Kieselsteine. Er schüttelte den Fuß, damit die Steinchen, die in die Sandale gelangt waren, wieder herausfielen. «Wenn die Chefin Antonella entläßt, dann könnte ich mit dir die Zimmer machen.»

«Du meinst, die Manente wirft sie raus? Das glaube ich nicht. Wer ist dann in der Küche?»

«Ich kann ja beides machen», sagte Gianni. Er sah mich eine Weile an. Plötzlich ging er auf mich zu, küßte mich schnell, mit hartem Mund, und lief dann, ohne sich noch einmal nach mir umzudrehen, zu seiner Vespa.

Es war eher ein Schnabelhieb als ein Kuß gewesen. Auf der Rückseite seines Fußballerleibchens las ich den Namen *Paolo Rossi*.

Erst als er schon beim Tor war, schaltete er einen Gang herunter, wandte den Kopf und rief mir ein lachendes «Bis morgen!» zu.

Ich spazierte durch den Garten, stand eine Weile am Brunnen. Je länger ich vor der beschädigten Brunnenfigur stand und deren Gesicht betrachtete, desto stärker traten Oberflächen und Tiefen hervor; im weichen Abendlicht schienen die Züge wie bei einem echten Gesicht in Bewegung zu geraten.

Vom Spülen des Schwarzgeschirrs waren meine Fingernägel matt, die Nagelhaut hatte Risse bekommen. Ich tauchte meine Arme abwechselnd ins Wasser, genoß die Kühle, blickte zu den beiden Robinien, die ich neben der Waschküche bemerkte. Im Frühling roch man den Duft ihrer hängenden Blütentrauben vermutlich bis in die Zimmer. Jetzt wurden die gefiederten Blätter von den Spatzen, die auf den zerfurchten Ästen landeten und sogleich wieder starteten, durchgeschüttelt.

In einem Jahr würde ich mein Studium beginnen. Tante Hilda hatte mir versprochen, drei Wochen Urlaub zu finanzieren, wenn ich die Matura schaffte. Es würde endlich ein richtiger Sommer werden, an dem nicht nur Kleinkinder zu beaufsichtigen, Restauranttische abzuräumen oder Zimmer zu reinigen waren wie in den letzten Jahren. Es würden ein paar Wochen ohne «Fräulein!», «Bedienung!» und «Hallo!» werden. Ohne Unterbrechungen beim Lesen. Tage, die mir gehörten. Und irgendwann würde mir das ganze Leben gehören, dieses *bessere Leben*, von dem Mutter immer sprach, wenn sie müde aus den Magazinen der Obstgenossenschaft nach Hause kam, das Maschinengeräusch der Sortieranlage in den Ohren. All die Namen wie *Morgenduft, Jonagold, Kalterer Böhmer* oder *Golden Delicious* klangen von hier aus wie Fremdwörter und in jenem anderen, besseren Leben würde ich nur noch zufällig auf irgendwelchen ausländischen Märkten auf diese Äpfel stoßen.

«Verfolgen Sie mich?» Ich zog die Arme aus dem Wasser; mir gegenüber, auf der anderen Seite des Brunnens, stand Steg, in den Händen ein mit Zeitungspapier eingebundenes Buch.

«*Tu mihi sola places!*» Er lachte laut, tauchte seine linke Hand ins Wasser, öffnete und schloß sie wieder, so daß sie wie ein Maul wirkte, das nach einer Beute schnappte. Die Goldfische flohen in die entgegengesetzte Richtung.

Ich wedelte mit den Armen, damit sie schneller trockneten. Vielleicht hätte ich doch meine Haare schneiden und mir einen Ehering überstreifen sollen, dachte ich. Das würde aber im Falle Stegs nichts nützen, denn dieser sähe selbst in den schwarzen Rachegöttinnen der Unterwelt mit ihrem

Schlangenhaar und ihren verzerrten Gesichtszügen keine monströsen Vetteln, sondern Liebesobjekte.

«Sie glauben doch nicht im Ernst, daß ich Ihnen etwas Böses will», sagte Steg.

Es ist das Gute böse genug, dachte ich.

«Haben Sie schon einen Freund?»

«Was geht Sie das an?» Besser ich geh' hier weg, dachte ich. «Und Sie? Sind Sie nicht verheiratet, Herr Steg?»

«Wäre ich dann allein hier?» Er trat auf mich zu, grinste. «Moment, Sie haben da –»

Ich drehte mich abrupt von ihm weg, so daß er mit seinen Fingern meine Brust streifte.

Ohne zu zögern, fuhr ich mit der flachen Hand wie mit einem Schaufelblatt ins Wasser und spritzte ihn an.

Sein Gesicht war naß; Hemd und Buch hatten ebenfalls einige Spritzer abbekommen. Steg fuhr sich mit dem Handrücken über Stirn und Augen.

«Tut mir leid», sagte ich.

Ich lief ins Haus, lachte innerlich.

Als ich an der Küche vorbeikam, sah ich die Cocola und die Manente am Tisch sitzen. Sie beachteten mich nicht, waren mit dem Einkaufs- und Essensplan für die nächsten Tage beschäftigt. Antonella mußte die angefaulten Äpfel, Birnen und Bananen aufarbeiten, aus den noch eßbaren Teilen Obstsalat machen. Sie zog hinter dem Rücken der beiden Frauen die Augenbrauen in die Höhe und tat so, als zielte sie mit dem Messer auf die Chefin.

Ich ging rasch ins Zimmer. Neben dem Kasten lag ein Papierknäuel. Es enthielt keine Nachricht. Als ich Schritte auf dem Kiesweg hörte, versteckte ich mich hinter der Kastentür, doch sie näherten sich nicht. Vermutlich war Steg auf sein Zimmer gegangen, um das nasse Hemd zu wechseln.

Beim Ausziehen bemerkte ich, daß ein Marienkäfer auf der Schürze saß. Hatte mich Steg nur auf den Käfer aufmerksam machen wollen? Unsinn. «*Tu mihi sola places*», hatte Steg gesagt.

Ich wunderte mich, daß das Tierchen trotz meiner abrupten Bewegungen noch nicht weggeflogen war. Vielleicht hatte es sich erst im Stiegenhaus auf meiner Schürze niedergelassen.

Meine Haare rochen nach Küche, nach Bratfett und Gardämpfen. Nachdem ich geduscht hatte, legte ich mich aufs Bett, um zu lesen, brach dann aber mit einer Packung Kekse und einer Flasche Wasser in den Garten auf, bevor Antonella hereinkam.

Auf dem Weg zur Holzhütte blieb ich vor dem quadratischen Deckel stehen, kratzte mit Hilfe eines abgerissenen Astes Erde und Unkraut weg und riß die Efeuranken aus, die ihn zu überwachsen drohten, dann versuchte ich den metallenen Deckel zu heben. Es gelang mir nicht. Ein Schloß konnte ich nicht entdecken, ich begriff nicht, warum sich diese maximal ein Meter mal ein Meter große Platte nicht öffnen ließ. Ohne Taschenlampe und Leiter konnte ich ohnehin nicht in das Loch.

Als ich Stimmen hörte, suchte ich Deckung hinter einem Kapernstrauch. Es waren Gäste, die den Hauptweg entlangspazierten; die meisten wichen vom gepflegten Kiesweg nicht ab.

Obwohl es bereits dämmerte, war es schwül. Ich ging zur Holzhütte vor und legte mich auf die Bank. Immer wieder schlug ich nach Stechmücken. Ich rauchte eine von Giannis Zigaretten und konnte die Mücken für eine Weile vertreiben. Mein Herz klopfte schneller. Wünschte ich, daß Paul kam?

Irgendwo raschelte es. Die Katze? Ich schälte einen Butterkeks aus der Verpackung. Das Kauen des knusprigen Kekses hörte sich an, als zermahlten die harten Sohlen meiner Bergschuhe den groben Altschnee auf den Firnfeldern des Höchstberges. Ich war nur einmal mit Tante Hilda so weit oben gewesen. Damals hatte ich auf dem Rückweg vor Erschöpfung fast geweint. Wir waren über Nacht in der Berghütte geblieben; die verschiedenen Schnarchgeräusche im Schlafsaal hatten mich bis in die Früh wachgehalten.

Eine der Katzen schlich vorbei und setzte sich in sicherer Distanz auf den ausgetretenen Pfad, der hinter dem Brunnen zur Holzhütte führte. Ich konnte in der Dunkelheit nicht erkennen, ob es Capponi oder Rosario war, der mich anschaute. Erst nachdem die Katze gemerkt hatte, daß ich mich nicht von der Stelle rührte, begann sie ihre Pfoten zu lecken.

Der Himmel glitzerte. Ich fand sogar den Abendstern über dem Blattschopf einer Palme. Kam Paul? Oder kam er nicht? Ich würde ihm heute von Steg erzählen. Von Giannis Schnabelhieb. Ich würde ihn bitten, mit mir in die Katakomben zu steigen. Einmal nur. Ich würde –.

Ach, was. Als ich aufsprang, machte auch die Katze einen Satz zur Seite und verschwand im Dickicht.

Ich werde an Pauls Zimmertür klopfen und ihn fragen, ob er in den Garten kommt. Wenn er nicht da ist, stecke ich ihm einen Zettel in die Tür.

29

Wäre es nicht so mühsam, neues Personal zu suchen, Emma hätte die Kleine sofort entlassen. Vorstadtgöre. Standhaft wie dieser Partisan, der das Versteck des Staatspräsidenten mit keinem Wort verraten hatte.

Es täte ihr leid, zu spät gekommen zu sein, hatte Antonella gesagt und dann geschwiegen. Emma hatte auf sie eingeredet, hatte ihr klarzumachen versucht, daß sie nicht volljährig sei und daher auch nicht tun und lassen könne, was sie wolle, aber Antonella hatte mit den Schultern gezuckt und weiter die hartgekochten Eier geschält.

Immer wenn Emma gekochte Eier sah, mußte sie an diese Anima-Frau denken, die beim deutschen Botschafter Mackensen in der Küche angestellt gewesen war. Sie hatte ein Bankett für Mussolini und andere ranghohe Faschisten vorbereiten müssen. Über hundert Eier mußten deswegen geschält werden. Von einem dieser vielen Eier, hatte die Frau erzählt, habe sich die Schale nicht entfernen lassen, so daß sie das Ei kurzerhand in den Mund gesteckt und mit den Zähnen bearbeitet habe. Die Eier fresse eh nur der Duce, habe sie sich beim Schälen gedacht.

Emma war damals mit verschiedenen Frauen zum Karten- und *tombola*-Spielen in der Anima zusammengekommen, auch Wehrmachtssoldaten und zwei Schweizergardisten waren in dem Gemeinschaftsraum gewesen. «Du hast – du hast die Eier des Duce in den Mund genommen?» hatte einer der Soldaten gerufen und sich kaum noch beherrschen können vor Lachen.

Emma wußte den Namen der Frau nicht mehr, sie war ihr das letzte Mal im Sommer 1943 begegnet, da hatte die Anima-Frau mit hoher Stimme von der Bombardierung San Lorenzos erzählt. Sie sei auf der Terrasse der Villa Wolkonsky gestanden und habe bewegungslos auf den immer schwärzer werdenden Himmel geschaut, bis sie ein Angestellter der Botschaft von dort weggezogen und in den Luftschutzkeller geführt habe.

Obwohl Emma die Frau immer beneidet hatte, weil sie im Besitz eines Ausweises des *Corpo diplomatico* gewesen war und gratis die öffentlichen Verkehrsmittel hatte benützen können, war Emma am Ende doch froh gewesen, bei den

Manentes untergekommen zu sein. Sie war nicht von einem auf den anderen Tag ohne Arbeit dagestanden und hatte auch nicht als eingetragene Reichsdeutsche zu Kriegsende zusammen mit den Botschaftsbonzen vor den Steine werfenden Italienern fliehen müssen.

Emma war italienische Staatsbürgerin geblieben, während so viele andere Hausangestellte und Kinderfrauen, die Emma in der Anima kennengelernt hatte, 1939 sofort zum deutschen Konsulat geeilt waren, um für das Reich zu stimmen. Selbst in Rom hatte damals diese Propaganda für den Führer eingesetzt, von der die Kusine noch Jahre danach erzählt hatte. In Stillbach waren die Dableiber, die für Italien gestimmt hatten, als *Alte Weiber* und *Hurentreiber* beschimpft und der Kollaboration mit den Faschisten bezichtigt worden. Man hatte ihnen sogar mit der Zwangsumsiedlung nach Abessinien und Sizilien gedroht.

Emma war einmal von einer Frau, die ihren italienischen Dienstgeber sofort verlassen und Arbeit bei einem reichsdeutschen Offizier angenommen hatte, vor der Sonntagsmesse in der Santa Maria dell'Anima angepöbelt worden. Aber diese Art Frauen waren bald in ihre Dörfer zurückgekehrt und mit ihren Familien über den Reschen und den Brenner gezogen, so daß Emma keinen weiteren Anfeindungen ausgesetzt gewesen war.

Der alte Manente hatte sie sogar beruhigen können. Man werde eine Bergbewohnerin, eine *montanara*, wie Emma bestimmt nicht in einem Fischerboot aufs Meer hinausschikken, ebensowenig wie man einen sizilianischen Schafhirten, der sein ganzes Leben noch keinen Schnee gesehen hatte, auf einen Bergbauernhof verpflanzen könne. Das sei nur Propaganda und Angstmache.

Emma hatte es sich nicht mit dem Alten verscherzen wollen, von dem sie später auch als Schwiegertochter, trotz ihrer Herkunft, ohne größere Vorbehalte akzeptiert worden war, doch hätte sie ihm damals gerne einmal erklärt, was seine Leute mit den Ihrigen zwei Jahrzehnte lang angestellt hatten: daß Faschisten aus allen Teilen Italiens zum Zwecke der Italianisierung in den Norden gekommen waren. Daß die Italiener *hier unten* mit den eifrigen Ideologen und Importfaschisten *da oben* kaum zu vergleichen gewesen waren. Und sie hätte gerne von ihm erfahren, wie er und die Seinigen reagiert hätten, wenn man sie umgekehrt von einem Tag auf den andern in deutsche Schulen gesteckt und auf deutsche Ämter geschickt hätte, wenn er plötzlich Hubert Bleiber statt Umberto Manente geheißen hätte und bei der geringsten Aufmüpfigkeit drei Jahre ins östlichste Burgenland oder ans norddeutsche Wattenmeer geschickt worden wäre.

Vater hatte zwar fürs Deutsche Reich optiert, gegangen war er dann doch nicht. Die elende Hütte in Stillbach war besser gewesen als das, was die anderen im Reich vorgefunden hatten. Soviel war auch ihm klargeworden, der die ersten Schweine, die er sich von Emmas Geld gekauft hatte, noch nach dem faschistischen Präfekten Mastromattei und dem verhaßten Provinzialsekretär Tallarigo benannt hatte. Nach dem Krieg, so war es Emma zu Ohren gekommen, hatte Vater sogar einen Adolf im Stall gehabt, allerdings war es ein Stier gewesen.

Wenn Emma jetzt an ihre frühere Welt dachte, hatte sie eine Modelleisenbahnlandschaft vor Augen. Stillbach – das waren ein paar an einem grünen Hang festgeklebte Häuschen, die alle gleich aussahen. Die Zeit ebnet die Unterschiede ein, dachte Emma. Die Bilder vergilben.

Eigentlich konnte es ihr egal sein, wo die Kleine ihre Nächte verbrachte. Emma hatte sich vor allem über Antonellas Sturheit geärgert und über deren freche Bemerkung. «Von Ihnen lasse ich mir gar nichts sagen, schließlich arbeitet hier die Hälfte des Personals schwarz.»

Dabei hatte Emma der Kleinen freie Wahl gelassen. Der Bruder, mit dem Emma verhandelt hatte, war von Anfang an gegen einen regulären Arbeitsvertrag gewesen, weil die Schwester dann weniger verdiente. Antonella hatte sich damit einverstanden erklärt. Und jetzt spielte sie sich auf. Emma hatte ihr sogar hinter dem Rücken Mimmos angeboten, sie zumindest stundenweise anzumelden, aber sie wollte das nicht und hatte auch Emmas Vorschlag, zweimal pro Woche in den Zimmerstunden Deutsch zu lernen, abgelehnt. Eher lerne sie Arabisch als diese Nazisprache, hatte sie geantwortet.

Während der Freundschaft Hitlers mit Mussolini waren die Italiener geradezu versessen auf die deutsche Sprache gewesen. In den Zeitungsinseraten wurden Mädchen mit guten Sprachkenntnissen gesucht. Den Kindern der Dienstgeber sollte man plötzlich Goethe-Deutsch beibringen, war aber selbst in eine faschistische Schule gesteckt und gezwungen worden, Italienisch zu sprechen. Als Emma ihre Stelle in Rom angetreten hatte, war diese Mode schon abgeklungen, weil die Freundschaft der beiden Diktatoren erste Risse bekommen hatte.

Der alte Manente war dennoch immer ganz Ohr gewesen, hatte den einen oder anderen deutschen Höflichkeitssatz im Gedächtnis behalten, und Remo war zwei Jahre lang zu einem pensionierten Gymnasiallehrer gegangen: «Damit ich verstehen kann, was meine Frau zu meinem Sohn sagt.»

Obwohl sich Emma jahrelang bemüht hatte, mit Franz Deutsch zu reden, hatte der immer auf Italienisch geantwortet, bis sich schließlich auch Emma im Italienischen eingerichtet hatte. Am Anfang war es ihr so vorgekommen, als sei sie in eine möblierte Wohnung eingezogen, aber allmählich hatte sie dieser anderen Sprache einen eigenen Anstrich verpaßt, den Remo besonders geliebt hatte. Er war von Emmas logischer und analytischer Herangehensweise an den oberflächlichen Singsang fasziniert gewesen. Dabei hatte Emma das Italienische nie oberflächlich gefunden, nur dieses Um-den-Brei-Herumreden war ihr stets fremd geblieben.

Steg hatte sich den restlichen Tag nicht mehr blicken lassen. Emma ertappte sich dabei, daß sie zum drittenmal dieselbe Rechnung in die Hand nahm, daß sie nach dem Buchungsregister griff, obwohl sie es gar nicht brauchte. Es gab an der Rezeption nichts mehr zu tun. Emma war müde, wollte aber nicht schlafen gehen, ohne vorher Hermann gesehen zu haben. Sie ärgerte sich noch immer über Antonella, kam sich so machtlos vor.

Heute war Emma aufgefallen, daß auf der Schattenseite Moos in den Dachrinnen wuchs, daß die Wurzeln der mächtigen Platane den Plattenboden vor der Waschküche anhoben, daß die Kacheln zu zerbrechen drohten. Auch die Farbe des Eingangstors müßte längst erneuert werden, denn an den bodennahen Stellen rostete das Gitter. Wer sollte sich darum kümmern? Steg hatte immer nur Papier angefaßt, dachte Emma, sie konnte ihn sich nicht mit einer Spachtel in der Hand vorstellen. Aber es wäre Emma schon gedient, wenn Hermann mit den Handwerkern verhandelte und den Gärtner kontrollierte. Von einem Mann ließen sich die Angestellten etwas sagen. Wahrscheinlich würde dann auch Antonella parieren.

Emma schlüpfte aus den Sandalen, spürte den kühlen Terrazzoboden unter ihren Füßen, die vom vielen Stehen und Herumlaufen angeschwollen waren. Sie tappte auf Zehenspitzen zum Sofa, setzte sich und betrachtete ihre Fußballen. Ines hatte den Boden saubergewischt, es war kaum Staub an der Haut haftengeblieben.

Das Stück Himmel, das Emma vom Sofa aus sehen konnte, war nachtblau. Vor einer knappen Stunde hatten die Wolken, diese Lichtsauger, noch orange geleuchtet, bevor sie vom Abendwind vertrieben worden waren. Emma starrte zur Deckenlampe und dachte an ihren Vater, der die Familie ständig angehalten hatte, Licht zu sparen. Als der Stillbacher Bürgermeister zusätzliche Straßenlaternen aufstellen ließ, die nicht nur den Beginn und das Ende einer Straße oder eines Weges, sondern den gesamten Ort ausleuchten sollten, war Vater zum Gemeindeamt gegangen und hatte sich über die Energieverschwendung beklagt. «Gibt es jemanden, der nachts die Spinnen und Käfer an den Hausmauern zählen muß?» Er war es auch gewesen, der allen Ernstes vorgeschlagen hatte, die Laternen in klaren Mondscheinnächten auszuschalten. Vielleicht war er in Wirklichkeit romantisch veranlagt gewesen, dachte Emma und erschrak, weil jemand den Aufzug gerufen hatte und sich die Kabine mit dem üblichen Krachen und Krächzen in Bewegung setzte.

30

«Es ist spät geworden heute, tut mir leid», sagte Paul. Fast habe er den Zettel übersehen. Er kam mir entgegen, als ich das Hotel durch den Hintereingang verließ, gab mir einen Kuß auf die Wange. Mein Gesicht fühlte sich heiß an. Ich wandte mich von Paul ab, blieb stehen, zog den Sandalenriemen durch den Metallbügel und versuchte den Dorn geradezubiegen, der ständig aus dem Loch rutschte.

«Ich lade dich ein. Du hast doch hoffentlich noch nicht gegessen?»

«Ein paar Kekse.» Sah er in mir das einsame Zimmermädchen, die interessierte Studentin oder die kopflose Abenteurerin, bei der er leichtes Spiel haben würde? Paul beobachtete jede meiner Bewegungen, so daß die Sandale unter meinen Fingern zu einem häßlichen Lederteil wurde. Warum hatte ich keine modischeren Sandaletten an? Warum wußte ich so wenig und war historisch so ungebildet?

Wir fuhren mehrere Stationen mit dem Bus und betraten dann in der Nähe der Porta Pia ein Restaurant, in dem die Tische mit weißen Tischtüchern überzogen waren und die Kellner in dunklen Anzügen servierten. Ich konnte es kaum erwarten, meine Füße unter dem Tisch zu verbergen.

Er habe heute reichlich Trinkgeld bekommen, sagte Paul.

Zwei Kellner konnten sich nicht einigen, welchen Platz sie uns zuweisen sollten, dabei war der gesamte vordere Teil des Speisesaals leer.

Paul bestellte eine Flasche Wein und fragte erst hinterher, ob mir das recht sei.

«Hab' ich eh dürfen», soll ein junger Mann gesagt haben, nachdem er mit einer Schulfreundin geschlafen hatte. Der Satz kursierte wochenlang in unserer Klasse.

«Warum schüttelst du den Kopf?»

«Das kann ich dir nicht erzählen», sagte ich. «Erinnerungen.»

«Dafür bist du zu jung.»

«Eben.» Ich griff nach der Speisekarte, die mir der Kellner reichte. Er sah uns unsicher an, weil Paul lachte.

«Und der Grund für das viele Trinkgeld? Spenden die alle für die Kirche, ohne zu wissen, daß du gar nicht dabei bist?»

«Na, hör mal, ich bin gut», sagte Paul.

«Du siehst aus wie ein unnahbarer Priesterseminarist, das ist es vermutlich.»

«Wenn die wüßten, daß ich Vierteljude bin.» Er riß ein Stück Brot entzwei, streute Salz darauf und steckte es in den Mund.

«Und was habt ihr heute gemacht?»

«Ach, das Übliche: Palazzo Corsini. Palazzo Doria Pamphili. Palazzo Farnese. – Ermüdend.»

«Die Fassade liebe ich, obwohl die Fenster in jedem Stock anders sind», sagte ich.

«In Kunstgeschichte habt ihr schon die Hochrenaissance durchgenommen, stimmt's?»

Ich schwieg.

Paul griff kurz nach meiner Hand und drückte sie, dann bestellte er – ich hatte ihn darum gebeten – für mich das gleiche wie für sich.

Ich kannte die meisten Gerichte nicht, schon gar nicht die Fleisch- und Fischspezialitäten. Zu Hause gab es freitags manchmal *sgombri*, in Öl eingelegte Makrelen, die man beim Gemischtwarenhändler offen kaufen konnte. Sie kamen wie die Streichschokolade aus einer großen runden Blechdose.

Während des Nudelgangs sprach Paul von seiner Kindheit in Wien, von seiner Gymnasialzeit in der Stubenbastei, später – die Hauptspeise war schon serviert worden – von seinem römischen Großvater, der im Oktober 1943 vor der Deportation aufs Land hatte flüchten können und dort in einem Kloster versteckt worden war. Italien habe neben Dänemark die höchste jüdische Überlebensrate aufzuweisen gehabt. Eine antisemitische Tradition, wie er sie aus Österreich kennte, habe in Italien nie existiert, weil der Staat von antiklerikalen Liberalen gegründet worden sei. Außerdem empfände er es als befreiend, wie wenig von dieser typisch österreichischen Obrigkeitshörigkeit in Italien zu spüren sei.

«Ich mag den Hang der Italiener, Gesetze zu umgehen.»

Wir tranken schon die zweite Flasche, als Paul plötzlich die Gabel auf den Teller fallen ließ und den Kellner herbeirief. Unter der Zitronenscheibe habe er eine tote Fliege entdeckt, sagte Paul so laut, daß die Gäste an den Nebentischen verstummten und zu uns herüberschauten. Da spare man wochenlang für ein teures Essen, um der Geliebten ein außergewöhnliches Geburtstagsgeschenk zu machen, und dann das – Paul zeigte mit dem Finger auf den dicken, schwarzen Punkt und verzog das Gesicht. Der Kellner verbeugte sich, entschuldigte sich, nahm den Teller zu sich und meinte, die Fliege sei bestimmt erst während des Essens in die Speise gelangt.

«Aber ich bitte Sie, keine Fliege der Welt hat die Kraft unter eine Zitronenscheibe zu kriechen, nicht einmal, wenn sie Selbstmord begehen will», sagte Paul.

Das Paar, das zu meiner Linken saß, lachte laut und nickte. Ich schämte mich, senkte den Kopf. Wie ein Scherenschnitt legten sich die Schatten der Nelken in der kleinen roten Blumenvase auf das weiße Tischtuch.

«Ich bringe Ihnen eine neue Hauptspeise», sagte der Kellner.

«Mir ist der Appetit vergangen», sagte Paul, «und meiner Freundin auch.»

Ein zweiter, wohl in der Hierarchie höhergestellter Kellner, kam zu unserem Tisch und versprach, sich erkenntlich zu zeigen. Er werde sogleich mit dem Chef sprechen, verschwand und kehrte mit der Nachricht zurück, daß Paul für das Essen selbstverständlich nichts zahlen müsse.

Wir aßen noch das *ricotta*-Eis, tranken den Wein aus und verließen gegen dreiundzwanzig Uhr das Restaurant.

«War nicht so leicht, heute eine Fliege zu fangen», sagte Paul im Bus. Wir standen dicht nebeneinander, obwohl genügend Stehplätze frei waren und hielten uns an den Halteschlaufen fest. Unsere Oberkörper berührten sich manchmal.

«Man darf nie in ein Restaurant zweimal gehen, und die Lokale müssen weit genug voneinander entfernt sein, damit die Kellner oder die Köche nicht zufällig miteinander ins Gespräch kommen. Außerdem müssen es gut besuchte und teure Eßlokale sein, in einfachen Wirtshäusern zahlt sich das Theater nicht aus», sagte Paul.

«Du hast die tote Fliege absichtlich unter die Zitronenscheibe gelegt?»

«Natürlich nicht», sagte Paul und lachte, «aber das wäre doch eine glänzende Idee. Immerhin hat es bis auf den Wein nichts gekostet.»

Tante Hilda hatte eine kleine, noch lebende Schnecke im Salat gefunden und hinterher vom Stillbacher Wirt eine Nachspeise und einen Verdauungsschnaps geschenkt bekommen. Hatte Paul nun die Wahrheit gesagt oder vielleicht doch die Fliege auf den Teller gelegt? Er lief auch mit einem Kollar durch die Stadt.

Als wir ausstiegen, legte er kurz seinen Arm um meine Schulter, als wollte er mich vor der zuklappenden Schwingtür beschützen.

Im Garten roch es nach irgendwelchen Blüten. Wir gingen Richtung Eingang, verlangsamten unsere Schritte, je näher wir der Marmorstiege kamen.

«Ich würde gerne einen Blick in die Katakomben werfen», sagte ich leise.

«Hast du keine Angst?»

«Ich hab' nicht vor, da unten spazierenzugehen. Aber hinunterschauen würde ich schon gerne.»

«Ich hol' die Taschenlampe», sagte Paul, «warte vor der Waschküche auf mich.»

Der gemauerte Trog fühlte sich warm an, als sei die Sonne erst vor kurzem untergegangen. Mit der Zunge suchte ich nach Speiseresten zwischen den Zähnen. Warum hatte ich keinen Kaugummi dabei? Ich hob abwechselnd meine Arme, roch an mir, strich über den Rock.

Ich spürte den Wein, rutschte auf den Kieselsteinchen aus, hielt mich im letzten Moment am Trogrand fest, hatte Efeuranken in der Hand, die selbst über dieses Mäuerchen gewachsen waren. So war der Süden? Wo ich auch hingriff, wucherte es.

Die römische Landschaft, hatte Paul beim Essen erzählt, sei geblieben, was sie am Ende des Imperiums gewesen war, andere Gegenden Italiens seien schnell verkommen. Sobald die menschliche Pflege nachlasse, versumpften die Ebenen und die niedergebrannten Wälder würden von Dickicht überzogen. Mussolini habe die Pontinischen Sümpfe trockenlegen lassen und von der Malaria befreit, um die Größe Roms hervorzustreichen. Ich mußte an die im Wind zitternden Gräser denken, die ich in der Regenrinne auf der Dachterrasse entdeckt hatte.

Paul brachte nicht nur eine Taschenlampe, sondern auch eine dieser Spezialleitern mit, welche die Chefin aus Stillbach importiert haben mußte, denn ich kannte diese Art Leiter nur von den Äpfelklaubern aus unserer Gegend; sie bestand aus einem einzigen Holm, in den die kurzen Sprossen eingekeilt und verleimt waren.

«Wo hast du die gefunden?»

«Hinter der Holzhütte», sagte Paul, «die steht schon lange dort.»

«Hoffentlich nicht zu lange.»

Nach mehreren Versuchen konnten wir den Deckel heben. Paul leuchtete in die Tiefe, ließ dann die Leiter hinunter.

«Wer zuerst?»

«Ich geh' schon», sagte Paul.

Das unruhige Licht der Taschenlampe machte mich schwindelig, zudem hielt Paul mit einer Hand die Leiter und die Taschenlampe, mit der anderen mich fest. Ich bekam weiche Knie. Die letzten Sprossen übersprang ich und fiel ihm in die Arme. So standen wir eine Weile in dem kühlen unterirdischen Gang. Der Lichtkegel der Taschenlampe traf mehrere Wandnischen, die leer waren.

«Sieht aus wie in einem steinernen Liegewagen», sagte ich.

Paul suchte mein Gesicht, küßte meine Nasenspitze. «Die wollten eben auch im Schlaf des Todes miteinander verreisen», flüsterte er.

31

Es war eine helle Nacht. Die wenigen Wolken sahen aus wie Spaziergänger, die zwischen Himmel und Erde wanderten; einzelne schlossen sich zusammen, bildeten kleine Gruppen. War Johann dort oben? Auch Remo, der nicht besonders gläubig gewesen war? Er hatte Emma nur zu den Feiertagen in die Kirche begleitet. Auf die Lebensführung komme es an, hatte er gesagt, auf den Respekt, die Rücksicht. Gebete seien nur vorübergehende Entspannungsübungen.

Emma hatten die vielen *Vaterunser* und *Gegrüßt seist du Maria* während der Schwangerschaft nicht beruhigen können. Sie war ein paarmal zur Agnese-Kirche vorgegangen. Mit wem hätte sie denn reden sollen. Niemand hatte von diesem Wesen gewußt. In jenen Monaten sahen die Leute nur ihren eigenen Jammer, und es war Emma so vorgekommen, als habe auch Gottvater damals nur das Unglück, das seinem Sohn widerfahren war, vor Augen gehabt und darüber seine Schäfchen vergessen.

Emma hatte sich in Gedanken abgefunden, ihr Kind in die Obhut der ONMI zu geben, in eines dieser faschistischen Häuser, die zum Schutz der Mutterschaft und der Kinder errichtet worden waren. Zurück nach Stillbach hatte sie auf keinen Fall wollen, dann schon lieber in eine öffentliche Einrichtung, als den Vorhaltungen des Vaters und dem Gerede der Stillbacher ausgesetzt zu sein.

Nie hätte sie sich vorstellen können, einmal in den Familienverband der Manentes aufgenommen zu werden, dabei hatte sie von Beginn an eine intakte Familie vorgefunden, keinen jener Witwer, die den Hausangestellten bei Dienstantritt die andere Hälfte des Ehebettes anboten. Es war allerhand passiert in jenen Jahren. *Di tutti i colori.*

Das Schicksal trieb es bunt.

Obwohl sich Emma damals schon die Haare geschnitten hatte und im Besitz von Lackschuhen gewesen war, hatte sie noch immer das Gefühl gehabt, mit Zöpfen und in Holzschuhen herumzulaufen. So viel Zeit hatte vergehen müssen, bis es ihr gelungen war, weniger an sich herumzuzupfen, im Spiegel eine Frau zu sehen, mit der Remo sein Leben teilen wollte. Vermutlich war er erst durch das Kind auf die Idee gekommen, sie zur Frau zu nehmen, hätte sich dem Wunsch der Eltern nach einer standesgemäßen Partie eher gebeugt, wenn nicht schon Nachwuchs unterwegs gewesen wäre.

«Du darfst nicht auf die Leute hören», hatte Remo immer gesagt, wenn Emma verletzt gewesen war, weil jemand behauptet hatte, sie habe die Manentes reingelegt.

«Und wenn es ein Kuckucksei ist?» hatte Emma die alte Manente einmal sagen hören. Da war sie zufällig unter einem der offenen Fenster gestanden. Den einzigen Kuckuck, der in Betracht gekommen wäre, hatten die Partisanen in die Luft gejagt. Mit Johann hatte Emma nie geschlafen. In den Hotels wie dem *Bernini, Ambasciatori, Excelsior* und so weiter waren nur die Ehefrauen und Geliebten der Besatzungselite abgestiegen. Im *Flora* hatte sich irgendein General sein Hauptquartier eingerichtet. Die Bonzen waren sofort in die schönsten Häuser eingezogen und hatten in deren Ballsälen und Banketträumen opulente Feste veranstaltet. Selbst für die entsprechende Unterhaltung außerhalb hatten sie gesorgt: zweimal die Woche waren im *Barberini*-Kino deutsche Filme gezeigt worden. Die Freude an diesen Vorführungen hatte jäh geendet, nachdem ein Fahrradfahrer nach einem Kinoabend auf die herauskommenden Soldaten und Offiziere einen Anschlag verübt hatte. Das war nur wenige Monate vor Johanns Tod gewesen. Emma erinnerte sich so genau daran, weil das deutsche Kommando daraufhin die Benutzung von Fahrrädern verboten und den Zuwiderhandelnden mit Erschießung gedroht hatte. Mälzer war gerade neuer Stadtkommandant geworden, ein – wie man selbst in der Anima gemunkelt hatte – Trinker, der dazu neigte, sofort Erschießungsbefehle zu verhängen, der nach dem Attentat in der Via Rasella nicht mehr zu bremsen gewesen war. Der *König von Rom* hatte ihren Johann gerächt, aber was war Emma davon geblieben?

Jahrelang hatte sie sich vorgeworfen, Johanns Drängen nicht nachgegeben, die Liebe verschoben zu haben. Sie hatte sich geweigert, ihn in einer billigen Spelunke zu treffen. «Wir haben bis jetzt gewartet, wir können auch noch länger warten.» Johann hatte Verständnis gezeigt und ihr zugestimmt. In Stillbach dann.

Zum Teufel mit Stillbach.

Jetzt zwinkerten die Sterne vom Himmel, sie funkelten und schimmerten. Emma merkte gar nicht, daß sie vor Freude in die Hände klatschte und ihr Becken kreiste, als spielte jemand für sie Musik. Sie fühlte sich ein bißchen wie auf dieser *Festa de l'Unità*, zu der sie Franz einmal mitgenommen hatte.

Gleich würde Hermann zurückkommen. Lange hatte sie heute an der Rezeption auf ihn gewartet. Er habe gegen seine Gewohnheit einen nächtlichen Spaziergang gemacht. Es sei so vieles gegen seine Gewohnheit, hatte Steg gesagt und dabei Emma in die Augen gesehen. Jetzt war er zwei Decken und Pölster holen gegangen, damit sie es bequem hatten. All die schönen Hotels in der Via Veneto können mir gestohlen bleiben, dachte Emma. Hier ist der Himmel, über der Terrasse, die ich viel zuwenig nütze.

In vielen Fenstern der Nachbarschaft war das unruhige bläuliche Licht zu sehen, das von den Fernsehbildschirmen herrührte. Franz hatte sich bei seinem letzten Besuch beklagt, daß Emma im Wohnzimmer noch immer das Schwarzweißgerät stehen habe. «Mama, gönn dir doch ein bißchen Luxus.» Es war Emma einerlei, welche Farben die Krawatten der Nachrichtensprecher hatten.

«Ich bin diesem Studenten begegnet. Kommt spät nach Hause, der junge Herr», sagte Hermann außer Atem. Emma mußte an die Berlinerin denken, die ihr vor nicht langer Zeit erzählt hatte, daß sie ihre Liebhaber in spe im Stiegenhaus teste. Wer ohne größere Schwierigkeiten die vier Stockwerke in ihre Wohnung schaffte, der sei auch im Bett zu gebrauchen. Die anderen disqualifizierten sich selbst. Die Berlinerin war allein nach Rom gekommen.

Hermann breitete die Decken auf dem Boden aus. «Scheint wohlhabend zu sein, der junge Herr. Sonst würde er sich wohl kaum ein Zimmer in einem Hotel nehmen können.»

Emma legte sich vorsichtig hin, fürchtete um ihren Rücken. «Seine Großeltern haben schon hier Urlaub gemacht. – Das Zimmer ist sehr klein, das könnte ich ohnehin nicht vermieten. Ich bin froh, daß er die Gäste durch die Stadt führt, das erspart mir viel Ärger mit den *guide turistiche*.»

«Einen hauseigenen Fremdenführer leistet sich die Dame», sagte Hermann und küßte Emma auf den Mund.

Wie schön es nachts auf dem Dach war. Die warme Luft lag wie ein leichtes Baumwolltuch über Emma, niemand zog daran. Für eine Weile fühlte sich Emma aufgehoben. Hermann schob ihren Rock hinauf und begann sie zwischen den Beinen zu streicheln. Der Lärm des Verkehrs auf der Via Nomentana verwandelte sich in das Rauschen eines Baches, und der Himmel war plötzlich so nah. Nur der aufheulende Motor einer schweren Maschine störte, denn augenblicklich war Emma bei all den unvorsichtigen Motorradfahrern, zu denen auch Franz gehörte. Während Hermann mit viel Mühe versuchte, die kleinen Knöpfe ihrer Bluse zu öffnen, dachte Emma an ihren Sohn. Sie sah ihn auf der Autobahn dahinpreschen. Ausgerechnet in einem Tunnel war ihm einmal der hinten festgezurrte Reisesack samt Portemonnaie und Identitätskarte heruntergefallen. Allein bei der Vorstellung, daß er auf einem pannenstreifenfreien Stück Autobahn irgendwo zwischen Florenz und Bologna hinter dem Viadukt angehalten und zu Fuß in den schlecht ausgeleuchteten Tunnel hineinmarschiert war, um das Verlorene einzusammeln, ließ Emmas Herz schneller schlagen. Wenn sie nur wüßte, wo Franz jetzt war und ob es ihm gutging. Sie dachte an die vielen Ölflecken auf den Straßen, an die Löcher und Lastwagen. Hoffentlich fährt er nicht zu schnell. Emma hatte jetzt diese Wahnsinnigen vor Augen, welche am Wochenende über den Reschen ins Land kamen, um die Stillbacher Bergstraße hinauf- und hinunterzubrausen, sich in die Kurven wiegten und schmiegten, daß ihre Knie den Straßenbelag streiften. Und wenn Franz –

Sie rückte ein Stück weit von Hermann ab, der sich ihr sofort wieder näherte, über ihren Busen strich. Er war noch immer außer Atem, schnaufte so laut, daß Emma sich Sorgen zu machen begann, andererseits freute es sie, daß er so schnell zu ihr auf die Terrasse gekommen war.

Unbequem war es hier auf dem Boden. Die Fliesen waren nicht mit der Wasserwaage verlegt worden. Die Fugenmasse hatte sich da und dort gelöst; unter der Decke fühlten sich die herausgebrochenen Mörtelstücke wie Steinchen an. Emma glaubte sich zu erinnern, daß der alte Manente einen Hilfsarbeiter mit der Arbeit betraut hatte, der Freunde in der Partisanenbande des Buckligen gehabt hatte wie dieser Gelegenheitsmaurer, der die Gartenmauern nur teilweise mit scharfen Glaszacken versehen hatte. Franz war schon auf der Welt gewesen, als der alte Manente die Dachterrasse hatte herrichten lassen. Mit dem Kind war Emma nie hier oben gewesen, sie hatte den Schlüssel zur Terrasse auch später nicht herausgerückt, weil sie fürchtete, Franz könnte über das Geländer oder das Mäuerchen steigen und sich zu weit auf das Dach hinauswagen.

Auch Hermann hatte einen Sohn; er war jünger als Franz, arbeitete als Friseur in der Innsbrucker Innenstadt. Beiläufig hatte Hermann ihn erwähnt. Er sei nach der Mutter geraten, ganz und gar, hatte Hermann gesagt und das Thema gewechselt. Welcher Art diese Ähnlichkeit mit der Mutter war, hatte Emma sich nicht zu fragen getraut. Emma fingerte mit einer Hand an Hermanns Hosentür herum, sie schaffte es nur mit Mühe, den Reißverschluß zu öffnen; darunter war alles weich und warm. Sein Kopf lag jetzt auf ihrem Bauch, während Hermann mit den Händen ihre Brüste knetete. Emmas «Nicht so fest!» schien er zu überhören. Erst als Emma ihn an den Handgelenken packte, hielt er inne.

«Keine Lust?»

«Mein Rücken», sagte Emma, obwohl sie ihn im Augenblick gar nicht spürte. «Und deine Frau – weiß sie, daß du –»

Hermann setzte sich auf. «Meine Frau lebt siebenhundertsiebzig Kilometer von hier entfernt. Ist das nicht weit genug?»

Emma konnte seine Gesichtszüge in der Dunkelheit nicht erkennen.

«Hört denn das nie auf», sagte Hermann leise.

Er erhob sich, ging zum Geländer vor, sah in die Tiefe, obwohl es nichts zu sehen gab als die schwarzen Umrisse der Pinien, Palmen und Platanen. Er zog den Reißverschluß zu und steckte die Hemdenden in den Hosenbund.

«Was ich dir noch sagen wollte: Ich hatte Bargeld im Zimmer. Das ist verschwunden.»

Emma stand auf, stolperte beinahe über den Deckenwulst. «Das kann nicht sein.»

«Das dachte ich auch», sagte Hermann. «Es sind etwas mehr als viertausend Schilling.»

«Die hast du im Zimmer gelassen?»

«Früher war das kein Problem gewesen.»

Ich hätte da und dort Geld herumliegen lassen sollen, dachte Emma, um zu testen, ob es die Mädchen aufsammelten und zurückbrachten oder ob es einfach verschwand. Jetzt war es zu spät. «Hast du überall nachgeschaut?»

«Aber ja.» Er machte ein paar Schritte Richtung Terrassentür, überlegte es sich anders, ging auf Emma zu und umarmte sie.

32

Als ich aufwachte, hing mein Arm aus dem Bett, die Fingerspitzen berührten den Boden. Es war sechs Uhr morgens. Paul hatte sich zur Wand hingedreht. Im Halbdunkel sahen seine Schulterblätter wie gemeißelt aus. Mir fielen die griechischen und römischen Statuen ein, von denen ich kaum eine gesehen hatte. Vorsichtig kroch ich aus dem Bett, um Paul nicht zu wecken. Obwohl ich mich in Zeitlupe bewegte, knarrte unter mir der Parkettboden; Paul schlief ungestört weiter. Ich beugte mich über ihn, betrachtete seine langen Wimpern. Aus dem leicht geöffneten Mund floß etwas Speichel.

Ich stand mitten in Pauls Zimmer und rührte mich nicht. Die Müllabfuhr kam die Nomentana herauf, ich hörte, wie die grauen Aluminiumtonnen auf den Wagen gehievt, geleert und zurück vor die Haustore gestellt wurden. Irgendwo ratterten Rollos.

Ich schaffte es nicht, das Zimmer zu verlassen, betrachtete das schmale Bett, den kleinen Tisch unter dem Fenster, der voll von Büchern, Heften, Notizblöcken und Zetteln war. Unter dem Tisch stand eine Olivetti-Schreibmaschine mit eingespanntem Papier. Ich nahm ein Buch in die Hand, blätterte darin, las einige der Bemerkungen, die Paul am oberen Rand notiert hatte: *Bemäntelung unüberbrückbarer Gegensätze; sie gaben sich aktiv, verhüllten ihre Inaktivität mit einem Nebel von pseudoaktiven Worten und Vorsätzen; Verzögerungsstrategien; Herbst '42 – Befehle wurden unterlaufen – Ciano und Mussolini schien dies egal zu sein. Kalkül? (Hofften sie im Falle eines Separatfriedens mit den Alliierten auf Vorteile, wenn sie die Nazis bei der Ermordung der Juden nicht unterstützten?).* Auf der nächsten Seite stand: *Mama anrufen, Geburtstag!*

Wie konnte sich Paul in diesem Chaos zurechtfinden?

Die Termine für die einzelnen Stadtführungen hatte er auf einer herausgerissenen Zeitungsseite aufgeschrieben: *6.8. 11 Uhr Palazzo Farnese; 7.8. Seniorengruppe aus Lüneburg –*

Start: 10 Uhr Fontana di Trevi, Rundgang bis 13 Uhr. Kontakt: Signora Romanelli 222 18 11.

Selbst auf dem Boiler für das Warmwasser, der sich unter dem Waschbecken befand, hatte Paul Taschenbuchausgaben von Pavese, Ginzburg und Morante abgelegt. Unter dem Stapel entdeckte ich ein schmales Bändchen mit dem Titel *Volterra*. Woher kannte Paul Franz Tumler, der aus meiner Gegend war? Ich hätte ihn noch gerne danach gefragt, aber ich mußte von hier verschwinden, bevor Antonella aufwachte und die Manente durchs Haus wanderte.

Ich griff nach meinen Kleidern, streifte mir das T-Shirt über, bückte mich noch einmal zu Paul hinunter, küßte sein Ohrläppchen. Er räkelte sich, tastete mit der Hand nach hinten, griff ins Leere.

«Ich muß los.»

Paul sah mich mit zusammengekniffenen Augen an. «Zehn Minuten. Komm. Bitte.» Er runzelte die Stirn, schaute zu, wie ich mich anzog, schaute zu, wie ich mich wieder auszog. Lächelte.

Nachdem ich mich zum zweitenmal angekleidet hatte, verließ ich sein Zimmer. Ich hatte die Nacht und den Morgen im Haar, die Wimperntusche war verschmiert.

Mit den Sandalen in den Händen schlich ich durchs Stiegenhaus und lauschte. Ich ging, so schnell ich konnte, befeuchtete den Zeigefinger und versuchte die Augenränder von den schwarzen Farbresten zu befreien.

In der Nähe des Eingangs roch es nach frischem Brot. Die Cocola hatte schon zu arbeiten begonnen. Ich hörte ihre Stimme. Sie telephonierte, denn es antwortete niemand. Erst dachte ich, ihr Vater sei gestorben, dann sagte sie: «Ja, heute nacht. Schrecklich. Nein. Er war krank. In Castel Gandolfo.»

Ich gelangte unentdeckt in mein Zimmer, versuchte leise

zu sein, überlegte, mich ins Bett zu legen und so zu tun, als schliefe ich. Doch Antonella setzte sich auf, nachdem die Tür mit einem kaum hörbaren Klick ins Schloß gefallen war. Sie kämmte mit den Fingern ihre Haare, die vom Hinterkopf abstanden, sah auf die Armbanduhr.

«Der Papst ist tot», sagte ich.

«Oje, das gibt Arbeit.» Sie ließ mich nicht aus den Augen. «Wenig geschlafen? – Welche Zimmernummer?»

Ich öffnete den Kasten, griff nach der weißen Kleiderschürze, schaute aufs Etikett. Es war die richtige Größe.

«Nun sag schon, wer ist der Glückliche?»

Gerne hätte ich gewußt, ob Paul glücklich war. Ist man glücklich, wenn man seine Freundin betrügt? Hatte er nicht von einer Freundin gesprochen, die auf seine Beschäftigung mit der Vergangenheit eifersüchtig war? War es *eine* Freundin oder *seine*?

«Wir haben geredet», sagte ich.

«So siehst du aber nicht aus.» Antonella stand auf und schaltete den Kassettenrekorder ein. «Du kannst dich noch eine halbe Stunde hinlegen. Ich bin mit der Stiege dran», rief sie.

Antonella hörte offenbar nur nach außen hin. Nach innen hin schien sie taub zu sein. Wenn kein Lärm war, erzeugte sie einen. Sie wühlte im Kasten, legte ein zerknittertes T-Shirt und ihre Schürze auf den Stuhl. «Die *crucca* wird wieder schimpfen, wenn sie sieht, daß ich zu bügeln vergessen habe. *Teutsche Ordnung*», rief Antonella und hob die Hand.

«Du übertreibst. Die Chefin hätte sich nie mit einem Italiener eingelassen, wenn sie eine überzeugte Nazionalsozialistin gewesen wäre. Die Manente mag zwar eine Menge Fehler haben, aber die Nazifrau, für die du sie hältst, ist sie nicht, das hat auch Paul gesagt.»

«Paolo – was weiß der schon. Der hat keine Ahnung. Alles nur angelesen», sagte Antonella. Sie nahm eine Pinzette und begann die Augenbrauen zu zupfen, sah wieder auf die Uhr, wusch sich unter den Achseln. «Für Geld und Ansehen vergißt man schon mal die eigenen Überzeugungen.»

«Du vielleicht», sagte ich und drehte die Musik leiser. «Hast du das Gefühl, daß der Chefin Geld so wichtig ist?»

«Wenn es ihr nicht so wichtig wäre, würde sie uns besser bezahlen.» Antonella schlüpfte in die Schürze und verließ ungeschminkt das Zimmer.

Ich ließ mich aufs Bett fallen. Mein Herz pochte in immer kürzeren Intervallen; ich legte die Hand auf die Stelle.

Es war eine gute Entscheidung gewesen hierherzufahren. Ich mußte nur darauf achten, daß die Manente mich nicht mit Paul erwischte.

«Ich mag dich», hatte Paul gesagt. Ob das stimmte?

Ich dachte an seine helle Haut, an die Flecken und Sommersprossen, die ich geküßt hatte. Es waren so viele gewesen, und ich hatte Sternbilder in ihnen gesehen.

Paul war schnell eingeschlafen, ohne viel mit mir zu sprechen, er hatte sich im Schlaf nicht bewegt, keinen Ton von sich gegeben und dann plötzlich zu schnarchen begonnen, so als müsse der Körper auf Touren kommen, damit die Träume als Film ablaufen konnten. Hinter den leicht flatternden Lidern jagten sich die Bilder, die Tagesreste und Mitbringsel aus früheren Jahren. Mutter ist der Überzeugung, daß Träume Gedankenmüll sind. Schade, daß ich nicht wie ein unsichtbarer Gott in Pauls Kopf hatte hineinschauen können. Ich hätte die Traumbilder vermutlich ebensowenig verstanden wie die Notizen in dem Buch.

Die eigenen Träume waren beim Aufwachen so präsent gewesen wie die Bilder in einem Bildband, der, einmal kurz aufgefächert, wieder zugeschlagen und auf einem Tisch abgelegt wurde. Es waren nur dunkle Ahnungen von ebenso dunklen Gängen im Gedächtnis geblieben, die sich sogleich mit den Erinnerungen an den gestrigen Abstieg in die Katakomben vermischt hatten.

Im Garten vertrat sich ein Frühaufsteher die Beine, ich hörte Schritte auf dem Kiesweg. Womöglich war es Steg. Vielleicht war es aber auch nur irgendein anderer Gast, der nicht mehr schlafen konnte und zu früh zum Frühstück gekommen war.

Ich stand auf und schleppte meinen müden Körper ins Bad, duschte erst heiß, dann kalt, zog mir die Schürze über, legte mich nochmals mit den nassen, in ein Handtuch eingewickelten Haaren aufs Bett und begann zu dösen. Ich wollte nicht daran denken, daß die Wochen hier in Rom einmal zu Ende sein würden und damit auch die Zärtlichkeiten zwischen mir und Paul. In diesem Zustand zwischen Wachsein und Einschlafen stellte ich mir vor, wir lebten in einer kleinen Dachwohnung in Trastevere, die voll von Büchern war. Man sah von der Terrasse aus die Dächer der umliegenden Häuser, den Gianicolo, in der Ferne den weißen Denkmalkoloß, der aus dem überwiegenden Grau und Braun herausleuchtete. Ich sah unsere eigene kleine Bleibe wie eine schimmernde Glücksinsel, auf der Glyzinien die Wände hochkletterten, tagträumte von Liebesnächten und einem üppigen Frühstück im Freien, schlief kurz ein und wachte wieder auf, weil ich jemanden im Garten sprechen hörte, döste weiter, bis Antonella die Tür aufriß. «Die Manente will dich sprechen, sofort. Ziemlich wütend die Alte.»

Ich fönte mir schnell die Haare und band sie zusammen, weil sie noch feucht und zerzaust waren. Nachdem ich mich gebückt hatte, um die Bürste aufzuheben, die mir aus der Hand gefallen war, tanzten silberne Punkte durch den Raum, der Boden schien sich zu bewegen. Ich mußte mich abstützen und mehrmals tief durchatmen, um mein Gleichgewicht zu finden.

Hatte mich die Manente heute früh gesehen? Oder hatte mich Antonella verraten? Zuzutrauen wäre es ihr. Vermutlich glaubte sie mir noch immer nicht, daß das Papierknäuel ohne Absicht auf den Boden gefallen war, daß ich nicht wußte, wer es ins Zimmer geworfen und welche Nachricht es beinhaltet hatte.

Aus dem Speisesaal waren vereinzelt Stimmen zu hören; die meisten Gäste schliefen noch. Als ich die Küche betrat, hörte die Cocola auf zu sprechen und sah mich an. Gianni, der in diesem Moment mit der Arbeit angefangen hatte, senkte den Blick und konzentrierte sich auf das Zuknöpfen seiner Schürze.

«Die Chefin wartet in ihrer Wohnung auf dich.» Die Cocola deutete mit dem Brotmesser Richtung Plafond, als befände sich das Wohnzimmer der Manente direkt über der Küche.

Als ich mich umdrehte, hörte ich sie zu Gianni sagen: «Die deutschen Mädchen sind auch nicht mehr das, was sie einmal waren.»

33

Die Scabellos waren im Februar 1938 auf der Suche nach einem Hausmädchen gewesen, weil Emmas Vorgängerin eine Dose Simmenthal und eine Tube Guttalin Schuhcreme gestohlen haben soll. Auf die Pflege der Schuhe war bei den Scabellos großer Wert gelegt worden. Die Herrenschuhe hatte Emma mit Brill, die Damenschuhe mit Guttalin putzen müssen. Die Signora war eine eifrige Leserin des *Gazzettino* gewesen und hatte die Werbeanzeigen ausgeschnitten, die allerlei Luxuscremen anpriesen.

In Stillbach hatte man die Schuhe mit einer groben Bürste gereinigt, manchmal mit etwas Schweinsfett. Frau Scabellos Getue um die Schuhe war Emma unbegreiflich gewesen, sie hatte auch nicht verstehen können, warum dieses Mädchen, das angeblich aus Mestre war, Schuhputzmittel hatte mitgehen lassen. Als Emma einmal mit Remo vor dem Fernseher gesessen war, hatte dieser beim Anblick eines Auto putzenden Deutschen gemeint: «Jetzt weißt du, warum du bei den Scabellos ständig Schuhe putzen mußtest. Die Schuhe ersetzen in Venedig die Autokarosserie.»

Was waren eine Dose Fleisch und eine Tube Schuhcreme gegen viertausend Schilling, dachte Emma; sie schüttelte den Kopf, obwohl sich niemand im Zimmer befand.

Hermann war in der Nacht nicht bei ihr geblieben; sie hatte gehofft, er würde sie in ihre Wohnung begleiten, sie würde in seinen Armen einschlafen. Es kam Emma so vor, als habe er ihr den Diebstahl übelgenommen. Das Geld, hatte Hermann gesagt, sei gestern früh noch dagewesen. Er habe es hinter dem Umschlag eines Buches versteckt.

«Vielleicht hast du das Buch in den Garten mitgenommen? Könnte es sein, daß die Scheine herausgerutscht und auf den Boden gefallen sind?»

«Sicher nicht.»

Dennoch war Emma heute morgen in den Garten gegangen, um nachzusehen, und hatte dabei festgestellt, daß jemand den Deckel zu den Katakomben geöffnet hatte. Die Spuren waren frisch, das herausgerissene Efeu und die Erde aus den freigekratzten Fugen noch nicht trocken gewesen.

Die alte Manente hatte den Schacht immer gemieden, sie hatte ihn zumauern oder versiegeln lassen wollen, um sicherzugehen, daß die Toten nicht heraufkamen. Doch das war, obwohl sich der Zugang auf dem Privatgrund der Manentes befand, nicht erlaubt gewesen. Remos Mutter hätte, wenn sie noch lebte, gewiß den Tod des Papstes mit dem herausgebrochenen Deckel in Verbindung gebracht.

War jemand hinuntergestiegen, um das Geld in den Katakomben zu verstecken?

Antonella hatte Emma versichert, Stegs Zimmer nicht betreten zu haben, sie war gestern – Emma erinnerte sich – zu spät bei der Arbeit erschienen.

Ines sei die einzige Person, die Zugang zu Stegs Zimmer gehabt habe. Die Art, wie Antonella den Verdacht auf Ines gelenkt hatte, gefiel Emma nicht. Dennoch war ihr die kleine Italienerin, der sie vieles, auch einen Diebstahl dieser Größenordnung, zutraute, glaubwürdig erschienen.

Emma hatte Magenschmerzen. Nachdem Steg die Dachterrasse verlassen hatte, war sie noch eine Weile auf dem Boden sitzengeblieben und hatte den Wein ausgetrunken. Sie war noch nie allein in der Nacht dort oben gewesen. Nachdem sie die Hoffnung, Hermann würde auf die Terrasse zurückkehren, aufgegeben hatte, war sie aufgestanden und hatte mehrmals heftig auf das Geländer eingeschlagen und geweint.

Müde schau' ich aus, dachte Emma vor dem Garderobenspiegel. Sie zwickte sich in die Wangen und zog dann mit den Fingerspitzen die Haut Richtung Ohren. Es fiel Emma auf, daß ihre Zunge belegt war. Die Scabello hatte nach jedem Abendessen, bei dem Wein getrunken worden war, in Wasser aufgelöstes Magnesia-Bisurata-Pulver geschluckt. Die Zunge sei der Spiegel des Magens, hatte sie gesagt und bei ihren Angestellten hie und da einen Zungentest gemacht. Einmal hatte sie auch der Kinderfrau das Pulver verordnet, weil sie fand, deren Zunge sei schmutzig, zu schmutzig für den Anblick ihrer Kinder. «Aber ich zeige den Kindern doch nicht die Zunge», hatte die *bambinaia* gesagt.

Möge der Papst in Frieden ruhen, dachte Emma und zündete eine Kerze an. Ich habe schon so viele Menschen in meinem Umfeld überlebt. Ich bin schon so oft mitgestorben, sagte sie sich. Und dazwischen: Hunger. Das Kind. Das Hotel.

Sie bekreuzigte sich und schaute dabei zu den Myrten, Stechwinden und Robinien in den Garten hinaus.

Ausgerechnet jetzt mußte der Pontifex sterben, wo es im Haus drunter und drüber ging. Mutter war damals erleichtert gewesen, daß Emma Venedig verlassen hatte und nach Rom gegangen war, weil sie geglaubt hatte, in der Ewigen Stadt würde man vom Papst persönlich beschützt werden. Oder von seinen Engeln. Ob sie nach Johanns Tod auch noch dieser Meinung gewesen war? Oder nach Emmas Hochzeit mit Remo? Und wer beschützte Emma jetzt? Sie hatte so viel Wut im Bauch. Auf Steg. Auf das Mädchen. Und eine kleine Wut auf den Papst, der ihr nun ein Haus voller Pilger und trauernder Christen bescheren würde. Emma mußte noch Besteck nachkaufen. Es fehlten Gabeln und Messer. Nur die Löffel hatten die Gäste dagelassen.

Nicht einmal dasselbe Besteck hatten wir Dienstboten bei den Scabellos benützen dürfen, fiel Emma jetzt ein, aber das war auf einigen Stillbacher Höfen nicht anders gewesen. Der Nachbar hatte den eigenen jüngeren Bruder wie einen Knecht gehalten und nach dem Essen an einem abseits stehenden Tisch mit gesondertem Geschirr abgespeist. Emmas Mutter hatte diesen Menschenschlag nie gemocht. Der Vater hingegen glaubte an die Durchsetzung des Stärkeren, sah sie als gottgegebene Ordnung.

Die Manentes hatten keinen Unterschied zwischen den Hausangestellten und den eigenen Leuten gemacht. Nur der König hatte in ihren Augen etwas Anbetungswürdiges gehabt, aber als Viktor Emanuel den höchsten militärischen

Dienstgrad der Faschisten verliehen bekommen hatte, als er wie der Duce selbst zum Reichsmarschall ernannt worden war, hatten sogar Remos Eltern aufgehört, über das Haus Savoyen zu sprechen. Die Enttäuschung über die politischen Verfehlungen des Königshauses war so groß gewesen, daß die alte Manente die Alpenveilchen, die zu den Lieblingspflanzen Königin Elenas zählten, aus dem Haus verbannt hatte. Erst als der König den Duce seiner Ämter enthob, hatte man im Hotel wieder über die Mitglieder der Königsfamilie sprechen dürfen.

Wie traurig und entsetzt war Remos Mutter gewesen, nachdem die Nazis kurze Zeit später Principessa Mafalda verhaftet hatten. Ihre Kinder waren damals bei Montini, dem jetzt toten Papst, im Vatikan untergekommen. Die Prinzessin hingegen hatte geglaubt, ihre Ehe mit diesem nationalsozialistischen Prinzen aus Hessen würde ihr während der deutschen Besatzung von Nutzen sein, doch dann hatte man sie unter einem Vorwand in die deutsche Kommandantur gelockt und nach Bozen entführt. Zuerst war sie ins dortige Lager gesteckt worden, später in eine Baracke von Buchenwald, wo sie den amerikanischen Bombardierungen zum Opfer fiel. Hitler hatte sie deportieren lassen, weil ihr Vater für sich und seine Familie Schutz bei den Alliierten gesucht hatte. Arme Prinzessin. Jahrelang hatte Remos Mutter eine Vase mit frischen Blumen vor das Photo Mafaldas gestellt. Remo hatte das Bild nach dem Tod seiner Mutter entfernt. Doch erinnerte sich Emma noch genau an das Gesicht der jungen Frau, an den sinnlichen Mund und die großen, dunklen Augen, die eine Spur zu weit auseinanderstanden.

Emma öffnete die Lade mit den Medikamenten und suchte nach einer Magentablette. Sie ging im Wohnzimmer auf und ab, sah auf die Uhr. Wo nur das Mädchen blieb. Wenn Emma

Steg Glauben schenkte, dann konnte nur Ines das Geld gestohlen haben. Was soll ich jetzt mit ihr machen? Auf keinen Fall die Carabinieri holen, dachte Emma. Wenn die Herren hier in ihren Uniformen aufkreuzten, schadete dies nur dem Geschäft und versetzte die Gäste in Unruhe.

Eine der Anima-Frauen hatte damals zum kleinen Sohn ihres Dienstgebers gesagt, der Duce sei ein häßlicher Mann und führe alle ins Verderben. Am selben Abend hatte das Kind es den Eltern weitererzählt. Die Frau war abgeführt und für drei Monate eingesperrt worden. Außerdem hatte sie fünfhundert Lire Strafe zahlen müssen. Heute stahlen die Mädchen viertausend Schilling, und es passierte ihnen gar nichts. Das konnte doch nicht sein. Das würde Emma nicht zulassen, selbst wenn Ines aus der Nähe von Stillbach war und Emma mit den Mädchen aus ihrer Herkunftsgegend gute Erfahrungen gemacht hatte. Dieses Mal hatte die Kusine vor Ort zu wenig Informationen eingeholt.

Emma fragte sich, wozu Ines das Geld brauchte. Damals hätte Emma es noch nachvollziehen können, man hatte nichts gehabt, und je mehr Geld man nach Hause geschickt hatte, desto beliebter war man daheim gewesen. Man hatte so manches für ein wenig Anerkennung gemacht. Vielen Frauen, die in der Fremde gearbeitet hatten, war nicht klar gewesen, daß sie mit ihrem Geld halfen, die Schulden der Väter abzubezahlen, daß die Grundstücke, für die ihre Väter den Kredit aufgenommen hatten, hernach allesamt in den Besitz der Brüder übergehen würden. *Der geschlossene Hof* war nie etwas anderes als legitimierte Ausbeutung gewesen. Wer hätte es diesen Frauen übelnehmen können, wenn sie etwas von dem verdienten Geld heimlich für sich beiseite gelegt, wenn sie da und dort etwas eingesteckt hätten. Dazu waren sie aber alle zu feige gewesen.

So viele Jahre hatte Emma alles nach Hause geschickt. Von den eigenen Schwestern war sie um die feine Arbeit beneidet worden. Dabei war Emma anfangs nur eine ungeschickte und unsichere Reservehausfrau gewesen, die fünfzehn Stunden durchgearbeitet hatte, eine mit einer kleinen Lücke zwischen den oberen Schneidezähnen, weshalb es zu Hause immer geheißen hatte, jemand mit solchen Zähnen würde in der Welt herumkommen. Die alte Manente hatte ihr kleine Gummibänder besorgt, die Emma nachts über die beiden Zähne gezogen hatte, damit sie näher zusammenrückten. Nach und nach war der Abstand kleiner geworden, und schließlich war die Zahnlücke ganz verschwunden.

Es klopfte. Draußen stand Ines, irgendetwas stimmte mit den Haaren nicht.

«So verläßt man nicht das Zimmer», sagte Emma.

34

Ich zog den Koffer hinter mir her, meine Augen brannten. An der Bushaltestelle standen zwei Frauen mit vollen Einkaufsnetzen und sahen mich an. Immerhin hatte ich noch geduscht; ich mußte jetzt nicht mehr die Heizungsrippen entstauben, mußte nicht die Wasserpunkte auf den Spiegeln entfernen, all die Gard- und Rexonadüfte einatmen, das Toilettenpapier zu Krawatten knicken, mußte auch nicht das Innere der Vasen reinigen, aus denen dieser Übelkeit verursachende Verwesungsgeruch aufstieg, mußte nicht die Fingerabdrücke und Fettflecken von den Fensterscheiben wischen, die Präservative und Pornohefte der Gäste entsorgen. Ich mußte gar nichts.

Ich war zuerst in eine der Nebenstraßen gelaufen, hatte nicht gewußt, was ich nun machen sollte, hatte das Straßenschild angeschaut, diesen mir unbekannten Namen Via Cheren wieder und wieder gelesen, der so fremd und unitalienisch klang. Ich war zur Nomentana vorgegangen, hatte darauf gehofft, Paul zu sehen und mich von ihm trösten zu lassen. Aber er trat nicht auf die Straße heraus, und ich traute mich nicht zurückzugehen, nach ihm zu fragen oder ihn gar anzurufen. Die Manente hätte mich niemals mit ihm verbunden, sie hätte sofort erkannt, wer am Telephonapparat war.

Dieses kalte Weib. Diese Kuh.

Vermutlich hat sie ihren Sohn in einem Nachthemd mit Beischlafschlitz empfangen.

Ich versuchte mein Gesicht von den beiden wartenden Frauen abzuwenden, aber es gelang mir nur kurz, da ich das Gartentor des Hotels Manente im Auge zu behalten versuchte. Die zwei Frauen sahen unentwegt zu mir herüber.

Wenn ich noch einen Zug nach Bozen erwischen wollte, war es besser, zum Bahnhof zu fahren, als länger hier herumzustehen. Es befiel mich plötzlich die Angst vor der Nacht, obwohl es zeitig am Morgen war. Ich sah mich allein mit dem Koffer irgendwo in der Innenstadt, sah mich umgeben von Römern, die mir überallhin folgten.

Als der Bus kam, stieg ich ein, ohne mich zu erkundigen, wohin er fuhr. Der Fahrer schien es eilig zu haben, er beschleunigte und bremste so ruckartig, daß es die stehenden Fahrgäste hin- und herwarf. Eine Gruppe von Engländerinnen wurde von Haltestelle zu Haltestelle lauter, die Frauen unterbrachen mit ihrem Lachen und ihrem Geschrei die Gespräche der Einheimischen, die sich bereits nach den hellhäutigen Touristinnen umzudrehen begannen. Die jungen Engländerinnen standen freihändig auf dem Mittelgang und warteten darauf, daß der Busfahrer wieder bremste; und wenn die eine oder andere anstelle einer Sessellehne oder eines Haltegriffs einen Mitfahrenden berührte, brach die ganze Gruppe in Gelächter aus.

Ich hatte mich in die letzte Reihe gesetzt und schaute nach draußen; vergeblich suchte ich nach Ruhepunkten am immer schneller vorbeiziehenden Straßenrand, sah für Bruchteile von Sekunden da und dort die Wurzeln der Bäume, die sich einen Weg durch den Teer und die Fugen der Pflastersteine gebahnt hatten, sah Paul auf imaginären Plakatwänden oder als Fahrer in entgegenkommenden Autos. Immer von neuem versuchten sich meine Blicke an etwas festzuhalten, aber dieses Etwas wurde mir so schnell wieder entrissen, daß ich oft nicht einmal erkennen konnte, was ich zu sehen vermeint hatte. War es ein zitronengelber Fiat 126 gewesen, der aus einem Garten herausgeleuchtet hatte? Ein Liegestuhl, der zusammengeklappt am Zaun abgestellt worden war? Hatte ich eine geknickte Antenne bemerkt, auf der mehrere Vögel saßen, oder hatten sich nur Nylon- und Papierfetzen darin verfangen? Meine unruhigen Augen füllten sich wieder mit Tränen, als versuchten sie das Unfaßbare aus mir herauszuschwemmen.

Ich mußte einmal umsteigen, um zum Bahnhof zu gelangen. Am Kiosk neben der Haltestelle kaufte ich den *Messaggero*. *Il papa è morto*. Die Schlagzeilen aller Zeitungen meldeten den Tod des Papstes. Ich freute mich über die Vorstellung, daß das Hotel Manente bald ausgebucht und die Chefin nur ein einziges unzuverlässiges Zimmer- und Küchenmädchen haben würde. Viertausend Schilling. Ich hatte nicht die geringste Ahnung, wie viele Lire das waren. Ich wußte nicht einmal, wie diese Scheine aussahen.

Das Zeitungspapier wellte sich unter meinen Fingern. Ich schwitzte, es kam mir aber so vor, als weinte es aus mir heraus. Was würde Tante Hilda zu dem Vorfall sagen? Glaubte sie mir?

Als ich von der Unterredung mit der Chefin ins Zimmer zurückgekehrt war, um meine Sachen zu packen, war Antonella im Türrahmen zur Küche gestanden und hatte mir nachgeschaut. Sie hatte dabei gelächelt, dessen war ich mir sicher.

Der Bus fuhr durch menschenleere Straßen, die meisten Römer waren ans Meer oder aufs Land gefahren. Ich hielt den Koffer zwischen die Beine geklemmt und drückte die Umhängetasche an meinen Körper, als transportierte ich darin das Geld eines Sommers. Dabei hatte mich die Manente für meine Arbeit nicht bezahlt. «Viertausend Schilling», hatte sie mir nachgerufen, «sind mehr als genug.»

Tante Hilda hatte einmal in einer angesehenen Bauunternehmung als Sekretärin gearbeitet und das Monatssalär für zwölf Maurer von der Bank abgeholt. Bevor sie mit ihrer Diane losgefahren war, hatte sie die Ledertasche mit dem Geld auf das Autodach gelegt, weil der Knopf einer Bluse aufgegangen war. Erst beim Aussteigen hatte sie bemerkt, daß die Ledertasche fehlte. Wegen des aufgegangenen Knopfs sei sie Gemeindesekretärin von Stillbach geworden und verdiene nur noch die Hälfte. Man müsse schamlos sein im Leben, hatte sie gesagt.

Ich hatte Antonellas Münzen eingepackt. Wenn nur das Hartgeld für die Fahrkarte reichte; es waren zuviele ausländische Geldstücke in der Schachtel. Damit konnte ich am Schalter nicht bezahlen, ich würde auch keine Bank finden, die mir die einzelnen Dollar- und Markstücke in Lire umwechselte.

Vor der Stazione Termini suchte ich nach einem ruhigen Platz, wo ich die Münzen auseinanderklauben konnte. Ständig stellten sich Touristen in meine Nähe. Als eine Bettlerin bemerkte, wieviel Kleingeld in der Schachtel war, lief sie davon und kam mit einer Kinderschar zurück, die mich bestürmte. Ich flüchtete erst unter das Bahnhofsvordach, wo die Taxis hielten, dann in die Halle zum Schalter. Der Fahrkartenverkäufer schaute mir geduldig dabei zu, wie ich Münze für Münze aus der Schachtel nahm, bis ich genügend Geld zusammenhatte, um die Fahrkarte nach Bozen zu lösen. Hinter mir stand ein großgewachsener schmaler Italiener, der mich mit nach unten gezogenen Mundwinkeln und aufgerissenen Augen beobachtete.

Ich hatte noch eine Stunde bis zur Abfahrt des Zuges, zuwenig Zeit, um in der Innenstadt nach Paul zu suchen. Auch fiel mir nicht ein, wann Paul die nächste Führung angesetzt hatte. Ich sah seine Notizen am Zeitungsrand der *Repubblica* vor mir, konnte mich sogar an den Namen *Romanelli* erinnern, doch nicht an die Anfangszeit des Rundgangs. Auch war ich mir in der Aufregung nicht mehr sicher, ob er die Fontana di Trevi als Treffpunkt angegeben hatte oder einen anderen Ort. Vielleicht war es ohnehin besser, ihm in diesem Zustand nicht zu begegnen.

Wenn auch er mir nicht glaubte?

Ich beugte mich über die Tasche, damit mir niemand ins Gesicht sehen konnte.

Nachdem ich mich etwas beruhigt hatte, setzte ich mich an die Bar und trank ein Mineralwasser. Ich blätterte im *Messaggero* und hielt inne, als ich auf einen kurzen Artikel stieß, in dem von Feministinnen die Rede war, die Brandsätze in ein Ambulatorium in Monteverde geworfen hatten. Auch in anderen Städten Italiens, in Cagliari und Triest, sei es zu Protesten gegen die Ärzteschaft gekommen. Die Frauen forderten die Ärzte auf, die vom Gesetz erlaubten Abtreibungen vorzunehmen.

War Antonella vorletzte Nacht in diesem an Trastevere angrenzenden Stadtviertel gewesen? War das der Kampf der *indiani metropolitani*, für die sie soviel Sympathie hegte?

Hatten die Carabinieri in der Nähe des Tatorts eine Ausweiskontrolle vorgenommen und fürchtete Antonella nun, daß man sie mit diesem Anschlag in Verbindung brachte? «*Merda, merda, merda*. Das hätte nicht passieren dürfen», hatte sie gesagt. Sie sei zu langsam gewesen. Waren auf dem Zettel damals wichtige Informationen gestanden? Hatte Antonella die Brandsätze besorgt?

Ich hätte sie jetzt gerne gefragt, wie die Ärzte denn ihre Arbeit verrichten sollten, wenn aus den Ambulatorien verkohlte Löcher würden.

Die Sehnsucht nach Paul war plötzlich so heftig, daß die Buchstaben vor meinen Augen verschwammen. Oder war es Wut auf die Manente? Ich verbarg mein Gesicht hinter der Zeitung, vernahm aber immer von neuem die Stimme der Chefin. Es redete und redete aus der Zeitung heraus, so daß ich mich nicht auf das Geschriebene konzentrieren konnte. Ich war verdattert in dem zweigeteilten Wohnzimmer gestanden und hatte kein Wort gesagt, nur die senkrechten, parallel verlaufenden Falten über ihrer Nasenwurzel angeschaut, die mit jedem Satz enger zusammenzurücken schienen.

Ab einem gewissen Moment hatte ich der Chefin nicht einmal mehr zugehört, ich war vor ihr zurückgewichen, hatte mich langsam von dem dunkelbraunen Ledersofa in Richtung Zirbenholzsitzecke bewegt.

Die Züge, die aus dem Süden kamen, waren alle verspätet. Die Lautsprecher krachten, verschluckten einzelne Wörter.

Allmählich gelang es mir wieder zu lesen. Die Zahl der Menschen, die alleine lebten, sei deutlich angestiegen, stand da. Louise Brown gehe es gut. Pertini habe von den fast zweitausend Zimmern im Quirinalspalast lediglich zwei für sich in Anspruch genommen, ein Arbeitszimmer und ein vier mal vier Meter großes Speisezimmer. Jemand vermutete hinter der Ermordung Moros den internationalen Terrorismus.

Wahrscheinlich hatte Antonella gar nichts getan, nur ein paar Flugblätter verteilt. Und viertausend Schilling eingesteckt, dachte ich.

Als ich aufstand und Richtung Bahnsteig ging, redete mich ein junger Mann an; er lief neben mir her, bis ich in den Schnellzug eingestiegen war, blieb aber vor der Wagentür stehen. Ohne daß ich es bemerkt hatte, war er nach einer Weile den Bahnsteig bis zu meinem Abteil vorgegangen. Als der Zug losrollte, schlug er von außen gegen das Fenster.

Ich zeigte ihm die Zunge, aber er lachte nur.

Immer wenn das Flugzeug zum Sinkflug ansetzte, verdichteten sich die Wolken zu einer dickflüssigen Masse; die Maschine kam nicht durch. Der Mann neben Clara segnete die Passagiere, sein Kollar war verrutscht.

«Ich will runter», sagte Clara. Sie öffnete den Sicherheitsgurt, ging zum Cockpit vor. In der Bordküche wurde beraten; der Copilot riet zur Landung.

«Das geht nicht, wir sind im Himmel!» schrie eine Stewardess. Der Passagier mit dem verrutschten Kollar hatte den Fluggastraum ebenfalls verlassen und rüttelte bereits an der Tür. «Wir sind nicht im Himmel», sagte Clara zur Flugbegleiterin, «sehen Sie das nicht?»

Die Crew stürzte sich auf den Mann an der Tür. Clara war erleichtert. Sie war nicht allein, sie kannte jemanden unter all diesen fremden Gesichtern, wenn auch nur flüchtig. «Lassen Sie Herrn Vogel los!»

Mitten im Gerangel und Gestoße setzte die Maschine auf, hob wieder ab, ging wieder runter, startete erneut durch, fiel in

Schräglage und bohrte sich dann in diese undefinierbare Masse, von der niemand wußte, wie sie zustande gekommen war.

Die Seitenfenster waren plötzlich weiß, wie zugeschneit. Der Pilot versuchte eine Durchsage; Clara hörte erst nur ein Pfeifen, dann ein leises, im allgemeinen Geschrei der Passagiere untergehendes «*Atterraggio di fortuna riuscito*, Bruchlandung geglückt». Dann stand sie schon draußen, auf dieser weiten Fläche, die niemand vor ihr berührt zu haben schien. Paul ging schweigsam neben ihr her, versank immer wieder bis zu den Knien in dem Brei; beide suchten sie, ihre Blicke auf den Wolkenboden geheftet, nach einer Öffnung. Soviel Weiß hatte Clara noch nie gesehen, ein Weiß, das keine Variationen kannte, keinen Schimmer.

«Ich will runter», sagte Clara. Das Flugzeug war bereits ein verschwindend kleiner Punkt in der Ferne, als sie das Loch entdeckte.

«Sieht aus wie eine Wake», sagte Paul, «nur ohne Wasser.» Sie standen eng nebeneinander, sahen an sich herab in die Tiefe. Da war sie, ihre Welt, am anderen Ende dieses Loches, bunt und unfaßbar öffnete sie sich mitten in dem trostlosen Feld.

«Ich will runter», hörte sich Clara sagen.

Die Wände um sie herum waren zartblau gestrichen. Wenn ich nur mit Paul sprechen könnte.

Sie war müde, hatte zu wenig geschlafen. Nachdem sie die ersten Seiten gelesen hatte, war sie mit dem Manuskript noch einmal aus dem Hotel gegangen, um eine ruhige Bar zu suchen. «Du kannst es nicht lassen», hatte Ines einmal zu ihr gesagt, «was du dir vorstellst, gibt es hier nicht.» Damals waren sie in der Nähe des Bahnhofs Termini hcrumgerannt und hatten nach einem Café Ausschau gehalten, in dem man lesen konnte und keine laute Musik gespielt wurde.

Die Bar, die Clara letzte Nacht unweit des Hotels ausgemacht hatte, war zwar mit hohen Tischen und unbequemen Barhockern eingerichtet gewesen, aber der Mann hinter der Theke hatte ein zweites Licht eingeschaltet, damit sich Clara nicht ihre schönen Augen verderbe, und er hatte ihr einen Espresso serviert, obwohl er bereits mit dem Reinigen der Kaffeemaschine beschäftigt gewesen war, als Clara das Lokal betreten hatte.

Es war nicht viel los gewesen; die meisten Besucher hatten ihre Gläser genommen und waren nach draußen gegangen, um zu rauchen. Anfangs hatte Clara noch die Musik gestört, doch bald war sie so in dem Text versunken gewesen, daß sie nicht einmal den Barmann bemerkt hatte. Er war wohl schon eine Weile neben ihr gestanden und hatte zu lachen begonnen, weil sie ihn mit großen Augen angeschaut hatte.

«Was wünschen Sie?» hatte Clara gesagt. Das wolle er sie fragen. Bestimmt sei das eine Liebesgeschichte.

«Das ist die Geschichte meiner Freundin.»

Es war jetzt sechs Uhr morgens, und Clara hatte Kopfschmerzen. Sie lag nackt auf dem Bett, fächelte sich mit dem gefalteten Deckblatt des Romans Luft zu. Dieser Barmann mit der graumelierten Stoppelfrisur hatte ihr eine *grappa* spendiert, nachdem Clara von Ines erzählt hatte. Die nächste Runde war auf Clara gegangen und die übernächste wieder auf Gianni – so hatten sie weitergemacht, bis Clara übel gewesen war und sie sich gegen zwei Uhr verabschiedet hatte. Bevor sie aufgebrochen war, hatte sie ihn noch gefragt, ob er Ende der siebziger Jahre in einem Hotel in der Via Nomentana gearbeitet habe.

«Wie kommen Sie darauf?»

«Weil meine Freundin einen Küchengehilfen namens Gianni gekannt hat.»

Er schüttelte den Kopf, sagte nach einer kurzen Pause: «Kann ich Sie nach Hause begleiten?»

«Ich gehe allein.»

«Ich auch. Dann können wir ja zusammen gehen.»

Selbst das Lachen war ihr da schon schwergefallen. Kaum im Zimmer angekommen, hatte sie sich übergeben müssen, war dann aber wieder nüchtern und aufgekratzt genug gewesen, um das Manuskript zu Ende zu lesen.

Daß Ines all diese Seiten geschrieben hatte, ohne ein Wort darüber zu verlieren, war Clara unverständlich. Hatte sie ihr erst davon erzählen wollen, wenn sie einen Verlag gefunden hatte? Wollte sie den Roman veröffentlichen? War er denn überhaupt fertig?

Ich sollte schlafen, dachte Clara, es wartet ein harter Tag auf mich. Sie rechnete sich aus, wie viele Stunden ihr bis zu ihrer Verabredung mit Paul blieben. Wie immer, wenn sie sich zum Weiterschlafen zwingen wollte, bewirkte Clara damit das Gegenteil. Allein der Gedanke, Claus oder Gesine könnten sie in zwei, drei Stunden anrufen, machte sie nervös.

Ein wenig enttäuscht war Clara, daß sie in dem Manuskript nicht vorkam; einzig die gemeinsame Suche nach der Meerträubel-Pflanze hatte Ines erwähnt. Sie selbst war es gewesen, die Ines von dieser seltenen Pflanze erzählt hatte, auch von der Bärenschote, vom Gelben Milchstern und dem Ährigen Ehrenpreis, die in dem Text nicht vorkamen. Ines hatte nicht einmal eine Berberitze von einem Wacholder unterscheiden können.

Und warum hatte Ines verheimlicht, daß sie ebenfalls aus Stillbach stammte, aus demselben Kaff wie Emma und Johann, wie Clara selbst und all die anderen? *Ich war nicht oft in Stillbach gewesen.* Lächerlich. Aufgewachsen war sie dort, in einer dieser dreistöckigen INA-Case am Dorfrand, in denen nur zugewanderte Italiener und Sozialfälle gewohnt hatten. So klein war Stillbach nicht, wie Ines es beschrieben hatte, es besaß sogar eine Handwerkerzone und eine eigene Obstgenossenschaft. Clara ärgerte sich über manche Textstellen, sie ärgerte sich aber vor allem, daß Ines nicht mehr lebte. So starb man nicht. Man ließ nicht alles liegen und stehen, vererbte nicht einen Berg von Fragen. Clara griff nach dem Deckblatt, zerknüllte es und warf es durchs Zimmer. Gleich darauf sprang sie aus dem Bett, hob es auf, faltete es auseinander und versuchte es mit der flachen Hand zu glätten.

In ihrem Kopf hämmerte es. Sie suchte nach einem Aspirin, trank aus dem Hahn, weil sie vergessen hatte, zusätzliches Mineralwasser aufs Zimmer zu nehmen, legte sich wieder hin. Für einen Augenblick schien es Clara, als sei sie im Hotel Manente, als bräuchte sie nur ans Fenster zu gehen, um in den Garten zu schauen. Und als sie neuerlich aufstand, um ihren Laptop zu holen, erschrak sie, weil sie in der Ferne ein Esso-Schild sah.

Von dieser Anima hatte Clara noch nie gehört; sie suchte nach Informationen im Internet, erfuhr, daß dort das deutsche katholische Priesterkolleg und das Pilgerhospiz Collegio Teutonico untergebracht sind, daß für die Kirche die Deutsche und die Österreichische Bischofskonferenz gemeinsam zuständig sind. Offenbar galt diese Santa Maria dell'Anima immer schon als Kaderschmiede für Karrieren in der Kirche, als Aufenthaltsort für angehende Priester. Es wurden auch Spezialstudien auf dem Gebiet des Kirchenrechts und der Moraltheologie angeboten, gleichzeitig war die Anima für die Seelsorge der deutschsprachigen Katholiken in Rom zuständig.

Hat Emma die Anima noch besucht, nachdem sie mit Remo verheiratet gewesen war? Wie hatte sich die damalige deutsche Nationalkirche zu einer Mischehe verhalten? Fand sie etwa auch die Kroaten rassisch besser als diese *Herren Cazzolini*?

Clara konnte Paul um diese Zeit nicht anrufen, also schrieb sie ihm ein paar Zeilen. *Stell Dir vor, Ines hat sogar den Selbstmord meiner gemütskranken Tante erwähnt, ihren zitronengelben Fiat 126, über dessen Farbe wir uns immer lustig gemacht haben. Aber meine Tante hat sich nicht wegen eines Mannes umgebracht. Sie war zufällig dahinterge-*

kommen, daß sie das Kind eines Carabinieri und nicht die Tochter des Stillbacher Großbauern war, für die sie sich ein Leben lang gehalten hatte. Warum hat Ines nicht darüber geschrieben? Das wäre doch interessanter gewesen als diese Eifersuchtsgeschichte. Sie ist doch sonst nicht zimperlich mit den Stillbachern und Stillbacherinnen umgegangen.

Clara schrieb und schrieb. Ob Paul die Anima kenne. Ob es wahr sei, daß sich dort die deutschsprachigen Hausangestellten getroffen hatten. Ob man tatsächlich vom Park des Hotels Manente in die Katakomben absteigen könne. Ob er sich erinnerte, daß er Ines dort zum ersten Mal geküßt hatte – nein, das konnte Clara nicht schreiben. Sie löschte den Satz, beendete die Mail mit einem abrupten *Wir sehen uns um elf, ich werde allerdings schon früher in Ines' Wohnung sein* und sprang aus dem Bett. Ich fahre jetzt zu Ines, sagte sie sich. Ich fahre jetzt in Ines' Wohnung. Clara konnte ohnehin nicht mehr einschlafen.

Paul saß am Bettrand und betrachtete die Archäologin, die ihre Zähne ineinander verbiß. Julias Kiefer machte beunruhigende Geräusche. Eigentlich, dachte Paul, hatten ihre Zähne nicht abgeschmirgelt ausgesehen. Die Kleine wußte vermutlich gar nicht, was sich in ihrem Mund abspielte. Übte seine Anwesenheit einen solchen emotionalen Druck auf sie aus?

Sie hatten nicht miteinander geschlafen. Penetration sei etwas aus dem letzten Jahrhundert, hatte sie gesagt und gelacht. Sie gehe nur mit ihm nach Hause, wenn er auf das Gerammle verzichte.

«Und erwarte keinen Forellensex von mir.»

«Forellensex?»

«So tun als ob. Forellen sind imstande zu zittern und ihren Mund immer wieder zu öffnen, ohne Eier auszustoßen. Sie machen die Männchen geil, indem sie vortäuschen, sie wären es auch.»

«Es kann mir sowieso keine ein X für ein U vormachen», hatte Paul gesagt. Man erfühle doch an den Kontraktionen im Beckenbodenbereich, ob eine Frau komme oder nicht.

«Oh, ich habe es mit einem sensiblen Mann zu tun!»

Er hatte sie lecken dürfen und sich selbst dabei befriedigen, mehr war nicht möglich gewesen. Jetzt wäre ihm lieber, Julia verließe seine Wohnung. Er mochte keine Gespräche beim Frühstück, außerdem fühlte er sich am Morgen nicht wohl in seiner Haut, da sah er noch zerknitterter aus als am Abend. Den aufmerksamen Zuhörer hatte er schon letzte Nacht gegeben.

Sie studierte in Innsbruck, war aber in Sterzing aufgewachsen. Paul war erstaunt gewesen, wie gut sie Altgriechisch und Latein beherrschte, wieviel sie über das antike Rom zu erzählen gewußt hatte. «*Quasi homo tandem habitare coepi*», hatte sie gesagt, als sie nach der nächtlichen Lokaltour in Pauls Wohnung angekommen waren. «*Endlich habe ich angefangen, wie ein Mensch zu wohnen.*» Sie hatte sich am Türrahmen abgestützt, so beschwipst war sie gewesen, hatte die Beine überkreuzt und mit dem Oberkörper gewippt. «Weil ich mir sonst vor Lachen in die Hosen mache.»

Er wisse schon, daß er in keinem Palast lebe, hat Paul gesagt, nachdem sie ihm glucksend erklärt hatte, daß der Satz von Nero stamme. Er habe ihn bei der Einweihung seines *Goldenen Hauses* ausgesprochen.

«Neunhundert Euro für diese – Pardon! – Bruchbude?»

Sie schien tief zu schlafen. Paul stand auf und tappte zu seinem Schreibtisch, fuhr den Computer hoch. AVA – die *Agenzia Viaggi Alternativi* – fragte an, ob er auch Tagesreisen nach Anzio und Monte Cassino anbieten würde. Eine Gruppe von Deutschen wünschte dorthin zurückzukehren, wo sie gekämpft habe.

Veteranentourismusführer – das fehlte noch, dachte Paul, daß er mit Exfallschirmjägern zum Benediktinerkloster pilgerte.

Auch wenn er etwas mehr Geld gebrauchen könnte, um zumindest die Bude durch eine Wohnung zu ersetzen, beschloß er abzusagen. Allerdings hätte es ihn interessiert zu erfahren, wie die Alten die langen Monate der Verteidigungskämpfe an der Gustav-Linie im Gedächtnis hatten, ob sie noch immer von ihrer Standfestigkeit und Kampfmoral sprachen und behaupteten, sie hätten die Überreste des heiligen Benedikt von Nursia und all die wichtigen Kunstschätze – Bilder von Tizian, Raffael und Leonardo da Vinci – aus der Abtei in die Engelsburg nach Rom geschafft und auf diese Weise vor den Bombardierungen durch die Alliierten gerettet. Er hätte sie auch gerne gefragt, ob sie sich daran erinnerten, daß ein Teil der Meisterwerke aus dem Kloster in die Stollen des Salzbergwerks nach Altaussee verschleppt worden war, und ob sie noch immer davon überzeugt seien, diese Kunst gerettet und nicht geraubt zu haben.

Roter Mohn am Monte Cassino. Keine Ahnung, warum Paul jetzt dieses Lied einfiel, er wußte nicht einmal mehr, in welchem Zusammenhang er darauf gestoßen war.

Julia stöhnte auf; sie drehte sich zur Seite. Die Knirschgeräusche hatten aufgehört. Paul sah auf ihren halboffenen Mund.

Während er Julia anschaute, fielen ihm die vielen zärtlichen langen Vormittage ein, die er mit Marianne verbracht hatte. Sie waren oft bis zum Mittag im Bett geblieben. Marianne hatte es gemocht, wenn er in sie eingedrungen war; hatte sich gerne von ihm wachficken lassen.

Sex ohne Penetration – war das jetzt Mode? Nüchtern betrachtet, kapierte er nicht, warum er Julia mitgenommen hatte. Etwas mußte ihm an ihr gefallen haben. Ohnehin traf er sich heute mit Clara. Ach, Clara. Die hatte ja Familie. Seit die Beziehung mit Marianne in die Brüche gegangen war, hatte Paul nur noch neurotische Single-Frauen oder fremdgehende Ehefrauen kennengelernt, deren Ehemänner die Lust am Sex verloren hatten oder auf *veline* standen, auf diese in Hot pants und knappen Blusen in die Kamera grinsenden Fernsehquizassistentinnen, die auch der Premier so liebte und in all seinen Kanälen zur Schau stellte. Und weil diese italienischen Durchschnittsmänner einer Elena Barolo oder einer Giorgia Palmas nie in der Realität begegneten, war das Land voll von Möchtegern*veline* mit aufgeblasenen Lippen und gestrafften Lidern, mit Püppchen eben, die auch gerne hauptberuflich ihre nackte Haut zeigen würden, wenn sie nur die Körper dieser TV-Damen am Bildschirm besäßen. «Allein die Namen!» hatte sich Marianne empört. *Microfonine*, Mikrofönchen oder *Letterine*, Buchstäbchen. Paul lebte nun schon so lange in diesem Land, daß ihm derlei sprachliche Details nicht mehr auffielen.

Er hätte beinahe Claras Nachricht übersehen, griff nach der Lesebrille, die er seit ein paar Monaten besaß, aber selten aufsetzte. Was für eine lange Mail. Unruhe befiel ihn.

Clara war mit dem Manuskript durch. Ines hatte tatsächlich an diesem *mehrbändigen Werk* geschrieben, hatte nicht nur davon gesprochen, wie diese Freundin Mariannes, die es scheinbar noch immer vorzog, sich den Tagträumen über Romane hinzugeben und auf imaginären Erfolgswellen zu surfen, anstatt endlich zu schreiben. Wien war voll von derartigen überempfindlichen Schriftstellerinnen und Dichterinnen.

Möglich, dachte Paul, daß sich das deutsche Dienstpersonal in der Anima getroffen hatte. Die Sonntagsmesse war einmal ein wichtiger Bestandteil des Soziallebens gewesen. Ob Ines Alois Hudal eingebaut hat? Den österreichischen Bischof?

Unlängst war Paul, vom Caffè della Pace kommend, an der Santa Maria dell'Anima vorbeigegangen und hatte einen Blick in die Kirche geworfen. Auf dem Faltblatt, das er gleich neben dem Eingang entdeckt hatte, war er auf Informationen zur sechshundertjährigen Geschichte dieser Kirche gestoßen und hatte unter anderem erfahren, daß die Anima während der Französischen Revolution geplündert und die Sakristei als Pferdestall benutzt worden war. Aber die Verbrechen dieses Hudal hatte man mit keiner Silbe erwähnt. 1859 war das Priesterkolleg gegründet, 1954 die Pilgerseelsorge umgestaltet worden – dazwischen klaffte ein Zeitloch.

Das Morgenlicht kam und ging; Julias Haar sah aus, als habe es jemand ein- und wieder ausgeschaltet; vor ein paar Sekunden hatte es noch geleuchtet. Sollte er Julia nicht lieber wecken, dann wäre er etwas früher bei Clara und könnte selbst einen Blick in Ines' Manuskript werfen?

Eine Archäologin – Paul schüttelte den Kopf. Sie wird ihre Zukunft über Bodenproben, Tierknochen und Mageninhalte sitzend verbringen und daraus Umweltbedingungen rekonstruieren. Dann schon lieber auf den Spuren von Verbrechern und Fluchthelfern – diesem Hudal zum Beispiel, der als Rektor des Priesterkollegs die Nazis mit Papieren aus Südtirol versorgt hatte, wodurch sie kurzerhand zu unverdächtigen deutschsprachigen Italienern geworden waren. Blöd nur, daß manche bei ihrer Ausschiffung deutsche Kampflieder anstimmen mußten, so daß sich selbst die sanftmütigen, beide Augen zudrückenden, Carabinieri gefrotzelt gefühlt haben mußten und genauer hinzuschauen begannen. Helmut Gregor, den falschen Südtiroler Mengele, hatte man deswegen in Genua kurz festgehalten.

Im Eingangsbereich der Anima war neben dem Faltblatt auch der Gemeindebrief aufgelegen; Paul hatte ihn nicht mitgenommen, weil darauf lediglich die Gottesdienstzeiten und die Kontaktdaten vermerkt waren, aber er erinnerte sich jetzt, daß auch von einem Handarbeitskreis die Rede gewesen war, zu dem man sich im Gemeindezentrum traf. Er stellte sich jetzt vor, daß die in Rom lebenden deutschsprachigen Hausangestellten immer schon in der Anima zusammengekommen waren und Franz Stangl, dem Hudal 1948 vorübergehend eine Stelle in der Bibliothek des Collegium Germanicum vermittelt hatte, mit den strickenden Mädchen und Frauen gescherzt hatte. Frauen, die in ihrer Verwandschaft oder Bekanntschaft vielleicht einen Behinderten gekannt hatten, der nicht mehr aus der Anstalt Schloß Hartheim zurückgekommen war, weil Stangl für dessen ordnungsgemäße *Gnadentötung* gesorgt hatte.

Wahrscheinlich war er damals in der Anima ein fescher Vierzigjähriger mit leicht angegrauten Schläfen und interessant wirkenden Geheimratsecken gewesen, dachte Paul, einer, der brav Bücher eingeordnet hatte, bevor er mit dem Rotkreuzpaß über Syrien nach Brasilien weitergereist war. «Mein Gewissen ist rein», soll er kurz vor seinem Tod gesagt haben, immerhin hatte er zugegeben, daß er als KZ-Kommandant bei der Ermordung von vierhunderttausend Menschen in Sobibór und Treblinka dabeigewesen war. Ohne die Südtiroler SS-Kameraden wäre auch Stangl nicht so leicht über die Brennergrenze nach Sterzing gekommen. Und ohne Simon Wiesenthal hätte man ihn vermutlich nicht so schnell gefunden.

Es war jetzt kurz nach acht Uhr; es hatte keinen Sinn, auf Claras Fragen einzugehen. Sie war sicher schon in Ines' Wohnung und hatte den Internetzugang ihres iPhones wegen der hohen Roaming-Gebühren ausgeschaltet.

Paul stand auf und machte Kaffee. Er hatte vergessen, wie Julia mit Familiennamen hieß. Hoffentlich nicht Stötter oder gar Schwammberger. Das konnte ihm auch egal sein.

Er dachte an Ines' Wohnung, daran, wieviel Arbeit Clara erwartete. Der Schreibtisch war voller Zettel gewesen; überall hatte Ines Notizen hinterlassen, auf Papierservietten, Bahnkarten und Briefumschlägen, selbst an den Rändern des Stadtplans. Diese Arbeitsweise kannte er nur zu gut. Er hatte einmal das gesamte Altpapier nach einen Reklamezettel durchsucht, weil darauf die Struktur eines Essays skizziert gewesen war.

Daß Ines diese Eifersuchtsgeschichte geschildert hatte und nicht den interethnischen Konflikt in der Familie von Claras Tante, das konnte Paul nachvollziehen. Um glaubwürdig zu bleiben, mußte man in einem Roman vom eigentlichen Wahnsinn absehen.

Clara zitterte noch immer; sie war vor Ines' Wohnung gestanden, hatte den Schlüssel ins Schloß gesteckt und bemerkt, daß nicht zugesperrt war, dabei hatte sie in der Nacht den Schlüssel zweimal umgedreht und am Ende noch die Türklinke nach unten gedrückt, um sicherzugehen, daß die Tür zu war.

Einen Augenblick hatte Clara überlegt, auf Paul zu warten, sich die Zeit mit einem Spaziergang im Viertel zu vertreiben, doch da es so früh am Morgen war, hatte sie beschlossen, ihre Angst zu überwinden und einzutreten. Vielleicht hatte sie sich gestern nacht geirrt und, irritiert von der Anwesenheit Pauls, den Schlüssel einmal in die eine und schließlich wieder in die andere Richtung gedreht, so daß die Tür unversperrt geblieben war.

«Nicht erschrecken», hatte der Mann gesagt, der ihr im Korridor entgegengekommen war. «Ich hätte Sie um Erlaubnis fragen müssen, aber da ich zufällig in der Gegend war, bin ich auf einen Sprung in die Wohnung. Ich wollte mich von Ines, von diesem Ort, verabschieden.»

«Das ist eigentlich – das ist ...» Sie hatte «Hausfriedensbruch» sagen wollen, aber der ältere Herr war ihr zuvorgekommen, hatte ihr die Hand entgegengestreckt und sich vorgestellt. «Francesco Manente. Wir haben telephoniert.»

«Wieso haben Sie einen Schlüssel?»

Ines und er seien über viele Monate ein Paar gewesen.

Clara war durch die Wohnung gegangen und hatte geschaut,

ob alles an seinem Platz war. F. – das Kürzel in Ines' Terminplaner stand für Francesco, wie sie vermutet hatte. Die Mittwoch-Liebe.

Jetzt saßen sie sich gegenüber, und Clara hatte ihre Arme vor der Brust verschränkt, um die zitternden Hände zu verbergen. Das war er, der Kommunist, der im Sommer 1978 seine Mutter vernachlässigt hatte, dem Ines keinen einzigen Auftritt in ihrem Roman verschafft hatte. Er gefiel Clara, obwohl er über sechzig sein mochte. Ein untypischer Italiener, dachte sie, breite Schultern, großgewachsen, in den mittleren Jahren nicht dick geworden. Sein Haar war noch voll.

«Ich habe es geahnt – Ines hat die Verabredungen mit Ihnen in ihren Terminplaner eingetragen; allerdings die letzten Monate –»

«Da haben wir uns nicht mehr gesehen.» Er sah auf seine Fingernägel, als wollte er gleich nach einer Feile greifen.

«Und warum, wenn ich fragen darf?»

«Mir ist lieber, Sie fragen nicht.»

«Hat sie mehr von Ihnen gewollt?»

«Sie fragen ja doch.» Er lächelte. «Nein, sie war nicht besitzergreifend.» Clara bemerkte, daß Francesco immer wieder zum Schreibtisch hinübersah. War er hier, weil er etwas suchte?

Sie sprachen über Ines' plötzlichen Tod, und Francesco erzählte von seiner Trauer, davon daß er sich zu Hause ins Bad zurückgezogen hatte, um zu weinen.

«Ins Bad?»

«Ich bin verheiratet, habe zwei Söhne. Sie werden jetzt denken –»

«Ich denke mir gar nichts», sagte Clara.

«Ich habe Sie am Telephon angelogen», sagte er nach einer Weile, «ich kenne Ines schon lange, über dreißig Jahre. Sie hat mal im Hotel meiner Mutter gearbeitet.»

«1978.»

«Ja. – Das wissen Sie?»

«Ich weiß nur, daß sie damals in Rom war.»

«Wir sind uns in jenem Sommer nur kurz begegnet. Dann haben wir uns Jahrzehnte aus den Augen verloren, bis wir uns im Altersheim wiedergetroffen haben.»

Die Roman-Version stimmte nicht, dachte Clara, warum sollte sie auch der Wahrheit entsprechen. Eigenartig war nur, daß Ines die Namen aus dem wirklichen Leben übernommen hatte. Das paßte nicht zu ihr. Vielleicht hatte sie nicht mehr die Zeit gehabt, sie zu ändern. Wenn Clara den Roman veröffentlichte, mußte sie zumindest die Familiennamen verfremden. Am besten wäre es, sie fände auch neue Ortsnamen.

«Wenn Sie erlauben, hole ich uns ein Glas Wasser.»

Während Francesco in die Küche ging, streckte Clara die Beine aus. Sie könnte zum Beispiel *Scabello* mit *Scattolin, Schächtelchen* ersetzen. Und was paßte zu *Manente*? Vielleicht *Robustelli, Stramm*?

Clara und Ines hatten ein Jahr lang einen Deutschlehrer in der Schule gehabt, Norbert Hahn, den sie – aufgrund seines Namens und seiner Vorliebe für deutschnationale Edelweißgedichte – am liebsten nach Strangolagalli verbannt hätten. Jahrelang hatten sie alle Menschen, die ihnen unangenehm gewesen waren, gedanklich dorthin geschickt, in diese kleine Gemeinde, von der sie nur wußten, daß sie in der Ciociaria liegt, unweit von Rom.

Sie hatten Alberto Moravias *La Ciociara*-Romanverfilmung durch Vittorio De Sica gesehen – so war es gewesen – und hatten hinterher in einem Atlas nachgesehen, wo die Hügellandschaft der Ciociaria liegt, waren zufällig auf die Ortschaft gestoßen, deren Name möglicherweise gar nichts mit strangulierten Hähnen zu tun hat.

Dreimal hatte sich Clara den Film von De Sica anschauen müssen, weil Ines eine Schwäche für Sophia Loren gehabt hatte.

Wenn sich Clara richtig erinnerte, war die Loren eigentlich für die Rolle der Rosetta vorgesehen gewesen, doch da Anna Magnani sich geweigert hatte, Lorens Mutter Cesira zu spielen, hatte die Loren die Rolle der jungen Witwe übernommen und die Magnani gar nicht mitgespielt.

Irgendetwas rauschte. War es der Verkehr draußen? Eine Klimaanlage? Irgendein Ventilator? Francesco reichte Clara das Wasserglas.

«Hören Sie das?»

«Was denn?»

«Klingt wie das leise Rauschen eines Baches», sagte Clara.

«Das ist der Computer.»

«Sie haben den Laptop eingeschaltet?»

«Ich habe es eh nicht geschafft, den Code zu knacken.»

«Das wär' ja noch schöner. – Wie kommen Sie dazu? Ich finde das nicht in Ordnung.» Clara merkte, wie ihr Gesicht heiß wurde. «Eigentlich müßte ich sie rauswerfen.»

«Aber ich bitte Sie – ich besitze einen Schlüssel zur Wohnung. Glauben Sie, Ines hätte mir den gegeben, wenn sie mir nicht vertraut hätte? – Ich war öfters allein in der Wohnung, habe hier auf Ines gewartet.»

Clara hatte vor Doppelleben dieser Art immer die Augen verschlossen. Vielleicht hatte ihr Ines deswegen nicht von Francesco erzählt.

Er setzte sich hin. «Ich möchte meine Ehe nicht aufs Spiel setzen.»

Könnte ich das noch sagen? dachte Clara.

«Hätte ja auch sein können, daß Sie mir die gesamte Korrespondenz mit Ines nach Hause mailen oder daß Sie die Bücher, die ich Ines geschenkt habe, an mich zurückschicken.» Francesco verschob den Sessel. «Meine Frau hegt ohnehin schon einen Verdacht –»

Irgendetwas stimmte mit dem Mann nicht. «Warum haben Sie Ines die letzten Wochen nicht mehr gesehen? Hatten Sie Unstimmigkeiten?»

Er schlug die Beine übereinander, betrachtete sein linkes Knie, massierte es ein wenig. «Sie sind hartnäckig. – Ines hatte ein falsches Bild von meiner Mutter. Das wollte ich nicht hinnehmen. Ich bin kein *mammone*, für den Sie mich jetzt vielleicht halten, weil ich so viel von meiner Mutter spreche.» Er nahm einen Schluck von dem Wasser, stellte das Glas auf den Boden. «Mama ist eine einfache Frau, die mit einem Stuhl tanzen gelernt hat. Die sich gerne mit deutschsprachigen Freundinnen getroffen hat, aber deswegen war sie noch keine Nazi-Frau.»

«Das hat Ines gesagt?»

«Letztlich hat sie meiner Mutter vorgeworfen, daß sie jahrelang in die Anima gegangen – daß sie dort mit den schlimmsten Nazis zusammengekommen sei. Die Anima –»

«Ich kenne den Ort.»

«Dann muß ich Ihnen nichts sagen. Es hat dort für fünfzig *Centesimi* Kaffee und Kuchen gegeben. Wären Sie nicht hingegangen? *Mammina* hatte anfangs Heimweh. Ist doch verständlich, daß sie die Nähe zu ihren Leuten gesucht hat. Mal ehrlich, wäre meine Mutter in Rom geblieben, wenn ihr soviel am Führer gelegen hätte?»

«Man konnte eine Zeitlang in Rom deutscher sein als bei uns, wo die faschistischen Repressionen enorm waren.»

«In den zwanziger Jahren vielleicht, aber da war meine Mutter noch gar nicht hier. – Sind Sie etwa auch aus der Gegend?»

Clara nickte.

«Aus Stillbach?»

«Ja. Ich lebe aber schon viele Jahre in Wien.»

«Mama hat mir einmal von einer Freundin erzählt, die tagein, tagaus in der Villa ihrer römischen Herrschaften eingesperrt gewesen war. Die hat sich erhängt. Vielleicht wäre das nicht passiert, wenn man sie am Sonntag in die Anima hätte gehen lassen.» Er stand auf und stellte sich ans Fenster. «Meinem Vater ist es nicht immer leichtgefallen, sie hinzubegleiten. Er war eifersüchtig – es gab dort diese attraktiven Schweizergardisten und jede Menge Studenten. Aber er hat verstanden, daß Mama das brauchte. Nur Ines –» Er wandte sich Clara zu. «Ich muß jetzt ins Hotel zurück. Tun Sie mir einen Gefallen, und löschen Sie unseren Mail-Wechsel. Ich bitte Sie darum.»

«Das kann ich nicht versprechen. Aber ich werde dafür sorgen, daß die Nachrichten nicht auf dem Computer Ihrer Frau landen.»

«Löschen ist besser. Kennen Sie –» Francesco hielt inne. Man sah ihm an, daß er nach einer Formulierung suchte. «Kennen Sie Ines' Texte?»

«Einen Teil.»

«Glauben Sie nicht, was da steht. Das ist nicht sie.» Er ging zur Tür. «Wissen Sie, man sollte sich eigentlich nicht mit Leuten einlassen, die schreiben. Es wird alles festgehalten. Das ist nicht gut. Jedes Vorurteil. Ich weiß nicht, was Ines gegen meine Mutter gehabt hat. *Mammina* ist ein wunderbarer Mensch. Sie hat vor meinen Großeltern nie erwähnt, daß sie heimlich Deutsch lernen mußte. Daß sie die Katakombenschule besucht hat. Dabei ist sie von meiner Großmutter nicht immer gut behandelt worden, das können Sie mir glauben. Die hat sich für meinen Vater eine andere Partie vorgestellt, nicht so ein einfaches Zimmermädchen. Aber meine Mutter ist eine kluge Frau, sie hat auf diese Art Anfeindungen nie reagiert.» Er sah auf die Straße hinunter, dann wieder zu Clara herüber. «Sie hat auch niemanden in unserer Familie spüren lassen, wie ekelhaft die Italiener sich in Stillbach aufgeführt haben.»

Warum redete er schon wieder von seiner Mutter? Clara stand ebenfalls auf. Sie begleitete ihn zur Wohnungtür.

«Verzeihen Sie, daß ich ohne Vorwarnung hierhergekommen bin. Ich habe Ines geliebt. Wir hatten eine schöne Zeit bis zu diesem – nein, Streit war es keiner gewesen, eher eine Meinungsverschiedenheit –. Sie ist – sie war so stur, so rechthaberisch. Ines hat behauptet, wir hätten Katzen im Garten gehabt. Es hat im Hotelgarten nie Katzen gegeben. Meine Mutter war strikt dagegen gewesen. Hatte sich mal zufällig eine in den Park verirrt, war meine Mutter mit dem Gartenschlauch auf sie losgegangen. – Was erzähle ich da. Ist nicht wichtig. Wissen Sie –» Francesco hatte bereits seine Hand auf der Türklinke liegen, «es ist furchtbar, daß Ines und ich nicht mehr die Gelegenheit zu einer Aussprache haben.»

«Den Schlüssel», sagte Clara, «ich möchte, daß sie den Schlüssel hierlassen.»

Francesco klopfte seine Hosentaschen ab. «Bitte schön. – Sehen wir uns noch einmal, bevor Sie wieder abreisen?»

Er stand schon im Stiegenhaus, und Clara wollte die Wohnungstür zumachen, als Francesco seinen Fuß in den Türrahmen setzte. «Bitte, seien Sie nicht böse. Ich hätte Sie vorher fragen müssen.»

«Schon gut», sagte Clara.

Eigentlich war er nur zu Julia ans Bett gegangen, um sie zu wecken, aber sie hatte ihn zu sich heruntergezogen, war unter das Leintuch gekrochen und hatte seinen Schwanz in den Mund genommen. Je mehr sie lutschte und leckte, desto mehr dachte er an das Penetrationsverbot und das nächtliche Gespräch über Forellensex. Er schloß die Augen, versuchte sich seinen Phantasien hinzugeben, es ging nicht. «Lassen wir es. – Tut mir leid.»

Julia schälte sich aus dem Leintuch, sah ihn schweigend an, setzte sich an den Bettrand. «Wird es anders – ich meine, wie ist das im Alter? Wird es weniger?»

Das hatte ihm noch gefehlt, daß sie jetzt über Sex sprechen wollte. Er stand auf, zog die Boxershorts an. «Vor allem nimmt die Lust ab, darüber zu reden», sagte Paul und griff nach der Kaffeepackung auf dem Tisch, schnitt sie auf.

Julia verschwand im Bad; wenig später hörte er sie duschen. Es waren nur Haltbarmilch und Grissini im Küchenschrank. Ich lade sie auf ein Frühstück in die Bar ein, dachte Paul, so kann ich mich schneller verabschieden.

Welcher Teufel hatte ihn da geritten. Ich werde – wenn kein Unglück passiert – ein Vierteljahrhundert vor Julia sterben. Er erschrak über diese Ungleichzeitigkeit. Eigentlich hatte er sich an der Seite Mariannes immer über ungleiche Paare lustig gemacht, über die atemlosen Diskohopser ebenso wie über die weißhaarigen Skater auf der Donauinsel, die ihren zwanzigjährigen Freundinnen hinterherkeuchten, jetzt war er selbst in einer solchen Situation. *Wie ist das im Alter?* Nicht schön, dachte er und schlüpfte in seine Sommerjeans.

Paul schaute aus dem Fenster; draußen wartete das Glück des blauen Himmels. Er grinste. Soweit war er noch nicht. Er dachte an Marianne, die einmal den nächtlichen Halbmond über dem griechischen Meer mit einer Orangenzehe verglichen und Paul vorgeworfen hatte, daß er es verlernt habe, sich zu freuen, glücklich zu sein.

Vergessen können – das sei Glück, hatte Paul geantwortet; doch leider bestünde sein Beruf darin, dieses Glück nicht zuzulassen.

Wie lautete noch mal Claras Hemingway-Satz? *Glück – das sei einfach eine gute Gesundheit und ein schlechtes Gedächtnis?* Vor dem Hintergrund einiger Briefe hatte Hemingways Glücksdefinition einen schalen Geschmack. *Wir haben's hier sehr nett und lustig, viele Tote ...* hatte er an der Seite der alliierten US-Truppen aus der Normandie berichtet. Paul stand vor dem Bücherregal und zog ein altes Focus-Heft hervor; er fand die Stelle sofort, hatte sie gekennzeichnet.

Julia kam aus dem Bad, stellte sich neben ihn; ihr Haar tropfte. «Lies vor», sagte sie.

«*Einmal habe ich einen besonders frechen SS-Kraut umgelegt. Als ich ihm sagte, daß ich ihn töten würde, wenn er nicht seine Fluchtwegsignale rausrückte, sagte der Kerl doch: Du wirst mich nicht töten. Weil du Angst davor hast und weil du einer degenerierten Bastardrasse angehörst. Außerdem verstößt es gegen die Genfer Konvention. Du irrst Bruder, sagte ich zu ihm und schoß ihm dreimal schnell in den Bauch, und dann, als er in die Knie ging, schoß ich ihm in den Schädel, so daß ihm das Gehirn aus dem Mund kam, oder aus der Nase, glaube ich.*»

«Ekelerregend.» Julia wickelte sich aus dem Handtuch, das bis jetzt ihre Brüste und ihre Scham bedeckt hatte, und trocknete sich damit die Haare.

«Rate mal, wer das geschrieben hat.»

«Ein Perverser.»

«Hemingway.»

«Das hat er erfunden.»

«Es ist aus einem Brief, den er im August 1949 an seinen Verleger Charles Scribner geschrieben hat. Fünf Jahre, nachdem er in der Normandie gewesen war. – Willst du einen Kaffee?»

Sie nickte. «Ist er dafür nicht angeklagt worden? Ich meine, da handelt es sich doch eindeutig um ein Kriegsverbrechen.»

«Es hat eine Befragung durch eine Kommission gegeben, die ihn freigesprochen hat. Auch in einem aktuelleren Gutachten ist von fiktionalen Aussagen die Rede. – Die haben's gut, die Schriftsteller. Sie schreiben die Wahrheit und reden sich auf die Fiktion raus. Es gibt übrigens noch einen anderen postum veröffentlichten Brief, in dem er behauptet, hundertzweiundzwanzig Deutsche umgebracht zu haben.»

«Das ist ja stark.» Sie schüttelte ihre Haare, zupfte sie mit den Fingern zurecht.

Paul roch sein Deodorant an ihr. «Ich habe keinen Zucker, nur Haltbarmilch.»

«Paßt.»

«Was steht heute auf dem Programm?»

«Circus Maximus. Da sind die Herren immer besonders gerne hingegangen, weil man nicht nach Geschlechtern getrennt sitzen mußte wie in den Theatern.» Sie schlüpfte in den BH. «Und die Gegend war voller Bordelle.»

«Selbst die Kaiserin –»

«Messalina, genau. Der Traum aller Männer. Die heimliche Lycisca, die ihr schwarzes Haar unter einer blonden Perücke versteckt hat. Die Lustvolle, deren Erfüllung einzig darin bestanden hat, *die Stöße aller aufzunehmen.*»

«So können sich die Zeiten ändern, jetzt werden wir vom Staat gefickt. – Für dein Alter bist du schon ziemlich verdorben.»

«*Generation Porno*», sagte Julia und hob einen Arm, um zu riechen, ob das T-Shirt unter der Achsel noch frisch genug war. Sie lachte. «Das glaubst du nicht im Ernst, oder?»

«Na ja.»

«Ist alles Quatsch. Ich habe zum ersten Mal mit siebzehn mit einem Mann geschlafen. Meine beste Freundin war sogar neunzehn. Frühreife gab es immer schon. Meine Mutter war mit einer in der Klasse, die war mit vierzehn schwanger.»

«Das kann dir nicht passieren», sagte Paul.

«Ziemlich leicht zu verunsichern, was?»

Paul zuckte mit den Achseln, drehte das Gas ab. «Gewöhnungsbedürftig.» Er goß den Espresso in die Tassen. «Man kann es Messalina nicht verdenken, daß sie fremdgegangen ist. Claudius war fünfunddreißig Jahre älter als sie. Angeblich war er schon bei der Hochzeit ein gebrechlicher Mann, der an einer

Gehbehinderung litt. Sein Kopf soll gezittert haben, und er hat bisweilen auch noch gestottert. Man kann also nicht einmal sagen, daß ihn sprachliche Brillanz gerettet hat.»

«Das ist allerdings bitter. Ich wußte, daß er wesentlich älter war, aber die Details habe ich vergessen.» Sie lächelte. «Und was steht bei dir heute auf dem Programm?»

«Ich helfe einer Freundin beim Ausräumen einer Wohnung. Am Nachmittag halte ich einen Vortrag vor Schülern einer Privatschule. Die staatlichen geben für so was kein Geld aus.»

«Über das Wolfsmädchen.»

«Wolfsmädchen?»

«Laycisca.»

«Nein, nicht über die Messalina. Über einen anderen Wolf, mit zwei F – Karl Wolff, er war der höchste SS-General in Italien.»

«Und was erzählst du denen?»

«Ach, das Übliche. Ich spreche allgemein über deutsche Kriegsverbrechen in Italien. Das lieben sie. Die Kids sehen das wie einen erzählten Action-Film, und die älteren Lehrer nicken zustimmend. Nach dem Vortrag kommen sie dann zu mir und sagen, daß der italienische Faschismus nicht halb so schlimm gewesen sei wie der Nationalsozialismus.»

«Da haben sie doch recht, oder? Und ohne Faschismus wäre auch die italienische Moderne nicht denkbar, das muß man auch sehen.»

«Von wegen Moderne – du hättest zu Hause Schwarzhemden bügeln und dazu *La brava domestica* lesen dürfen.» Paul zündete sich die Zigarette am Gasherd an, weil er sein Feuerzeug nicht fand. «Die Pontinischen Sümpfe hätte man auch ohne Mussolini irgendwann trockengelegt. Nach der großen Weltwirtschaftskrise ist es in ganz Westeuropa aufwärtsgegangen, das war nicht ausschließlich das Verdienst der Faschisten. – Fährst du noch ins Hotel oder direkt zum Circus Maximus? Weißt du, wie du hinkommst?»

Paul suchte für Julia die Verbindungen heraus. Sie saß auf dem Sofa, nippte an ihrem Espresso und sah ihn an.

«Ist was? Hab' ich geschnarcht in der Nacht?»

«Ich habe nichts gehört. – Dein Vortrag gestern war übrigens gut. Außerdem hat mir gefallen, wie du unserem Reiseorganisator die Liebe zum italienischen Fußball ausgetrieben hast.»

«Das wollte ich nicht. Italien hat als einziges europäisches Land viermal den Weltmeisterschaftstitel geholt, die spielen immer wieder exzellenten Fußball.»

«So hat das nicht geklungen.»

Paul schrieb die einzelnen Verkehrsverbindungen auf einen Zettel und reichte ihn Julia. «Ich mag diese Empörten nicht, die sich über den Premier echauffieren und sonst vor Italienliebe blind sind. Man sollte sie öfters zu einer Alltagsanalyse im Kontext der unbewältigten Vergangenheit zwingen.»

«Klingt wie ein Dissertationstitel.» Julia stellte die Tasse ab.

«Du weißt schon, was ich meine.»

«Ist auch nicht neu. Hat schon die Bachmann versucht.»

«In Deutschland werden faschistoide Muster noch aufgedeckt, und nationalsozialistische Dekoration ist verboten. In Italien sind sie unkommentierter Teil des öffentlichen Lebens, um nicht zu sagen ein neuer Wirtschaftszweig.»

«Du übertreibst.»

«Fahr mal in die Geburtsstadt Mussolinis nach Predappio, da sind Hose und Stiefel ausgestellt, die er bei seiner Ermordung getragen hat, oder ein Stückchen weiter nach Carpena in die Morosini-Villa – da hast du dann alle Devotionalien an einem Ort versammelt. Du kannst aber auch in die Provinz Rieti fahren und bei Antrodoco von der Straße aus ein Waldstück bewundern, das so bearbeitet worden ist, daß die Bäume den Schriftzug DUX ergeben – für alle weithin sichtbar. – Und nun stell dir mal vor, jemand pflanzt in einem deutschen Wald die Tannen so, daß daraus ein Hakenkreuz entsteht, oder ein Restaurantkoch präsentiert sich im Lokal mit einer Schürze, von der Hitler herunterlacht.»

«Das wäre allerdings ein Skandal.»

«Hier nicht, weil der Großteil der Italiener in Mussolini einen Abenteurer sieht, der Kinder gemocht und Frauen verführt hat. Dabei war ihm jedes Mittel recht, wenn er sich eine vom Leib schaffen wollte. Ida Dalser zum Beispiel hat er nie öffentlich anerkannt, obwohl sie einen gemeinsamen Sohn gehabt haben. Die Dalser ist erst ins Irrenhaus nach Pergine, dann nach San Clemente in Venedig gebracht worden. Vorher hatte sie noch ihren gutgehenden Kosmetiksalon in Mailand verkauft, um Mussolini finanziell zu unterstützen, nachdem er als Direktor des sozialistischen Parteiblatts *Avanti* abgesetzt worden war. Der Sohn ist ein paar Jahre nach der Dalser – Anfang der vierziger Jahre – ebenfalls in der Psychiatrie zugrunde gegangen. Elend verhungert.»

«Ich bin beeindruckt.» Julia stellte die Espressotasse in das Spülbecken.

«Davon daß mir nicht mal der Name dieses Sohnes einfällt? – Ich denke gerade darüber nach, wie die Zeitung geheißen hat, die Mussolini mit dem Geld der Dalser finanziert hat, bevor er 1915 eingerückt ist. – Alles weg. Wie ausgelöscht.» Paul zupfte an seinem Ohrläppchen, schraubte die Kaffeemaschine auf und reinigte sie unter fließendem Wasser. Er dachte erst an Ines, dann an Clara, an ihren Satz am Telephon, *Du kommst auch vor.*

Vielleicht würde ihm Ines' Manuskript auf die Sprünge helfen, und er würde endlich erfahren, was zwischen ihm und Ines vorgefallen war.

Nachdem Francesco gegangen war, hat Clara sich an Ines' Schreibtisch gesetzt und deren Bücher betrachtet, ohne sie in die Hände zu nehmen. Sie stellte sich vor, sie sprächen mit ihr, erzählten, wann Ines sie das letzte Mal geöffnet, welche Stelle sie wieder gelesen und was sie dabei gedacht hatte. Aber sie hielten Clara nur ihre Post-its entgegen. *Wie die Schwalben fliegen sie aus. Südtirolerinnen als Dienstmädchen in italienischen Städten 1920–1960* war auf einem Buch zu lesen. Der Umschlag zeigte zehn Frauen, die sich zu einem Gruppenbild zusammengefunden hatten, junge Frauen, deren Gesichter freundlich wirkten, fröhlich sogar. Die Frauen mochten auf dem Photo vielleicht zwanzig, höchstens dreißig Jahre alt sein; ein paar trugen elegante weiche Glockenhüte.

War auch Emma Manente auf diesem Bild?

Clara lehnte sich zurück, sie betrachtete die Bücher, Hefte, Stifte und Postkarten aus der Distanz. Trotz ihrer Freundschaft zu Ines empfand sich Clara in dieser Wohnung als Fremde, weil sie die meisten Dinge, die für Ines vermutlich Reliquien ihres Lebens gewesen waren, zum ersten Mal bewußt wahrnahm.

Clara rührte sich nicht von der Stelle, ließ bloß ihre Blicke umherschweifen, griff schließlich nach dem Dienstmädchenbuch und blätterte darin. Sie stieß auf reproduzierte Weihnachtsphotos, die in einem Kloster in der Via Panizza in Mailand aufgenommen worden waren, auf Bilder, welche die Familie Segafredo in Bologna mitsamt dem Dienstpersonal zeigten, sowie auf Aufnahmen von einer Faschings- und Nikolausfeier in der Anima in Rom. Namen standen keine unter den photographierten Frauen und Männern. Einmal glaubte Clara eine Schwester ihrer Großmutter zu erkennen, aber je länger sie die dunkelhaarige Frau in dem Kostüm betrachtete, hinter deren Rücken der Nikolaus ein Geschenk aus dem Sack zog, desto sicherer wurde Clara, daß es die Großtante nicht sein konnte;

denn die Frau war – so hatte man es sich in der Familie erzählt – nie aus Stillbach hinausgekommen. Auf dem Photo war über dem Heizkörper die Fahne der Südtiroler Landsmannschaft zu erkennen; das Tiroler Wappentier wurde von der Mitra teilweise verdeckt. Bei genauerer Betrachtung sah es aus, als vermählte sich der Adler auf der Fahne mit dem hellen Kreuz auf der Bischofsmütze.

Clara legte das Buch wieder beiseite und schloß die Augen. Daß Ines tot war, gab ihr noch lange nicht das Recht herumzuwühlen. Sie fühlte sich wie jemand, der dabei war, eine verbotene Grenze zu überschreiten. Andererseits wurden Totenscheine zu Passierscheinen in fremde Wohnungsgebiete, damit mußte man rechnen.

Sie zog das Mobiltelephon aus der Tasche, um Claus anzurufen. Er war schon im Krankenhaus.

«Du mußt nicht jeden Tag anrufen», sagte Claus, «Gesine geht es gut; wir sind zwei erwachsene Menschen und kommen zurecht.»

«Fühlst du dich etwa belästigt?»

«Ich kann jetzt nicht, meine Liebe.»

Nachdem Claus das Gespräch beendet hatte, hörte Clara das Rauschen von Ines' Laptop. Sie dachte an das schießende und zerstäubende Wasser eines Wasserfalls, an das dunkle, von Tiefenerosion gezeichnete Gestein in der Fallzone, wo sich die Milliarden Tropfen wieder sammelten, beruhigten und weiterflossen.

Sie wandte sich dem Computer zu. Als Desktophintergrund hatte Ines ein Bild vom Stillbacher Weiher gewählt, in dem sich die Uferbäume spiegelten. Erst beim zweiten Hinsehen bemerkte Clara einen Kopf, konnte aber nicht erkennen, wer da schwamm. Sie mußte daran denken, daß man im norddeutschen Raum zu einem kleinen Weiher *Laken* und zu einem großen *Meer* sagte, weshalb Claus' Arbeitskollege, ein junger Assistenzarzt, der in der Gegend der Lüneburger Heide aufgewachsen war, den Neusiedler See immer als *Neusiedler Meer* bezeichnete. Er sagte auch *Eimer* zu *Kübel*, *Kissen* zu *Polster* und *Treppenhaus* zu *Stiegenhaus*.

Ines hatte in ihrem Manuskript größtenteils die österreichischen Schreibweisen beibehalten, dachte Clara, aber wenn sie in Wien zu Besuch gewesen war, hatte sie stur ihren *Kakao mit Sahne* und niemals eine *heiße Schokolade mit Schlagobers* verlangt. «Ich biedere mich doch nicht bei den Österreichern an», hatte sie Clara einmal nach Wien geschrieben, nachdem ihr von einem Kritiker vorgeworfen worden war, sie beuge sich dem Assimilationsdruck des bundesdeutschen Marktes, weil sie in einem ihrer früheren Hörspiele das Wort *Sahne* verwendet hatte. Das Stillbacherische sei nicht so leicht einzuordnen, hatte Ines in dem Brief geschrieben, in Stillbach wüchsen die Karotten neben dem Erdäpfelacker oder die gelben Rüben neben dem Kartoffelfeld, und zu den Chips sagten ohnehin alle *patatine*. Das Stillbacherische sei zwischen den Stühlen zu Hause, da sitze man ohnehin besser und bequemer. Die österreichische Monarchie, der Faschismus mit seinem deutschen Sprachverbot und schließlich die Schulbücher und Touristen aus der Bundesrepublik hätten ihre Spuren hinterlassen. Nur in einem Punkt war Ines unbeugsam gewesen: Sie ertrug es nicht, wenn jemand das Hilfszeitwort *haben* statt *sein* für die Vergangenheitsbildung von *sitzen* verwendete. Kaum hatte jemand die Worte *Ich habe gesessen* ausgesprochen, war Ines dazwischengefahren. «Im Knast?»

Ines wird nie mehr lachen, wenn jemand *Laufstall* statt *Gehschule* sagt, fiel Clara ein.

Mit einem Kloß im Hals stand Clara auf und ging ein paar Schritte in dem Zimmer hin und her. Einmal blieb sie stehen, um aus dem Fenster zu sehen. Es war schon heller Vormittag.

Trauer ist matt, dachte Clara. Obwohl die Sonne schien, glänzte nichts. Vielleicht trübten nur die Tränen die Aussicht.

Ich werde nicht mehr das sein, wofür mich Ines gehalten hat. Ich werde nie mehr die sein, welche sie in mir gesehen hat.

«Wenn mir etwas zustößt, bist du für Gesine verantwortlich», hatte Clara damals zu Ines gesagt, als diese zu Gesines Taufe nach Wien gekommen war.

«Es wird dir nichts passieren», hatte Ines mit dem Baby im Arm geantwortet.

Je länger Clara auf und ab ging, desto lauter erschien ihr der Computer, vielleicht waren es auch nur die Kopfschmerzen, die jedes Geräusch verstärkten. Sie setzte sich, berührte mit dem Zeigefinger einzelne Tasten, dachte an Ines' Hände, die noch vor ein paar Tagen den Laptop auf- und wieder zugeklappt hatten. Ein Buchstabe war wohl wegen stärkerer Beanspruchung nicht mehr auf der Tastatur ablesbar; es paßte zu Ines, daß sie das kleine schwarze Quadrat so belassen, es nicht beschriftet oder durch ein neues ersetzt hatte.

Als Benutzername hatte Ines ihren eigenen Vornamen eingetragen, aber welches war das Kennwort? Clara hätte in Stillbach Ines' Tante nach den Geburtsdaten der engsten Familienangehörigen fragen sollen, warum war ihr das nicht eher eingefallen?

Sie gab – einen Versuch war es wert – Gesines Geburtstag ein und wich erschrocken zurück.

Obwohl immer wieder davon abgeraten wurde, Namen von Verwandten und Freunden, von Geliebten und Haustieren sowie Geburtstage oder Adressen als Kennwörter und Kennzahlen zu wählen, hatten Ines all die Warnungen nicht davon abbringen können, den Geburtstag ihres Patenkindes einzutippen. Wert auf zusätzliche Sicherheitsvorkehrungen hatte sie offenbar keinen gelegt.

Jahrelang war Ines nach Wien gekommen und hatte sich nur

mit Gesine beschäftigt, erinnerte sich Clara, die Freundin hatte weder Ausstellungen noch Konzerte besucht, war statt dessen mit der Kleinen ins Kindermuseum und in den Prater gegangen. Erst als Gesine elf, zwölf Jahre alt geworden war, hatte Ines ihre alten Gewohnheiten wieder aufgenommen, war am Abend ins Stadtkino oder ins Burgtheater gegangen und hatte tagsüber Bibliotheken und Museen besucht, vor allem das kunsthistorische, in dem das *Bildnis eines Jünglings* von Lorenzo Lotto hing, das sie so geliebt hatte, weil es auf frappierende Weise einem Jugendphoto ihrer Tante ähnlich schaute. Es gab noch ein zweites Bild von dem Spanier Antonio de Pereda, das Ines fasziniert hatte, dessen Titel Clara jedoch entfallen war; sie konnte sich im Augenblick nur an den Engel hinter dem Tisch erinnern, der mit seinem rechten Zeigefinger auf den Globus deutet, sowie auf die Buchstaben NIL OMNE, die neben dem Stundenglas zu lesen sind. *Alles ist nichts.*

Clara suchte nach einem Papiertaschentuch, zog mehrere Schreibtischladen heraus.

Wann würde der Tag kommen, an dem die Erinnerungen sie nicht mehr berührten?

Wann der Tag, der nicht einmal mehr die Erinnerungen brachte?

Clara öffnete Ines' Dateien und las angespannt in deren Notizen.

- Emma Manente hatte zum erstenmal ein S-förmiges Sofa gesehen und konnte nicht verstehen, wozu das gut sein sollte, bis ihr jemand erklärte, daß dies ein Konversationssofa sei, auf dem die Frau auf der einen und der Mann auf der anderen Seite sitzen und sich unterhalten konnten, ohne ständig den Kopf verdrehen zu müssen.
- Die alte Manente hatte die von Emma zerbrochenen Teller und Gläser nie vom Gehalt abgezogen.

— Aus Heißhunger hatte Emma einmal alles aufgegessen, was noch im Topf gewesen war; sie hatte erst hinterher bemerkt, daß das Essen nicht gar gekocht gewesen war.
— Zu Hause in Stillbach war die Bettwäsche nur alle eineinhalb Monate gewechselt worden, in Rom alle zwei bis drei Wochen.
— Emma hatte an der Cocola zum erstenmal die hohen Stoffschuhe mit Korksohle gesehen. Sie hatte sich am Anfang nicht getraut, die dicken Strümpfe auszuziehen und mit bloßen Füßen in die Sandalen zu schlüpfen.
— In der Anima hatte eine Frau erzählt, daß sie 1938 ihren Posten bei der Familie Levi verloren habe, weil diese in die Schweiz geflüchtet war.
— Eine andere Hausangestellte war von einem Tag auf den anderen verschwunden gewesen. Wochen später hatte Emma in der Anima erfahren, daß die Frau einen Brief nach Hause geschrieben hatte, in dem sie über die Faschisten hergezogen war. Sie hat Italien binnen drei Tagen verlassen müssen, nachdem die Zensur ihren Brief abgefangen hatte.

Waren Ines diese Passagen zu wenig aussagekräftig erschienen, oder hatte sie nicht mehr die Zeit gehabt, sie einzuarbeiten? Manches kam Clara bekannt vor.

Sie überflog weitere Notizen und erfuhr, daß die Deutschen auf der Flucht vor den Alliierten aus Angst vor den Partisanen die Fenster ihrer Fahrzeuge mit Matratzen verbarrikadiert hatten. Daß Emma mit wenig Schlaf ausgekommen war, daß sie diese Eigenheit mit dem Duce geteilt hatte. *Die Nächte waren schwarz gewesen, schwarz wie die Hemden und Hosen der Faschisten, und schwarz waren die Fenster gewesen wegen der Verdunkelungsverordnung*, las Clara. Darunter stand: *Francesco verdankt Johanns Tod sein Leben.*

Paul hatte mit Julia noch einen zweiten Kaffee in der Bar auf dem Viale Trastevere getrunken, bevor sie in die Tram eingestiegen war.

«Das war's dann.»

«Wenn du meinst.»

Sie hatte gelacht. Im linken Mundwinkel war noch etwas Staubzucker von dem *cornetto* gewesen, das sie zuvor gegessen hatte.

«Das Schöne an euch älteren Männern ist, daß man sich mit euch selten langweilt.» Sie hatte ihm einen Kuß auf die Wange gedrückt. «Schade, daß wir nicht in derselben Stadt leben. Ich hätte gerne mehr über deine patriotischen Juden erfahren.»

Er hatte vorhin Umberto Terracini vergessen, der zusammen mit Gramsci, Togliatti und Tasca Begründer der Kommunistischen Partei gewesen war. Jetzt, da Julia schon weg war, fiel ihm auch ein, daß Graf Cavour einen jüdischen Privatsekretär gehabt hatte und sogar die Dante-Alighieri-Gesellschaft von einer Jüdin ins Leben gerufen worden war. Juden überall.

Es beunruhigte Paul, daß es ihm Mühe bereitete, sein Wissen abzurufen. Wichtige Einzelheiten kamen ihm oft erst später in den Sinn. Auf der anderen Seite gab es alltägliche Dinge, welche die immergleichen gedanklichen Verknüpfungen herstellten. Wenn Paul irgendwo *Lavazza* las, dachte er an den Turiner Privatbankier *Ovazza*, einen Juden, der mit den Faschisten gemeinsame Sache gemacht und in Florenz das Büro der Zeitschrift *Israel* in Brand gesetzt hatte, nur um seine politische Überzeugung öffentlich zu bekunden. Es waren soviele Juden mit Mussolini nach Rom marschiert – gerettet hatte es sie alle nicht.

Lavazza – Ovazza. Wie konnte er diese zwanghaften Assoziationen aufbrechen, wie diese Widerhaken an manchen Erinnerungen loswerden? Es war ihm lästig, daß sich bestimmte Überlegungen und Gedanken an Dingen oder Wörtern festsetzten, so daß weder die Erinnerungen noch die Dinge oder Wörter separat gedacht werden konnten. Vielleicht war es eine Strategie des alternden Gedächtnisses, Historisches in Alltäglichem zu verhaken, damit es weniger schnell verlorenging.

Ettore Ovazza hatte sich mit seiner Frau, seinem Sohn und seiner Tochter auf der Flucht in die Schweiz befunden. Der Sohn war von der Familie vorausgeschickt worden, er sollte einen Teil des Vermögens in Sicherheit bringen; aber die Deutschen hatten ihn an der Schweizer Grenze aufgegriffen, verhört und schließlich umgebracht. Aus reiner Raffgier. Wenige Tage später war die restliche Familie, deren Versteck der Sohn unter der Folter preisgegeben hatte, in dem Keller einer Schule in Intra, im Aostatal, durch Genickschuß getötet worden. Die Leichen hatte man im Heizungskeller verbrannt.

Auf eine andere Kaffeemarke umzusteigen, um die Gedanken an das Schicksal der Ovazzas loszuwerden, hatte Paul auch nichts genützt. Die Tatsache, daß er nun frühmorgens Illy oder Kimbo anstelle von Lavazza oro trank, führte ihm nur vor Augen, woran er sich nicht hatte erinnern wollen.

In der Gegend um den Lago Maggiore war an jenen Oktobertagen 1943 die *Leibstandarte-SS Adolf Hitler* unter SS-Obersturmführer Gottfried Meir stationiert gewesen. Den Kärntner, unter dessen Kommando die Ovazzas erschossen worden waren, hatte Mitte der fünfziger Jahre das Volksgericht Graz mangels Beweisen freigesprochen. Kurz darauf war der Mann vom Militärgericht Turin zu lebenslanger Haft verurteilt worden, aber Österreich hat den Schuldirektor nie ausgeliefert.

Paul war noch einmal in seine Wohnung zurückgegangen, hatte das Geschirr abgespült und das Notwendigste aufgeräumt. Nach längerem Suchen fand er auch die Telephonnummer des Herrn Casagrande, der ihm das letzte Mal beim Übersiedeln geholfen hatte. Danach nahm Paul ein Taxi, stieg aber nach ein paar Hundert Metern wieder aus, weil die Autos nur stockend vorankamen.

Sollte er Clara Blumen mitbringen? Etwas Süßes zum Trost? Vielleicht ein Buch?

Als Paul über seine Nasenflügel strich, roch er Julia an seinen Fingern. Es hatte sich gut angefühlt, eine Nacht lang neben einem warmen Körper zu liegen. Gegen vier Uhr früh war er aufgewacht, hatte sich ans Fenster gestellt und eine Zigarette geraucht. Einfach nur ruhig dazuliegen, in die Dunkelheit zu schauen, die Langsamkeit der Zeit zu spüren, nicht zu wissen, wie spät es ist, wie lange er schon wach war, nicht zu wissen, ob er noch einmal einschlafen würde, war ihm immer schon unerträglich gewesen. Üblicherweise schaltete er das Radio ein oder las, aber aus Rücksicht auf die Schlafende hatte er das Bett lieber gleich verlassen, bevor er sie durch ständige Positionswechsel aufweckte.

Ob sie etwas geträumt habe, hatte er Julia beim Kaffeetrinken gefragt; es war ihr nichts in Erinnerung geblieben.

Ihm auch nicht, hatte er daraufhin gesagt, obwohl es nicht stimmte. Von seiner Ex zu erzählen, war ihm unpassend erschienen. Er hatte im Traum in Mariannes blasses, anämisches Gesicht gesehen, war erstaunt gewesen, daß sie auch dann noch starr vor sich hingesehen hatte, nachdem ihm eingefallen war, Grimassen zu schneiden. Paul war schließlich von seinen eigenen Muskelbewegungen aufgewacht, hatte erschrocken seine Wangen und die Stirn befühlt.

Er war schon in der Nähe von Ines' Wohnung, war schneller als gedacht vorangekommen. Noch drei Stationen.

Nachdem er den Bus verlassen hatte, kaufte er in einer Pasticceria eine Schachtel Gianduiotti; Marianne war verrückt danach gewesen. Clara Baci mitzubringen, war ihm aufgrund der blauen Verpackung, auf der zwei Verliebte zu sehen waren, doch zu aufdringlich vorgekommen. Noch dazu war jedes Stück Schokolade mit einer Liebesnachricht versehen. Außerdem würde er sich nicht zurückhalten können und Clara sofort erzählen, daß die Praline 1922, im Jahr von Mussolinis Marsch auf Rom, erfunden worden war, und er hätte ihr in der Folge von Hitlers Plänen berichtet, von seinem Marsch auf Berlin, der aber schon mit dem Marsch zur Münchner Feldherrnhalle im Herbst 1923 gescheitert war.

Solch pathetische und gewaltsame Aktionen, dachte Paul, wie sie Mussolini durchgeführt hatte, waren den Deutschen nicht legal genug gewesen.

Sollte das Gespräch je auf die Perugina-Praline kommen, würde sich Paul diese Exkurse verkneifen und höchstens von den firmeninternen Mythen erzählen, von dieser Luisa Spagnoli, welche als eigentliche Erfinderin der *Baci* galt. Die erfolgreiche Unternehmerin, nach der noch immer zig italienische Bekleidungsgeschäfte benannt sind, hatte nicht nur den Einfall, eine Haselnuß mit Schokolade zu umhüllen, sie war es auch gewesen, welche Liebesnachrichten an ihren jungen Geliebten auf kleine Zettelchen geschrieben und um die Praline gewickelt hatte, eine Idee, welche die Firma Perugina beibehalten hat. Inzwischen waren die Zettelchen mit literarischen Zitaten und Sprichwörtern bedruckt.

Paul suchte lange, bis er die richtige Klingel gefunden hatte. Der Hauseingang war der Sonne und dem Regen ausgesetzt, so daß manche der handgeschriebenen Namen verblaßt waren.

Clara wartete in der Tür auf ihn; sie reichte ihm die Hand, dankte ihm für die *Gianduiotti*, auch dafür, daß er gekommen war und Wort gehalten hatte. Sie führte ihn in die Küche.

«Willst du Kaffee?»

Er zögerte, setzte sich. «Lieber Wasser.»

Sofort begann sie von dem Manuskript zu erzählen, von dieser Emma Manente, die Ende der dreißiger Jahre in Holzschuhen nach Rom gekommen war, eine Landpomeranze mit Zöpfen, ohne Ausbildung.

Paul fand, daß Clara müde aussah; sie hatte Ringe unter den Augen, verhaspelte sich mehrmals, brach Sätze ab, ohne neu anzusetzen. Ihre Wangen röteten sich, und er mußte aufpassen, daß er sich nicht in der Betrachtung ihres Mienenspiels verlor, daß er darüber nicht vergaß, ihren Gedanken und Ausführungen zu folgen.

Einmal unterbrach er sie, um ihr zu erklären, welche Rolle die Anima nach dem Zweiten Weltkrieg gespielt hatte.

Sie schüttelte den Kopf. «Jetzt verstehe ich», sagte sie, ohne zu erklären, was sie verstanden hatte.

Er wartete schon die ganze Zeit darauf, daß Clara ihm von jenen Stellen erzählte, in denen er angeblich vorkam, aber sie beschrieb das Hotel, zählte die Angestellten auf, beschrieb die Dachterrasse, auf der Paul – da war er sich sicher – nie gewesen war, von deren Existenz er nichts gewußt hatte – und kam schließlich auf die Familienverhältnisse der alten Dame zu sprechen, auf deren Stillbacher Verwandten, von denen Clara nur einen einzigen flüchtig gekannt hatte. «Dieser Bruder der Manente», sagte sie, «ist schon ein paar Jahre tot. Er hat es in seiner Partei, die keine Italiener in ihren Reihen duldet, weit gebracht. Ines hat ihn als einen beschrieben, der seinen Paß zum Fenster rausgehalten hat, wo gar keine Grenzposten gewesen sind. Das Ausland hat für ihn an der Salurner Klause begonnen», sagte Clara. Er wollte die Abspaltung der primär deutschsprachigen Provinz Bozen vom restlichen, italienischsprachigen Italien.

«Und dann? Den Anschluß an Österreich?»

«Nein, einen Kleinstaat.»

«In dem man den Ariernachweis erbringen muß?»

«Das wird schwierig», sagte Clara, «da haben in der Vergangenheit schon zu viele *Cazzolini* mitgemischt.»

«Generalleutnant Edmund Glaise von Horstenau», sagte Paul leise.

«Wie bitte?»

«Er hat die Italiener als *Herren Cazzolini* oder als *Cazzi* bezeichnet.»

«Der Mann ist – keine Erfindung?»

«Nein. Seit dem Frühjahr 1941 schlug die Stimmung bei den Deutschen um. Es wurde ganz klar zwischen der germanisierten italienischen Rasse im Norden und der minderwertigen negroiden Rasse im Süden unterschieden. Schicksalsschläge, hieß es, machten die Italiener weich und nachgebend, die Deutschen hingegen hart, kräftig und verbissen. Man wollte diese *esseri inferiori*, diese *niederen Wesen* möglichst bald loswerden.» Paul nahm das Wasserglas in die Hand, vergaß aber zu trinken. «Hitler hat schon '41 gemeint, daß die lateinische Rasse eine ihr nicht zukommende Machtposition errungen habe und nun zurückgedrängt werden müsse. In seinen Augen gab es nur eine europäische Macht, und das war das Deutsche Reich.» Er stellte das Glas wieder ab, sah Clara lange an. «Wie kommst du auf *Cazzolini*?»

Clara lachte. «Ich hatte gerade das Gefühl, eine Figur in diesem Manuskript zu sein. Nur sitzen wir nicht im Hotelgarten, sondern in Ines' Wohnung. Und –», sie strich sich das Haar aus dem Gesicht, «ich bin nicht Ines.»

«Und ich bin Paul? Ich meine – ich bin auch im Roman Paul?»

Sie hatten fast zwei Stunden gearbeitet. Paul hatte einen Teil der Bücher in Ines' Bibliothek durchgesehen und die signierten oder mit Anmerkungen versehenen Exemplare in einer Ecke des Zimmers abgelegt; sie waren Bestandteil des Nachlasses und sollten vorerst nach Stillbach gebracht werden, bis ein Nachlaßkäufer gefunden war. Clara hatte in der Zwischenzeit einen Großteil der Schubladen und Kisten durchwühlt. Jetzt saß sie vor dem Computer, hatte das Outlook-Programm geöffnet und überflog Ines' Mails der letzten Wochen und Monate. Es waren vor allem Nachrichten, welche die Arbeit betrafen, Übersetzungsfragen, Terminvereinbarungen, Honorarforderungen, kaum private Sätze. Teile des Manuskripts hatte Ines an einen Frankfurter Verlag geschickt, jedoch – soweit das Clara überblicken konnte – noch keine Antwort erhalten.

Dann stieß Clara auf eine E-Mail, die sie selbst an Ines geschrieben hatte, in der sie sich über ihre Ehe beklagte und einen Neuanfang in Erwägung zog. Hier in Rom, an Ines' Laptop sitzend, erschienen Clara ihre eigenen Zeilen wie die einer Fremden, gleichzeitig erschrak sie über deren Klarheit. Wenn ich schreibe, dachte sie, bin ich analytisch und klug, im Leben laufe ich vor meinen eigenen Sätzen davon. Sie sah zu Paul hinüber, fühlte eine große Vertrautheit. Er bemerkte ihre Blicke nicht, las in einem Buch, fuhr sich an die Stirn, blätterte weiter.

«Soll ich dir noch ein Glas Wasser bringen?»

Paul sah auf. «Ich habe nicht gewußt, daß sich der argentinische Staatschef mehrere Monate in Meran aufgehalten hat.»

«Ist das jetzt nicht die Kirchner?»

«Ich rede von Perón.» Er blätterte weiter, behielt aber einen Finger als Lesezeichen in dem Buch. «Wasser – sagtest du? – Jetzt hätte ich gerne einen Kaffee.»

«Hat er dort Urlaub gemacht?»

«Hier steht, daß er an einem Ausbildungskurs für argentinische Offiziere im italienischen Heer teilgenommen hat, Ende 1939.»

Paul folgte Clara in die kleine Küche, er sah ihr dabei zu, wie sie den Kaffee mit einem Teelöffel in den Siebeinsatz drückte.

«Perón hat Mussolini bewundert; ich glaube, er hat damals schon wichtige Kontakte zum italienischen Militär geknüpft. Nach dem Krieg sind ja nicht nur viele Nazis, sondern auch ranghohe Faschisten nach Argentinien geflohen, übrigens auch Mussolinis Sohn Vittorio.»

«Ich frage mich, wozu Ines all diese Informationen gesammelt hat», sagte Clara.

«Daß sie etwas damit vorgehabt hat, steht außer Zweifel. – Schau dir das an.» Paul reichte Clara das Buch. Auf dem Vorsatzblatt stand eine Reihe von Stichwörtern, zu denen die entsprechenden Seitenangaben im Buch notiert waren: *Volksdeutsche* S. 19, *CH-Konten* S. 56, *Barbie* S. 102, *Priebke* S. 156, *Wiedertaufe* S. 166, *Anima* S. 117, *Rotes Kreuz* S. 118, *Südtiroler Klöster* S. 161, *Lana* S. 162 und so weiter.

Ist nicht die in Wien lebende Schriftstellerin Sabine Gruber in Lana aufgewachsen? Clara hatte erst vor kurzem ein Buch dieser Frau in der Hand gehabt, in dem Venedig eine zentrale Rolle spielt. Doch hatte Gruber darin keine realen Liebesgeschichten beschrieben, so daß Clara das Buch nicht als Recherchequelle benützen konnte. Wenn sie sich nicht irrte, war Ines mit Gruber sogar flüchtig befreundet gewesen.

«Soll ich frische Milch besorgen?» fragte Paul.

«Ich brauche keine, danke.» Clara setzte sich, sie suchte die Seite einhundertzweiundsechzig. Am ersten Dezember 1945, las sie, waren Carabinieri in das Kloster des Deutschen Ordens in Lana eingedrungen und hatten dabei nicht nur flüchtige Soldaten und Kollaborateure aus Deutschland, Frankreich, der Tschechoslowakei und Kroatien festgenommen, sondern auch Waffen, Autos und Bargeld im Wert von fünfzehn Millionen Lire beschlagnahmt. Es tauchten im Zuge der Razzia auch Kunstgegenstände auf, die zuvor von dem Tiroler Gauleiter Franz Hofer verschleppt worden waren.

Die Klöster, erfuhr Clara, seien normalerweise geschützte Bereiche gewesen, in denen sich Flüchtlinge und NS-Verbrecher problemlos hatten versteckt halten können. Im Falle des Klosters von Lana sei von den alliierten Behörden aber eine Durchsuchungserlaubnis erteilt worden.

Vielleicht hatte Ines die Vorfälle in diesem Kloster lediglich exzerpiert, um irgendwann Sabine Gruber davon zu berichten? Eigentlich interessierte Clara das alles nicht.

Sie stand wieder auf, gab Paul das Buch zurück, dachte an ihre eigene E-Mail, an diesen larmoyanten Ton, in dem sie sich bei Ines über Claus' nachlassende Aufmerksamkeit und sein sexuelles Desinteresse beschwert hatte. Es helfe auch Eiweißsalat nicht, hatte sie geschrieben. Damals war sie mit Casanovas Liebe zu diversen venezianischen Nonnen beschäftigt gewesen. Der Mann hatte das Weiße von gekochten Eiern in kleine Stücke geschnitten und mit Olivenöl und Kräuteressig mariniert, um seine Manneskraft zu stärken. Clara hatte das Gericht einmal nachgekocht, zugegebenermaßen ohne toskanisches Öl, dafür aber mit dem noch aromatischeren apulischen – geholfen hatte es nicht.

War Paul allein? Hatte er nichts für eine Beziehung übrig oder verheimlichte er sie? Clara sah ihn von der Seite an. Er hatte wieder zu lesen begonnen.

Sie dachte an Emma Manente, an deren Liebe zu Hermann Steg. Ich hätte Francesco fragen sollen, ob seine Mutter nach dem Tod seines Vaters noch einen anderen geliebt hat, dachte Clara. Ob er sich erinnerte, daß in jenem Sommer 1978 Geld abhanden gekommen sei. Welches Ende diese Antonella genommen habe.

Hatte sie, wie viele andere, nach den jugendlichen Eskapaden geheiratet und Kinder bekommen?

«Entschuldigung», Paul legte das Buch auf die Kredenz, «das ist unhöflich von mir.»

Wir sind gleich groß, dachte Clara und sah auf ihre Füße, die in flachen Sandalen steckten.

«Hast du eigentlich Kinder?» Es sollte beiläufig klingen, aber Claras Stimme war in diesem Moment viel zu laut, vielleicht lag es auch an der Enge der Küche.

«Nein. Ich war jahrelang mit einer Frau zusammen, die keine bekommen durfte. Aber ich habe auch keine gezeugt, als ich mit anderen, gesunden Frauen zusammen war. Liegt vielleicht auch an mir.» Er zuckte mit den Achseln. «Ich weiß nicht, wie es mit Kindern ist, deswegen kann ich auch nicht sagen, daß es ein Fehler war, keine zu haben.»

Es ist ein Fehler, dachte Clara, aber sie sagte es nicht. Es fiel ihr keine weitere Frage ein, keine, die sie auszusprechen wagte.

Der Kaffee röchelte. Die alte Bialetti-*caffettiera* hatte Ines schon zu Studentenzeiten in Gebrauch gehabt. Wenn man sie länger nicht benützte, schmeckte der Kaffee bitter. Es ließ sich nicht ausmachen, welche der braunen Spritzer, die der Kanne entwichen waren, in den letzten Sekunden die Herdplatte und den weißen Emailledeckel erreicht hatten und welche noch von früher waren.

Clara goß den Espresso in zwei kleine Tassen, füllte Wasser in Gläser. Es tropfte etwas Flüssigkeit auf die noch heiße Herdplatte, als sie eines der Gläser an Paul weiterreichte. Zwei Wassertropfen tanzten kurz über die Platte, bevor sie verdampften.

«Es ist befremdlich, die eigenen Mails in Ines' Computer zu lesen», sagte Clara.

Paul schaute sie an, trank den Kaffee in kleinen Schlucken.

«Ich bin darin so klar. Das alltägliche Leben schaut dann anders aus. Da bin ich feige und kann mich nicht entscheiden.»

«Sind wir nicht alle so?» sagte Paul.

«Ines war nicht so. Sie hat nach ihren Vorstellungen gelebt.»

Paul machte eine ausholende Handbewegung. «Das hier waren ihre Vorstellungen?»

«Du meinst die ärmliche Wohnung? Geld war ihr nicht wichtig.»

«Meine sieht ähnlich aus.» Er stellte die Tasse auf den Fenstersims und fingerte nach dem Zigarettenpäckchen, das in der Hemdtasche steckte. «Ines war vielleicht kompromißloser.»

«Das auch. Aber im Gegensatz zu mir hat sie immer gewußt, wo und wie sie leben will.»

«Du weißt das nicht?»

«Nein. Ja. Das heißt –»

Paul lächelte. «Sie wollte in Rom leben, das ist ihr gelungen. Aber wollte sie auch jeden Abend mit Büchern und Zeitungen ins Bett gehen?»

Bei mir ist es nicht anders, dachte Clara. «Es hat in Ines' Leben auch Männer gegeben», beeilte sie sich zu sagen, «einer war heute früh hier, Francesco –»

«Aha.»

Clara erzählte von dem Zerwürfnis zwischen den beiden, von diesem gutaussehenden älteren Mann, der sich ungefragt Zugang zu Ines' Wohnung verschafft hatte, und der viel jüngeren, gleichnamigen Figur in dem Manuskript, einem Taugenichts, welcher sich nicht einmal um genügend Münzen bemüht hatte, bevor er seine Mutter anrief.

«Der hat mir nicht den Eindruck eines einfühlsamen Intellektuellen gemacht», sagte Clara. «Ich hätte ihn sofort rausschmeißen müssen. Es war eine Frechheit von ihm, einfach in Ines' Wohnung einzudringen.»

«Was hat er denn gesucht?»

«Als ich reingekommen bin, war der Computer eingeschaltet, aber er hat das Kennwort nicht gewußt.»

«Also wollte er etwas löschen.»

«Die Liebesmails», sagte Clara, «aus Angst, daß sie in falsche Hände kommen.»

«Das glaube ich nicht. – Darf ich?» Paul deutete auf die Zigarette. Er öffnete das Fenster. «Ines hat ihn doch als Kommunisten beschrieben, nicht wahr? Wahrscheinlich lebt er noch immer von der Vorstellung, Italien habe sich selbst befreit. – Pertini hat die ganze Zeit davon geredet, daß Italien aus dem Antifaschismus hervorgegangen ist, daß er das Fundament der Verfassung und der italienischen Republik ist. – Ein schöner Mythos ist das. Und an diesem Mythos haben alle brav mitgearbeitet. Am Ende waren die ärgsten Faschisten im Widerstand gewesen.»

Clara erzählte von den Vorträgen, die Francesco angeblich 1978 gehalten hatte, von den *Feste de l'Unità*.

«Ich bin da auch gewesen», sagte Paul. Er blies den Zigarettenrauch aus dem Fenster. «Das waren doch harmlose nostalgische Volksfeste. – Ich glaube, daß sich Francesco wie viele andere in dieser linken Kultur eingerichtet hat. Und zu dieser Kultur gehörte auch das Zelebrieren der Erinnerung an die großen Massaker der Deutschen.»

«Das aus deinem Mund?»

«Du läßt mich nicht ausreden.» Er zog noch zweimal an der Zigarette und drückte sie dann aus. «Sie haben ständig von den bösen Deutschen gesprochen, die ja unleugbar grausam waren, aber sie haben die deutschen Kriegsverbrechen in Marzabotto oder in den Ardeatinischen Höhlen dazu benützt, um sich von ihrer faschistischen Mitschuld reinzuwaschen.»

«Das ist mir zu einfach.»

«Es gibt Zusammenhänge, die sind so einfach, daß es weh tut.» Paul schaute Clara in die Augen, bis diese seinem Blick nicht mehr standhielt und sich von ihm wegdrehte, um neuerlich Wasser in ihr Glas zu füllen.

«Francescos Mutter hat ihre erste Liebe beim Partisanenanschlag in der Via Rasella verloren, das hast du doch vorhin erzählt.»

«Wenn es stimmt. Im Manuskript ist es so. Ich habe aber den Verdacht, daß es eine Erfindung von Ines ist. Dieser Francesco hat sich die ganze Zeit bemüht, seine Mutter als Antinationalsozialistin darzustellen; er scheint überhaupt einen Mutterkomplex zu haben», sagte Clara.

«Ist egal, ob es wahr ist oder nicht. Für Francesco ist das auf jeden Fall inakzeptabel. Seine eigene Mutter hat sich auf der Täterseite befunden. Sie wird in seinen Augen zur bösen tedesca. Die lebenslange Schönfärberei läßt sich nicht aufrechterhalten. Die Farben schwimmen davon. Ich weiß ja nicht, welche Funktion in welcher Partei dieser Francesco heute noch innehat, aber es scheint doch so zu sein, daß sein Weltbild durch Ines' Zeichnung der Emma Manente tiefe Kratzer abbekommen hat.»

Paul lag auf dem Sofa und las in dem Manuskript, das ihm Clara in die Hand gedrückt hatte.

«Lies selbst.»

Obwohl er wußte, daß sich die Erinnerungen im Akt des Abrufens immer von neuem verformten, ertappte er sich dabei, daß er das, was auf diesen Din-A4-Blättern geschrieben stand, glaubte. Er nahm die Sätze, die Ines gewiß entstellt und umgewertet hatte, für wahr und begann mit dem Bleistift einzelne Wörter zu unterkringeln und Fragen an den Blattrand zu notieren. Nach einer Weile legte er den Bleistift auf den Boden. Er machte sich über sich selbst lustig. «Hereingefallen», sagte er halblaut.

«Wie bitte?»

«Nichts.»

Müdigkeit befiel ihn. Clara hier in diesem Zimmer, in dieser

Wohnung zu wissen, war ihm angenehm. Er legte die Blätter auf seinen Bauch und schloß die Augen.

Sie hatte frisches Brot, Schinken, Käse und Getränke aus dem nahen Supermarkt geholt. Nach dem Essen waren sie beide wieder zu ihrer Arbeit zurückgekehrt, bis Paul seine Neugierde nicht mehr länger hatte unterdrücken können. «Jetzt erzähl schon, was hat Ines aus mir gemacht?» Doch anstatt ihm zu antworten, hatte Clara ihm das Manuskript gegeben.

Er hatte die ersten siebzig Seiten überflogen.

Was war daran so peinlich, daß Clara nicht über seine Rolle im Roman sprechen wollte? Das weiße Halsband, welches er damals bei den Führungen getragen hatte? Glaubte Clara etwa an Gott? So schätzte er sie nicht ein.

Diese Antonella war Mitglied der Kommunistischen Partei gewesen und hatte Berlinguer verehrt, gleichzeitig war sie eine Sympathisantin dieser *indiani metropolitani* gewesen. Wie soll das gehen? Wer bei der Partei gewesen war, hatte nicht zu diesen Chaoten gehört. Die *indiani metropolitani* waren autonome Hausbesetzer gewesen, die zu Happenings aufgerufen, sich aber gegen jede politische Struktur, gegen jedes durchgearbeitete Programm gestellt hatten.

Du wirst jetzt den Mund halten, sagte sich Paul, du wirst Clara nicht auf diesen Widerspruch hinweisen. Du wirst ab jetzt gar nichts mehr sagen. Du redest ohnehin zuviel.

Als er die Augen wieder öffnete, saß Clara mit dem Rücken zu ihm auf einem wackeligen Holzsessel und kramte in einer Schachtel. Paul dachte an ihren Nacken, daß er jetzt gerne ihre Haare zur Seite schieben würde, um sein Gesicht darin zu vergraben.

Ich habe mit Ines nicht geschlafen, das wüßte ich doch. Aber er war sich nicht sicher. Er nahm die Blätter wieder in die Hand, sah auf die Uhr. In einer Stunde mußte er in der Schule sein. Er spielte mit dem Gedanken, den Vortrag abzusagen. Das hatte er noch nie gemacht. Immer wieder unterbrach er das Lesen. Die letzte Nacht und der fehlende Schlaf zerrten an der Konzentration.

Clara hatte es sich inzwischen bequem gemacht; sie lag auf einer Decke, wollte das Sofa nicht, das er ihr angeboten hatte, las in einem Buch.

Paul tat, als döse er, horchte aber, ob sie die Hand hochnahm, um die Seite umzublättern. Wann immer er die Augen einen Spaltbreit öffnete, um zu ihr hinüberzusehen, blickte sie auf dieselbe Seite. Entweder las sie die Seite wieder und wieder, weil sie sich ebenfalls nicht konzentrieren konnte, oder sie hatte aufgehört zu lesen und sah nichts, nahm nicht einmal die verschiedenen Buchstaben und Leerräume wahr, sondern war in sich hineingeglitten, unerreichbar für alles da draußen, auch für ihn.

Er merkte, daß er unruhig wurde.

Ihre Blicke trafen sich, und Clara lächelte, sah aber wieder in das Buch.

«Unsäglich», sagte sie nach einer Weile. «Ich kann das nicht lesen.» Sie erhob die Stimme: «*... kennen Sie einen anderen Ort der Welt, der in gewissen Stunden imstande ist, die menschliche Lebenskraft anzuregen und alle Wünsche bis zum Fieber zu steigern ...?*»

«Keinen anderen als diesen», sagte Paul mit Pathos.

Sie lachten.

«Um welchen Ort geht es denn?»

Clara hielt D'Annunzios *Feuer* in die Höhe.

Paul fiel Hemingway ein, der in den Zwanzigern auch zu den Bewunderern des faschistischen Dichters gehört hatte, der sogar überzeugt gewesen war, daß die neue Opposition nach dem Marsch Mussolinis auf Rom von dem *tapferen Schwadroneur* D'Annunzio angeführt werden würde. Aber D'Annunzio hatte den Duce nicht leiden können, seine Freundschaft zu Mussolini war nur gespielt gewesen. Er wollte auf den Duce Einfluß nehmen.

«Er hat Mussolini vor Hitler gewarnt», sagte Paul.

«Ja», sagte Clara, «das Treffen der beiden Diktatoren – ich glaube, es war 1937 – bezeichnete er als Ruin. So viel Scharfblick hatte ich D'Annunzio ehrlich gesagt nicht zugetraut.»

«Wenn du mit deiner Duse – D'Annunzio-Liebe fertig bist, über welches Liebespaar wirst du dann schreiben?»

«Wenn ich das wüßte. Über die Dietrich und Remarque? Oder doch über das eine oder andere fiktive Liebespaar aus den unzähligen Venedig-Romanen? Aber mein Lektor wird darüber nicht erfreut sein. Heutzutage muß alles echt wirken, auch wenn es ein Fake ist.»

«Hat Ines deswegen die Namen belassen?»

«Hat sie das tatsächlich? – Ich kann es nicht beurteilen. Ich kenne nur Frau Manente, weil sie aus Stillbach ist. Sie heißt wirklich Emma. Ich kenne natürlich Stillbach – Und ich kenne dich.»

«Soweit bin ich noch nicht», sagte Paul und klopfte mit den Fingerspitzen auf das Manuskript, «ich habe mich hier drinnen noch nicht gefunden.»

«Aber du kommst doch schon am Anfang vor.»

«Ich?» Er stand auf, sah wieder auf die Uhr. «Sehen wir uns nachher? Soll ich wieder hierherkommen?»

«Wenn du Lust dazu hast.»

«Ich habe große Lust.»

Bevor Paul ging, zeigte Clara ihm ein Photo, das zusammen mit anderen in einem Kuvert gesteckt hatte.

«Das ist sie.»

«Wer?»

«Emma Manente. 2008.»

Paul betrachtete Claras Hände, die ein wenig zitterten.

«Und hier steht die Adresse des Altersheimes.» Sie zeigte ihm den Aufkleber auf der Rückseite des Bildes. «Es würde mich schon interessieren, ob es diesen Johann tatsächlich gegeben hat.»

«Fahr doch hin und frag sie.»

«Meinst du? – Und all diese Sachen hier?»

Clara begleitete Paul zur Wohnungstür.

«Die können warten.»

Im Stiegenhaus ärgerte er sich, daß er ihr zum Abschied keinen Kuß auf die Wange gegeben hatte. Kaum auf der Straße, nannte er sich einen Trottel.

Du wirst dich in keine Dreiecksbeziehung hineinmanövrieren.

Du wirst deine Finger von ihr lassen.

Und du wirst dich heute abend nicht betrinken.

Er stieg in den Bus.

Auf dem Weg zur Privatschule sehnte er sich nach Marianne.

Sie war sein Zuhause gewesen, er hatte sich in ihrer Gegenwart nicht ständig neu einrichten müssen. Ihr waren die Worte geläufig gewesen, die er als Kind falsch ausgesprochen hatte, seine Familienverhältnisse, all die persönlichen Vorlieben und Abneigungen. Sie hatte seine Ungeduld und Starrköpfigkeit ertragen und gewußt, wie sie ihn nehmen mußte. Mit ihr war es ihm noch möglich gewesen, Zukunft zu erfinden, obwohl sie krank war. Sie hatten sich gemeinsam die Jahre ausgemalt, die ihnen noch bleiben würden, hatten von einem kleinen Haus im nördlichen Waldviertel geträumt, in das sie sich irgendwann – in welchem Sommer? – zurückziehen würden. Doch dann kam dieser Beppe dazwischen, ein dicker, unförmiger Mann, der jene Leidenschaft besaß, die Paul nicht mehr aufbringen konnte, auch wenn er es wollte.

Während er in die Tram umstieg, mußte er daran denken, daß Ines mit diesem Roman das letzte Wort hatte. Egal, was passiert war oder noch passieren würde, was ein Francesco dachte oder dessen Mutter erlebt hatte – sie alle, welche dieses Manuskript gelesen hatten oder noch zu Ende lesen würden, konnten Ines nicht mehr widersprechen. Sie saßen als Lesende vor dem Geschriebenen und waren hilflos. Francesco hatte heute morgen diese Hilflosigkeit zu überwinden versucht, dessen war sich Paul sicher.

«Mußt du immer das letzte Wort haben», hatte Pauls Mutter einmal gesagt und ihm, dem fünfzehnjährigen Gymnasialschüler, mit der flachen Hand auf den Mund geschlagen. Schriftsteller blieben ein Leben lang Kinder, die als Erwachsene eine Form gefunden hatten, um das letzte Wort zu behalten.

Und Ines' Mund war für alle Zeiten unter der Erde.

Bevor Clara das Taxi gerufen hatte, um ins Altersheim zu fahren, hatte sie auf YouTube mehrere Kurzfilme zum Stichwort *Via Rasella* angesehen. In einem dieser Dokumentarfilme war eine der Hauptdrahtzieherinnen des Attentats, Carla Capponi, interviewt worden. Die ältere Frau hatte in einer blau-weiß gekachelten Wohnküche das Essen zubereitet, den Deckel von einem Kochtopf gehoben und irgendetwas umgerührt, während sie von den Vorbereitungen zum Anschlag gesprochen hatte.

Sie habe in jener Nacht in dem Keller in der Via Marc Aurelio wenig geschlafen, weil sie gemeinsam mit den anderen den Straßenkehrerwagen präpariert habe.

Clara hatte die Filmsequenz mehrere Male angeschaut, hatte ihren Blick nicht von den alltäglichen Handreichungen dieser Frau abwenden können, die vor sich hin geplaudert hatte, als spräche sie über ein neues Rezept, das sie ausprobieren wolle.

Die Art, wie sich Carla Capponi durch die Küche bewegt hatte, wie sie, fast schon heiter, von diesen Vorbereitungen zum Attentat erzählt hatte, war so routiniert gewesen, daß Clara noch einmal und ein weiteres Mal zu dem Filmanfang zurückgekehrt war, nur um herauszufinden, ob es nicht zumindest einen, einen einzigen verstörenden Moment im Ablauf der Bewegungen dieser Frau gab, der Unsicherheit verriet.

Doch Clara hatte nichts entdecken können. Auch aus den Sätzen war nichts herauszuhören gewesen. Kein falscher Ton. Keine Brüchigkeiten in der Stimme. Als habe es die dreiunddreißig toten Soldaten, die zwei umgekommenen Zivilisten und die dreihundertfünfundreißig Opfer des NS-Massakers tags darauf in den Tuffsteinhöhlen nie gegeben.

Clara hatte sich von der älteren Frau, die unter dem Decknamen *Elena* gekämpft hatte, keine Reue erwartet, schließlich war sie zusammen mit ihrem Mann Rosario Bentivegna und all den anderen mutigen Kommunisten gegen ein Terrorregime angetreten; dennoch hatte Clara gehofft, daß es im Inneren dieser Signora Capponi etwas Unaussprechliches geben möge, das sich in ihrem Wesen zu erkennen gab, sie hatte sich vorgestellt, daß diese Partisanin, wenn sie sich schon öffentlich zum Anschlag äußerte, einen passenden Rahmen wählen möge – eine ruhige Zimmerecke oder eine fixe Kameraeinstellung irgendwo im Freien –, statt dessen hantierte die ehemalige Widerstandskämpferin während ihrer Schilderungen mit Töpfen.

Die Capponi war, das hatte Clara noch in aller Eile im Netz in Erfahrung gebracht, als Parlamentsabgeordnete der Kommunistischen Partei Jahre später für ihren Kampf gegen den Faschismus und den Nationalsozialismus mit der goldenen Medaille ausgezeichnet worden, sie hatte immer wieder Interviews gegeben und sogar ein Buch mit dem Titel *Con cuore di donna, Mit dem Herzen einer Frau* geschrieben.

Nach diesem Herzen hatte Clara in dem YouTube-Interview vergebens gesucht.

Die vier Männer, die auf einer Holzbank vor dem Altersheim saßen, sahen neugierig zum Taxi herüber, aus dem Clara jetzt ausstieg. Vielleicht erwarteten sie Besuch. Einer hielt den ausgestreckten Zeige- und Mittelfinger vor den Mund. Clara verstand erst beim zweiten Mal Hinsehen, daß er mit dieser Geste um eine Zigarette bat. Kopfschüttelnd ging sie auf den Eingang zu.

Die Frauenabteilung, erfuhr sie von einer Pflegerin, befände sich im ersten Stock. Im Stiegenhaus hingen Photographien von Hügellandschaften und Küstenstreifen, die Clara an ihre Hochzeitsreise mit Claus erinnerten. Damals waren sie in Ravello gewesen, auf der *Terrazza dell'Infinito* der Villa Cimbrone, überzeugt, daß ihre Liebe ebenso unendlich sein würde wie der Blick von dort oben. Die vielen illustren Gäste, die vor ihnen an diesem Ort zwischen Himmel und Erde gewesen waren, leidenschaftliche Liebespaare wie die Garbo und der Dirigent Stokowski oder die Duse und D'Annunzio, erschienen Clara und Claus wie Paten ihrer Liebe. Damals hatte Clara noch nichts von der ständigen Untreue des Dichters gewußt. Erst nachdem die Diva am Ostermontag 1924 im fernen Pittsburgh gestorben war, hat D'Annunzio Mussolini gebeten, den Leichnam seiner ehemaligen Muse ins Vaterland zurückzuholen, und laut verkündet: «Es ist jene gestorben, die ich nicht verdient habe.»

Clara fand Emma Manente schlafend in einem Sessel im Aufenthaltsraum. Sie schob einen Stuhl neben sie, setzte sich und wartete. Die Klimaanlage war viel zu stark eingestellt; es fröstelte Clara. Die anderen alten Frauen, die ebenfalls in dem kahlen Zimmer saßen, in dem undefinierbare Essensgerüche hingen, sahen zu ihr herüber.

Ob die eine oder andere auch im Widerstand gewesen war, Krähenfüße ausgelegt und Leitungen zerstört hatte wie diese Capponi, fragte sich Clara. Wer weiß, ob die Frau mit der dunkelblauen Hose und dem weißen T-Shirt, die neben der Tür in ihrem Rollstuhl ausharrte, nicht einst eine Illegale gewesen war? Zum Beispiel ein Mitglied der patriotischen Aktionsgruppe GAP, das wie Carla Capponi jede Nacht woanders geschlafen und aus Sicherheitsgründen alle Verbindungen zu seiner Familie abgebrochen hatte? Vielleicht war auch diese Frau einst zum Waschen ins öffentliche Bad gegangen, hatte heimlich Nachrichten und Waffen durch die Stadt geschmuggelt und Kommandanturen sowie wichtige Verkehrsknotenpunkte angegriffen? Oder war sie am Ende doch nur die Ehefrau eines faschistischen Mitläufers gewesen? Eine *Heldenmutter* und damit *Wächterin* und *Säule ihrer Familie*?

Die Capponi, erinnerte sich Clara, hatte sich über die Benachteiligung der Frauen beklagt. Die Männer der Widerstandsgruppe GAP hätten die besten Pistolen an sich genommen, während den Frauen die alten Eisen überlassen worden seien. Auch unter den Kommunisten hatte es keine Gleichheit gegeben, dachte Clara, es würde nie eine geben.

Beinahe achtzehn Jahre Gesine-Versorgung waren genug. Claus hatte seine Karriere gemacht. Jetzt würde Clara auf sich schauen. Wenn es nicht schon zu spät war.

Wie spreche ich die Manente an? Auf stillbacherisch? Oder doch besser auf italienisch?

So viele Nacht- und Lebensspuren im Gesicht, dachte Clara. So viel Unklarheit. Das Alter zerkritzelt die Gesichtszüge.

Claras Blick fiel auf Emmas Hände, auf die Rillen an den Fingerkuppen, die sie an das Profil von Autoreifen erinnerten. Irgendwo hatte sie einmal gelesen, daß sich das Muster der Fingerabdrücke im vierten Monat der Schwangerschaft entwickelte, daß ein Teil der Rillen und Furchen genetisch festgelegt sei, der andere Teil sich durch die Druckverhältnisse und die Lage des Embryos im Bauch der Mutter ergäbe.

Was Clara an Emma jetzt entdeckte, war noch aus Stillbach.

Auch die Größe dieser Frau war aus Stillbach. Keine der sich im Zimmer aufhaltenden Italienerinnen hatte derart lange Beine. Obwohl Emma Manente im Sessel hing und leise schnarchte, war sie eine imposante Erscheinung. Das weiße Haar war noch immer voll und stand in alle Richtungen.

«Frau Manente?»

«Schütteln! Sie müssen sie schütteln. Die schläft den ganzen Tag. Und wenn sie nicht schläft, rennt sie davon.» Die Frau im Rollstuhl neben der Tür nickte wie zur Bestätigung ihrer eigenen Sätze. «Ich bin Signora Dallapiazza.» Sie erhob ihre Rechte zum Gruß. «Dallapiazza.»

Amplatz, dachte Clara. In Stillbach war aus der Familie *Amplatz* während des Faschismus die Familie *Dallapiazza* geworden. Und aus *William Shakespeare* hatten die Faschisten *Guglielmo Scuotilancia, Wilhelm Schüttelspeer*, gemacht. Selbst D'Annunzio hatte sein Scherflein beigetragen und das *Hipp, hipp, hurra* in den altrömischen Schlachtruf *Eja, eja alalà* verwandelt, weil ihm das *Hurra* zu wenig italienisch geklungen hatte.

«Burger», sagte Clara, «ich komme ursprünglich aus dem selben Dorf wie die Frau Manente.»

«Signora Dallapiazza», wiederholte die Frau im Rollstuhl und nickte ein zweites und drittes Mal. «Dallapiazza», sagte sie noch einmal.

Clara streichelte Frau Manentes Arm, doch diese rührte sich nicht. Erst als sie die Frau sanft in den Arm zwickte, öffnete sie die Augen.

«Ines. Wie schön –» Sie befeuchtete mit der Zunge ihre Lippen und streckte die Arme aus.

«Ich bin nicht Ines. Ich bin Clara.»

Die Manente beugte sich vor und befühlte Claras Haare.

«Du bist nicht Ines? Natürlich bist du Ines.» Sie schlug sich mit der Hand auf den Oberschenkel.

«Sie nennt alle Ines», rief Frau Dallapiazza herüber. «Auch Mariella.» Sie nickte. «Alle. Alle. – Auch die Direktorin. Direktorin.»

Dallapiazza pazza, dachte Clara. Die Frau wiederholte zwanghaft ihr letztes Wort wie Echo, die Bergnymphe.

Emma Manente wurde unruhig, sie rutschte auf dem Sessel hin und her, bewegte die Lippen, als kaute sie etwas oder als knetete sie Wörter und versuchte ihnen eine Form zu geben. Es kam nichts heraus.

«Frau Manente, ich bin aus Stillbach. Hören Sie? Aus Stillbach. Erinnern Sie sich an Stillbach?»

Clara griff nach Emmas Hand. Doch die Manente entzog sie ihr, schaute mit unbeweglichem Blick Richtung Tür, schwieg. Nach einer Weile stand sie abrupt auf.

«Gehen wir», sagte sie. «Gehen wir ins Hotel. Ich weiß, wo das Geld ist.» Sie schwankte. Clara hängte sich bei ihr ein, um sie auf diese Weise zu stützen. Sie fürchtete, sie könnte hinfallen.

Welches Geld, dachte Clara. «Ich bin nicht wegen des Geldes da.»

Die Manente blieb stehen. «Ja, ja. Ich weiß. Es tut mir leid. Ich habe es zu spät bemerkt. Wir sind wieder Freunde nicht? Ich habe für eine Entschädigung gesorgt. Hab' ich doch oder?»

Clara nickte, obwohl sie nicht verstand, wovon die Frau sprach. Die Manente zog sie Richtung Tür.

«Jetzt rennt sie wieder», sagte Frau Dallapiazza. «Sie müssen Mariella rufen. Mariella.»

Auf dem Gang versuchte Clara die Manente aufzuhalten, indem sie sich ihr in den Weg stellte. «Wollen wir uns nicht ein wenig in den Garten setzen? – Können Sie sich an Johann erinnern? Johann aus Stillbach?»

Die Manente drehte den Kopf, sie sah sich suchend um, als

hingen ihre Gedanken wie Bilder an den Wänden, als müßte sie diese nur genau anschauen, um darüber sprechen zu können.

«Johann», versuchte es Clara noch einmal. «Er ist in der Via Rasella ums Leben gekommen. Sie waren doch ein Paar oder nicht?»

«Ich weiß, wo es ist», sagte die Manente, «Zimmer vierunddreißig – da ist es.»

Paul nahm die letzten drei Stufen in einem Satz, er konnte sich gerade noch am Geländer festhalten, sonst wäre er hingefallen. Der Schüler in der zweiten Reihe hatte nicht nur ausgesehen wie eine Miniaturausgabe des Bürgermeisters Gianni Alemanno, er hatte auch so geredet. Immer wieder war er auf die innere Sicherheit des Landes zu sprechen gekommen und hatte von den historischen Themen abzulenken versucht.

«Sie sind ein Erzlinker», hatte der Jugendliche gesagt, nachdem Paul von der italienischen *Resistenza* gesprochen hatte, die einmal zur stärksten Widerstandsbewegung Westeuropas gehört hatte; es waren Sozialisten und Kommunisten, aber auch Christdemokraten, Monarchisten und Republikaner darunter gewesen. «Alles Quatsch», hatte der Schüler gesagt, «die Resistenza-Leute wollten aus Italien ein sowjetisches Land machen, geben Sie es doch zu.» Die Kapitulation Italiens habe das Ende der italienischen Nation, des Vaterlandes, bedeutet.

Paul kannte solche Argumentationen. Die Historiker, die mit dem antifaschistischen Geschichtsbild abrechneten, wurden immer mehr. Sie waren Lieblinge des Premiers und vertraten ihre Ansichten in seinen hauseigenen Kanälen und Blättern: Die Widerstandsbewegung sei eine Minderheitenbewegung gewesen, die nicht repräsentativ sei. Sie habe Italien gespalten. Und die Kommunisten hätten nichts anders als die Diktatur des Proletariats im Sinn gehabt. Ja, die ganze *Resistenza* sei nur mehr eine Rechtfertigungsideologie für die Linke.

Allein der Geruch in den Schulen – Paul trat ins Freie und atmete durch. Er sah sich nach einer Bar um. Der Himmel war wolkenlos. Er brauchte jetzt ein Glas.

Es war folgerichtig gewesen, daß der Schüler die Partisanen in der Via Rasella verurteilt hatte. Hätten sie sich nach dem Anschlag gestellt, wäre es nie zum Massaker in den Höhlen gekommen, hatte der Kerl gesagt. Außerdem habe man unschuldige Altoatesini, Südtiroler, umgebracht. Ein anderer Schüler war ihm ins Wort gefallen und hatte ihn einen Geschichtsverfälscher und Faschisten genannt. Gelächter in den hinteren Reihen. Der Lehrer hatte zu Paul herübergesehen, er mochte Ende zwanzig gewesen sein, hatte erst vor zwei Jahren sein Studium in Bologna beendet und kaum pädagogische Erfahrungen gesammelt.

Es stimme, daß Unschuldige darunter gewesen seien, hatte Paul geantwortet, Südtiroler, die vorher noch für das italienische Königreich gekämpft hätten, die in Abessinien gewesen seien, aber Teile des Regiments Bozen hätten leider aus üblen Nazis bestanden, die in der Valle del Biois, im Belluno, im Sommer 1944 Zivilisten massakriert hätten. «Aus Frust», hatte Paul hinzugefügt, «weil die sogenannte *Bandenbekämpfung* erfolglos gewesen war. Man hatte ganze Ortschaften eingeäschert. Das waren bestialische Vergeltungsaktionen gegen die Zivilbevölkerung gewesen.»

Paul betrat die nächste Bar und bestellte ein Glas Weißwein. Der Pinot grigio war zu warm. Er freute sich auf Clara, versuchte die Vorfreude mit einem zweiten Glas zu unterdrücken.

Auf seinem iPhone fand er eine Nachricht von Julia. *Heute abend Zeit? Letzte Möglichkeit.* So war es immer: Hatte man endlich eine Verabredung, kam eine zweite dazu.

In den letzten Wochen war Paul nur hie und da mit Lorenzo unterwegs gewesen, meistens hatten sie beide zuviel getrunken und waren über die Fernsehspielfilme und historischen Streifen der letzten Jahre hergezogen, über die Lorenzo seit Monaten einen Essay zu schreiben versuchte. Er war über die ersten zwei Seiten nicht hinausgekommen. Dabei brauchte man nicht erst diese RAI-Produktionen anzusehen, um erklärt zu bekommen, daß das Böse mit den Nazis in die Welt gekommen ist und die Italiener immer schon Unschuldslämmer waren. Auch das Massaker in den Ardeatinischen Höhlen wurde weiterhin allein den Deutschen zugeschrieben, obwohl Pietro Koch, der Chef der italienischen Polizei, dem das Haar von der vielen Brillantine am Kopf geklebt hatte, als wäre er in den Regen gekommen, ebenso an der Liste der Todeskandidaten mitgearbeitet hatte wie Caruso, ein Faschist der ersten Stunde. Dreißig Namen hatte Koch notiert, zwanzig der Chef der Questur. Koch hatte auch den jungen Polizeioffizier Maurizio Giglio auf der Liste, den man zuvor derart in der Via Tasso gefoltert hatte, daß er nicht mehr gehen konnte. Sein Schweigen hatte Dutzenden Partisanen und einem amerikanischen Geheimdienstoffizier, mit dem er in Kontakt gestanden war, das Leben gerettet. Wie war sein Deckname gewesen?

«Geben Sie mir noch ein letztes Glas», sagte Paul zum Mann hinter der Theke. Diese Kraft zu schweigen hätte ich nie gehabt, dachte Paul. Ich wäre nach dem ersten Fingernagel, den man mir ausgerissen hätte, weich geworden. *Cervo, Hirsch* – jetzt weiß ich es wieder. Giglios Aussehen hatte Paul an Kafka erinnert. Er hätte ihm den Namen *taccola, Dohle*, gegeben.

Ich kann heute nicht, schrieb er an Julia, *wünsche Dir eine gute Reise. Paul V.* Dann überlegte er es sich anders, löschte die Nachricht und rief sie an.

Sie sei gerade in *Trans Tiberim*, sagte sie lachend, wo einst die stinkenden Gerber und die in der Urinlauge arbeitenden Tuchwalker zu Hause gewesen seien. Nicht weit von seiner Wohnung.

War das eine Anspielung? Er schwieg. So ärmlich war sein *monolocale* nun doch nicht.

Wie es in der Schule gewesen sei, wollte sie wissen.

«Der Riß, der durch die italienische Gesellschaft geht, der war auch in dieser Klasse spürbar», sagte Paul. «Ach laß uns von was anderem sprechen.»

«Klingt anstrengend.»

«Ist es auch. Sei froh, daß du Steinchen und Knöchelchen sortieren darfst, die flegeln dich nicht an.»

«Vielleicht komme ich wieder einmal nach Rom», sagte sie. Und nach einer Pause: «Ich höre jetzt auf. Mach's gut.»

«Bleib dir treu», sagte Paul, «keinen Forellensex!»

Er zahlte und trat auf die Straße hinaus.

Es war zu früh, um in Ines' Wohnung zurückzukehren. Clara war vermutlich noch im Altersheim. Paul beschloß, in den Viale Trastevere zu fahren, zu duschen und sich ein frisches Hemd überzuziehen.

Als er wenig später den Hauseingang betrat und Geräusche aus der Werkstatt hörte, ging er nach hinten. Der Bursche kniete auf dem Boden und legte das Abdeckblech und die Zierleisten einer Lambretta frei.

«Signor Vogel, wie geht's?» Er stand auf, wischte sich die Finger an der Jeans ab, fuhr sich durchs Haar, das er mit viel Gel in eine Igelfrisur verwandelt hatte. Hinter ihm lagen abgelaugte Vespa-Bleche, mehrere freigelegte Zweitaktmotoren und Einzeledersitze.

«Haben Sie eine 125er Vespa, die Sie zwei Tage entbehren können?»

«Sie sollten sich eine kaufen», sagte der junge Mechaniker, «Taxifahren ist auf Dauer zu teuer.» Er zwinkerte mit dem linken Auge.

«Was Sie alles wissen. – Vor dreißig Jahren hatte ich so eine Lambretta», sagte Paul und zeigte auf den zerlegten Roller.

«Die sind nur schön, aber allein um den Vergaser neu einzustellen, brauche ich eine halbe Stunde. Piaggio ist im Vergleich dazu eine technische Revolution – alles bestens zugänglich. Man muß ja rückblickend froh sein, daß die Alliierten die Flugzeugbauhallen niedergebombt haben, sonst hätte Piaggio nach dem Krieg nicht nach einem neuen Produkt gesucht.»

«Piaggio hat früher Flugzeuge entwickelt?»

«Das wußten Sie nicht? Der Vespa-Motor war doch ursprünglich als Anlassermotor für Flugzeuge im Zweiten Weltkrieg gedacht –»

«Warum wundert Sie das?»

«Sie sind doch vom Fach – oder nicht? Meine Kusine sagt, Sie wissen alles, was den Zweiten Weltkrieg betrifft.» Er griff nach einer Packung Gauloises und bot Paul eine Zigarette an, bevor er sich selbst eine anzündete.

«Ihre Kusine?»

«Sie waren mal in ihrer Schule.» Der Bursche drehte sich um, zog an einer Plastikplane, darunter kamen drei Vespas zum Vorschein. «Die spinatgrüne könnte ich Ihnen geben.»

«Schön ist die aber nicht.»

«Wie können Sie das sagen. Alle Vespas sind schön. Schauen Sie sich mal die fließenden Formen an, die schmale Taille –» Er strich mit der Hand über einen Scheinwerfer.

«Haben Sie keine weiße oder rote?»

«Nehmen Sie die grüne, die ist unverwüstlich, startet selbst bei Regen. Die anderen haben ihre Marotten. Ich kann Ihnen die hellblaue herrichten, aber da brauche ich noch ein bißchen Zeit.»

«Ich nehme die grüne. Ein bißchen Grünzeug verkaufen Sie mir auch?» sagte Paul etwas leiser.

Der Bursche sah ihn an, runzelte die Stirn und nickte.

«Und einen zweiten Helm bräuchte ich noch.»

«Größe?»

«Keine Ahnung. Nicht zu klein.» Dann verschwand Paul in den oberen Stock.

Er bezog das Bett frisch, saugte die Wohnung und putzte, nachdem er geduscht hatte, das Badezimmer. Der Schüler in der zweiten Reihe fiel ihm wieder ein, der Mussolinis Abessinienkolonialismus als *Zivilisierungsmission* verteidigt hatte. Die Intelligenz dieses Jugendlichen war erschreckend gewesen, die anderen in der Klasse hatten nur Gemeinplätze entgegenzusetzen gehabt. Er hatte wie Gianfranco Fini gesprochen, als dieser noch an der Seite des Premiers Außenminister gewesen war und den Zustand Somalias, Äthiopiens und Libyens unter der italienischen Kolonialherrschaft gelobt hatte. Kein Wort von den Massenvernichtungswaffen, die unter Mussolini zum Einsatz gekommen waren, keines zu den abessinischen Vernichtungslagern in Nocra und Danane. Im Bewußtsein vieler Italiener waren diese Kriege afrikanische Abenteuer gewesen, sie glaubten bis heute, den Einheimischen beim Aufbau der Infrastruktur geholfen zu haben, und befriedigten ihre Kolonialnostalgie an den nie abmontierten Straßenschildern und Denkmälern, die nach wie vor an die Zeiten erinnerten.

Paul hatte einmal veranlaßt, daß Giuliano Montaldos Spielfilm *Tempo di uccidere* in einem Gymnasium gezeigt worden war, aber der Streifen, in dem Nicolas Cage einen italienischen Leutnant in Äthiopien spielt, der aus Versehen eine Einheimische tötet und von Schuldgefühlen gequält wird, hatte die Schüler gelangweilt. Ennio Flaiano sei ein viel besserer Drehbuchschreiber gewesen, hatte ein Mädchen gesagt. Immerhin hätten ihm Fellinis Filme *La dolce vita, Das süße Leben, I vitelloni, Die Müßiggänger* und 8 1/2 drei Oscar-Nominierungen für das beste Drehbuch gebracht. Von seinem Roman *Tempo di uccidere, Alles hat seine Zeit* spreche heute doch keiner mehr. Paul war sich wieder einmal wie ein gescheiterter Berufserinnerer vorgekommen.

Er sprang noch einmal aus dem Haus, hob Geld vom Bancomaten ab und besorgte in dem kleinen Laden um die Ecke Wein, Milch, Ziegenkäse, rohen Schinken, Weißbrot, zwei Honigmelonen und ein Kilo Fleischtomaten.

Danach zahlte er das Grünzeug und die Kaution für die Vespa. Er trug die Einkaufstaschen nach oben, wusch sich noch einmal das Gesicht, strich sich ein wenig Le Male After Shave auf die Haut, holte den schwarzen Helm aus dem Schrank und verließ die Wohnung. Die Vespa stand schon auf dem Gehsteig, der zweite Helm lag auf dem Trittblech.

Emma Manente war auf der Gartenbank eingenickt, nachdem sie Clara von Johann zu erzählen begonnen hatte. Sie sei sich wie importiert vorgekommen, habe nicht hierhergepaßt, sei viel zu groß gewesen. Habe immerzu versucht, nicht aufzufallen. «Man verschwindet mit der Zeit», hatte die Manente in einem klaren Moment gesagt. «Als Johann nach Rom versetzt wurde, bin ich wieder aus meinem Loch herausgekrochen. Ich habe mich hergerichtet. Für ihn. Und so hat mich dann auch Remo gesehen, zum ersten Mal wahrgenommen, obwohl ich schon Jahre dagewesen bin. Die Italiener sehen eine Frau erst, wenn sie sich herausputzt.»

Clara betrachtete die Schlafende. Sie hatte von Schwester Mariella erfahren, daß Frau Manente nur selten Besuch bekomme. Der Sohn kümmere sich regelmäßig um sie, und dann gebe es da noch eine Frau, eine gewisse Ines, mit der die Manente Deutsch spreche. «Diese Woche ist sie noch nicht vorbeigekommen», hatte Mariella gesagt.

Auf dem Weg in den Garten hatte die Manente wirr geredet, es war Clara so vorgekommen, als vermische sie Kriegserinnerungen mit Küchenerfahrungen, denn sie hatte von irgendwelchen Soldaten gesprochen, die auf den zerstörten Straßen geflüchtet waren und auf den Bänken hin und her gerutscht seien wie der Kaiserschmarrn in einer gefetteten Pfanne.

Kaum waren Clara und die Manente vom dunklen Stiegenhaus in die helle Nachmittagssonne getreten, hatte Emma von Leuchtstoffkugeln und Lichtpunkten zu reden begonnen und dann plötzlich von Nächten, die so schwarz gewesen seien, «daß die Augen nicht helfen konnten». Jetzt könne gar nichts mehr helfen, nicht die Beine, nicht die Ohren, schon gar nicht die Augen.

«Aber Sie sehen mich doch, Frau Manente, oder nicht?»

Da hatte sie einen Augenblick gelacht und schließlich den Mund verzogen, so daß das Lachen fast schon wie Weinen ausgesehen hatte.

Dreimal sei Signora Manente schon entkommen, hatte Schwester Mariella gesagt, einmal im Nachthemd, ein andermal im Schlafrock. Das erste Mal habe sie ein Polizist zurückgebracht, beim zweiten und dritten Mal sei ihr ein Heimbewohner gefolgt, der um Hilfe gerufen habe. Sie besitze eine gute Konstitution, man merke, daß sie aus den Bergen stamme. «Früher haben wir sie angebunden. Jetzt dürfen wir das nicht mehr. Also passen Sie auf die Signora auf.»

Die Beine würden noch helfen, wenn der Kopf wüßte, was die Beine wollten, dachte Clara.

Emma hatte einen leichtfüßigen Gang, nicht wie die meisten anderen hier im Haus, die sich weiterschleppten, als gingen sie in Schuhen mit bleiernen Sohlen.

Rennt man irgendwann dem eigenen Kopf davon, wenn man merkt, daß in ihm die Zeit durcheinandergerät? Oder fühlte man sich als alte Frau noch einmal jung, wenn man allen davonlief?

Clara hatte auch nach Antonella gefragt, doch die Manente war still auf ihrer Bank gesessen.

«Und Mimmo? Sagt Ihnen der Name Mimmo etwas?»

Wieder hatte sie geschwiegen, nur den Kopf langsam hin und

her bewegt, als habe sie mit den halben Drehbewegungen ihre Erinnerungen in Gang setzen wollen.

«Wer soll das sein?» hatte sie lange nach Claras Frage gesagt.

«Antonellas Bruder.»

«Ich habe auch zwei Brüder.» Allmählich war sie auf der Bank nach unten gerutscht, hatte an Haltung verloren.

Anbinden dürfen sie die Alten nicht, aber die chemische Leine ist erlaubt, dachte Clara; sie legte Emmas runterhängenden Arm auf die Bank.

Im Stiegenhaus war die Manente mehrmals stehengeblieben und hatte aufgehorcht, wenn Clara den Namen *Stillbach* in den Mund genommen hatte.

«Frau Manente, können Sie sich noch an das Stillbacher Gasthaus erinnern? An die Kirche? An Ihre Familie?»

«Das ist ja kein Zustand», hatte Emma geantwortet. Und dann hatte sie von den Beinen ihrer Mutter gesprochen, vom Arnikaschnaps, den diese zum Einreiben verwenden würde.

«Ihre Mutter ist schon lange tot.»

«Schon lange tot», hatte Emma wiederholt. «Ich hab's gut, ich muß das Korn nicht mehr schneiden.»

Nachdem sie den Ausgang zum Garten erreicht hatten, blieb die Manente noch einmal stehen und klammerte sich an Claras Arm. «Jetzt kann man schwimmen im Weiher.»

«Natürlich kann man darin schwimmen.»

Während sie schlief, beobachtete Clara zwei Männer, die am anderen Ende des Gartens im Schatten saßen und lebhaft diskutierten. Einer der beiden stand auf und gestikulierte mit dem Spazierstock. Plötzlich drehte sich der Mann um und ging auf Clara zu.

Als er vor ihr stand, zeigte er mit dem Stock auf den anderen. «Sagen Sie ihm, daß es keine Kommunisten mehr gibt. Er glaubt es mir nicht.»

«Die Partei gibt es nicht mehr. Kommunisten vielleicht schon.»

«Gäbe es noch Kommunisten, gäbe es auch eine Partei», sagte der Mann und klopfte mit dem Stock auf den Boden.

Er hatte ein Gesicht voller Knötchen und blauroter Kapillargefäße.

«Sie rennt ständig davon», sagte der Mann plötzlich und zeigte mit der Stockspitze auf Emmas Hausschuhe. Clara entdeckte darauf eingetrocknete Kaffeeflecken.

«Leichen im Keller.» Die Manente hielt die Augen weiterhin geschlossen.

«Was hat sie gesagt?»

Wenn Clara nicht dazwischengegangen wäre, hätte sich der Mann so weit zu Emma heruntergebeugt, daß er auf die Schlafende gefallen wäre. Er stand auf unsicheren Beinen, stützte sich nicht auf dem Stock ab, sondern verwendete ihn als Verlängerung seines Arms.

In Emmas Gesicht bewegte sich nichts. Sie schien weiterzuschlafen.

«Die Russen mochten den Aristokraten nicht», sagte der Mann.

«Welchen Aristokraten?»

«Berlinguer. – Die haben alles kaputtgemacht. Die hatten ihre Finger überall drin. Und die Salò-Leute auch.»

Er hat lebendige Augen, dachte Clara und bemerkte nicht, daß sich jemand von der anderen Seite der Bank genähert hatte.

«Hier sind Sie! Sie regen sich auf, daß ich Ines' Wohnung betrete, aber Sie dringen ohne weiteres in mein Privatleben ein.»

Clara erhob sich und gab Francesco die Hand.

«Ich wollte Sie nicht stören», sagte der alte Mann. «Es ist unhöflich, eine schöne Frau mit Politik zu langweilen.» Er hielt inne. «Zwei schöne Frauen.»

Clara schien es, als lächelte Emma.

«*Mammina*, bist du wach?» sagte Francesco.

«*Belli o brutti si sposan tutti*», sagte Emma.

Der Alte schüttelte den Kopf, winkte mit seiner Linken und ging zurück zur Bank, wo der andere Heimbewohner auf ihn wartete.

«Mamma – es heißt *Belle o brutte si sposan tutte*.»

«Eben. Selbst auf unseren Murhalden und Schwemmkegeln haben sie einander gefunden.»

Francesco sah Clara fragend an.

«Wir haben vorhin über Stillbach geredet.»

«Das tut ihr nicht gut», sagte Francesco leise. «Warum sind Sie hier? Wollen Sie etwa Ines' Arbeit fortführen? Meine Mutter ausquetschen und Unwahrheiten über sie verbreiten?»

«Ich kann mir nicht vorstellen, daß Ines –»

«Ach, das können Sie sich nicht vorstellen? Dann lesen Sie doch mal, was sie geschrieben hat.

Meine Mutter war keinem Nazi versprochen. Keinem dieser durch die Via Rasella stampfenden Deutschen, die man zurecht in die Luft gejagt hat damals. Sie hatten hier in Rom nichts verloren. Die haben in der Niemandszeit unser Land besetzt und die Leute schikaniert. Daß nicht alle tatenlos auf die Alliierten warten würden, müßte doch nachzuvollziehen sein.»

Emma war wortlos aufgestanden; sie entfernte sich mehr und mehr von der Bank, ging Richtung Pinien.

«Auch Ihre Mutter hat ein Anrecht auf ihre Geschichte.»

«Auf ihre eigene, ja. Aber nicht auf eine, die ihr eine phantasierende Stillbacherin in den Mund gelegt hat.»

«Woher wollen Sie wissen, welche ihre eigene ist?»

«Ich muß mich jetzt um meine Mutter kümmern.» Francesco drehte sich um. Bevor er seiner *mammina* folgte, sagte er: «Ich will nicht, daß Sie damit an die Öffentlichkeit gehen.»

«Womit denn? Mit dem Manuskript?»

«Das meine ich. – Meine Mutter hat meinen Vater geliebt. Die ist aus freien Stücken hiergeblieben. Aus Liebe. Das war keine dramatische Schicksalsentscheidung, wie Ines sie schildert. Und diesen Steg hat es nie gegeben. – Mamma warte.»

«Und wenn ich die Namen und Orte verändere?»

Er zuckte mit den Schultern. «Sie müssen wissen, was erlaubt ist und was nicht. – Ich werde die ganze Angelegenheit von meinem Anwalt prüfen lassen, davon können Sie ausgehen.»

«Auf Wiedersehen, Ines!» sagte die Manente, als sich Clara von ihr verabschiedete.

Paul hatte vergessen, in welche Stimmungen man beim Vespafahren geriet. Der grüne Roller hatte einen auffrisierten Motor, er tuckerte und summte nicht, sondern knatterte, dennoch schien es Paul, als höbe er vom Asphalt ab.

Er mußte aufpassen, daß er die Straße nicht vergaß. Wenn er nach oben schaute, sah er da einen Engel, dort eine Kuppel, dann wieder einen Mann im Ruderleibchen, der sich aus dem Fenster beugte, um zu rauchen, andernorts eine Frau, die das Leben in der Gasse beobachtete. Näherte sich Paul einer Kreuzung, deren Ampel rot war, zwängte er sich mit der 125er zwischen den stehenden Autos hindurch und stellte sich vor den ersten Wagen, um sofort starten zu können.

Je länger er fuhr, desto mehr verwandelte sich die Stadt: Die Farbtöne der Häuser waren wie neu gemischt, die Gebäudereihen schienen anders zusammengesetzt, und das Licht, das sich allmählich zu verabschieden begann, setzte die Bildschärfe herab, so daß selbst renovierungsbedürftige Fassaden glatt wirkten wie grobporige Haut, die man mit einem Weichzeichner behandelt hatte.

Der Bursche war mit Paul vor das Haus getreten und hatte ihn noch auf die herausgebrochenen Pflastersteine und andere

Straßenunebenheiten aufmerksam gemacht, außerdem hatte er Paul ein zweites Schloß mitgegeben, das nun im Rucksack steckte und drückte.

Doch gleich würde Paul dasein. Der Fahrtwind blähte sein Hemd auf, bevor er in Ines' Straße bog. Hinter ihm schloß ein Auto eng auf; der Fahrer hupte, weil Paul das Tempo gedrosselt hatte. Nachdem er stehengeblieben war, um die Vespa rückwärts in die Parklücke zu schieben, fuhr der Mann, der ebenfalls hatte bremsen müssen, mit quietschenden Reifen davon.

Als Clara die Tür öffnete, hörte Paul im Hintergrund eine männliche Stimme. Im ersten Moment glaubte er, Clara habe Besuch; als er niemanden sah, war er erleichtert. Hatte sie das Radio eingeschaltet?

Sie bemerkte die beiden Helme nicht, die Paul in Händen hielt.

«Ich habe Tonaufnahmen entdeckt», sagte sie und verschwand in Ines' Schlafzimmer.

«... nein, ich erinnere mich nicht. Es muß nach Moros Ermordung gewesen sein. Plötzlich hatte sie Kohle. Ich wollte wissen, woher die kam, aber sie hat es mir nicht gesagt, auch nicht, als ich damit drohte, zur Polizei zu gehen. ‹Und wenn ich es im Totocalcio gewonnen habe?› Das war dummes Gerede; sie wußte nicht einmal, wie man einen Wettschein ausfüllt. Außerdem paßte das nicht zu ihrer rigorosen antikapitalistischen Haltung.

Sie verschwand immer wieder. Einmal sagte sie, sie wäre auf ein paar Tage zu Freunden nach Turin gefahren, ein anderes Mal stellte sich heraus, sie hatte eine Woche in Paris verbracht.»

Paul stand im Türrahmen und schaute zu Ines' Bett, auf dem ein Tonbandgerät aus den neunziger Jahren lag – daneben, den Kopf in die rechte Hand gestützt, kauerte Clara. Sie hatte das CASIO-Gerät mit einem Verlängerungskabel versehen, dessen Stecker Strom aus einer Dose im Gang bezog. Fast wäre Paul über die Schnur gestolpert.

Clara stoppte das Band, zeigte auf eine aufgerissene Schachtel, sagte, sie hätte sie unter dem Bett gefunden. «Schau dir das an.»

Es waren mehrere Dutzend kleiner DAT-Kassetten. Paul erinnerte sich, daß die digitalen Audio-Magnetbänder vor circa zwanzig Jahren auf den Markt gekommen waren, daß er sie selbst hie und da für Interviews verwendet hatte.

«Verstehst du das?» Clara spulte einen Halbsatz zurück und drückte wieder auf die Playtaste: «... nach Turin gefahren, ein anderes Mal stellte sich heraus, sie hatte eine Woche in Paris verbracht.

Ich weiß nicht, wie sie da hineingerutscht ist. Gut, wir waren eine Kommunistenfamilie; der Großvater war von den Deutschen in ein Arbeitslager ins Reich gebracht worden; die Großmutter hatte das kommunistische Parteibuch auf dem Nachtkästchen. Aber Vater hat nichts gemacht, nicht einmal öffentlich sympathisiert. Selbst eine politische Überzeugung zu vertreten, wäre ihm zu anstrengend gewesen. Er hat sicher nie von der Revolution geträumt.

Warum also sie? Was hatte sie sich davon versprochen? Sie hätte auch zur Mafia gehen können. Vermutlich hätte sie der Clan beschützt, die Kommunisten haben sie nämlich nicht gerettet.

Ein alltägliches Leben hat es nie mehr gegeben, nur noch Gegner und Gegensätze, Gegenleben und Gegenstaat. Ein Scheißleben.

Sie hat sich eben nicht in einem Gedanken verirrt, sondern in einem ganzen System und sich als Auserwählte gesehen. Im Grunde war sie eine Stigmatisierte gewesen. Eine, der Großvaters Krätze zum Verhängnis geworden war.

Sie hat nämlich seine Krätze als ihre empfunden. Hat geglaubt, daß Großvaters Wasserstoffperoxyd, das er für die Raketenantriebswerke und U-Boot-Turbinen im Schickert-Lager hatte herstellen müssen, auch für ihre eigenen Haßaggregate verwendbar sei.»

«Bad Lauterberg», sagte Paul, «im Harzgebirge, wenn ich nicht irre.»

Clara stoppte das Tonband und sah ihn an.

«Nichts. Fahr fort.»

«Ich hätte es damals merken müssen; sie hat ihre Dienstgeber als Faschisten beschimpft, nur weil sie keine Brandbomben in Schwangerenambulatorien geworfen haben. Alle waren Faschisten, auch diejenigen, die den *compromesso storico* gewollt hatten. Obwohl sie am Anfang noch mit Berlinguers Idee vom Eurokommunismus einverstanden gewesen war, änderte sie auf einmal ihre Meinung und bezeichnete die kompromißbereiten Kommunisten als Verräter, weil sie sich mit den Christdemokraten hatten einlassen wollen und vom Weg des Sozialismus abgekommen waren.

Ich hatte noch Kontakt zu ihr, als sie in diesem Hotel in der Via Nomentana gearbeitet hat. Da hat es angefangen. Sie war noch in der Partei, war aber schon auf der Suche nach neuen Möglichkeiten gewesen, hatte sogar kurz mit den *indiani metropolitani* sympathisiert, mit diesen anarchistischen Sponti-Akteuren.

Ich dachte damals, daß sie sich vielleicht erst orientieren muß. Aber die Orientierung haben dann andere übernommen.

Ob sie Leute umgebracht hat, weiß ich nicht, vielleicht war sie nur eine Botin gewesen, die mit gefälschten Dokumenten unterwegs gewesen war, die Untergetauchte mit Geld versorgt hatte. Möglicherweise hat sie nicht einmal gewußt, was in diesen Paketen und Kuverts war, die sie irgendwelchen Fremden übergeben hat.

Vermutlich hat sie sterben müssen, weil man Angst hatte, sie könnte etwas wissen. So vergeßlich wie die immer gewesen war, hat sie gewiß nichts behalten. Wenn sie früher im Geschäft ausgeholfen hat, stimmte die Kasse nie. Sie hat den Kilopreis der *rosette* vom Kilopreis der *ciabatte* nicht auseinanderhalten können.

Wissen Sie, Ines, ich kann Ihnen nur wenig über sie sagen. Ich bin mir aber sicher, daß der Unfall kein Unfall gewesen ist. Aber selbst wenn ich hätte nachweisen können, daß jemand ihren Wagen manipuliert hatte, wäre niemandem geholfen gewesen. Ich hätte nur meine eigene Existenz aufs Spiel gesetzt. Diese Herren sitzen an allen wichtigen Stellen und haben Mittel, einen zum Schweigen zu bringen.

Der ganze gewalttätige Wahnsinn ist ja nur erfunden worden, um die Macht der Kommunistischen Partei zu brechen.

Daß sie das nicht kapiert hat!

Daß sie nicht verstanden hat, daß die Front, an der sie gekämpft hat, zwischen den Fronten gewesen war! Daß den von ihr so verhaßten Faschisten der Linksterrorismus nur gelegen gekommen war, sie ihn vermutlich sogar unterstützt hatten?»

Clara schaltete das Tonband aus. «Glaubst du, sie haben sie umgebracht?»

«Wen?»

«Na, diese Antonella, von der hier die Rede ist. Es steht zwar nirgendwo ein Name, aber ich nehme an, das Interview ist mit Mimmo, ihrem Bruder, geführt worden. Oder siehst du das anders?» Sie setzte sich auf. Das T-Shirt war verrutscht.

«Wie war's in der Schule?» Clara verhedderte sich im Verlängerungskabel, konnte im letzten Moment das Gerät auffangen.

«Es ist schon möglich, daß sie die Frau umgebracht haben. Ich weiß zuwenig über die Geschichte. Damals sind viele bei Verkehrsunfällen ums Leben gekommen. Manche haben nach dem Unfall unter einer anderen Identität weitergelebt. Kann gut sein, daß auch sie noch am Leben ist und unter einem anderen Namen in Buenos Aires lebt.»

«In Argentinien? Die auch? Und woher hatte sie das viele Geld, von dem Mimmo anfangs gesprochen hat?»

«Raubüberfälle? Wohl kaum aus dem Trevi-Brunnen.»

«Ich höre mir den Rest später an», sagte Clara. Erst jetzt bemerkte sie die Helme. «Du bist mit einer Maschine da? – Zwei Helme?»

«Einer für dich, einer für mich. Es ist nur eine Vespa.»

«Niemals. – Wer weiß, ob du nicht auch vom Geheimdienst bist und mich um die Ecke bringen willst?» Sie zwängte sich an ihm vorbei; er roch ihr Parfum.

«Du könntest danach eine neue Existenz beginnen», sagte Paul.

«Im Diesseits oder im Jenseits?»

«Mir wäre lieber im Diesseits.»

Sie blieb stehen und sah ihm kurz in die Augen.

Ich küss' sie jetzt. Ich küss' sie jetzt. Aber Paul küßte sie nicht, denn Clara drehte sich um und ging in die Küche. «Also sag schon, wie war's in der Schule.»

«Wie war's im Altersheim?»

«Keine Gegenfragen. Ich war zuerst.»

Clara dachte an Priebke, den Listenhüter, der am Eingang der Höhlen stehend die Namen derer durchgestrichen hatte, die zur Hinrichtung geführt wurden. Er hatte selbst auch geschossen. Alles, was Clara in den letzten Stunden gelesen hatte, kam wieder zurück. Sie lehnte an der Mauer und sah aus dem Fenster, ohne die Menschen und Autos wahrzunehmen.

Der feine Vulkanstaub aus den *Fosse Ardeatine* war ursprünglich für die Zementproduktion verwendet worden. Mit dem abgebauten Material hatte man einen Teil der faschistischen Monumentalbauten realisiert.

Und dann wurden die Gänge und Gruben wieder gefüllt. Mit dreihundertfünfunddreißig Toten aus allen sozialen Schichten und Altersklassen. Der Jüngste war fünfzehn Jahre alt, der Älteste vierundsiebzig gewesen. *Es war alles andere als eine rechtmäßige*

Repressalie, hatte Ines geschrieben. *Die Vergeltungsaktion war ein bestialischer Racheakt gewesen, weit entfernt von den Bestimmungen der Haager Landkriegsordnung.*

Kappler hatte das Problem gehabt, daß zu jenem Zeitpunkt im Gestapo-Hauptquartier und anderen römischen Gefängnissen nicht genügend zum Tode verurteilte Personen vorhanden gewesen waren. Er löste es auf seine Weise, füllte die Liste mit Hilfe des faschistischen Polizeichefs und requirierte noch fehlende Opfer unter den Juden. Eine deutsche Lösung, dachte Clara.

Bevor Paul zurückgekehrt war und sie den DAT-Kassettenrecorder gefunden hatte, war sie an Ines' Computer gesessen und hatte in deren Notizen gelesen. Clara hatte nicht verstanden, ob die Schilderungen über die ersten Wagenladungen aus dem Regina-Coeli-Gefängnis, die um fünfzehn Uhr dreißig bei den Ardeatinischen Höhlen angekommen waren, einer Zusammenfassung von Ines entstammten oder ob die Freundin Textteile aus historischen Büchern kopiert hatte.

Kappler habe seinen Offizieren seine Anteilnahme ausgesprochen; sie hätten eine schwierige Aufgabe vor sich, die aber Rechtens sei.

Clara trank einen Schluck Wasser und sah zu Paul hinüber, der im Manuskript las.

Nachdem Priebke die Namen durchgestrichen hatte, wurden die Gefangenen in die schlechtbeleuchteten Höhlengänge geführt; sie mußten niederknien und wurden jeweils als Fünfergruppe erschossen.

Die Deutschen hatten die Opfer gezwungen, den gesenkten Kopf zur Seite zu drehen, weil sie glaubten, daß aus diesem Winkel das Gehirn und die obere Schädeldecke durchlöchert würden und so mit einem schnellen Tod zu rechnen sei.

Irgendwann war der Leichenhaufen derart angewachsen, daß der Verkehr in und aus den Höhlen zu stocken begann. Man stapelte die Erschossenen und zwang die nächsten Gefangenen, sich auf die Toten zu stellen, um Zeit zu sparen.

Damit die Schußpositionen noch stimmten, mußten auch die Mörder auf die Leichenberge.

«Kappler hat den Schützen Kognak zu trinken gegeben, was dazu geführt hat, daß sie nicht mehr trafen und sie oft drei oder viermal auf den Nackenbereich zielen mußten. Oft durchlöcherten die Kugeln nur das Gesicht und rissen Augen oder Nasen heraus. Aber das weißt du vermutlich.»

Paul legte das Manuskript auf seinen Schoß und sah zu Clara herüber. «Woher hast du das?»

«Ines hat alles dokumentiert. – Nach getaner Arbeit hat Kappler Priebke und seine anderen Männer zu einem Abendessen ins Gestapo-Hauptquartier geschickt und ihnen empfohlen, sich zu betrinken. – Warum hat Ines das alles aufgeschrieben und dann doch nur vom Anschlag in der Via Rasella erzählt?»

«Vielleicht hat sie sich die Vorfälle in den Höhlen für den nächsten Roman aufgespart», sagte Paul.

«In diesem Zusammenhang kannst du doch nicht von *Aufsparen* sprechen. – Du kommst mir schon vor wie ein Arzt, der nur von den Befunden redet und darüber das Befinden vergißt.» Clara biß sich auf die Unterlippe. «Blöder Vergleich – ich weiß.» Sie ging aus dem Zimmer. Paul folgte ihr.

«Der Vergleich ist nicht blöd», sagte Paul. «Ich habe aufgehört, mir alle Details vor Augen zu führen. Ich brauche sonst auch einen Kognak. – Ich trinke ohnehin zuviel», sagte er nach einer kurzen Pause. «Dein Mann kann schwerlich Kognak trinken, weil er sich sonst anstelle seiner Patienten selbst anästhesieren würde.»

«*Mein Mann* –»

«Claus ist doch dein Mann oder nicht?»

Clara zuckte mit den Achseln.

«Unter den Toten waren alle Berufsgruppen vertreten: Schuster, Metzger, Straßenhändler, Buchdrucker –»

«– Apotheker, Rechtsanwälte, Künstler, Architekten, Ingenieure, Industrielle, Generäle, Offiziere, Soldaten, sogar ein Priester und viele andere», ergänzte Paul. «Was ändert das?»

«Viel», sagte Clara, «findest du nicht? Man kann sich ein Leben dahinter vorstellen.»

«Brauchst du dazu einen Beruf?»

Clara schwieg.

«Die Tochter von Umberto Scattoni, auch einer der Erschossenen, war dreizehn, als das Massaker stattfand. Sie hat den Vater immer im Regina-Coeli-Gefängnis besucht und mit frischer Wäsche versorgt. An jenem Tag hat einer dieser Faschisten dem Mädchen ins Gesicht gesagt, sie könne das ganze Zeug zurückbringen, man habe ihren Vater und all die anderen umgebracht. Sie hat das Bewußtsein verloren und mußte nach Hause getragen werden. Bis heute leidet sie an Verfolgungswahn, kann keine Nachrichten sehen. Wenn sie irgendwo das Wort *fascisti* aufschnappt, dreht sie durch.»

Paul schloß kurz die Augen, strich sich über die Lider. «Es hört nicht auf. Es hört nie auf. Die Erfahrungen des Vaters leben in der Scattoni-Tochter weiter. Alle Erfahrungen leben in irgendeiner Form in uns weiter.

Im Grunde besteht kein Zusammenhang zwischen dem Attentat in der Via Rasella und den Toten in den Höhlen», fuhr Paul fort. «Die einen hatten mit den anderen nichts zu tun. Viele waren politische Häftlinge, und von einem großen Teil kann man sagen, daß das einzige Verbrechen, das sie begangen haben, darin bestand, daß sie Juden waren.

Ich finde es gut, daß Ines die Vorfälle auseinandergehalten hat. Alles weist darauf hin, daß sie sich im nächsten Manuskript mit den Tätern befassen wollte.»

«Aber Johann war doch auch ein Täter, oder nicht?» Clara nahm einen Apfel aus der Obstschüssel, zog ein Messer aus der Bestecklade und begann ihn zu schälen. Es war schon dunkel draußen. Das Schälgeräusch hörte sich wie dumpfes Kratzen an. «Willst du?»

Paul nahm einen Apfelspalt und schob ihn sich in den Mund.

«Männer wie dieser Johann hätten es maximal bis zum Grad des Rottwachtmeisters schaffen können; alle wichtigen Positionen im Polizeiregiment Bozen waren ausnahmslos von Reichsdeutschen besetzt, sicher nicht von Südtirolern, die waren den Reichsdeutschen suspekt. Einige hatten ja zuvor auf der Seite Italiens gekämpft.

Johann wäre lediglich für Sicherungsaufgaben zuständig gewesen, für die Bewachung von Transporten und Wehrmachtseinrichtungen. Insofern kann man ihn auch als ein Opfer unter potentiellen Tätern bezeichnen. Denn später haben ja einige aus diesem Bataillon, die den Anschlag in der Via Rasella überlebt hatten, bei der Partisanenbekämpfung in Oberitalien mitgemacht und dabei an Vergeltungsaktionen gegen Zivilisten teilgenommen.»

«Für 12,5 Lire pro Tag», sagte Clara und reichte Paul ein weiteres Apfelstück.

«Genau, die haben zweieinhalb Lire mehr bekommen als die einfachen Wehrmachtssoldaten. – Wolltest du nicht Ines' Buchhaltung durchsehen und morgen auf die Bank gehen?»

«Eine Frage habe ich noch», sagte Clara. «Waren die Überlebenden aus dem Polizeiregiment Bozen eigentlich bei der Vergeltungsaktion in den Höhlen beteiligt? Immerhin sind das ja ihre Leute gewesen, die man in der Via Rasella in die Luft gejagt hat.»

«Du bist unverbesserlich. – Dobrick, der Major der Schutzpolizei, soll sich laut Zeugenaussagen geweigert haben, seine

Soldaten für die Erschießungen zur Verfügung zu stellen. Die Südtiroler – so argumentierte er – seien gläubige Katholiken und außerdem älteren Jahrgangs – aus diesem Grund hat dann die SS die Aufgabe übernommen.»

«Und was mach' ich jetzt mit dem Roman-Manuskript, wenn es den nächsten Band nicht mehr geben wird?»

«Mit dem da?» Paul hob das Bündel DIN-A4-Blätter in die Höhe. «In den Nachlaß. Oder kennst du Schriftsteller, mit denen Ines in Kontakt gewesen war?»

«Sie kannte offenbar Sabine Gruber; jedenfalls habe ich deren Adresse gefunden», sagte Clara.

«Dann frag doch die.»

«Ich weiß nicht.»

«Soll ich sie anrufen?»

«Francesco droht mir schon mit dem Anwalt, bevor ich überhaupt einen Verlag gefunden habe.»

«Alles schön der Reihe nach», sagte Paul.

«Was meintest du gestern mit *Ich weine nicht nur um Ines, aber das ist eine andere Geschichte*? Um wen trauerst du noch?» sagte er nach einer Weile.

«Vielleicht um die versäumten Möglichkeiten –»

«Hat es die denn gegeben?»

«Du hast recht. Ich trauere um die versäumten Möglichkeiten, die es in meinem Leben gar nicht gegeben hat. Vor lauter Verantwortungsbewußtsein. Ich war blind vor Pflichtbewußtsein und Mutterliebe. Dafür habe ich jetzt eine aufmüpfige Tochter und einen Mann, der ausschließlich seine Arbeit begehrt.» Clara öffnete den Wasserhahn und hielt das Messer unter den Strahl. Sie spürte Pauls Oberschenkel. Er war näher gerückt. Sie machte einen Schritt zur Seite.

«Ich will mich noch einmal ins Leben stürzen», sagte Clara. «Ich will nicht mehr auf dem Trampolin stehen und wippen und diese feige, folgenlose Bewegung, diesen nie gewagten Sprung, dieses Minimalgeschunkel mit Fliegen verwechseln.»

«Dann laß uns mit der Vespa eine Runde drehen. Laß uns gehen, wir haben genug gearbeitet», sagte Paul. Er drehte das Wasser ab.

«Komm.»

Paul sorgte sich um Clara, die sich nicht ausreichend an ihm festhielt, nur lose seine Taille berührte. Er fuhr anfangs langsam, stieg vorsichtig auf die Bremse, doch allmählich traute er sich, etwas mehr Gas zu geben, was ihr offenbar gefiel, weil er sie lachen hörte.

Im Westen waren noch Spuren roten Lichts zu sehen.

Schon lange hatte er keine Frau mehr getroffen, mit der er schweigen konnte. Die Botanikerin, die den Großteil ihrer Zeit in Pflanzengesellschaft verbrachte, hatte von ihm ständige Aufmerksamkeit und Unterhaltung eingefordert; jedes Schweigen hatte sie als Dumpfheit oder mangelndes Interesse interpretiert.

Paul und Clara waren Stunden in Ines' kleiner Wohnung gewesen, ohne daß Paul das Gefühl gehabt hätte, Clara langweile sich mit ihm.

Als sie den höchsten Hügel der Stadt erreichten, blieb Paul am Straßenrand stehen.

«Sag mir, was du sehen möchtest.»

«Alles», sagte sie und lachte wieder. «Fahr irgendwohin.»

Paul zeigte auf den Quirinalspalast; er war nahe dran, ihr zu erklären, daß dies ursprünglich die Sommerresidenz der Päpste gewesen sei, bevor die Könige und schließlich die Staatspräsidenten eingezogen seien. «Während des Abessinienkrieges sind Leute mit Körben vor dem Palazzo gestanden und haben Gold für Eisen gesammelt», sagte er schnell, so schnell, daß Clara nachfragte.

Der zerkratzte weiße Halbschalenhelm steht ihr gut, dachte Paul. Andere sehen damit wie das Küken *calimero nero* aus, dessen Kopf in der Eierschale steckengeblieben ist.

«Du solltest deine Haare zusammenbinden, der Fahrwind macht nämlich lauter kleine Knoten hinein.»

«Die sind mir jetzt egal», sagte sie. «Fahr endlich.»

«Drückt er sehr, der Rucksack?»

«Aber ich spür' ihn doch gar nicht», sagte Clara.

Das Leben mit Marianne hatte etwas von einer Übergangslösung gehabt, dachte Paul, von einer Christophorus-Beziehung, die einen von einem Liebesufer zum anderen trägt. Diese Bereitschaft, sich einzurichten, die er seit einiger Zeit in sich verspürte, hatte Paul früher gar nicht gekannt. Es war ihm nicht wichtig gewesen, irgendwelche Gegenstände um sich herum zu plazieren, an denen man Erinnerungen ablesen konnte. Er war mit sich zufrieden gewesen, wenn es ihm gelungen war, sich in einem Provisorium zurechtzufinden. Und nun schämte er sich plötzlich für seine Wohnung. Julia fiel ihm ein, wie sie sich am Türrahmen festgehalten hatte, wie sie über seine *Bruchbude* hergezogen war. «Paß auf», hörte er Clara rufen, als er mit der Vespa zwischen zwei Autoschlangen hindurchfuhr. «Ich habe mit meinem Knie den Bus berührt.»

Für Marianne hatte dieses Übergangsdasein etwas Befremdliches gehabt, aber gerade dieses Befremdliche hatte er gemocht, diese Mischung aus Zwanglosigkeit und Unbehaustheit, die ihn immer wieder in Euphorie versetzt hatte, weil noch alles offen gewesen war. Offen für ihn, nicht für Marianne, deren Leben von ihrer körperlichen Fragilität bestimmt gewesen war.

Paul spürte Claras Hände, ihre Unterarme. Er glaubte auch jetzt noch, ihr Parfum zu riechen, obwohl es der Fahrtwind nicht in seine Richtung zu wehen vermochte.

In der Ferne war die Brücke über den Tiber zu sehen.

Clara spürte die laue Luft auf der Haut. Kein Stillbach mehr mit Ines, dachte sie. Kein gemeinsamer Blick auf die andere Seite, hinüber zu den kahlen Hängen. Keine Träume, die in die Welt führen.

Wenn das Gefühl, am Leben zu sein, wieder zunimmt ... Es war Nacht, und die Wolken zeigten sich nicht.

Sie dachte an die vielen Bücher in Ines' Wohnung, an die entwerteten Fahrscheine und Eintrittskarten, an die Haare und WC-Papierstreifen, welche die Freundin als Lesezeichen verwendet hatte. Ines hatte mit den Büchern gelebt, sie hatte sie geliebt, nicht verehrt. Claus würde niemals Ecken umbiegen oder Stichwörter und Sätze an den Seitenrändern notieren, und er würde erst recht nicht mit Leuchtstiften ans Werk gehen.

Nur einmal, erinnerte sich Clara, hatte Ines geweint, weil ein Dutzend Bücher, die sie längere Zeit auf einem Fensterbrett gelagert hatte, angeschimmelt waren. Es hatte wohl heftig geregnet in Stillbach, und Wasser war durchgesickert.

Clara fielen Versatzstücke aus Ines' Notizen ein, *die stillen Efeuhöfe, die glatte Steinhaut der Statuen, die Artischocken schälenden Marktfrauen*, welche so lange die harten Blätter abbrechen, bis die hellen Blütenböden zum Vorschein kommen. In Venedig, erinnerte sich Clara, schwammen die Artischockenherzen zusammen mit Zitronenscheiben in himmelblauen Plastikkübeln. Damit sie nicht gleich braun wurden.

Alles ist hier auf Blut gebaut, hatte Ines geschrieben. *Auf gestillten Wunden, nicht auf verheilten.* Dem Halbsatz *Hinterlassenschaft der Macht*, hatte Ines *Hinterlassenschaft der Ohnmacht* hinzugefügt. In Klammern stand der Name *Emma Manente*. Manches, dachte Clara, las sich wie ein Destillat aus gründlichen Überlegungen, anderes wie ein Zufallsprodukt abschweifender Gedanken.

Sie hätte am liebsten ihr Gesicht an Pauls Hemdstoff gerieben, aber nicht nur der Helm verhinderte derlei.

Clara konnte sich nicht erinnern, wann sie das letzte Mal auf einem Moped gesessen war. In den Jahren, als sie noch in Stillbach gelebt hatten, waren Ines und sie manchmal mit der *Ciao* von Tante Hilda unterwegs gewesen – am Wochenende, ohne Sturzhelm und zu zweit. Ines' Mutter hatte nichts davon erfahren dürfen. Auf der anderen Seite des Tales wuchsen noch wilde rote Nelken entlang der Bewässerungskanäle.

Paul parkte die Vespa; er hängte das schwere Kettenschloß an das Vorderrad. Zwischen den abgestellten Autos lag ein Obdachloser.

«Brauchen Sie Hilfe?» fragte Paul.

«Verschwindet.»

«Hier waren wir doch gestern schon», sagte Clara, «und die alte Frau dort oben sieht noch immer aus dem Fenster.»

Paul hätte Clara am liebsten zu sich nach Hause eingeladen, aber nach den Erfahrungen mit Julia unterließ er es. Wäre Clara in ihrem Inneren im Besitz eines Seismographen, dann verzeichnete das Gerät Schwingungen, die den Bereich des Meßbaren überträfen, davon war Paul überzeugt. Sie schien Dinge wahrzunehmen, die andere zwar bemerkten, aber nicht einer gründlichen Betrachtung unterwarfen. Sie sah immer noch etwas darüber hinaus.

Clara wünschte sich eine *zucchini-pizza* aus der Panetteria, in der sie schon gewesen waren, und wollte dann ans Flußufer. Die Auswahl an Pizzas und Keksen war vor Geschäftsschluß gering, daher begnügte sich Clara mit einer Dose Bier und einer *pizza bianca*; Paul nahm die übriggebliebene *focaccia* und zwei Colas. Kurz darauf verließen sie die Via del Moro Richtung Tiber. In einer Nische brannten Kerzen unter einem Madonnenbild; die Gläubigen hatten als Votivgaben bunte Blumen hingelegt.

«Im Winter landen auf diesen Platanen Tausende Stare», erzählte Paul, «man braucht einen Schirm, um sich vor deren Kot zu schützen.»

Sie gingen eine Weile die Straße entlang, bis sie endlich Treppen fanden, die zum Fluß hinunterführten.

Vom letzten Hochwasser hingen noch Papierfetzen und Müllreste an den Ufersträuchern; sie sahen im Licht der Nacht wie Baumschmuck aus.

Clara hatte das Gefühl für die Zeit verloren. Es waren wohl Stunden vergangen. Sie hatte von ihrer Arbeit erzählt, von D'Annunzios letzten Worten vor seinem Tod am Gardasee: *Ich langweile mich*, von Hemingways Sauf- und Jagdtouren in der Lagune, daß er nichts lieber tat, als in diesen feuchten und schlammigen Schilfgebieten Rebhühner, Bekassinen und Fasane totzuschießen. Sie hatte von Hemingways Reportagen aus den zwanziger Jahren berichtet und von dieser viel zu jungen, verarmten Aristokratentochter, der er später – da war er über fünfzig gewesen – in Venedig den Hof gemacht hatte.

Der Himmel hellte schon auf. Paul war die ganze Zeit schweigend neben Clara gesessen. Nur einmal hatte er zwei Sätze hinzugefügt, daß der amerikanische Schriftsteller behauptet habe, Italien wäre bolschewistisch geworden, wenn die Roten ein Lied wie die Faschistenhymne *Giovinezza* besessen hätten. Niemand könne zur *Internationalen* kämpfen.

Clara behielt für sich, daß sie diese Geschichte schon kannte. Sie wunderte sich über Pauls Zurückhaltung, er wirkte scheu. Vielleicht lag es daran, daß er noch keinen Wein getrunken hatte.

Sie fragte ihn, wie er Ines erlebt habe, ob ihm an ihr etwas aufgefallen sei an jenem Nachmittag in der Galleria Alberto Sordi, aber er blieb einsilbig, meinte nur, daß er sich noch immer nicht erinnern könne, welcher Art ihr Verhältnis damals, vor über dreißig Jahren, gewesen sei.

«Ich bin mir sicher, wir hatten nichts miteinander», sagte er leise, «wenn ich aber die Stellen über mich und Ines in dem Manuskript lese, beginne ich zu zweifeln. – Übrigens habe ich heute nachmittag den Namen *Hermann Steg* gegoogelt; er war jahrelang Vorstandsmitglied der Altphilologenvereinigung in Tirol gewesen. Ob er noch lebt, habe ich nicht in Erfahrung bringen können.»

Paul war müde, der Rücken schmerzte vom Sitzen; am liebsten wäre er jetzt schlafen gegangen. Er konnte sich nicht entschließen, aufzubrechen, weil er sich davor fürchtete, Clara ins Hotel bringen zu müssen. Etwa hundertfünfzig Meter entfernt lagen zwei Jugendliche umschlungen auf einer Decke. Er stand auf, ging zu ihnen und fragte sie, ob sie ihm die Decke verkauften. «Bist du verrückt», sagte die junge Frau zu ihrem Freund, «du mußt mehr verlangen.»

Clara sah, daß Paul sein Portemonnaie aus der Jeans zog. Kaufte er Zigaretten? Der Tiber floß träge; er war nicht blond und nicht schlammgrün. Und die Platanen warfen noch lange keine Schatten, aber es war schon so hell, daß man die ersten Farben erahnen konnte.

«Du hast die Decke gekauft?» Sie lachte. «Laß uns ins Grüne fahren, dorthin, wo der Boden weicher ist.»

Er hätte sie umarmt, wenn sie auf dem Weg zur Vespa nicht von Claus und Gesine gesprochen hätte, von der Arbeit ihres Mannes im Allgemeinen Krankenhaus und den Mißerfolgen der Tochter in der Schule. Es kam ihm so vor, als füllte sie die Stille zwischen ihnen mit Worten, die er sich verboten hatte. Ihre Vorfreude auf den Pinienwald war ansteckend, auch wenn er nie verstanden hatte, was diese Bäume so anziehend machte. Daß sie keine Kletterbäume waren?

Sie blickte in die Wolken, sah darin Figuren und Gesichter. Warum sehen wir keine Sandberge, Maulwurfshügel oder mehlbestäubten Tischflächen am Himmel, fragte sich Clara. Weil wir uns daran gewöhnt haben, die Toten in den Wolken zu suchen? Weil sie sich dort oben wieder verflüchtigen, verwandeln?

Ersetzt das Wolkengewebe jenes Sinngewebe, das auf der Erde zerrissen ist?

Stillbach ist uns immer zugeflossen, egal ob als Bach oder Rinnsal, dachte Clara. Was wird aus Stillbach ohne Ines?

Döste Clara? Träumte sie?

Über ihr hatten die Pinien ihre Schirme geöffnet.

Er hat seine Hand in die ihre geschoben, nachdem sie gemeinsam von dem Grünzeug geraucht hatten, das ihm der Bursche von der Werkstatt verkauft hatte. Paul war zu den Gärten der Doria Pamphili gefahren.

Clara bewegte sich nicht, sie sah zwischen den Pinien ins Blaue, lobte die Morgenkühle im Park. Sie waren nicht mehr allein. Mehrere Spaziergänger gingen an ihnen vorbei, eine Frau joggte, man hörte ihren Atem.

Als Paul Clara verriet, daß er fünfzig Euro für die alte Decke bezahlt hatte, lachte sie laut auf.

Sie drückte ihre Nase an seine Schulter, roch frische Minze, warme Vanille und Lavendel. Erzählte ihm, wie die Liebe zwischen Emma und Johann in Stillbach bekanntgeworden war. Damit die Heimlichtuerei ein Ende hatte, zog ein Freund Johanns vom Hof des Nörderbauern zu Emmas Elternhaus eine Sägemehlspur im Schnee.

Wie gut, daß jetzt nicht Winter ist, dachte Clara.

Pauls Hand streichelte ihr Haar. Sie lagen jetzt beide eng nebeneinander auf dem Bauch, zu müde, um zu schlafen, und sahen einander in die Augen. Er suchte mit den Fingern ihren Nacken, blickte dann über sie hinweg in den Park.

Erst dachte er, der kahlköpfige Mann auf dem Gehweg sei ein Pensionist mit seinem Hund, dann bemerkte Paul, daß der Hund nicht dazugehörte, denn er machte kehrt und lief davon. Als der alte Mann näher kam, erkannte Paul ihn wieder.

«Ich habe mich verliebt», hörte er Clara sagen.

Sie küßte ihn, und er küßte zurück, versuchte aber den Mann im Auge zu behalten. Paul mußte in diesem Moment an den Partisanen Palladini denken, der von Priebke mit Schlagringen an den Genitalien mißhandelt worden war und an den einundzwanzig Jahre alten Riccardo Mancini von den Matteotti-Brigaden, den man in Handschellen, die Hände am Rücken, an die Türklinke gefesselt hatte. Der Alte dort drüben hatte ihn damals so getreten und geboxt, daß Mancini erst wieder in der Zelle zu sich gekommen war, in einer Blutlache liegend, die Nase gebrochen.

Clara schmiegte sich enger an Paul. «Ich bin so froh», sagte sie.

Ihr fiel die wankelmütige Fortuna ein, die an der Punta della Dogana in Venedig auf der goldenen Kugel tanzt.

«Sie dreht sich wie ein Wetterhahn im Wind», sagte Clara.

«Wer?»

«Fortuna.»

«Es ist doch windstill heute», sagte Paul.

Nach dem Rücktritt des deutschen Bundespräsidenten Horst Köhler am 31. Mai 2010 war Erich Priebke als Bundespräsidentschaftskandidat der Nationaldemokratischen Partei Deutschlands im Gespräch.

Emma Manente starb am 7. Jänner 2011 im römischen Altersheim. Sie liegt neben ihrem Ehemann Remo Manente auf dem Campo Verano, Roms größtem Friedhof.

Glossar

Badoglio, Pietro – geb. 1871 in Grazzano Monferrato im Piemont, gest. 1956 ebenda; italienischer Marschall und Politiker; den Titel *Herzog von Addis Abeba* erhielt er nach seinem Sieg in Äthiopien auf Vorschlag von Mussolini. Badoglio war der erste Ministerpräsident der postfaschistischen Ära

Bentivegna, Rosario – geb. 1922; Arbeitsmediziner und Widerstandskämpfer (Ehemann von Carla Capponi); er war am Attentat in der Via Rasella beteiligt

Berlinguer, Enrico – geb. 1922 in Sassari, gest. 1984 in Padua; 1972–1984 Generalsekretär der Kommunistischen Partei Italiens (PCI); 1969 bezeichnete Berlinguer den Einmarsch der russischen Truppen in Prag als «Tragödie von Prag». Bei den Parlamentswahlen 1976 erreichte Berlinguer 34,4% der Stimmen, nur 5% weniger als die Christdemokraten (DC). Befürworter des *Eurokommunismus* (er strebte die Zusammenarbeit mit bürgerlichen und sozialdemokratischen Parteien an und distanzierte sich vom Konzept der *Diktatur des Proletariats*) und des *compromesso storico* (es kam zu Verhandlungen mit der DC, aber wegen der Ermordung Moros zu keiner direkten Regierungsbeteiligung des PCI)

Capponi, Carla – geb. 1918, gest. 2000; Widerstandskämpferin; sie war am Attentat in der Via Rasella beteiligt, später Parlamentsabgeordnete für den PCI

Craxi, Bettino – geb. 1934 in Mailand, gest. 2000 in Hammamet/Tunesien; er war von 1976–1993 Generalsekretär der Sozialistischen Partei Italiens sowie 1983–1986 Ministerpräsident und dominierte Italiens Politik der achtziger Jahre

crucco (Mehrzahl crucchi, Verkleinerungsform crucchetto) – abwertende Bezeichnung für Deutscher; *crucco* hat seine Wurzel in dem Wort krùh, was im Serbokroatischen und Slowenischen *Brot* heißt. Die italienischen Soldaten nannten im Ersten Weltkrieg die kroatischen Gefangenen österreichischer Nationalität krùh, weil sie ständig um krùh bettelten; der Nordosten war demgemäß die *terra crucca*; später bezeichneten auch die italienischen Partisanen alles Deutsche abwertend als *crucco*

Fanfani-Kisten – die *INA-Case* (staatlich subventionierte Arbeiterwohnhäuser) wurden Anfang 1949 unter dem damaligen Arbeitsminister Amintore Fanfani (1908–1999) gegründet. Fanfani war ein wichtiger Politiker der Christdemokraten in der Nachkriegszeit, er setzte sich für Sozial- und Agrarreformen ein

Feste de l'Unità – erst von der Kommunistischen Partei, dann vom *Partito Democratico della Sinistra* und zuletzt von den *Democratici di Sinistra* in ganz Italien organisierte Festivals, auf denen gegessen, getrunken und getanzt wird, aber vor allem Kultur- und Diskussionsveranstaltungen stattfinden

Giglio, Maurizio – geb. 1920 in Paris, ermordet 1944; er war studierter Rechtswissenschaftler, Offizier und italienischer Geheimagent, der zu Kriegsende mit den Amerikanern kooperierte und aufflog. Die Banda Koch (faschistische Schlägertruppe unter der Führung Pietro Kochs) lieferte ihn den Deutschen aus. Giglio wurde im Gestapo-Hauptquartier in der Via Tasso gefoltert und am 24. März 1944 in den Ardeatinischen Höhlen erschossen

Hass, Karl – geb. 1912 in Kiel, gest. 2004 in Castel Gandolfo; ab 1941 SS-Sturmbannführer; Hass war am Massaker in den Ardeatinischen Höhlen beteiligt und lockte Prinzessin Mafalda in den Hinterhalt, die später bei Bombardierungen im KZ Buchenwald ums Leben kam. 1953 für tot erklärt, lebte er fortan unter dem Namen seiner italienischen Ehefrau. Nach dem Krieg war er als Fluchthelfer für Kriegsverbrecher tätig, außerdem arbeitete er für die Spionageabwehr der US-Armee. Erst 1998 wurde ihm der Prozeß gemacht

Hudal, Alois – geb. 1885 in Graz, gest. 1963 in Rom; ab 1923 war er Leiter des römischen Priesterkollegs Santa Maria dell'Anima; im Juni 1933 wurde er zum Bischof geweiht. Nach dem Krieg war er als Fluchthelfer der Nazis tätig und mußte deswegen 1952 auf sein Rektorat in der Anima verzichten

indiani metropolitani – auch *movimento del '77*; autonome Bewegung, die antiinstitutionell agierte; es war eine neue und kreative Form des Widerstands, die mit Straßenkämpfen und Hausbesetzungen einherging

Kappler, Herbert – geb. 1907 in Stuttgart, gest. 1978 in Soltau; Kommandeur der deutschen Sicherheitspolizei in Rom; 1943 bekleidete er den Rang des Obersturmbannführers und war u. a. für die Beschlagnahme des jüdischen Besitzes, für die Deportation der römischen Juden und für das Massaker in den Ardeatinischen Höhlen verantwortlich. Nach dem Krieg wurde Kappler vom italienischen Militärgericht zu lebenslanger Haft verurteilt; er konnte im Sommer 1977 mit Hilfe seiner Frau aus dem römischen Militärkrankenhaus Celio fliehen

Langer, Alexander – geb. 1943 in Sterzing, Freitod 1995; interethnischer, linker Oppositionspolitiker in Südtirol, Abgeordneter der italienischen Grünen im Europaparlament; in seinem Abschiedsbrief steht: *Macht weiter, was gut war*

Leone, Giovanni – geb. 1908 in Neapel, gest. 2001 in Rom; italienischer Politiker der Christdemokraten; 1971–1978 Staatspräsident Italiens; seine Wahl war die bisher längste in der

Geschichte der Wahl der Staatspräsidenten; die entscheidenden Stimmen erhielt er am Ende vom *Movimento Sociale Italiano*, von der neofaschistischen Partei. Aufgrund von Vorwürfen im Rahmen des Lockheed-Skandals trat er vorzeitig zurück

Moro, Aldo – geb. 1916 in Maglie, gest. 1978 in Rom; christdemokratischer Politiker, der von den *Brigate Rosse* entführt und ermordet wurde

Negri, Toni (Antonio) – geb. 1933 in Padua; Politikwissenschaftler und Vertreter der neomarxistischen Strömung des Operaismus

ONMI – *Opera Nazionale Maternità e Infanzia*; die ONMI war eine 1925 zum Schutz der Mutterschaft und der Kinder ins Leben gerufene faschistische Einrichtung, in der vor allem ledige Schwangere Hilfe erfuhren

Pasquino – eine der letzten *sprechenden Statuen* im Zentrum von Rom, an die seit vielen Jahrhunderten Zettel mit Spottversen über Politiker und kirchliche Würdenträger angeheftet werden

Pertini, Sandro – geb. 1896 in Stella/Provinz Savona, gest. 1990 in Rom; er war einer der beliebtesten Politiker Italiens, der im Kampf gegen Faschismus und Nationalsozialismus während des Zweiten Weltkriegs mehrfach verhaftet, gefoltert und verhört worden war. 1978 wurde er für acht Jahre italienischer Staatspräsident

Priebke, Erich – geb. 1913 in Henningsdorf, lebt in Rom unter Hausarrest; er war Kapplers Stellvertreter und am Massaker in den Ardeatinischen Höhlen beteiligt. Priebke konnte nach dem Krieg als Otto Pape nach Argentinien flüchten und bis 1995 unter seinem bürgerlichen Namen in Bariloche leben. 1995 wurde er nach Rom überstellt, im August 1996 zunächst von einem Militärgerichtshof in Rom freigesprochen und im Frühjahr 1998 zu lebenslanger Haft verurteilt, die aufgrund seines Gesundheitszustands in Hausarrest umgewandelt wurde

Saragat, Giuseppe – geb. 1898 in Turin, gest. 1988 in Rom; italienischer Politiker; 1964–1971 italienischer Staatspräsident

Sindona, Michele – geb. 1920 in Patti, gest. 1986 in Voghera; italienischer Rechtsanwalt und Bankier, der bankrott ging, nachdem er versucht hatte, eine große Holding-Gesellschaft mit vielen Firmen zu gründen. In den Finanzskandal waren u. a. der Vatikan, die Freimaurerloge P2 und die sizilianische Mafia involviert. Er ließ den Liquidator seines Bankunternehmens, Giorgio Ambrosoli, ermorden und verstarb im Hochsicherheitsgefängnis von Voghera an einer Zyanidvergiftung

Sossi, Mario – geb. 1932 in Impera; italienischer Staatsanwalt, der 1974 von den *Brigate Rosse* entführt und nach knapp einem Monat ohne Gegenleistung wieder freigelassen wurde

Stangl, Franz – geb. 1908 in Altmünster, gest. 1971 in Düsseldorf; Aufsichtsbeamter in der Euthanasie-Anstalt in Schloß Hartheim bei Linz; er baute das Vernichtungslager Sobibór auf und war Kommandant des Vernichtungslagers Treblinka; ab August 1943 war er zur Partisanenbekämpfung in Italien. Er flüchtet mit Hilfe Alois Hudals erst nach Syrien, dann nach Brasilien und wurde erst 1967 durch Simon Wiesenthal aufgespürt und an Deutschland ausgeliefert

Tasca, Angelo – geb. 1892 in Moretta, gest. 1960 in Paris; Politiker, Verfasser historischer Schriften; er begründete zusammen mit Gramsci, Terracini und Togliatti die Wochenzeitung *L'Ordine Nuovo* (1919–1920) und war Mitbegründer der Kommunistischen Partei Italiens

Terracini, Umberto – geb. 1895 in Rom, gest. 1983 ebenda; er stammte aus einer jüdischen Stoffhändlerfamilie aus dem Piemont. Politiker und Antifaschist, Mitbegründer der Kommunistischen Partei Italiens

Togliatti, Palmiro – geb. 1893 in Genua, gest. 1964 in Jalta; Politiker; von 1947 bis 1964 Generalsekretär der Kommunistischen Partei Italiens, außerdem Gründungsmitglied der Kommunistischen Partei

Tolomei, Ettore – geb. 1865 in Rovereto, gest. 1952 in Rom; Senator, Nationalist, Verfechter der Brennergrenze als natürliche Grenze Italiens; er hat maßgeblich zur Italianisierung Südtirols beigetragen, indem er z. B. die deutschsprachigen Familien- und Ortsnamen ins Italienische übersetzte

Danksagung

Ich danke meinen Großmüttern Luise Monauni (1918–2008) und Anna Gruber (1909–1995) posthum für ihre Erzählungen; vor allem die Erfahrungsberichte von Oma Luise als Dienstmagd in einem Bozner Haushalt haben dazu geführt, daß ich mich mit der sozialen Lage Südtiroler Frauen in der Zwischenkriegszeit zu beschäftigen begann und so auf die Dienstmädchen-Interviews Ursula Lüfters, Martha Verdorfers und Adelina Wallnöfers aufmerksam wurde. Die Recherchen und Untersuchungsergebnisse dieser Südtiroler Historikerinnen lieferten wichtige Bausteine für meinen Roman. Weiterführende Hinweise verdanke ich dem Historiker Leopold Steurer und dem Historiker und Politikwissenschaftler Günther Pallaver.

Ohne die diversen Publikationen von Eva Gesine Baur, Umberto Gandini, Christian Jansen, Robert Katz, Aram Mattioli, Christoff Neumeister, Alberto Portelli, Gerhard Schreiber, Gerald Steinacher und Jonathan Steinberg wäre der Roman in dieser Form nie zustande gekommen.

Ich danke ferner den Bibliothekarinnen der *Casa della Memoria e della Storia* in Rom/Trastevere, dem Personal der *Biblioteca nazionale centrale di Roma* und der *Biblioteca Nazionale Marciana* in Venedig für deren Hilfe.

Herzlichen Dank auch Johannes Knapp-Menzl für die Lösung aller Computerfragen, Robert Schindel und Anna Brandstätter für die konstruktive Kritik am Manuskript, meinem Lektor Martin Hielscher für die ausgezeichnete Zusammenarbeit und Karl-Heinz Ströhle für seine Geduld.

Besonderer Dank gebührt dem *Österreichischen Kulturforum Rom*, namentlich der Direktorin Astrid Harz, für die freundliche Aufnahme im Gästezimmer des Forums sowie dem *Österreichischen Bundesministerium für Unterricht, Kunst und Kultur*, welches mir von 2009 bis 2011 für dieses Romanprojekt das Robert-Musil-Stipendium zugesprochen hat.

Zitate

- Reiß, Liebe, mich in Stücke und zerfetz mich,/nimm mir auch den, dem ich mich ganz/verschrieben ... Gaspara Stampa, Sonette
- Es gibt nichts, was einen Mann einsamer macht als das leise Lachen am Ohr eines andern. – letzte Zeile aus Wolf Wondratscheks Gedicht Endstation
- Je mehr man hinschaut – ei du böse Schürze! – eine Variation der Zeile ei du böses Kleid! – Ovid, Amores III, 2
- sordide de niveo corpore pulvis abi! Schmutziger Staub, geh fort von ihrem schneeweißen Leib! – Ovid, Amores III, 2
- geiler Raukenkohl, mit Rautenblättern garnierte Makrelen, in Thunfischmarinade angerichtetes Saueuter – bruchstückhaft zitiert aus Martials Epigramm X, 48
- panem et circenses – Juvenal, Satire X, 81
- Ei du böses Kleid – daß du so schöne Beine verdeckt hast ... – Ovid, Amores III, 2
- Tu mihi sola places, du allein gefällst mir – Ovid, Ars amatoria I, 39

Aus dem Verlagsprogramm

251 Seiten | Gebunden | 978-3-406-80696-4

Ein ergreifender Roman über Verlust und Weiterleben

Ein morgendliches Klopfen an der Tür ihrer Wiener Wohnung, die Übersetzerin Renata Spaziani öffnet, und die Nachricht, die ihr ein Polizist überbringt, ändert alles: Konrad Grasmann, mit dem sie die letzten fünfundzwanzig Jahre zusammengelebt hat, die Liebe ihres Lebens, ist, erst Anfang sechzig, am Tag zuvor auf einem Parkplatz gestorben. Seine Herkunftsfamilie war verständigt worden, Renata aber nicht...